KB160281

조선왕조
오백년 야사

조선왕조 오백년 야사

초판 1쇄 인쇄_ 2009년 2월 25일 | 초판 3쇄 발행_ 2011년 2월 15일

엮은이_박찬희 | 펴낸이_진성옥 · 오광수 | 펴낸곳_꿈과희망

디자인 · 편집_김창숙, 박희진 | 마케팅_김진용 | 인쇄_보련각

주소_서울특별시 용산구 원효로 1가 112-4 디아뜨센트럴 217호

전화_02)2681-2832 | 팩스_02)943-0935 | 출판등록_제1-3077호

http://www.dreamnhope.com| e-mail_ jinsungok@empal.com

ISBN_978-89-90790-85-9 03810 | 값 6,500원

ⓒ Printed in Korea. | ※ 잘못된 책은 바꾸어 드립니다.

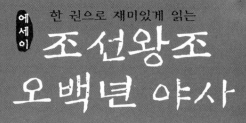

한 권으로 재미있게 읽는

에세이

조선왕조
오백년 야사

박찬희 엮음

꿈과 희망

머리말

　우리는 모두 잘 살고 싶어한다. 그러나 어떻게 해야 잘 사는 것일까라는 물음에 맞닥뜨리면 난감해지곤 한다. 역사를 알아야 하는 이유가 바로 우리가 잘 사는 방법이 그 안에 담겨 있기 때문이다.

　오랜 세월 동안 수많은 인물들이 살아온 역사 속에는 우리가 어떻게 살아야 하는지에 대한 답들이 모두 들어 있다. 흥망성쇠를 겪으면서 지내온 역사 속에는 우리가 어떻게 하면 망하고 어떻게 하면 잘 살 수 있는지에 대한 해답을 분명하게 제시하고 있다. 그런 역사를 통해 우리는 또 다른 우리의 역사를 만들어가는 것이다.

　조선왕조오백년 역사를 이끌어온 사람들은 누구일까.

　업적을 남긴 사람, 역사를 거스른 사람, 밤의 역사를 움직인 여인들, 역사 속의 슬픈 주인공들.

　이들 모두 조선왕조가 이어져 오는 동안 그들 나름대로

의 흔적을 남기면서 역사를 움직여왔다. 겉으로 드러난 역사의 뒤에는 왜 그런 일들이 일어나야 했는지 숨겨진 역사가 있기 마련이다.

그 숨겨진 역사를 통해 우리는 다양한 각도에서 역사를 다시 바라볼 수 있으며, 이런 과정을 통해 우리는 함께 더불어 잘 살 수 있는 역사를 만들어가게 된다.

아무리 찬란했던 역사도, 숨기고 싶을 정도로 부끄러웠던 역사도 그 안의 주인공은 바로 '사람'이다. 사람이기에 실수도 하고 잘못도 하지만 사람이기에 진실을 추구하는 노력 또한 게을리해서는 안 될 것이다.

이제 야사를 통해 숨겨진 역사가 우리 앞에 펼쳐질 것이다. 재미와 흥미를 뛰어넘어 우리 모두 잘 살 수 있는 역사를 만들어가는 데 하나의 디딤돌이 되기를 기대해 본다.

차례

1부

포악했던 왕
업적을 남긴 왕

조선시대 왕자 중에
융이라고 있었어.

성종과 쫓겨난 윤씨 사이에서 태어난 아들이지. 융이 네 살 때 어머니 윤씨가 쫓겨났으니까 융은 그저 새로 들어온 정현왕후가 자기를 낳아 준 어머니인 줄만 알았단다. 성종이 폐비 사건은 일체 거론하지 못하도록 엄명을 내렸기 때문이지. 그러니까 융은 자신의 어머니가 사약을 받고 죽었다는 사실은 전혀 모르고 있었던 거야. 그러나 천륜은 속일 수 없는 것인지 융은 정현왕후 윤씨를 별로 따르지 않았어. 정현왕후 역시 폐비의 자식인 융을 사랑으로 키우지 않았단다. 친자식이 아니라도 애정으로 감싸야 하는데 말이지. 융이 다섯 살 때 일이었어. 하루는 정현왕후 윤씨와 함께 할머니인 인수대비에게 아침 문안을 드리러 갔다. 문안이란 웃어른이 편히 주무셨는지, 건강은 괜찮으신지를 여쭤보는 것이란다. 그때는 매일 아침 문안을 드렸는데 이날 아침 융이 절을 하고 바로 앉으려는데 하품이 나와 입을 크게 벌렸지. 그러자 왕후 윤씨가 눈살을 찌푸리며 어린 세자에게 핀잔을 주었어. 융은 잠자리에 늦게 들어서 그렇다고 이야기했지만 윤씨는 글공부도 열심히 하지 않으면서 잠자리에 늦게 들었다고 오히려 꾸짖었지.

인수대비도 융을 나무랄 뿐이었어. 인수대비 역시 융을 귀여워하지 않았거든. 생김새도 그렇고 걷는 모습까지 폐비 윤씨를 닮아 눈에 거슬렸던 거야. 자신의 손으로 직접 쫓아낸 며느리의 아들이 고울 리 없었겠지. 그래서 인수대비는 융을 볼 때마다 잔소리를 하며 나무랐고 지나칠 만큼 혹독하게 대했어. 인수대비가 융을 나무라면 정현왕후 윤씨가 융을 감싸줬어야 하는데, 윤씨는 융의 잘못을 인수대비에게 고해 바치기에 신이 났으니 오죽했겠어. 그렇지만 나중에 태어난 정현왕후의 아들 진성대군에게는 윤씨나 인수대비 둘 다 대조적인 태도를 보였던 거야. 이런 차별대우는 융의 가슴에 응어리를 만들었어. 이런 성장 배경 탓인지는 몰라도 융은 결코 양순한 아이로 자라지는 않았어. 자신의 내면을 쉽게 드러내지 않는 음험한 구석이 있었고 괴팍하고 변덕스러웠지.

게다가 학문을 싫어하고 학자를 좋아하지 않았을 뿐 아니라 고집스럽고 독단적인 성향도 있었다는구나. 융을 가르치는 선생은 조자서와 허침이었어. 조자서는 성격이 대쪽 같아 잘못한 일은 그냥 넘기지 않았어. 융이 워낙 노는 것을 좋아해 공부를 전혀 하려고 하지 않기 때문에 조자서는 늘 화를 냈지.

그리고 성종에게 고하겠다고까지 했어. 그래서 융은 하는 수 없이 공부를 하는 체했지만 속으로는 조자서를 굉장히 미워했나 봐. 반면에 허침은 부드러운 사람이라 늘 다정한 얼굴로 융을 대했어. 공부를 하기 싫어하는 융을 타이르기도 하고 칭찬을 아끼지 않았어. 그래서 융은 허침을 좋아했지. 어느 날 융이 장난삼아 벽에 낙서를 했어. 〈조자서는 큰 소인이고, 허침은 큰 성인이다.〉 이 낙서를 조자서가 보고 불같이 화를 냈어. 융이 장난이라고 말했지만 조자서는 화가 나서 융을 심하게 나무랐지. 그래서 융은 훗날 왕위에 오르면 조자서를 가만히 두지 않겠노라고 다짐을 하게 돼.

성종도 성격이 모난 융을 탐탁하게 여기진 않았어. 어느 날 성종과 융이 함께 뜰을 거닐다가 생긴 일이란다. 뜰에 넓은 우리가 있었는데, 거기에 토끼, 사슴 등 여러 짐승들이 평화롭게 놀고 있었어. 성종은 평소 사슴을 참 좋아했어. 그래서 그 날도 사슴 우리로 가 먹이를 줬지. 융도 옆에서 아버지를 따라했어. 그런데 사슴이 먹이를 받아먹다가 갑자기 융의 손을 핥으려고 했던 거야. 융은 깜짝 놀랐고 사슴의 배를 발로 차버렸어. 이 광경을 지켜본 성종은 융을 꾸짖었어.

"동궁, 사슴이 너를 해치지도 않는데 짐승을 그렇게 발로 차면 못 쓰느니라. 말 못하는 짐승일지언정 사랑해야 하는 것이야."

성종은 마음이 어두웠어. 융이 고집이 세고 변덕스러운 데다가 정소용을 죽이려고 비상을 숨겨 놓은 채 죽은 어미처럼 표독스럽다고 생각했거든. 그래서 융을 왕세자로 봉하는 데 많은 고민을 하게 돼. 그렇지만 당시로선 봉할 왕자가 없었거든. 진성대군도 태어나지 않은 때라 왕비 소생의 왕자는 융 한 명 뿐이었으니 말이야.

그래서 성종도 다른 선택의 여지없이 융을 세자로 책봉할 수밖에 없었고, 1483년 그를 세자로 책봉해. 이때 인수대비는 폐비의 아들을 세자로 책봉하면 후에 화를 부를 것이라며 반대했지.

그 후 성종이 38세의 나이로 세상을 떠나고 19세의 세자 융이 왕위에 오르게 되는데, 바로 이 사람이 10대 연산군이야. 연산군은 적어도 '무오사화'를 겪기 전까지는 폭군의 모습은 아니었어. 연산군은 왕위에 오르자마자 성종을 본받아 나라를 잘 다스리려고 노력했고 그 당시 나라가 안정돼 있었기 때문에 별 어려움 없이 나라의 질서는 잘 유지되어 갔지. 하지만 시간이 지날수록 어린 시절을 고독하게 보낸 연산군은 내면에 숨겨져 있던 광폭한 성격을 어김없이 표출하기 시작했어.

집권기 중 엄청난 인명을 죽이는가 하면, 자신을 비판하는 무리는 단 한 사람도 곁에 두지 않는 전형적인 독재군주로 군림했지. 세상에 비밀은 없는지라 연산군이 진짜 자신의 어머니가 누구인지 알게 되는 사건이 벌어지게 되면서 연산군은 점점 더 광적인 폭정을 일삼지. 성종이 세상을 떠나고 3개월 후에 선릉에 장사를 지내게 됐어. 그런데 장사를 지낼 때는 상주가 지문을 읽게 되어 있었지. 지문이란 것은 죽은 사람의 이름과 태어나고 죽은 날 및 살아 있을 동안의 행적 등을 적은 글이거든. 그런데 연산군이 지문을 읽어 내려가다 이상한 것을 발견하고 신하를 불러 물었어.

"지문에 나오는 판봉상시사 윤기견이 누구더냐? 그리고 윤씨는 왜 폐비가 되었느냐?"

신하들은 대답하지 못하고 머뭇거릴 뿐이었지. 하지만 연산군이 폐비 윤씨에 대해 궁금해 하자 신하들은 자세한 이야기는 꺼내지 못하고 다만 왕의 생모가 폐비되었다는 말만 이르게 돼. 그 후 외할머니가 윤씨 폐비 사건을 연산군에게 알리고 말지. 이 일로 연산군은 재위 10년에 인수대비가 병상에 눕게 되었을 때 생모 폐비사건에 관련된 자들을 조사, 이 일로 관계된 사람들을 모두 처단하기 시작했는데 그 피해가 막심했어.

이것이 '갑자사화' 야. '갑자사화' 는 겉으로는 모친 윤씨에 대한 연산군의 복수극으로 비치지만 그 내면에는 연산군이 정권을 장악하려는 의도에서 벌인 고의적인 참살극이었다고도 할 수 있어. 연산군은 우선 윤씨 폐출에 관여한 성종의 두 후궁 엄귀인과 정귀인을 궁중 뜰에서 직접 참하고 정씨의 소출인 안양군, 봉안군을 귀양보내 사사시켰어. 그리고 윤씨 폐출을 주도한 인수대비를 머리로 들이받아 부상을 입혀 절명케 했어. 그리고 비명에 죽은 생모의 넋을 위로하고자 왕비로 추숭하고 성종묘에 배사하려 했지. 이때 연산군의 행동을 감히 막으려는 사람은 거의 없었어.

다만 응교 권달수와 이행 두 사람만이 성종묘에 배사하는 것은 있을 수 없는 일이라고 반론을 폈지만, 권달수는 죽임을 당하고 이행은 귀양길에 오르게 돼. 하지만 연산군의 행동은 여기서 그치지 않았어. 막상 신하들이 자신의 행동을 저지하지 못하리라는 판단을 한 그는 윤씨 폐위에 가담하거나 방관한 사람을 모두 찾아내어 추죄하기 시작했어. 그래서 윤씨 폐위와 사사에 찬성했던 윤필상, 이극균, 성준, 이세좌, 권주, 김굉필, 이주 등 10여 명이 사형당했고, 이미 죽은 한치형, 한명회, 정창손, 어세겸 등은 부관참시에 처해졌지.

연산군은 이 사건으로 인해 모든 권력을 손아귀에 넣게 됐고, 그 후부터는 뭐든지 마음대로 했어. 문신들의 충고가 귀찮다는 이유로 경연과 사간원, 홍문관 등을 없애버리고, 정언 등의 언관도 혁파 또는 감원했지. 그리고 기타 모든 상소와 상언, 격고 등 여론과 관련되는 제도들은 남김없이 철폐해 버렸어. 연산군이 정사는 도

외시하고 방탕한 생활로 날을 보내는 것에 그의 비행을 비방한 내용을 언문으로 적어 투서한 자가 있었어.

이에 연산군은 언문을 가르치지도 배우지도 말고, 배운 자도 쓰지 못하게 했고, 조정 관리들의 집에 보관되어 있는 언문 구결책을 다 불사르라고 명령해. 또 성균관, 원각사 등을 술과 여자가 있는 주색장으로 만들고, 불교 선종의 본산인 흥천사를 마굿간으로 바꾸었어. 그리고 매일같이 궁궐에서는 연회가 벌어졌으며, 전국 각지에서 뽑아올린 수백 명의 기생들이 동원되었어. 게다가 자신의 큰어머니인 월산대군의 부인 박씨를 겁탈하는 등 종친간의 상간을 범하기도 했어. 그야말로 광적인 폭정을 일삼았던 거야.

이렇듯 연산군의 폭정이 계속 이어지자 민심은 소란스러워지기 시작했어. 전국 각지에서 반정을 도모하는 무리가 늘어났고, 급기야 1506년 박원종 등이 군사를 일으켜 연산군을 폐하고 성종의 둘째 아들 진성대군을 왕으로 옹립하는 사태가 벌어졌어.

연산군 폐출이 성공하자 박원종 등은 연산군을 왕자의 신분으로 낮추고 강화도에 유배시켰는데 두 달 뒤인 1506년 11월 연산군은 그곳에서 31세를 일기로 생을 마감하지. 사람들은 연산군을 모두 포악한 왕으로 기억하고 있지. 폐비 윤씨의 한이 서려서인지 너무도 끔찍한 세상을 만들어갔으니 말이야.

🌸 무오사화(戊午士禍)

　　성종에 이어 등극한 연산군은 학문을 싫어하고 언론을 귀찮게 여기는 인물이었고 그래서 자연스럽게 사림을 배척하고 있던 연산군에게 유자광을 중심으로 한 훈척 세력이 불을 붙이게 되었다. 사건은 1498년 무오년, 「성종실록」을 편찬하는 과정에서 일어났다.

　　1498년 실록청이 개설되고 이극돈이 실록 작업의 당상관으로 임명되었다. 그는 김일손이 작성한 사초 점검 과정에서 김종직이 쓴 「조의제문」과 이극돈 자신을 비판하는 상소문을 발견했다. 「조의제문」은 진나라 항우가 초나라의 의제(회왕)를 폐한 일에 대한 것이었는데 이 글에서 김종직은 의제를 조의하는 제문 형식을 빌려 의제를 폐위한 항우의 처사를 비판하고 있었다. 이는 곧 세조의 단종 폐위를 빗댄 것으로 은유적으로 세조의 왕위 찬탈을 비판하는 것으로 해석되었다. 이러한 글과 이극돈 자신에 대한 비판 상소문을 보고 분노해서 달려간 곳이 유자광의 집이었다. 유자광 역시 김종직과 극한 대립을 보였던 인물이었다. 유자광은 「조의제문」을 읽어보고는 곧 세조의 신임을 받았던 노사신, 윤필상 등의 훈신 세력과 모의한 뒤 왕에게 상소를 올렸다. 상소의 내용은 뻔했다. 「조의제문」이 세조를 비방한 글이므로 김종직은 대역 부도한 행위를 했으며, 이를 사초에 실은 김일손 역시 마찬가지라는 논리였다.

　　그렇지 않아도 연산군은 사림 세력을 싫어하던 차였다. 그래서

17

즉시 김일손을 문초하게 하였다. 「조의제문」을 사초에 실은 것이 김종직의 지시에 의한 것이라는 결론을 얻기 위해서였다. 그리고 의도하던 바대로 진술을 받아내자 연산군은 김일손을 위시한 모든 김종직 문하를 제거하기 시작했다. 심지어는 이미 죽은 김종직의 무덤을 파서 관을 꺼낸 다음 시신을 다시 한 번 죽이는 부관참시형을 가했다. 이 사건으로 대부분의 신진 사림이 죽거나 유배당하고 이극돈까지 파면되었지만, 유자광만은 연산군의 신임을 받아 조정의 대세를 장악했다.

이에 따라 정국은 노사신 등의 훈척 계열이 주도하게 되었다. 이렇게 사초가 원인이 되어 무오년에 사림들이 대대적인 화를 입은 사건이라 해서 이를 무오사화(史禍)라고 하는데, 이 사건을 다른 것과 구별하여 굳이 사화(士禍)가 아닌 사화(史禍)라고 쓰는 것은 사초(史草)가 원인이 되었다는 것을 강조하려는 의도에서이다. 죄의 대가는 꼭 치르는 것이다.

"수양 숙부, 나를 살려주오, 살려주시오."

애절하게 울부짖는 어린 단종을 밀어내고 수양 대군은 제7대 세조로 등극했다. 하지만 세조와 세조의 가족들은 단종을 죽인 죄책감에 시달려야 했다. 특히 세조는 왕위에 있을 동안 그 죄책감에 잠을 못 이루고 병에 시달렸다. 우리 속담에 '때린 놈은 다리를 못 뻗고 자도, 맞은 놈은 뻗고 잔다'는 말이 있듯이, 사람이 죄를 짓고는 편히 못 사는 법이다.

세조의 가족은 단종의 어머니 현덕왕후의 혼백에 시달렸는데, 이때문에 아들 의경세자가 죽었다는 이야기가 전해져 오고 있다. 왜 안 그랬겠는가. 어린 핏덩이를 세상에 내놓자마자 눈을 감아야 했던 현덕왕후. 그것도 모자라 어린 아들이 불쌍하게 죽어가는 것을 지켜봐야만 했으니 말이다. 현덕왕후는 세조의 꿈에 또 나타났는데, 세조를 향하여 침을 뱉었다. 그런데 세조는 이상하게도 그 꿈을 꾸고 나서부터 그 자리에 피부병이 걸려 오랫동안 고생하기도 했다. 의경세자 또한 매일같이 현덕왕후의 혼령에 시달렸다. 그래서 병은 점점 깊어져만 갔고 그가 병상에 누워있을 때 21명의 승려가 경회루에서 공작재를 베풀기도 했다.

세조는 아들의 병을 낫게 하기 위하여 온갖 좋은 방법이란 방법은 다 썼다. 하지만 의경세자는 끝내 일어나지 못하고 20세에 세상을 떠나고 만다. 특히 자식을 많이 두지 않았던 세조인지라 아들에 대한 사랑은 유별났고 세조는 자신의 잘못을 뉘우치지 않았다. 그리고 인간으로서는 범할 수 없는 일을 또 저지른다. 현덕왕후의 무덤을 파헤쳐 관을 꺼냈던 것이다. 정말 인간의 도리에 어긋나는 끔찍한 일이다.

세자가 갑자기 요절하자,
해양대군이 세자가 되었어.

이때 해양대군의 나이가 아홉이고 세조는 마흔을 갓 넘긴 상태였어. 세조는 자신의 건강은 매우 좋았기 때문에 자신이 군국을 그대로 유지한 채 세자의 왕자 수업을 적극적으로 후원한다면 결코 다른 일은 벌어질 리가 없었다고 믿었지. 어쨌든 해양대군이 이러한 과정을 거쳐 세자에 책봉되어 세조의 승하 후 즉위한 예종이야.

세조는 세자의 나이가 열하나가 되자 성혼을 시키고자 했어. 여기에는 여러 가지 배경이 있지만 그 중 가장 중요한 것은 역시 대통을 잇기 위해서였지. 또 세자빈이 간택되고 가례를 올림으로써 이제 이성에 눈을 뜨기 시작할 나이인 세자의 마음을 진정시키고자 했던 거야.

그래서 세조는 효령대군 보, 판내시부사 전균, 도승지 윤자운 등에게 명해 사제에 돌아다니면서 처녀를 간택하도록 했지. 그래서 상당부원군 한명회의 딸을 세자빈으로 책봉하게 돼. 그리고 세자에게 더할 수 없이 기쁜 일이 생겼지. 그것은 사실 세자뿐만이 아닌 세조에게도 마찬가지였어. 바로 세자빈 한씨가 원손을 잉태한 거야.

원손을 잉태하고 있는 세자빈은 산달이 가까워지고 있어 조심스러웠어. 왕실에서는 세자빈의 심신을 안심시킬 수 있도록 다른 곳으로 옮겨 몸조리를 시키며 각별한 신경을 썼어.

그래서 그토록 고대하던 원손이 태어나게 돼. 하지만 워낙 난산이고 세자빈의 몸이 허약해져 있던 터라 마냥 기쁨에 차 있을 수 없었어. 얼마 지나지 않아 걱정했던 일이 일어나고 말았어. 세자빈은 열일곱의 꽃다운 나이로 아이를 제대로 보지도 못하고 세상을 떠났거든.

그녀의 죽음은 세자와 세조, 아버지인 한명회를 슬픔에 잠기게 했어. 이듬해 세자빈의 상례를 치르고 장사지냈어. 그녀는 예종이 왕위에 오른 뒤 장순왕후로 추존되지. 하지만 세조 집안의 불행은 여기서 끝나지 않아. 세 살이 된 원손이 풍질을 앓게 됐어. 그래서 세조는 호조참판 임원준, 동지중추원사 전순의를 불러 모았어. 그리고 원손을 살리기 위한 방법을 강구했지만 소용없었어.

원손의 병이 이미 손을 쓸 시기가 지날 정도로 갑자기 악화되었거든. 결국 원손도 할아버지인 세조와 아직도 미소년의 티가 남아 있는 예종의 곁을 떠나게 된 거야. 세조로서는 장자인 의경세자와 장손인 원손을 일찍 잃게 되었으니 그 슬픔은 말할 나위가 없었을 거야. 세조는 죽는 날까지 '수양 숙부 나를 살려 주시오' 하는 단종의 소리가 또렷이 떠올라 불면증에 시달렸다고 해.

그래서 세조는 마음의 안정을 얻으려고 불교에 더 큰 관심을 기울였어. 사찰을 궁궐 안에 두어 승려의 목탁소리가 울려 퍼지도록 했지. 병이 점점 깊어지자 금강산 깊은 골짜기에 들어가 병을 고치고 마음의 안정을 얻으려 했으나 병은 점점 깊어만 갔어. 그리고는 세조의 나이 52세 되던 어느 날 세상을 떠났어.

부왕의 죽음은 온순하면서도 효성스러웠던 예종에게 엄청난 충격이었고 그는 너무나 슬퍼한 나머지 건강을 해쳤다는 이야기가 기록으로 남아 있어.

"예종이 세자일 때 세조가 병환이 생기니 수라상을 보살피고 약을 먼저 맛보며 밤낮으로 곁에 있어 한 잠도 못잔 지 여러 달이 되었다. 세조가 돌아감에 슬픔이 지나쳐 한 모금 물도 마시지 않았으므로 마침내 건강을 해치어 이 해 겨울에 세상을 떠나게 되었다."

예종도 결국 왕위에 오른 지 1년 2개월 만에 세상을 떠나게 된 거야. 그때가 예종 나이 불과 스물이었으니 참으로 안타까운 일이 아닐 수 없지. 하지만 당시 사람들은 이 모든 일들을 세조가 단종을 죽이고 왕위를 찬탈했기 때문에 인과응보의 결과라고 수군댔지. 정말 사람은 죄 짓고는 편히 살지 못한다는 걸 이제 알았겠지.

🦋 공순영릉(恭順永陵)

경기도 파주시 조리면 봉일천리 산 15번지에 소재한 공릉(恭陵)·순릉(順陵)·영릉(永陵)을 함께 일컬어 통칭 공순영릉이라고 한다. 공릉은 1461년(세조 7)에 조성된 예종의 원비 장순왕후 한씨의 능이고, 순릉은 1474년(성종 5)에 조성된 공혜왕후 한씨의 능이며, 영릉은 1729년(영조 5)에 조성한 영조의 장자 효장세자 진종과 진종비 효순왕후 조씨의 능이다. 이 공순영릉 주변에는 공릉호수가 있으며, 공릉호는 부근의 경치가 좋아 많은 소풍객들이 찾아들고 있는 곳이다. 압구정으로 유명한 청주 한씨 상당부원군 한명회의 장녀로 태어난 예종의 비 장순왕후 한씨는 세조를 도와 권력을 쥐었던 아버지에 의해 세자빈으로 책봉(세조 6년, 1460년)되었으나 다음해에 인성대군을 낳고 산후병으로 17살의 어린나이에 승하해 장순의 시호를 받았다. 동생 공혜왕후(성종의 비) 역시 19살의 나이에 승하해 비운의 자매가 되었다.

창경궁 전경

창경궁은 경복궁의 동쪽에 있어 동궐이라고도 불렀다.
조선 왕조 오대 궁궐 중 대부분 남향으로 배치된 것과 달리 동향
으로 되어 있는 유일한 궁궐이다.

2부

업적을
많이 남긴 왕들

세종대왕은 우리 역사뿐 아니라 세계적으로도 유명한 위인이지.

그 시대에 이룬 업적은 이루 다 열거할 수 없을 정도로 많지. 그래서 세종대왕은 조선왕조의 왕 중에 가장 존경받는 인물이 된 건지도 모르겠어. 세종이 나라를 다스리는 동안 정치적으로 안정되어 정치, 경제, 사회, 문화 등 전반적인 기틀을 잡은 시기였어. 집현전을 통하여 많은 인재를 길렀고, 유교 정치의 기반이 되는 의례, 제도를 정비하였지. 그리고 겨레 문화를 높이는 데에 기본이 된 훈민정음의 창제, 방대한 편찬 사업, 농업과 과학 기술의 발전, 의술과 음악 및 법제의 정리, 국토의 확장 등 수많은 업적으로 나라의 기틀을 확고히 했어.

그리고 세종은 무엇보다 널리 국민을 사랑하고, 국민의 어려운 생활에 깊은 관심을 가져, 국민을 본위로 한 왕도 정치를 베푼 임금이었어. 세종은 천성이 어질고 부지런하였고, 학문을 좋아하고 취미와 재능이 여러 방면에 통하지 않음이 없었대. 정사를 보살피면서 독서와 사색에 머리쓰기를 쉬지 않았고, 의지가 굳어서 옳다고 생각한 일은 반대가 있더라도 기필코 실행했지.

세종에 관한 재미있는 이야기가 전해지고 있어. 세종은 학문을 좋아했는데 새벽에 일어나면 정당에 나가기 전까지 꼭 독서를 했어. 그런데 어느 날 밤이 이슥한 후 세종은 내시를 보내 집현전 학자 중 오늘 누가 숙직하며 글을 읽고 있나 보고 오라는 명을 내렸어. 내시가 어명을 받들고 집현전에 이르러 살펴보니 신숙주가 독서하고 있었어. 내시는 신숙주가 홀로 독서하고 있음을 세종에게 아뢰었지.

세종은 신숙주가 신장의 아들이라는 사실을 알고 "신장도 글을 잘 하더니 아들도 역시 공부를 열심히 하는구나. 부전자전이로다." 하며 감탄했어. 그리고 내시를 시켜 또다시 신숙주를 보고 오라고 했어. 그런데 여전히 신숙주는 자지 않고 글을 읽고 있었던 거야. 밤이 깊자 세종이 직접 집현전을 찾아갔어. 그리고는 단정히 앉아 글을 읽고 있는 신숙주를 몰래 지켜봤지. 그러던 중 신숙주가 고단하여서인지 꾸벅꾸벅 졸다가 책상에 엎드린 채 그대로 잠이 들었어. 그 모습을 지켜본 세종은 살그머니 들어가 자기가 입고 온 수달피 웃옷을 벗어 신숙주의 등 위에 덮어주고 나왔어. 글공부를 열심히 하는 선비를 아끼는 따뜻한 일이었지. 신숙주는 아무것도 모른 채 잠에 깊이 빠졌어. 아침에 수달피 웃옷을 보고 깜짝 놀란 신숙주는 간밤에 세종이 왔다 갔다는 소리를 듣게 됐어. 신숙주는 감격의 눈물을 흘렸어. 이러한 소문이 궁중에 퍼지게 됐고 그때부터 선비들은 감격하여 독서에 열중했대.

세종 때 집현전에서 좋은 책이 많이 나온 것과 훈민정음의 창제는 결코 우연한 일이 아니야. '집현전'은 세종대왕의 명으로 1420년에 설립된 왕립 연구기관이야. 세종은 젊고 재질이 있는 사람을 뽑아 집현전에 배치하고, 문과에 급제한 가장 재능 있는 관리들 가운데 훌륭한 학자들을 모아 왕실 연구기관으로 만들었어. 집현전이 존재했던 36년 동안 총 약 90명의 관리들이 그곳에서 일하였는데, 서거정, 성삼문, 신숙주, 양성지, 정인지 같은 유명한 사람들이 포함되어 있어. 집현전은 궁궐 내에 위치해 있었고 나라의 어려움을 해결하기 위해 세종은 집현전 학자들의 이해와 해결방안을 물었지. 집현전은 임금의 자문기관이자 국가 제도 및 정책을 연구하는 기관이었어.

세종은 집현전을 화려하고 장엄한 모습으로 손질하고, 많은 책을 구입하여 서가에 정리하여 학자들이 책을 찾고 보기에 편하게 했어. 집현전에 나오는 학자들은 아침 일찍 나와 저녁 늦게 돌아갔고 어떤 학자들은 새벽 첫닭 소리를 듣고야 잠자리에 들기도 했지. 학자들은 세종의 명을 받아 여러 가지 사상, 역사를 비롯하여 천문, 지리, 의약 등을 마음껏 연구하였으며 경비는 모두 나라에서 부담했어. 집현전이 존재한 36년 동안 그곳에 속한 학자들은 수많은 중요한 문화적 업적들을 이루었지. 그 중 최대의 업적을 꼽으라면 그것은 단연 '훈민정음' 창제일 거야. 세종은 백성들이 자신의 생각을 글로 나타내지 못하는 것을 늘 안타깝게 여겼어. 우리 나라는 삼국시대부터 한자를 사용해 왔어. 중국의 문자인 한자는 글자마다 뜻을 알아야만 쓸 수 있기 때문에 익히기도 어려웠고 쓰기에도 매우 불편했지. 그래서 일부 계층에서만 사용했어. 그래서 세종은 하늘과 땅 사이에 있는 모든 만물은 소리를 가지고 있으며, 그에 따라 글이 생겨야 한다고 생각했던 거야. 세종은 글을 모르는 무지한 백성들이 쉽게 배우고 쓸 수 있는 우리 글자를 만들어야겠다고 결심한 거지.

세종은 집현전에 모아 기른 인재들 가운데 정인지, 최항, 박팽년, 신숙주, 강희안, 이개, 이현로, 성삼문 등을 궁중의 정음청에 따로 모아 보좌를 받으며 한글 만들기를 주도했어. 여러 가지 어려움을 무릅쓰고 드디어 세종 25년(1443년) 훈민정음을 창제했어. 세종은 『훈민정음』의 앞부분에서 "나랏말이 중국과 달라 한자와 서로 뜻이 통하지 않으므로 어리석은 백성들이 말하고 싶은 바가 있어도 제 뜻을 표현하지 못하는 경우가 많았다. 이를 딱하게 여겨 새로이 28자를 만들었으니 사람마다 쉽게 익혀 날마다 쓰기에 편하게 하고자 한다"고 훈민정음을 만들게 된 목적을 밝히고 있다. 자음과 모음 28자로 만들어진 훈민정음의 가장 중요한 특징은 우리말을 소리나는 대로 쓸 수 있게 했다는 거야. 그래서 훈민정음은 일반 백성들도 쉽게 배울 수 있었지. 1443년 『세종실록』에는 다음과 같이 기록돼 있어.

"상감께서 언문 스물여덟 자를 친히 만드시었다. 그 글자는 옛 전자를 본받았다. 초성(첫소리), 중성(닿소리), 종성(받침)으로 나누는데, 이것을 합치어서 글자를 이룬다. 모든 문자(한자)나 우리 나라 말을 다 이 글자로 기록을 할 수 있다. 비록 글자가 간결하나 전환(돌려쓰기)이 무궁하다. 이 글자를 '훈민정음'이라 한다."

훈민정음을 반포한 뒤 세종은 궁궐 안에 '정음청'을 설치하여 훈민정음을 연구하고 널리 보급시킬 계획이라고 밝혔어. 훈민정음을 만드는 데 참여한 집현전의 한 학자들도 "여진, 몽고, 일본 등이 모두 자기 나라의 글자를 가지고 있는데 조선만 우리 글자가 없었다"고 이야기하며 훈민정음 반포를 계기로 우리 문화가 더욱 발전할 것으로 기대했어. 그런데 훈민정음이 일반 백성에게 보급되기까지 그리 순탄하지만은 않았어.

최만리 등의 학자는 중국과 다른 문자를 쓰는 것은 사대의 예에 어긋나는 행위고 성인의 학문인 한자를 배우는 것이 마땅하다고 주장했지. 만일 그렇지 않으면 세상 일이 어둡게 된다며 훈민정음 반포와 실시를 반대했어. 하지만 세종은 의지를 굽히지 않고 이러한 반대에 슬기롭게 대처했어. 그 대신 강력하게 반대하는 신하들에게 누누이 타이르고 새로 만든 정음을 자세히 설명했지.

"28자는 무궁하게 활용할 수 있고, 간결하면서도 간편하여 널리 쓸 수 있다. 총명한 사람이면 한나절이면 다 알 수 있고, 둔한 사람도 열흘 정도면 제대로 배울 수 있다."

그래도 반대가 너무 심해 세종은 하는 수 없이 그들을 의금부에 하루 동안 가두어 두었지. 이런 과정을 거쳐 훈민정음이 반포되게 된 거야. 1443년 만들어진 한글은 3년간 다시 다듬어지고 몇 가지 문헌을 한글로 만드는 실용의 시험을 거쳤어. '용비어천가(龍飛御天歌)'를 지어 훈민정음의 실용성을 시험해 보는 한편, 집현전 학자들로 하여금 훈민정음의 본문을 풀이한 『해례서(解例書)』를 편찬하게 했지. 이런 과정을 거쳐 1446년에 이르러 비로소 '훈민정음'이 전국에 반포되었어.

세종대왕의 한글 창제의 의의는 두 가지로 요약해 볼 수 있어. 첫째 한자는 중국말을 적는 데 맞는 글자이므로 우리말을 적는 데 맞지 않는다는 점을 강조하고 우리 말을 적는 데 맞는 글자를 만들기 위해 새 글자를 만들었다는 점이야. 여기에는 민족 자주정신이 강하게 드러나 있어.

둘째는 '어린(어리석은) 백성'이란 일반 백성을 가리키는 말로, 한자를 배울 수 없었던 사람들을 위해 배우기 쉬운 글자를 만들었다는 점에서 민본정신이 배어 있다는 점이지.

집현전의 훈민정음 창제 외에도 수없이 많은 책을 만들어 우리나라 문화 사상 황금시대를 이룩했어. 집현전 학자들에 의하여 이루어진 수십 가지의 편찬 사업 중에는 농업, 유교사상, 역사, 지리,

법률, 언어학 및 의학에 대한 다양한 것들이 있었어.

『농사직설』(1429), 『태종실록』(1431), 『삼강행실도』(1432), 『팔도지리지』(1432), 『향약집성방』(1433), 『동국정운』(1447), 『사서언역』(1448), 『고려사』(1451) 등이 모두 이때 나온 책이야.

하지만 세종 이후 집현전의 역사는 세종의 개인적 후원이 그것의 성공에 얼마나 중요했는가를 보여 주고 있어. 세종의 후계자인 문종의 죽음과 그의 손자인 단종의 즉위 이후에 집현전은 오히려 정치적인 역할을 맡게 돼버렸지.

1455년 단종의 숙부인 세조의 왕위 찬탈에 대항하여 어린 왕을 수호하고자 했기 때문이었어. 그 결과 많은 탁월한 학자들이 죽음에 이르렀고 세조는 집현전을 폐쇄해 버려. 15세기 후반에 성종이 '홍문관'이라는 명칭으로 집현전을 부활시키려고 시도했지만 그 이전의 영광을 결코 다시 얻지는 못했어.

신숙주(申叔舟)

공조참판 장(檣)의 아들이며, 어머니는 지성주사(知成州事) 정유(鄭有)의 딸이다. 1438년(세종 20) 사마양시에 합격하여 동시에 생원 진사가 되었다. 이듬해 친시문과에 을과로 급제하여 전농시직장(典農寺直長)이 되고, 1441년에는 집현전부수찬을 역임하였다.

『훈민정음』을 창제할 때 참가하여 공적이 많았다. 1447년 집현전 응교가 되고, 1451년(문종 1)에는 사헌부장령 집의를 거쳐, 직제학을 역임하였다. 1453년 승정원동부승지에 오른 뒤 우부승지 좌부승지를 거쳤다. 1455년 수양대군이 즉위한 뒤에는 '동덕좌익공신'의 호를 받고 예문관대제학에 초배(超拜)되어 고령군(高靈君)에 봉하여졌다. 1457년 좌찬성을 거쳐 우의정에 오르고 1459년에는 좌의정에 이르렀다. 1462년에 영의정 부사가 되고, 1467년에 다시 예조를 겸판하였다. 성종이 즉위함에 '순성명량경제홍화좌리공신'의 호를 받고, 영의정에 다시 임명되었다.

1472년(성종 3)에는 『세조실록』 『예종실록』의 편찬에 참여하였다. 이어 세조 때부터 작업을 해온 『동국통감』의 편찬을 성종의 명에 의하여 그의 집에서 총관하였다. 또 세조 때 편찬하도록 명을 받은 『국조오례의』의 개찬 산정(刪定)을 위임받아 완성시켰다. 『해동제국기海東諸國記』를 지어 일본과의 교빙(交聘)에 도움이 되도록 하였으며, 1475년(성종 6)에 일생을 마쳤다.

조선이
건국되었어.

조선왕조를 연 주역들 이성계와 그를 따르던 정도전 등은 유교적 윤리에 입각한 법전의 필요성을 인식하게 됐어. 그래서 조선왕조의 개창과 더불어 법전 편찬 작업을 착수하게 돼. 먼저 고려 말이래의 각종 법령 및 판례법과 관습법을 수집하여 1397년(태조 6) 경제육전을 제정하고 시행하였지. 그 전에 왕조 수립과 제도 정비에 크게 기여한 정도전이 『조선경국전』을 지어 바친 일이 있었어.

하지만 그건 어디까지나 학자로서의 정도전 개인이 가지고 있던 견해로 그쳤어. 생각해 보면 당연한 일일 거야. 한 나라의 법이 개인 한 사람의 생각에 의해 만들어졌다면 진정 모든 사람에겐 공정할 순 없는 거겠지. 그리고 태종이 정도전을 그리 탐탁히 여기지 않았기 때문에 더더욱 그가 만든 『조선경국전』은 채택될 수 없었어. 태종은 『경제육전』을 수정해서 새로운 법전을 만들기에 나섰고 그래서 태종 때 『속육전』이 만들어졌어. 『속육전』은 『경제육전』을 본보기로 만들었기 때문에 『속육전』이라 이름붙여지게 된 거야. 세종 때 이르러 법전의 보완 작업은 계속되었지만 미비하거나 현실과 모순된 것들이 많았지.

나라가 안정되고 국가체제가 더욱 정비되어 감에 따라서 조직적이고 통일된 법전을 만들 필요성은 점점 커져만 갔어. 그렇게 세월이 흘러 세조 때 이르러 본격적인 법전 편찬 작업에 착수하게 돼. 세조는 즉위하자마자 당시까지의 모든 법을 전체적으로 조화시켜 후대에 길이 전할 법전을 만들기 위해 '육전상정소'를 설치했어. 그리고 당시 이름난 학자에 대신들을 중심으로 편찬 작업에 착수하였지. 이때 참여한 인물들은 최항, 김국광, 한계희, 노사신, 강희맹, 임원준, 홍응, 성임, 서거정 등이야.

1460년(세조 6) 먼저 『호전』이 완성되고, 1466년에는 편찬이 일단락되었으나 보완을 계속하느라 전체적인 시행은 미루어졌어. 그리고 다음 왕인 예종 때에 2차 작업이 끝났지만 예종의 죽음으로 시행되지 못했어. 그러다가 성종 대에 들어와서 수정이 계속되어 1471년(성종 2) 시행하기로 한 3차, 1474년 시행하기로 한 4차 『경국대전』이 만들어지게 된 거야. 1481년에는 다시 '감교청'을 설치하고 많은 내용을 수정하여 5차 『경국대전』을 완성했고 다시는 보완하지 않기로 해 드디어 1485년부터 시행 공포된 거야. 그 뒤로 구체적이고 개별적인 법령이 계속 마련되어 시기가 많이 지남에 따라 후속 법전도 마련되어 차차 법전의 면모를 완벽하게 갖추어 나가게 되었어. 1746년(영조 22)에는 각종 법령 중 영구히 시행할 필요가 있는 법령만을 골라 『속대전』을 편찬하여 시행함으로써 또 하나의 법전이 등장했어. 1785년(정조 9)에는 『경국대전』과 『속대전』 및 『속대전』 이후의 법령을 합쳐 하나의 법전으로 만든 『대전통편』이 시행되었고, 그 이후의 법령을 추가한 『대전회통』이 조선왕조 최후의 법전으로서 1865년(고종 2)에 이루어지게 되었지.

『경국대전』은 조선왕조 개창 때부터의 정부체제인 육전체제를 따라 6전으로 구성되었으며, 각기 14~61개의 항목으로 이루어져 있어. '이전'은 궁중을 비롯하여 중앙과 지방의 직제 및 관리의 임면과 사령, '호전'은 재정을 비롯하여 호적, 조세, 녹봉, 통화와 상거래 등, 그리고 '예전'은 여러 종류의 과거와 관리의 의장, 외교, 의례, 공문서, 가족 등에 대한 내용이 담겨 있지. 또 '병전'은 군제와 군사, '형전'은 형벌, 재판, 노비 상속 등, 그리고 '공전'은 도로 교량, 도량형 산업 등에 대한 규정을 실었어.

짧게는 세조 때 편찬을 시작한 지 30년 만에, 길게는 고려 말부터 약 100년 간의 법률제정사업을 바탕으로 완성된 이 법전의 반포는 국왕을 정점으로 하는 중앙집권적 관료제를 밑받침하는 통치 규범의 확립을 의미하는 것이라 할 수 있어. 또한 새로운 법의 일방적인 창조라기보다 당시 현존한 고유법을 성문화하여 당시 중국의 법이 우리 나라에 침투해 오는 것을 막았다는데 의미를 찾을 수 있을 거야. 이로써 조선 사회 나름의 질서를 후대로 이어주었다는 큰 의미가 있지. 예를 들어 '형전'의 자녀균분상속법, '호전'의 매매 및 사유권의 절대적 보호에 대한 규정, '형전'의 민사적 소송절차에 대한 규정 등은 중국법의 영향을 받지 않은 고유법이라고 할 수 있지. 하지만 당시 조선 사회가 가지고 있던 넘지 못할 벽도 확연히 반영되어 있었어. 국왕에 대한 규정이 없는 것이 대표적인 예가 될 수 있지.

실제 정치운영에서는 점점 세밀한 규정들이 수립되어 국왕의 권한에 많은 제약을 가하였지만, 조선 사회의 기본 정치이념에서 국왕은 법률의 대상이 아니었기 때문이야. 또한 관리의 자격에 대해 천민이 아닐 것이라는 등의 신분적 제약을 정해놓지 않아 중세 신분제의 발전된 변화의 모습을 보여 주기도 했지만, 노비에 대한 규정을 '형전'에 자세하게 담은 것은 당시의 지배층이 노비제의 바탕으로 그 위에 서 있었고 그들을 죄인으로 인식했음을 보여준다고 할 수 있을 거야.

『경국대전』은 조선시대가 계속되는 동안 최고법전으로서의 지위를 유지해 나갔어. 법률의 개정과 폐지가 끊임없이 계속되고 그것을 반영한 법전이 출현했지만 이 법전의 기본체제와 이념은 큰 변화 없이 이어져 나갔던 거야. 『대전회통』에는 비록 폐지된 것이라 하더라도 『경국대전』의 조항이 그 사실과 함께 모두 수록되어 있어. 사회운영의 질서는 실질적으로 많은 변화를 겪었고 따라서 법전의 시행 내용 또한 매우 큰 변화를 보이고 있지.

하지만 이러한 변화는 사회적으로 혼란스러웠다기보다는 사회의 변동에 법이 멈춰 있던 것이 아니라 함께 발전하여 적응해 나갔던 것으로 생각할 수 있을 거야.

🔹 대전회통(大典會通)

1865년(고종 2) 왕명에 따라 조두순 등이 편집한 조선시대 마지막 법전으로 6권 5책으로 되어 있다. 『대전회통』은 조선시대 500년간의 종합적인 법령집으로 성종대의 『경국대전』, 영조대의 『속대전』, 정조대의 『대전통편』과 고종까지의 개정 법령을 총망라한 것으로 오늘날에도 관습법으로써 많은 부분에서 현행 규범성을 유지하고 있다. 『대전회통』은 관직체제를 모방하여 6전으로 총 228개 조목을 담고 있어 조선시대 법류의 변화는 물론 하나의 제도가 조선사회 전반에서 어떻게 변화되었는지 일목요연하게 파악이 가능하다. 이 법전은 고려와 조선시대에 걸친 모든 법전이 망라되었다는 점에서 사회 법제 연구에 많은 자료를 제공해 준다.

1776년 3월 **왕세손이**
경희궁에서 즉위식을 가졌어.

그리고 제22대 정조가 되었지. 왕세손 시절에는 철저히 자기 자신을 드러내지 않고 오로지 학문에만 열중했지만 즉위하면서 다른 행동을 보이기 시작했단다. 정조는 왕위에 오르자 제일 먼저 사도세자를 죽일 때 찬성한 홍인한, 정후겸 등을 몰아내 그 다음 세력을 떨치고 있는 김구주를 흑산도로 귀양보내 버리지.

김구주는 정조가 왕세손이었을 때는 벽파가 되어 시파인 홍봉한을 모함하여 내쫓더니 왕세손이 대리 청정을 하게 되자 왕세손의 대리 청정을 위해 자기 혼자 싸운 것처럼 으스대며 정조 편을 들었어. 벽파를 물리친 정조는 시파를 고르게 관직에 등용해.

정조 1년(1777년) 정조는 자기를 시해한 다음 은전군을 옹립하려던 사건을 일으킨 홍상범 일파도 조정에서 밀어냈지. 그리고 당파 싸움에 희생된 아버지를 생각하여 탕평 정치를 실행하려고 했어.

39

이 때문에 임금의 거실을 '탕탕평평실'이라고 이름을 붙였다고 해. 아버지 사도세자의 한을 풀어주려고 애를 썼지만 아버지의 억울함이 가슴에 더욱 사무쳤지. 그래서 말년에 사도세자의 능이 있는 수원에다 성을 쌓고 수원을 소경(작은 서울)으로 승격시키고 자주 드나들었어.

정조는 학문을 좋아하는 임금이어서 신하들과 학문을 논하기를 즐겨했어. 그래서 자기를 왕위에 오르도록 도와준 홍국영을 승지로 명하고 임금의 좌우에서 명을 받들도록 하였어. 그리고 왕권을 위태롭게 하는 친척이나 대신들의 횡포와 음모를 미리 방지하기 위해 규장각을 설치한단다.

규장각은 학식이 높은 신하들이 모여 경서와 사기를 논하면서 정치가 잘 되었나 그렇지 않나 백성들의 고통은 무엇인가 등을 살피는 한편 학문의 진흥과 타락된 풍습을 본래의 순수함을 되찾도록 도와주는 기관이야. 정조는 홍국영이 나라를 잘 이끌어가고 있었으므로 규장각에만 정성을 쏟았어. 우리 나라 서적과 중국 서적을 많이 수집해서 도서관처럼 만들고 옛날 임금들의 문장과 서적, 유서(관찰사, 절도사, 방어사들이 새로 부임할 때 임금의 명령을 쓴 편지), 교서(임금의 명령서) 등을 모아 간직하도록 했어.

규장각의 규모가 커지자 정조는 내각, 외각으로 나누어 일을 맡아보게 하였지. 내각은 활자를 새로 만들어 책을 편찬하거나 간행하는 일을 했고, 외각은 경서와 사적(역사상 중요한 사건이나 시설의 자취)을 인쇄해 세상에 널리 알리는 역할을 했어. 규장각에서 일하는 사람은 제학 2명, 직제학 2명, 직각 1명, 대고 1명 외에 검서관 4명이었어. 이중 검서관에는 서얼 출신 학자들을 등용해서 벼슬을 주었지. 능력과 학식이 풍부해도 관리의 길을 걷지 못했던 서얼 출신들에게 조정으로 나갈 기회를 준 거야.

사실 규장각은 임금 직속의 학술 및 정책을 연구하는 기관이었는데 정조는 다른 욕심이 있었어. 그 당시 진보적인 경향을 가진 학자들이 벽파나 시파 등 어느 당에도 들어가지 못하도록 규장각에 모으려는 정치적 속셈이었지. 이리해서 박제가, 유득공, 정약용 등 실학자들이 당파 싸움을 하지 않고 정치에 참여하게 돼. 규장각에서 임진자, 생생자, 한구자, 정리자, 춘추관자 등 새로운 활자가 만들어져 편찬 사업이 활발했어. 『속오례의』, 『증보문헌비고』, 『국조보감』, 『대전통편』, 『규장전운』 등 수많은 책들이 선을 보였지. 이처럼 임금이 규장각에 온 힘을 기울이고 있는 사이 세력을 잡은 홍국영에게 사람들이 몰려들기 시작했어.

정조는 홍국영을 신임해 도승지의 일을 하면서 훈련 대장을 겸임하도록 했지. 이렇게 되니까 홍국영이 실질적으로 정권을 잡은 꼴이 되고 말았어. 사람들은 이를 두고 '세도정치'라고 했어. 이것은 왕실의 가까운 친척이나 신하가 강력한 권세를 잡고 정치에 관계되는 온갖 일을 제 마음대로 하는 정치를 말하지. 홍국영은 자기의 권세를 오래도록 누리기 위해 정조의 정실인 효의 왕후 김씨에게 소생이 없는 것을 생각하고 누이를 정조의 후궁으로 삼도록 했어. 기반이 탄탄해진 홍국영은 아예 대궐에 머물면서 나랏일을 돌보았지. 오죽하면 대신, 원로, 심지어 지방의 관리들도 임금보다 홍국영에게 정치를 의논할 정도였어. 이토록 그의 위세는 대단했지. 그런데 정조의 후궁으로 보낸 누이가 죽고 말아. 홍국영은 한쪽 팔이 떨어져 나가는 듯했지. 만일 정조가 다른 후궁을 얻어 아들을 낳으면 큰일이잖아. 그래서 홍국영은 그러기 전에 손을 써야겠다 생각하고 정조를 구슬렸어.

"전하 지금 왕세자를 만들어 놓지 않으면 나중에 후회하실 것이옵니다."

"경이 알다시피 나에게 아들이 있어야 왕세손을 만들지요."

"전하, 은언군의 아들 완풍군이 출중하다고 들었습니다. 완풍군을 양자로 삼으시어 왕세자로 책봉하면 어떠실런지요."

정조가 이맛살을 찌푸렸어.

'왕세자 책봉이 뭐가 그리 급하단 말인가?'

정조가 가만히 생각해 보니 신하로서 할 말이 아닌 것 같았어. 그러던 중 홍국영에 대한 상소가 날아들기 시작했지.

"홍국영이 완풍군을 전하의 양자로 만들려는 의도는 분명 다른 곳에 있습니다. 홍국영은 나중에 큰일을 저지를 위인이옵니다. 그를 멀리 추방시켜야 합니다."

정조는 홍국영을 불러 전날의 정을 생각해서 빠른 시일 안에 스스로 벼슬에서 물러날 것을 권했어. 권력의 맛을 안 홍국영이 쉽사리 물러날 까닭이 없지. 그래서 정조는 그를 강릉으로 내쫓았어. 후일 그는 병이 들어 33세의 나이로 세상을 떠나고 만단다.

이제 친히 정치를 하게 된 정조는 당파 싸움을 멀리하고 문화 정치를 하려 애썼지. 그래서 '탕평책'을 계속 밀고 나가는 한편 규장각의 규모를 키워나갔어.

정조 7년(1783년), 이승훈이 아버지 이동욱이 동지사 서장관으로 북경에 갈 때 따라가서 세례를 받고 십자가와 성패를 가지고 조선으로 돌아왔어. 이승훈은 2년 후 명례동에 있는 김범우의 집을 교회로 삼고 이벽을 신부로 뽑아 주일예배를 보았지. 얼마 지나지 않아 천주교는 남인 학자들과 그때까지 설움만 받아 오던 중인, 서얼 그리고 일반 농민층으로 빠르게 전파되어 갔어.

정조도 영조처럼 백성을 위해 선정을 많이 베풀었어. 악형을 금지시키고 백성들의 부담을 덜어 주기 위해 삼남에서 진상하는 약재를 반으로 줄여 세금을 덜어 주는 한편 빈민 구제를 위한 정책도 발표했지. 그리고 농민들에게 나라의 어려운 사정을 알리고는 하늘만 탓하지 말고 농사일에 힘써 줄 것을 당부했어. 그리고 예조판서와 총융사에게 나라 안의 풍조가 없어질 때까지 백성들을 계몽시키라고 명했지. 이처럼 인덕 정치 뿐만 아니라 문화에 관심이 많았던 정조는 역대 왕 중 문화 정치를 가장 잘한 임금으로 전해진단다.

서 얼

서얼은 양반의 자손 가운데 첩의 소생을 이르는 말이다. 고려시대에는 서얼에 대한 차별이 두드러지지 않았으나 고려 말에서 조선 초기에 들어와서 주자학의 귀천의식과 계급사상이 지배계급의 생각으로 자리잡게 되자 서얼의 등용에 제한을 두기 시작하였다.

서얼은 가정에서도 천하게 여겨 재산상속권이 없었고 관직에 등용되기도 어려웠다. 조선시대의 가장 기본이 되는 법전인 『경국대전』에 따르면, 서얼은 문과나 생원, 진사시에 응시하지 못하도록 하여 양반관료의 등용시험인 과거에 응시할 자격을 박탈하였다.

때로 제한된 범위에서 등용되기도 하였으나 그것 역시 아버지의 관직 높낮이나 어머니의 신분에 따라 한계가 있었다. 이를 '한품서용(限品敍用)' 이라고 하는데, 문·무 2품 이상 관리의 양인 첩 자손은 정3품, 천인 첩 자손은 정5품까지, 6품 이상 관리의 양인 첩 자손은 정4품, 천인 첩 자손은 정6품까지, 7품 이하 관직이 없는 사람의 양인 첩 자손은 정5품, 천인 첩 자손은 정7품까지만 관직에 오를 수 있었다.

그러나 서얼들이 신분 상승을 위하여 끊임없이 노력하였고 그 수도 계속 늘어나자 조선 명종 초인 1550년대에 들어와서는 서얼 허통(許通)이 되어 양인 첩의 경우에는 손자부터 과거에 응시할 수 있게 하되 유학이라 부를 수 없도록 하였고, 합격문서에 서얼 출신임을 밝히도록 하였다.

16세기 말에는 이이와 최명길(崔鳴吉) 등이 서얼 허통을 주장하였으나 실현하지 못하였다. 1777년 정조가 서얼들이 관직에 오를 수 있는 길을 넓힌 '정유절목'을 발표하고 규장각에 검서관(檢書官) 제도를 두어 이덕무(李德懋), 유득공(柳得恭), 박제가(朴齊家) 등의 학식 있는 서얼 출신들을 임명하였다.

그 뒤에도 여러 차례 차별완화 조치가 시행되었으나 폐습의 뿌리를 없애지 못하다가 1894년(고종 31) 갑오개혁 때 완전히 폐지되었다.

소현세자와

봉림대군.

이 두 왕자는 심양 땅에 볼모로 잡혀가 있었지만 청나라를 보는 시각은 완전히 달랐지. 소현세자는 당시 청나라에 들어온 서양 문물에 관심을 가지고 적극적으로 수학이나 과학서, 역법 등을 읽고 배우려 노력했지. 그는 서양의 문물과 조선의 문물을 비교해 보며 조선이 따라가지 못한 천문학 부분을 더 발전시켜야겠다는 생각을 굳혔어. 그리고 서양 신부 아담 샬과 가깝게 지내며 천주교에 대해 서서히 알아갔지. 그런데 봉림대군은 진보적인 소현세자와는 달리 청나라를 미워하고 있었어. 그는 청나라에서 일어나는 모든 사정을 조선에 전해 주며 돌아갈 날만 기다리고 있었지. 청나라 관리들은 두 왕자를 극진히 대접하진 않았어. 두 왕자로 하여금 볼모로 잡혀 왔다는 것을 느끼도록 멸시할 때도 많았어.

"형님, 난 청나라 사람들을 보기도 싫습니다. 저들을 보면 삼전도의 굴욕적인 항복이 머리에 떠오르니까요."

봉림대군이 분개해 말하면 소현세자는 이렇게 대답했어.

"물론 나도 그래. 그러나 문물이 우리보다 발달했고, 군사력도 강해 그것을 인정하고 우리가 받아들일 것은 받아들이고 배척할 것은 배척해야지. 왕위에 오르면 나는 실리적인 외교를 할 거야. 그래야 우리 조선이 살아 남을 수 있지 않겠어?"

"나는 형님 생각과는 다릅니다. 어떨 때 나는 내가 미워집니다. 우리와 같이 볼모로 잡혀 온 김상헌을 보십시오. 청나라 황제에게 무릎을 꿇으라는 말을 거절하고 자기 목을 도끼로 치라고 하지 않았습니까? 그런 용기도 없으면서 청나라를 미워만 하고 있으니……."

"그러니까 김상헌은 고문을 심하게 당하지 않았느냐? 혼자 그런다고 청나라가 망하는 것도 아니지 않느냐?"

두 왕자의 생각은 이처럼 달랐어. 청나라가 명나라와 전쟁을 할 때였어. 그들은 소현세자를 전쟁에 끌고 나가려고 했지. 그때 봉림대군이 소현세자는 장차 임금이 될 몸이므로 자기가 대신 나가겠다고 고집하였어. 봉림대군은 나이는 어리지만 임금이 될 소현세자를 보호하려고 애썼지. 전쟁에 나간 봉림대군은 청나라가 얼마나 잔인하게 명나라를 망하게 만드는지 눈으로 보았고 그는 온갖 어려움을 다 겪으면서 반청 사상을 키워 나갔어. 1645년 심양에 급한 전갈이 왔는데 조선으로 간 소현세자가 죽었다는 거야. 봉림대군은 아들을 거느리고 급히 조선으로 돌아왔지. 인조는 자기와 사상이 같은 봉림대군을 반갑게 맞이했어. 그리고 1645년 9월 봉림대군을 왕세자로 봉했지.

봉림대군이 어느 분이시냐고? 바로 조선의 제17대 왕인 효종이야. 효종은 즉위식을 치르는 동안 입을 굳게 다물고 마음속으로 다짐했어.

'스스로 몸가짐을 바르게 닦아 조상들의 은혜에 보답하고 이 나라 종묘 사직을 굳건한 반석 위에 올려놓는 임금이 되어야지. 그리고 심양에 있을 때 받은 수모를 잊지 말자!'

효종은 만조 백관들을 유심히 바라보았어. 효종의 눈길은 김자점에게 머물렀어. 김자점은 인조가 총애하던 인물이었거든. 그는 청나라와 긴밀한 관계를 유지하고 있었고, 그의 손자를 귀인 조씨가 낳은 효명 옹주와 혼인시켜 왕실과도 인척 관계를 만들어 놓은 사람이었단다. 효종은 즉시 인사를 단행했어. 우선 파당을 지어 싸우는 두 사람, 영의정 김자점과 호조판서 원두표를 파직시켜 귀양을 보내고 유학의 거목이요, 대학자인 송시열을 등용시켰지. 그리고 절개가 굳은 김상헌, 이경석 등 새로운 인물을 조정에 들어 앉혔어. 귀양을 간 김자점은 사람을 청나라로 보내 효종이 반청세력을 등용시키고, 청의 연호를 사용하지 않는다고 고해바쳤지 뭐야. 그 증거로 인조의 능인 장릉의 지문을 청나라로 보냈어. 왜냐하면 그 지문에 청나라의 연호를 쓰지 않았기 때문이지.

청나라는 김자점의 말을 듣고 군사를 일으켜 압록강 근처까지 왔어. 그리고 서울로 사신을 파견해 김자점의 말이 맞는가를 확인하고자 했어. 사신은 죄인을 다루듯 무례하게 청나라의 연호를 사용하지 않은 까닭을 캐물었어. 이경석 등 조정 대신들이 외교 능력을 발휘해 일은 무마되었고 효종은 사신들의 무례함을 보고 북벌을 결심하기에 이르렀지.

'두고 봐라. 10년 안에 너희들을 무찌르고 말 테다!'

효종은 이완과 굳게 손을 잡고 북벌 계획을 세우기 시작해. 이 일로 김자점은 귀양을 가고 말아. 1651년 광양에 귀양가 있던 김자점이 권력에 대한 미련을 버리지 못해 그의 아들 김익과 역모를 꾀하였어. 그때 김익은 수어청 군사와 수원 군대를 동원할 수 있는 자리에 있었지. 이들 부자는 송시열, 원두표 등 반청 세력들을 제거하고 숭선군을 추대한다는 계획까지 치밀하게 짠 거야.

그런데 그해 12월 진사 신호가 김자점의 역모를 상소하는 바람에 그들 부자는 죽음을 당하고 말아. 한편 효종은 인조의 총애를 한 몸에 받던 귀인 조씨를 숙경재로 몰아냈어. 귀인 조씨는 어떻게 하면 옛날의 영화를 되찾을까 하는 생각만 하고 있었지. 그래서 자기를 내몬 조대비와 효종, 중전 장씨, 세자와 세자빈 모두를 미워했어. 귀인 조씨는 귀신의 힘을 빌려 효종을 죽이려는 마음을 먹고 푸닥거리를 하였고 이 일이 알려지자 귀인 조씨는 효종의 노여움을 사 죽음을 당하고 말아.

효종은 또한 역법의 발전을 위해 노력을 했어. 조선의 역법이 서양에 비해 뒤떨어지는 점을 알고 태음력의 구법에 태양력의 원리를 결합해서 24절기의 시각과 1일간의 시각을 계산해 제작을 했어. 또한 백성들의 부담을 덜어주기 위해 호서 지방에 대동법을 실시하기도 했지.

1652년 효종은 북벌을 실시하기 위해 이완을 어영청 대장으로 임명하고 군영을 설치하고 임금의 호위를 맡을 군사를 모두 기병으로 바꿔. 또 서울의 방비를 튼튼히 하기 위해 성곽을 손질하고 잘 훈련된 병사를 지방으로 분산시키지. 효종의 북벌 계획은 10년이었어. 세월이 흐르자 지방의 군사가 수십만 명에 이르렀어. 각 도의 절도사는 이 병사들을 두 달씩 한양으로 보내 군사 훈련을 받도록 했어. 그리고 군복도 개량했지. 승려들도 군대를 조직하여 깊은 산 속에 요새와 성을 쌓고 앞날을 대비하고 있었어. 온 나라 국민들이 마음을 합쳐 청나라를 칠 생각을 하고 있었어.

우연인지 필연인지 1653년 하멜이라는 화란인이 폭풍을 만나 제주도까지 밀려왔지 뭐야. 효종은 하멜을 훈련도감에 감금해 조총, 화포 등의 신무기를 개발하도록 했어. 그 당시 청나라는 나선(러시아)의 침입을 자주 받고 있었지. 나선인들이 청나라 땅인 흑룡강 유역을 자주 침입해 노략질을 해갔어. 1654년 화가 난 청나라는 나선을 치고자 조선에 원병을 요청했어. 효종은 이 기회에 조총군의 실력을 알아보리라 마음먹고 원병 1백 50명을 보냈어. 두만강을 건너간 조선의 조총군들은 청나라 군사와 합류해 러시아 군사를 맞아 싸웠지. 호통에서 크게 이긴 조선의 군사들은 그 곳에 토성을 쌓고 돌아왔어. 1658년 청나라에서 또 원병을 청했고 효종은 2백여 명의 군사를 선발해 신유장군을 대장으로 삼아 흑룡강으로 보냈지.

조선의 군사들은 러시아 배 10여 척 중 9척을 부수는 승리를 거두었어. 이 두 번의 나선 정벌은 효종이 마음속 깊이 간직했던 북벌 계획을 간접적으로 실험해 본 결과라고 할 수 있어. 적은 수의 군사들이 큰 승리를 거둔 것은 그만큼 사격술과 전술이 뛰어나다는 증거지. 그런데 효종의 북벌 계획에 차질이 생기기 시작했어. 백성들의 살림이 워낙 가난한 데다가 군비를 마련하려니 어려움이 많았지. 거기에다 효종 7년에는 흉년이 들어 한층 더 어려워졌지 뭐야. 북벌 계획보다 더 중요한 것은 백성들의 생계 문제였지. 효종은 군비를 확충하기 위해 전국에 금주령까지 내렸지만 어림도 없는 일. 여기다 조정 대신들의 당파 싸움까지 드세져서 어려움은 이만저만이 아니였어.

1659년 가뭄이 전국을 휩쓸고 있을 때 효종은 그만 세상을 떠나고 말았어. 그가 계획한 원대했던 북벌 계획은 그대로 남겨 둔 채 말야.

⚜ 대동법

'대동법'이란 조선시대 선조 이후 공물(특산물)을 쌀로 통일하여 바치게 한 납세제도를 일컫는다. 1624년(인조 2) 조익의 건의로 강원도에서도 실시되었는데, 연해(沿海) 지방은 경기도의 예에 따랐고, 산군(山郡)에서는 쌀 5말을 베[麻布] 1필로 환산하여 바치게 하였다. 1651년(효종 2) 김육(金堉)의 건의로 충청도에서 실시, 춘추 2기로 나누어 토지 1결에 5말씩 도합 10말을 징수하다가 뒤에 2말을 추가 징수하여 12말을 바치게 하였다.

산군 지대에서는 쌀 5말을 무명[木綿] 1필로 환산하여 바치게 하였다. '대동법'이 전국적으로(함경도와 평안도는 제외) 실시된 뒤 세액도 12말로 통일하였다 산간지방이나 불가피한 경우에는 쌀 대신 베·무명·돈(大同錢)으로 대납할 수도 있었다.

그러나 대동법 실시 후에도 별공(別貢)과 진상(進上)은 그대로 존속하였다. 따라서 백성에게 이중 부담을 지우는 경우가 생겼으며, 호(戶)당 징수가 결(結)당 징수로 되었기 때문에 부호의 부담은 늘고 가난한 농민의 부담은 줄었으며, 국가는 전세수입의 부족을 메웠다. 대동법 실시 뒤 등장한 공인(貢人)은 공납 청부업자인 어용상인으로서 산업자본가로 성장하여 수공업과 상업발달을 촉진시켰다. 대동미는 1894년(고종 31) 모든 세납(稅納)을 병합하여 결가(結價)를 결정했을 때 지세(地稅)에 병합되었다.

현종의 단 **하나 밖에 없는** 아들 순은 영리하였다.

그래서 어릴 때부터 아버지의 사랑을 많이 받았어. 순은 주위의 사물을 예사로 보지 않고 궁금한 것이 있으면 알 때까지 질문을 하거나 책을 읽었어. 순은 7세가 되자 왕세자로 봉해져 세자의 수업을 착실히 받으며 자라났단다. 세자가 13세가 되었을 때였어. 효종비 인선 왕후 장씨가 죽자 조정은 복상(산 사람이 죽은 사람을 위해 입은 옷) 문제로 늘 시끄러웠지. 하루는 아버지 현종이 근심스러운 표정으로 순의 머리를 쓰다듬으며 말했어.

"너는 임금이 되면 대신들에게 끌려 다니지 말아라. 어느 말이 옳은가 잘 생각한 다음 네가 맞다고 생각하면 뜻을 굽혀서는 안 되느니라."

세자는 아버지의 말에 큰 소리로 대답했어. 세자는 동궁으로 돌아오며 아버지가 왜 그런 말을 했는지 몹시 궁금해져서 스승을 붙잡고 물어보았지.

"대비 마마의 복상 문제로 대신들이 논쟁을 계속하고 있어서 그러하옵니다."

"복상 문제라면 예로부터 내려오는 관습에 따르면 되지 않느냐?"

세자가 초롱초롱한 눈빛으로 물었지. 그러자 스승은 '오례의' 예문을 이야기하며 자기도 확실한 결론을 내리지 못하겠노라고 말했어. 세자가 심각한 얼굴로 스승을 바라보며 말했지.

"나는 남인의 주장이 맞다고 생각하네. 아바마마가 왕위를 계승했기 때문에 당연히 장자가 되어야지!"

세자는 어린 나이인데도 조정에서 일어나는 일에 관심이 많았어.

1674년 현종이 승하하고 세자 순이 등극했단다. 세자 순이 창덕궁 인정전에서 즉위하니 이 분이 제 19대 숙종이야. 숙종이 즉위하자마자 송시열이 복상 문제를 들고 나왔어.

"제가 주장한 대공설이 성인의 뜻이지요. 그러니 9개월 상복을 입는 것이 마땅합니다."

송시열이 조금도 물러서지 않자 영남학파인 유생들이 송시열의 주장에 반대하는 상소를 올렸어. 그러니까 송시열을 지지하는 기호학파인 성균관 유생들이 영남학파 유생들의 의견에 반대하는 상소를 올렸지. 숙종은 아버지 현종의 죽음을 슬퍼할 겨를도 없이 당파 싸움에 휘말린 것이야. 현종이 눈을 감자 숙종은 누구든 든든하게 몸을 기댈 어른이 필요함이 느껴졌어. 그래서 인경 왕후 김씨의 아버지인 김만기를 불러 복상 문제를 의논했지.

김만기는 효종이 왕위를 이어받았으므로 장자로 봐야 했기에 남인이 주장하는 기년설이 맞으며 시어머니인 장렬 왕후 조씨가 죽은 며느리 인선 왕후 장씨를 위해 1년 동안 상복을 입어야 한다고 주장했어. 죽은 아버지 현종도 김만기와 의견이 같았고 숙종도 세자 때부터 기년설이 맞다고 생각하고 있었어. 이렇게 복상 문제로 시끄러운 것은 그 당시 조선이 유교적인 가족 제도를 지나치게 존중했다는 말과 상통해. 날카롭고 영민한 숙종은 기년설을 받아들이고 말썽을 일으킨 송시열을 덕원으로 귀양을 보내 버리고 만다.

서인인 송시열이 물러나자 조정은 남인 세상이 되어 버렸어. 숙종은 선조 초부터 시작한 당파 싸움의 피해를 알고 있는 터라 당파 싸움의 소용돌이에 휘말리지 않으려고 노력했어. 고로 남인의 세력을 견제하려고 서인인 명성왕후김씨의 사촌 동생 김석주를 등용시켰지.

1675년 숙종은 국방을 튼튼히 하기 위해 개성 북쪽에 대흥산성과 황룡산성을 다시 쌓았어. 그리고 외침이 있을 때 서울을 지키기 위해 북한산성을 다시 고쳐 쌓았지. 이리하여 남쪽에는 남한산성, 북쪽에는 북한산성이 서울을 지키는 중요한 지점이 된 거야. 또

'금오위'라는 군영을 하나 더 설치하여 5영을 만들었지. 숙종은 군제 개편을 하며 양인(평민)들이 군역을 담당하는데 많은 폐단이 있는 것을 발견했어. 옛날에는 평민들이 농사를 지으며 나라의 국방을 담당하는 대신 군포를 내어 나라의 재정을 충당하고 있었지. 세금으로 군포(삼베나 무명)만 내면 병역을 면제해 주었던 거야.

그런데 이 군포가 문제였어. 양인 한 사람마다 군포를 1필에서 4필까지 내니 백성들의 어려움은 이만저만이 아니었거든. 그래서 숙종은 양역이정청을 설치해서 양인 1인당 포를 2필씩 내도록 해서 부담을 덜었지. 1678년 영의정 허적, 좌의정 권대운이 상평통보의 주조를 건의했어. 숙종은 좋은 의견이라 생각하고 상평통보를 곧 주조하라는 어명을 내렸어. 상평통보는 신식 화폐가 주조될 때까지 오래도록 통용되었지. 이런 일을 처리하는 데 제일 어려운 것은 대신들의 주장이었어. 임금이 하는 일마다 대신들이 이유를 걸고 넘어지니 정말 미칠 지경이었지.

숙종 6년 남인의 우두머리 허적의 세력이 강성해졌어. 그런데 남인들은 숙종에게 그다지 신임을 받지 못하고 있었지. 때마침 남인인 영의정 허적이 재물을 긁어 모은다는 상소가 들어와 임금은 남인을 더욱 싫어했어. 또 허적은 어떻게 해서든지 서인의 뿌리를 뽑아 내려고 귀양가 있는 송시열을 모함했단다.

서인인 김석주는 서인들의 생명을 위해 남인에게 대항하기로 결심했지. 얼마 지나지 않아 숙종에게 한 장의 상소문이 날아들었어.

'허적의 서자인 허견이 종실인 복창군, 복선군, 복평군 3형제와 같이 역모를 꾸미고 있습니다.'

당장 옥사가 일어나 종실의 3형제는 물론 허적과 윤휴는 살해되고 나머지 남인들은 파직되거나 귀양을 갔어. 이 사건이 '경신대출척'이야. 이 사건으로 남인이 몰락하고 서인이 득세하게 되었어. 한바탕 큰 사건을 치른 조정이 안정을 찾아갔어.

그런데 숙종은 또 다른 걱정으로 마음이 우울해졌어. 숙종의 비 인경 왕후 김씨가 20세의 나이로 죽고 인현 왕후 민씨가 계비로 들어왔는데 자식을 낳지 못하는 거야. 그때 숙종은 소의 장옥정을 총애하고 있었어. 장옥정은 절세 미인이었지만 성격이 포악하고 시기와 질투가 심한 여인이었지. 1688년 소의 장옥정이 아들 균을 낳았어. 숙종은 너무 기뻐서 이듬해 균을 세자로 봉하려고 했어. 하지만 서인인 송시열을 선두로 하여 반대 운동이 일어났지.

송시열의 상소가 숙종의 비위를 거슬렸어. 남인들은 때를 놓치지 않고 서인들을 반박하고 나섰어. 숙종은 사약을 내려 송시열을 죽이고 장옥정을 소의의 벼슬에서 희빈으로 올리고 균을 세자로 책봉했지. 2년 후 희빈 장씨가 중전이 되었어. 그리고 서인 편에 있는 인현왕후 민씨를 폐비시켜 궁궐 밖으로 쫓아내고 말았어. 이로써 송시열을 따랐던 서인들이 파직, 귀양을 가고 남인들이 득세하게 되었지. 이 사건이 바로 '기사환국'이야.

이 즈음 압록강 연변에 조선인들의 출입이 많아지면서 청나라와의 마찰로 국경 분쟁이 일어났어. 그래서 숙종은 청나라와 협상한 뒤 1712년 함경 감사 이선부에게 명해 백두산 정상에 정계비를 세우도록 했단다. 1693년 울릉도에서 숙종에게 급한 소식이 날아들었어. 울릉도에서 고기잡이를 하던 안용복이 일본 어부에게 납치되어 일본의 시네마 현까지 잡혀갔다가 도꾸가와 막부의 명령으로 돌아왔다는 거야. 대마도주는 막부가 죽도는 일본의 영토라 조선 사람들의 출입을 금한다는 명령을 내렸다고 통보해 온 거야.

"죽도는 울릉도의 다른 이름이다. 울릉도는 우리 나라 땅인데 어째서 저들이 자기 나라 영토라 한단 말인가?"

숙종은 강력하게 항의하는 편지를 보내는 한편, 울릉도의 경비를 엄중히 하라는 어명을 내리고 일본 어부의 출입을 금지시켰지. 숙종은 국사를 보면서도 마음에 꺼리는 것이 있었어. 그것은 예의 바르고 마음씨 고운 인현 왕후 민씨를 폐출시킨 것이었어. 임금의 마음을 어떻게 헤아렸는지 소론인 김춘택이 인현 왕후를 복위해 달라는 상소문을 올렸어. 남인들이 인현 왕후를 복위한다는 것은 말이 안 된다며 들고 일어섰지.

숙종은 남인들의 행동을 미워하여 민암 등 남인들을 죽이거나 귀양 보내 버리고 소론의 남구만 등에게 벼슬을 내렸어. 이로써 5년 동안 권세를 부렸던 남인들은 물러나고 소론들이 득세하게 되었어. 이 사건을 '갑술옥사'라고 해. 갑술옥사로 중전이 되었던 장씨를 다시 빈으로 내리고 폐비 민씨는 복위되었어. 이때부터 조정은 노론 소론으로 갈라져 당파 싸움을 하게 돼.

그 뒤 7년 동안 희빈 장씨는 인현 왕후를 몰아내고 다시 중전의 자리를 차지하기 위해 별별 짓을 다했어. 그러던 중 인현 왕후 민씨가 세상을 떠나고 말지. 그러고 얼마 후 숙종은 희빈 장씨가 머무는 취선당 서쪽에 신당이 있는 것을 발견해. 희빈 장씨가 무당들을 데려다가 인현 왕후가 죽기를 빌었던 신당이지. 이 사실을 안 숙종이 진노하여 희빈 장씨에게 사약을 내려. 이 사건을 '무고의 옥'이라고 해. 이 이름이 붙여진 이유는 무속 신앙 때문에 일어난 사건이기 때문이야.

숙종의 재위 기간은 45년 10개월로 무척 긴 시간이었지. 이 기간 동안 당쟁이 치열했는데 외침이 없어서 사회는 안정적이었어. 숙종은 치열한 당파 싸움의 틈바구니에서도 평안도와 함경도 등을 제외한 모든 지역에 대동법을 실시했으며, 임진왜란과 병자호란 이후에도 계속 추진해 온 토지 사업을 완료하는 업적을 남긴단다.

숙종때 당파 싸움 기록

1680년 남인들이 권세를 잡았지만 숙종의 신임을 받지 못했다. 여기다 서인인 김석주 등이 남인 허적이 역모를 하였다고 고발하여 옥사가 일어난다.

경신대출척으로 남인들은 죽거나 귀양을 가거나 파직되었다. 그리고 송시열 등 서인들이 다시 조정에 나왔다. 서인들은 다시 송시열을 중심으로 나이 많은 선비들의 세력인 노론, 윤증을 중심으로 젊은 선비들의 세력인 소론으로 갈렸다.

1689년 희빈 장씨가 낳은 아들 균을 세자로 책봉하는 문제를 놓고 논쟁을 벌이다가 반대한 송시열이 사약을 받고 죽자 남인이 세력을 잡았다.

1694년 인현 왕후를 폐비시킨 것을 후회한 숙종에 의해 남인이 몰락하고 서인의 세상이 되었다. 이후에는 노론과 소론의 싸움이 치열하게 전개되었다.

세종시대는 과학과 기술 분야에서도 혁명적인 발전을 이루었어.

천문학에서부터 농학, 인쇄술, 화기제작, 의학, 아악에 이르기까지 다양한 분야에서 과학적인 변혁이 시도됐지. 과학 기술의 모든 분야가 고루 발달하였지만 이 중에서 특히 천문학 분야의 발전은 가히 '과학 혁명'으로 불릴 만한 것이야.

농업을 국가 생산력의 원천으로 하던 당시에 임금은 백성에게 농사에 필요한 때와 시를 알려주는 것이 제왕의 가장 첫 번째 임무이기도 했어. 천문학은 농업이 산업의 거의 전부였던 당시로서는 가장 중요한 과학이기도 했지만 정치적 의미도 컸어. 역성혁명(易姓革命)으로 새로운 왕조를 연 조선으로서 왕(王)은 천명(天命)을 받아 백성을 다스린다는 사상이 크게 작용했지. 자신의 건국이 하늘의 뜻이라는 것을 정당화시킬 필요가 있었기 때문이지. 출범한 지 몇 십 년밖에 안 된 조선왕조로서는 유교적 이념에 맞게 왕실의 권위를 확고히 하려면 천문역법의 정비가 절실했던 거야. 이런 여러 가지 이유로 인해 세종의 재위 기간에는 우리 역사상 유례를 찾아보기 힘든 대규모의 천문의기 제작사업과 역법편찬사업이 펼쳐졌어.

오늘날의 국책사업과도 같은 이 사업은 세종 즉위 초기에 시작되어 즉위 말년에 이르기까지 진행되었고, 왕을 비롯하여 정초, 정인지, 장영실, 이순지, 이천, 김담, 김빈 등 대소신료와 집현전 출신의 학자들은 물론 천문을 담당하던 부서인 '서운관'의 관원들도 모두 참여했어. 세종대왕이 즉위하여 통치하던 시기(재위 1418 50)는 한국과학기술사에 있어서 정점을 이루었을 뿐만 아니라, 15세기 전반기 세계과학기술사에서 최고의 정점에 달했던 시기라고 할 수 있어. 이것은 국제적으로 공인된 사실이지.

세종이 즉위하던 15C 전반의 세계적 흐름을 보면 이런 사실을 알 수 있어. 서유럽은 플라톤, 아리스토텔레스 학문으로 대표되는 그리스의 철학 또는 과학의 학문적 전통이 단절된 중세 암흑시기였어. 신학이 과학이나 철학의 우위에 서서 진리의 기준으로 군림하곤 했어. 그리고 12세기에 이르러 과학 기술의 절정기를 맞이했던 이슬람의 과학기술 역시 그 찬란한 영화를 뒤로한 채 쇠퇴해 갔고 그럼 중국의 경우는 어땠을까.

중국도 명나라가 송 · 원의 과학 기술의 전통을 이어받기는 했지만, 그 수준에는 미치지도 못했어. 왜냐면 지방호족세력과 변방세력들을 진압하고 정복하는데 국력을 기울이던 시기였기 때문에 과학은 오히려 퇴보했지. 하지만 우리는 달랐어.

세종 14년(1432년), 중국의 원나라 시대에 이룩했던 세계적인 과학기술을 적극적으로 수용했어. 지금까지 사용해온 중국의 모든 천문학 이론을 정리 · 개선해 우리 나라에 맞는 천문 역법을 만들기로 결심했지. 그래야만 일식, 월식, 혜성 출현 등 우리 나라에서 관측되는 모든 천문현상을 보다 정확히 예보해 낼 수 있기 때문이었어.

우선 정흠지, 정초, 정인지 등에게 『칠정산내편(七政算內篇)』을 만들게 했어. 그리고 이순지와 김담에게는 『칠정산외편(七政算外篇)』을 편찬하게 했지. 칠정이란 7개 별, 즉 해(일)와 달(월)과 화성, 수성, 목성, 금성, 토성을 말하는 것이야. 칠정산은 이 칠정을 중심으로 천문학의 모든 분야를 막론하는 이론체계인 거고, 내편은 원나라 때 당대 세계 최고의 과학자 곽수경이 완성한 수시력을 서울 위도에 맞게 수정 · 보완한 것이야.

내편은 1년의 길이를 365.2425일로 1달의 길이를 29.530593일로 정하는 등 매우 정확한 상수에 입각한 것이야. 그래서 세차(歲差, 천체의 작용에 의하여 지구 자전축의 방향이 조금씩 변하는 현상)의 값을 비롯해 대부분의 수치들이 유효숫자 6자리까지 현재의 값과 일치해. 정말 놀랄 만한 성과야. 특히 서울에서 관측한 자료에 기초해 서울의 위도에 따라 계산했다는 점이 높이 평가되고 있어. 외편은 원나라를 거쳐 명나라로 넘어온 아랍 천문학을 소화해낸 것인데 그것보다 발전된 이론이라고 할 수 있어. 내편이 중국적 전통에 따라 원주를 365.25도, 1도를 100분, 1분을 100초로 잡은 데 반해 그리스 전통에 따라 원주를 360도, 1도를 60분, 1분을 60초로 한 새로운 방식이었어. 편찬 과정에서 이순지 등은 명나라에 연수를 가기도 하고 끊임없는 노력 끝에 시작한 지 10년 만인 세종 24년(1442년)에 『칠정산내외편(七政算內外篇)』이 모두 완성돼.

이로써 조선의 역법은 완전히 정비되고 한국 역사상 처음으로 서울을 표준으로 한 역법체계를 갖추게 되지. 과거 전통사회에서 일식이나 월식과 같은 천문현상은 매우 두려운 일이었어. 그리고 그로 인해 제왕의 권위와 정치의 잘잘못을 평가하기도 했기 때문에 이를 예보하는 일은 무엇보다도 중요했지.

『칠정산』 '내편'과 '외편'이 편찬되기 전까지 우리는 중국의 역법을 받아들여 사용했어. 그런데 중국의 역법은 많은 문제가 있었어. 중국의 수도인 북경(北京)을 중심으로 한 역법이었기 때문에 북경과 경위도가 다른 한양에서는 당연히 태양이 뜨고 지는 일출입(日出入) 시각이라든가, 달이 뜨고 지는 월출입(月出入) 시각이 다를 수밖에 없었지. 그 결과 일월식의 예보와 같은 사안은 실제와 오차가 있었던 건 당연한 것이지.

『칠정산내외편』을 완성함으로써 조선조 천문역산학 수준은 당시로서는 세계 최고의 수준에 도달하게 된 거야. 15세기 전반기에 전세계에서 자기 나라에서의 일식과 월식을 제대로 계산해 예측할 수 있는 나라는 중국과 아랍, 그리고 조선뿐이었거든.

이밖에도 천체위치 측정의기로 천체의 적경과 적위를 측정하는 '간의'와 간의의 설치를 위한 관측대인 '간의대', 해그림자를 이용하여 태양의 고도를 측정하는 40자(약 10m) 규모의 거대한 동표(銅表)인 '규표', 관측의기의 일종인 '혼천의', 커다란 구에 천상(天上)의 모양을 투영한 '혼상', 절기에 따른 시각선을 오목한 반구에 그려 넣어 해그림자에 의해 시침이 기리키는 것으로 시간을 알 수 있는 공중시계이자 오목해시계인 '앙부일귀', 하천의 수위를 측정하고 그 범람 등을 미리 알기 위해 설치한 '수표', 시각에 따라 시패를 든 사자가 나와 시간을 알려주는 자동시보장치의 물시계인 '자격루' 등을 만들어 사용했어.

하지만 세종 때 이뤄낸 이처럼 놀라운 업적들을 몇몇 천재들의 개인적인 능력으로만 설명할 수는 없어. 세종대의 다른 모든 과학기술 업적과 마찬가지로 대규모 국책사업으로 적극 추진했기 때문에 가능했던 거야. 그 대표적인 예로 이순지를 들 수 있지. 세종은 당당한 문과 급제자인 그에게 중인 계층의 학문인 산학(산학, 수학)을 연구하라고 특명을 내렸어. 천문학 정리를 위해서였지. 그리고 정인지를 비롯해 집현전 출신 신진기예들을 대거 투입했던 거야. 또 중국에 유학을 보내는가 하면 일정 기간 마음껏 책만 읽을 수 있도록 해주는 등 온갖 후원을 아끼지 않았어. 칠정산이나 중국의 역대 천문학 이론을 체계적, 역사적으로 정리한 『제가역상집』 같은 이론서는 바로 그런 성과라고 할 수 있지.

세종은 과학 기술 발전을 위해 당시 중국은 물론 일본의 경험까지 적극 참고했다는 기록이 많이 있어. 조선 배에 비해 일본 선박이 경쾌하고 빠르다는 사실에 주목, 조선 기술 개량을 위해 노력한 사실과 같은 기록 말이지.

세종 27년(1445년)에는 일본 기술자를 초빙, 벼슬까지 주면서 배를 만들게 했을 정도로 적극적이었거든. 또 '사수감'을 두어 외국 선박의 특징을 비교 · 연구하고 전함과 선박 건조용 자재를 조달하게 했지.

그렇지만 그러한 것들을 단지 수용하는 것에 그치지 않고 이를 조선의 실정에 맞게 새로이 독자적으로 개량하고 또 창조하여 더욱더 세련된 형태로 발전시켰어. 그런 노력으로 15세기 전반기 세계 어느 곳에도 과학 문명이 조선보다 활짝 꽃피었던 곳은 없었던 거야.

서운관 (書雲觀)

서운관에는 조선 초에 이미 천문을 관측하기 위해 두 곳의 간의 대가 설치된 바 있었지만 미흡한 점이 많아 제대로 활용되지 못하다가 1431년부터 시작된 대규모 천문의상 제작과 2년 뒤에 이루어진 석축간의대 준공에 의해 본격적인 천문 연구에 돌입할 수 있었다. 경복궁의 경회루 북쪽에 설치된 석축간의대는 높이 6.3미터, 길이 9.1미터, 넓이 6.6제곱미터 규모의 천문 관측대였다. 이 간의대와 주변 시설물들은 중국과 이슬람 양식에다 조선의 전통 양식을 혼합한 것이었는데 1438년(세종 20년) 3월부터 이 간의대에서 서운관 관원들이 매일 밤 천문을 관측한 것으로 기록되어 있다.

혼천의 (渾天儀)

천체 관측 기계로 문헌에는 1432년 6월에 최초로 만들어졌으며 두 달 뒤에 또 하나가 만들어졌다고 기록되어 있다. 이는 장영실을 중심으로 한 기술제작진이 정초, 정인지 등의 고서 연구를 바탕으로 고안한 것이다.

이 혼천의는 천구의와 함께 물레바퀴를 동력으로 움직이는 시계 장치와 연결된 것으로서 일종의 천문시계 기능을 하고 있었다.

🎐 측우기 (測雨器)

1441년에 발명되어 조선시대의 관상감과 각 도의 감영 등에서 강우량 측정용으로 쓰인 관측 장비로 현대적인 강우량 계측기에 해당된다. 이는 갈릴레오의 온도계 발명이나 토리첼리의 수은기압계 발명보다 200년이나 앞선 세계 최초의 기상 관측 장비였다.

🎐 자격루(自擊漏)

지금은 너무나 익숙하고 당연한 물건이 되었지만, 날씨의 영향을 받지 않고도 스스로 울리는 시계의 제작은 이 당시 모든 기계제작 기술자들의 꿈이었다.

세종은 이 자동시보 장치의 물시계를 만들기 위해, 관청의 노비였던 장영실을 특별히 등용하여 벼슬까지 주어서 그 일에 전념하게 했다. 기록에 의하면 이 자격루는 시계 장치의 움직임이 '귀신과 같아서' 보는 이마다 감탄하지 않는 사람이 없었으며, '거의 완전하여 사람의 손이 필요치 않았다.'고 한다.

모두들
이방원 알지?

'제1차 왕자의 난'으로 정치적 실권을 장악한 이성계의 아들 말이야. 그는 1400년에 '제2차 왕자의 난'을 진압한 뒤에 세제로 책봉되면서 내외의 군사까지 통괄하게 됐지. 마침내 그해 11월 정종의 양위를 받아 조선 제3대 왕으로 등극한 거야.

태종은 야심만만한 임금이었어. 왕의 권한이 강한 나라를 만들기 위해 국가 전반에 걸친 단행을 시작했어. 왕권이 강해야 나라도 제대로 선다는 생각이었지. 우선 사병을 혁파하고 군사를 삼군부로 집중시켰고 국가의 중요 기관인 도평의사사를 의정부로 고쳐 정무를 담당하게 했지. 또 중추원을 삼군부로 고쳐 군정을 맡도록 했어. 입법과 행정이 한 곳으로 합쳐지니 왕의 권한이 그만큼 커지게 된 거야. 조정 대신들의 권력이 커지는 것을 막기 위해서 노비변정도감을 설치했어. 노비변정도감은 노비들의 호적을 만들어 관리하는 관청이었는데 이를 실시함으로써 노비의 변정(辨正)을 관리한 거지. 아버지 이성계와는 달리 태종은 종교정책에서는 숭유억불 정책을 펴나갔어. 절에 매여 있던 노비를 공노비로 바꾸었고 처녀로 중이 된 사람은 집으로 돌아가게 했어.

고려시대 때 나쁜 점이 많았던 연등제와 초파일은 없애버렸지. 이뿐만이 아니야. 묘제, 혼례, 장제 등을 정하여 문묘 제도를 정비했어. 그리고 고려시대 때 음양오행설에 의해 인간사회의 길흉화복을 예언하던 참위설이 일반 백성들 사이에 유행하고 있었는데, 이것도 억제시키고 국가신앙인 유교를 받들게 했어. 대외정책 또한 안정을 도모하는 방향으로 흘렀지.

명에 대해서는 상국의 예를 갖춰 조공을 하는 대신 서적, 약재, 역서 등을 수입하여 실리를 취하는 동시에 변방을 안정시켰지.

그리고 왜인들의 범죄 행위가 잦아지자 '왜인범죄논결법'이라는 법을 만들어서 왜인들을 다스렸어. 부산포와 내이포에는 도박소(到泊所)라는 관청을 두어 합법적인 무역이 이루어지도록 했어. 또한 태종은 민본 정치를 실천하려고 애썼어. 나라와 백성을 위하는 정치를 펴기 위해 국가 전반에 걸친 개혁을 단행했지. 조선은 '민본(民本)사상'과 '덕치(德治)주의'의 유교 이념을 가진 왕조였어. '민본'이라는 건 백성을 나라의 근본으로 삼는다는 것이고, '덕치'는 나라를 '덕(德)'으로 다스린다는 의미지.

그래서 고려시대에는 없었던 백성을 위한 정책이나 제도들이 많이 생겨났어. 태종이 만든 신문고(申聞鼓)가 그 대표적인 예지. 신문고는 말 그대로 백성들이 억울한 일을 당했을 때 왕에게 이를 직접 알리는 북이었어. 그래서 이 북을 민주적인 제도의 상징물이라고 생각하는 사람들도 있어. 신문고 제도는 옛날 중국 송나라의 등문고 제도를 본따서 만든 거야. 태종이 왕위에 올랐을 때 신문고를 궁궐문 앞에 달아 놓고 백성들에게 이야기했어.

"백성들 중에 억울하고 원통한 한을 품은 자가 있으면 나와서 신문고를 쳐라."

그 당시에는 한글이 없었거든. 그래서 한문을 모르는 백성들이 많았는데, 이렇게 북을 쳐서 억울함을 호소할 수 있게 만든 제도는 정말로 획기적인 조치였어. 그렇지만 전국의 백성들이 언제 어디에서나 신문고를 칠 수 있었던 건 아니야. 신문고는 서울에만 설치되어 있었기 때문에 이 북을 치기 위해서는 서울까지 올라와야만 했지. 그리고 신문고를 치기까지의 절차도 간단한 건 아니었어. 또 부하가 상관을 고발할 때에는 오히려 벌을 주는 규정도 있었어. 물론 나라에서는 이런 절차를 정해놓은 이유는 사소한 일에도 아무나 북을 두드리는 무질서한 현상이 일어나기 때문이었지. 그래서 신문고를 친다는 것은 매우 힘든 일이었어. 이 제도는 연산군 때 폐지되었다가 영조 때 다시 부활됐어.

태종은 "윤리와 도덕이 땅에 떨어지면 나라의 기강이 바로 서지 못한다. 70세가 넘은 노인들에게 쌀과 옷을 주고, 효자와 열녀들에게는 상을 주어 백성들의 본보기가 되게 하라"고 이야기했어.

백성들의 살림살이를 살피기 위해 경차관을 임명하여 지방에 파견하는 노력도 기울였어. 그리고 과거제도도 공거, 좌주문생제 등 귀족 위주의 관리 등용 제도를 혁파하고 능력과 실력 위주로 관리를 등용할 수 있는 제도적 장치 마련에 힘썼어.

태종은 또한 볼 만한 책이 적음을 탄식하여 활자를 만들어내는 주자소를 설치하기도 했어. 그래서 우선 궁궐 안에서 저장하여 두었던 동과 철을 내놓았지. 그래도 활자를 만드는 데에는 부족하여 일반 백성들에게도 동과 철을 내게 했어. 그리고는 경연에서 쓰던 책의 글자를 모방해 주자를 만들었어. 주자를 만드는 법은 아주 복잡했지만 주자 10만 개를 만들었어. 이로써 서적을 간행하고 학문을 장려하게 되었지.

이렇듯 태종은 학문의 소중함을 아는 왕이었고 학자들을 귀하게 여겼어. 뛰어난 학자들을 모아 성균관과 오부의 학생들을 맡도록 했고 기술 교육을 위해 10학을 설치하기도 했지. 이렇게 보니 태종이 펼친 개혁 정책이 한두 가지가 아니네.

조선은 처음에는 왕자들의 왕위 다툼으로 위태로웠지만 태종의 지속적인 개혁 정책으로 빠르게 안정되어 갔어. 태종은 세자 시절부터 추진하던 이런 개혁 정치는 1418년 그가 상왕으로 물러날 때까지 지속되었어. 신하들에게 "나는 상왕으로 물러날 때까지 내 손으로 채찍을 들고 경들을 독려할 것이다. 이는 오늘을 잘살게 함이 아니오. 우리의 후손들이 태평성대를 누리게 함이오" 하고 말했지.

실제로 세종대에 정치적 안정과 문화적 발전을 이루게 된 것은 태종의 이런 개혁에 힘입은 거라고 할 수 있어.

태종은 상왕으로 물러나기 전인 1418년 장자인 양녕대군이 절제없이 방탕한 생활을 일삼는다는 이유로 세자에서 폐하고 충녕대군을 세자로 삼아 2개월 뒤에 왕권을 이양했어. 그렇지만 태종은 상왕이 된 뒤에도 군권에 참여하여 심정, 박습의 옥을 치죄하였고 병선 227척, 군사 1만 7천여 명으로 대마도를 공략하는 등 1422년 56세를 일기로 생을 마칠 때까지 세종의 왕권 안정을 위해 노력을 아끼지 않았어.

그런데 이건 너무한 거 아닌가 싶어. 남편이 죽은 여자들은 다시 결혼하지 못하게 해 평생동안 과부로 살아가게 했거든. 재혼과 이혼 뭐 이런 것은 개인의 자유인데 이마저도 구속한 셈이야.

🌸 태종우(太宗雨)

태종 말년에는 몹시 가물었다.

삼남(충청, 전라, 경상) 지방의 논은 갈라졌고 밭은 타들어 갔으며 백성들은 풀뿌리로 먹을 것을 대신했다. 오랜 가뭄으로 민심은 날로 더욱 흉흉해져 갔고 백성들의 생활은 도탄에 빠져들었다.

처음에는 태종도 각 고을 관찰사들을 불러 민심을 수습하지 못하는 것을 꾸짖었으나 오랜 가뭄으로 곡식이 없고 설상가상으로 괴질까지 번지고 있다는 말을 듣자 태종은 가뭄 속 땡볕 아래 종일토록 앉아 하늘에 비를 내리게 해달라고 빌었다고 한다.

태종은 죽기 전까지도 기우를 위하여 노력하다가 세종 4년 5월 10일 임종할 때 "내가 죽어 영혼이 있다면 반드시 이 날만이라도 비를 내리게 할 것이니라."고 말했다.

그 후 태종의 기일인 5월 10일(음력)에는 어김없이 비가 내렸는데 이 비를 태종우(太宗雨)라고 불렀다. 농가에서는 태종우가 내리는 해는 대풍이 든다 하여 무척 기뻐하는 전통이 있다. 또 태종우를 피하면 안 된다 하여 우산이나 도롱이로 태종우를 가리지 않았다고 전해진다.

3부

대단했던
여자들

그 이름만으로도 유명한 **황진이는**
조선 중종 때 개성의 기생이었어.

그러나 그녀의 정확한 생존연대는 알 길이 없어. 다만 서경덕, 벽계수 등과 교류한 것으로 봐서 중종 때 사람인 것만은 분명해. 사람들은 황진이와 사귄 사람들의 일화로부터 그녀가 1520년대에 나서 1560년대쯤에 죽었을 것이라고 추측할 뿐이야.

황진이의 어머니는 진현금이라고 아전의 딸이었어. 황진이 어머니가 어느 날 빨래터에서 빨래를 하는데 마침 지나가던 황 진사의 아들과 서로 눈이 맞았어. 그래서 둘은 정을 통하였지만 결혼은 할 수 없는 사이였잖아. 어쩌겠어. 진현금은 혼자서 딸을 낳았는데, 바로 그 아이가 황진이야. 이게 황진이의 출생의 비밀이라면 비밀이야.

황진이 어머니는 그다지 이쁜 얼굴이 아니었다고 해. 하지만 황진이는 달랐어. 지나가는 사람이 백이면 백, 그녀에게 시선을 줄 정도로 절세미인이었어. 황진이는 홀어머니 슬하에서 자랐지만 양반집 딸 못지않게 학문을 익히고 예의범절을 배웠어. 여덟 살 때부터 천자문을 배우기 시작했는데, 열 살 때 벌써 한문 고전을 읽어내고 한시를 지을 정도로 재능을 보였다고 해. 또 서화에 능하고 가야금에도 뛰어났지. 이렇듯 아름답고 뛰어난 규수로 자란 그녀가 기생이 된 이유가 궁금할 거야. 그에 얽힌 이야기가 있어.

황진이가 15세 되던 해의 일이야. 인물이 출중하기로 소문난 황진이를 연모하던 순진한 한 젊은이가 있었어. 그런데 그녀에게 속마음을 고백하지 못하고 혼자서 속앓이만 하다가 그만 자리에 눕게 되었지. 이를 지켜보다 못한 젊은이의 어머니가 황진이의 어머니 진씨를 찾아와 자신의 아들을 사위로 맞아달라고 간청을 해. 하지만 진씨는 이 애원을 냉정하게 거절했어. 그리고 황진이에게는 이런 이야기들을 숨겼던 거야. 젊은이는 마침내 상사병으로 죽고 말아.

어느 날 황진이가 글을 읽고 있는데 지나가던 상여가 황진이의 집 문 앞에서 움직이지 않는 거야. 사람들은 모두 기이하게 생각했지. 그런데 알고 보니 황진이를 사모하다가 상사병으로 죽은 동네 총각의 상여였어. 이 사실을 안 황진이는 소복을 입고 밖으로 나갔어. 그리고는 자기 치마를 벗어 관을 덮어 주고 슬프게 곡을 하니 그때서야 상여가 움직였어. 이 일이 있은 후 황진이는 스스로 기생이 될 것을 결심했다고 전해지고 있어. 물론 단지 그 이유 때문만은 아니겠지. 황진이는 첩의 딸로서 멸시를 받으며 규방에 묻혀 일생을 헛되이 보내기보다는 봉건적 윤리를 벗어나 자유롭게 살기를 원했어. 그 결심을 실천하자면 당시 자신의 신분으로서는 불가능했지. 그래서 오직 길이라면 기생의 인생을 걷는 것이라고 생각했던 거야. 황진이는 어머니의 만류를 뿌리치고 기적에 입적하게 돼. 세월이 지날수록 기생 황진이의 거침없는 성격과 미모는 돋보이기 시작했지. 한양에까지 그녀에 대한 소문이 자자하게 되었어. 용모가 출중하고 노래, 춤, 악기, 한시 등에 두루 능했기 때문에 당시 선비들은 그녀와 하룻밤을 보내는 것을 대단한 자랑거리로 여길 정도였지.

그래서 그녀와 당대의 내로라하는 선비들에 대한 많은 일화들도 남아 있어. 당시 개성에는 유명한 학자와 선승이 있었어. 학자는 화담 서경덕이었고, 선승은 지족암에서 삼십 년 동안 참선한 지족선사였지. 지족선사는 많은 사람들에게 존경받는 덕망이 높은 사람이었어. 황진이는 평소에 이 두 사람을 흠모했지. 그래서 한번은 그 인물의 됨됨이를 시험하여 보려고 계획을 세웠어.

먼저 서경덕을 찾아가서 수학하기를 부탁했고 서경덕도 흔쾌히 승낙했어. 황진이는 얼마 동안 서경덕을 찾아가 공부를 하러 다니다가 하루는 밤에 집으로 돌아가지 않았어. 그리고 서경덕에게 침실에서 같이 자며 공부하자고 했지. 서경덕 또한 허락했어. 그렇게 수년 동안을 서경덕과 한 방에서 동거하며 지냈지. 그 동안 황진이는 별별 수단을 다 써서 서경덕을 유혹했어. 그런데 서경덕은 대단한 사람이었어. 황진이의 끊임없는 유혹에도 목불과 같이 조금도 동요하지 않았어. 황진이도 결국 두손 두발 다 들었지. 그리고 이미 여색의 경지를 넘어선 서경덕 앞에 무릎을 꿇고 정중히 말했어.

"역시 선생님은 송도 3절(松都三絶)의 하나이십니다."

서경덕이 송도 3절의 나머지 둘은 무엇이냐고 묻자 황진이는, "하나는 박연폭포요, 다른 하나는 접니다."라고 대답했지.

그 후에 황진이는 지족선사를 시험하려 지족암을 찾아가게 돼. 황진이가 지족선사에게 제자로서 수도하기를 청했어. 하지만 지족선사는 여자를 가까이 하고 싶지 않다는 이유로 완강히 거절했어. 그래서 황진이는 며칠 있다가 다시 소복단장으로 청춘과부의 복색을 하고 지족암으로 갔지. 그리고는 자기의 죽은 남편을 위하여 백일간 불공을 한다고 거짓말을 해.

그 선사가 있는 바로 옆방에다 침소를 정했어. 황진이는 밤마다 불전에 가서 불공을 하는데 자기의 손으로 축원문을 지어서 청아한 그 좋은 목청으로 처량하게 읽었어. 그야말로 천사의 노래와도 같았어. 이렇게 며칠 동안을 계속하여 불공축원을 했어. 처음에는 노선사는 이에 아랑곳하지 않고 무심했지만 점점 황진이의 청아한 목소리에 마음을 뺏기지. 그래서 그 선사는 십년 동안이나 질끈 감고 옆에 사람도 잘 보지 않던 눈을 번쩍 뜨고 말아. 그리고 나서 황진이를 자꾸 보게 되니 선계의 정념은 점점 없어지고 욕정이 일어

79

나게 된 거야. 황진이는 능란한 시교성과 수완으로 그 선사를 마음대로 놀리어 결국 파계시키고 말지. 10년 동안 면벽 수도했지만 한 여자에 의해 파계한 지족선사를 일컬어 '망석중 놀리듯 한다', '십년공부 아미타불'이라는 말이 생기게 되지.

황진이는 남녀간의 애정을 짙은 서정으로 섬세하면서도 자유분방하게 표현한 작품들을 많이 남기기도 했어.『해동가요』와『청구영언』에 '청산리 벽계수야', '동짓날 기나긴 밤을' 등 주옥 같은 시편들이 전해지고 있어.

또 황진이는 자유분방한 성격대로 경치 좋은 곳을 유람하기를 좋아했지. 그녀의 이런 성품을 말해 주는 이야기가 하나 있지. 어느 날 황진이의 명성을 듣고 있던 서울의 한 젊은이가 개성으로 놀러 왔어. 유람을 좋아한다는 그의 말에 황진이는 금강산을 같이 가자고 이야기했지. 이에 젊은이도 선뜻 응해 나섰어. 황진이는 번잡한 행장을 다 버리고 굵은 삼베치마를 입고 망태를 쓰고 손에는 지팡이를 들었어. 동행인 젊은이 또한 무명옷에 삿갓을 쓴 봇짐차림이었지. 그때만은 남녀 관계를 떠나 금강산의 경치를 마음껏 즐기고자 했던 거야. 유람길에 나선 그들은 수백 리 길을 걸어서 금강산에 이르렀어. 과연 소문대로 금강산의 절경은 이루 형언할 수 없을 정도였고, 황진이와 젊은이는 날마다 희열에 넘쳐 금강산의 명소들을 둘러보며 서로 노래도 부르고 화답시도 지었어. 이 둘은 아름다운 산천경관을 즐기느라 시간가는 줄도 몰랐어. 하지만 꿈같은 유람에 어느덧 노자도 떨어져 거의 굶다시피하는 지경이 되었지. 설상가상으로 황진이는 같이 갔던 젊은이와도 헤어지게 돼. 그렇지만 황진이는 유람을 포기하지 않아. 여행 중에 다친 다리를 이끌고 민가나 절간에서 밥을 빌어먹으면서도, 금강산의 명소들을 다 돌아보고서야 그곳을 떠났어. 한 여인의 행적으로는 믿기지 않을 정도지.

황진이의 죽음에 대한 정확한 기록은 남아 있는 게 없어. 단지 마흔 전후에 죽은 것으로 전해지고 있지. 그런데 그녀는 죽기 전에 자기가 죽거든 관을 짜지 말고 개미, 까마귀, 솔개의 먹이가 되도록 해달라고 부탁했다는 이야기가 있어.

이 이야기는 황진이의 거침없는 성품과 시적인 정서를 말해 주고 있는 것 같아. 하지만 사람들은 그녀가 죽은 후에 개성 근처의 장단에 묻어주었어. 지금도 장단 피리에는 황진이의 무덤이 있고 그녀가 살던 우물에서는 약수가 나온다고 하지.

황진이(黃眞伊)의 작품 세계

청산리 벽계수야
수이감을 자랑마라
일도창해 하면
돌아오기 어려우니
명월(明月)이 만공산한데
쉬어 간들 어떠리

다정다감하면서 기예에 두루 능한 명기(名妓)였던 황진이는 시조를 통하여 뛰어난 문학적 재능을 유감없이 발휘했다. 주로 사랑에 관한 내용을 담은 그의 작품들은 사대부 시조에서는 생각할 수 없었던 표현을 갖춤으로써 관습화되어 가던 시조에 활력을 불어넣었다고 평가된다.

이루어질 수 없는 사랑에 대한 체념을 '靑山은 내 뜻'이라고 역설적인 자기 과시로 표현하거나, 왕족인 벽계수를 유혹할 수 있는 등의 재치는 황진이만이 할 수 있는 독보적인 것이었다. 황진이의 시조에 이르러서야 기녀 시조가 본격화되는 동시에 시조 문학이 높은 수준에 달했다고 할 수 있다.

소시

조선의 마지막 왕후,

그리고 대한제국의 최초의 황후인 명성황후.

그녀는 여덟 살의 어린 나이에 부모를 여의고 의존할 곳 없이 자랐어. 그녀는 흥선대원군의 부인인 부대부인 민씨의 천거로 대원군에 의해 왕비로 간택되어 1866년(고종 3) 한 살 아래인 고종의 비로 궁에 들어왔지.

민비가 왕비로 간택된 것은 외척에 의하여 국정이 엉망이 된 고종 이전의 3대(순조·헌종·철종) 60여 년 간의 세도정치의 폐단에 비추어 외척이 적은 부대부인 민씨의 집안에서 왕비를 들여 왕실과 정권의 안정을 도모한 흥선대원군의 배려에 의해서였지.

그런데 그녀는 소녀시절부터 집안 일을 돌보는 틈틈이 '춘추(春秋)'를 읽을 정도로 총명했어. 황후는 수년 후부터 곧 왕실정치에 관여하여 흥선대원군의 희망과는 달리 일생을 두고 정치적 대립으로 각기 불행을 겪어야만 했지.

황후가 대원군과 사이가 갈라진 것은 궁녀 이씨의 몸에서 태어난 왕자 완화군에 대한 대원군의 편애와 세자책립 공작 때문이라고 하지만, 그 배후에는 민씨를 중심으로 한 노론의 세력과 새로 들어온 남인과 일부 북인을 중심으로 한 세력간의 정치적 갈등이 작용했어. 황후는 갖은 방법으로 흥선대원군을 정계에서 물러나도록 공작하여 마침내 대원군의 정적인 조성하를 중심으로 한 세력, 조두순, 이유원 등 노대신 세력, 김병국을 중심으로 한 안동 김씨 세력과 마음을 합쳐 최익현의 대원군 규탄 상소를 계기로 흥선대원군을 양주 곧 은골에 은퇴시켰어.

대원군의 실각 후 민씨 척족을 앞세워 정권을 장악하고 고종을 움직여 근대 일본과 강화도조약을 맺고 일련의 개화시책을 승인했

지. 1882년 민씨 정부의 정책에 불평을 품어온 위정척사파와 대원군 세력이 봉량미(월급) 문제로 폭동을 일으킨 구 군인을 업고 쿠데타를 감행하자, 민비는 재빨리 궁중을 탈출하여 충주목 민응식의 집에 피신했어. 그러나 이때부터 민비는 친청사대로 흐르게 되어 개화파의 불만을 사게 되지. 이때부터 그녀는 외교에 눈을 뜨고 매우 민첩한 외교 능력을 발휘하였어.

1885년 거문도 사건이 일어나자 묄렌도

르프를 일본에 파견하여 영국과 사태 수습을 협상하는 한편 러시아와도 접촉하였고, 또한 청나라와의 관계에서도 흥선대원군의 환국을 모르는 체하는 등 유연성 있는 관계를 유지하였지.

1894년 동학교도를 중심으로 한 농민 봉기가 일어나 조선의 정국이 어지러운 상태가 되었을 때, 조선에 적극적인 공세를 펼치던 일본은 갑오경장에 간여하면서 흥선대원군을 내세워 그녀의 세력을 제거하려고 하였지. 하지만 그녀는 일본의 야심을 간파하고 친러정책을 쓰면서 노골적으로 일본에 대항하였어.

이때는 이미 영국, 독일, 러시아 등의 삼국간섭으로 일본의 국제적 지위가 땅에 떨어진 상황이었기에 그녀의 친러 정책은 효과를 볼 수 있었어.

이에 일본공사 미우라는 조선에서 밀려날 것을 염려한 나머지 일부 친일 정객과 짜고 민씨를 포함한 친러 세력을 제거하기 위해 을미사변을 일으켜 그녀를 시해하는데, 1895년 일본 군인과 정치 낭인들이 흥선대원군을 내세워 왕궁을 습격하고 민씨를 시해한 뒤 정권을 탈취한 사건이 그것이었어. 그리고 고종으로 하여금 민씨를 폐위하여 서인으로 전락시키도록 강요했지.

하지만 그 해 10월 10일 그녀는 신원되어 태원전에 빈전이 설치되고 국장에 의해 숙릉에 안치되었고 1897년 명성황후로 추책되지, 11월 양주 천장산 아래에 이장되어 홍릉이라 하였고, 1919년 고종이 죽자 2월에 미금시로 다시 이장되었어.

명성황후의 외모는 명성황후를 접견했던 영국인 언더우드 부인의 회고에 따르면, 황후는 조선인치고는 작지 않은 키였으며, 세련되고 우아하였다고 해. 분을 칠해 화장을 하였으나, 창백하고 슬픈 기색이 역력하였다고 해.

황후는 시시각각 변하는 상황에 따라 대응해야 했기 때문에 그녀의 눈동자에서 매우 활발하고 민첩한 두뇌 회전을 느낄 수 있었다고 전해지지. 그녀의 남편인 고종황제도 회고에서 황후는 미래를 예측하는 능력이 그 누구에도 비할 수 없으며, 자신이 고민이 있을 때, 솔직하게 털어놓을 수 있고 그에 대한 답을 확실히 얻어 낼 수 있었던 유일한 사람이었대. 이 두 사람의 말을 조합해 볼 때, 명성황후는 우아하면서도 지적이고 현모양처였다는 것을 짐작할 수 있지.

명성황후와 교린 정책

명성황후 때의 조선은 러시아와 중국 그리고 일본 사이에 있었기 때문에, 국제 정세를 아주 잘 이용해야만 했다. 그래서 황후는 이러한 교린 정책을 썼는데, 그 정책을 쉽게 해석하면 이렇다.

"조선이란 토끼를 일본이란 여우가 잡아먹으려 들면, 토끼는 러시아라는 곰에게 가고, 곰이 토끼를 먹으려고 하면, 중국이란 늑대에게 간다. 늑대가 잡아먹으려고 하면 다시 여우에게 간다."

실제로 조선은 러시아의 보호령이 되려고 하였다. 당시 러시아는 세계 최강으로 여겨졌으며, 황후와 고종 그리고 조선은 러시아와 친하게 지내려고 했다. 그러나 원새개의 조선왕폐위 음모사건으로 중단되었다.

후에 황후와 고종은 미국에게 의지하게 되고, 신정왕후 조씨가 서거하자, 궁궐 수비를 미군 해병대에게 맡겼다. 일부에서는 조선이 미국의 보호령이 되려고 하였다는 의견도 있다.

인종의 갑작스런 죽음으로
문정왕후의 아들
경원대군이 왕위에 오르지.

그가 바로 명종이야. 하지만 명종의 즉위는 비극을 알리는 서막이었어. 당시 명종은 12세로 어렸기 때문에 대신해 문정왕후가 수렴청정을 하게 된 거야. 이를 계기로 문정왕후의 시대가 펼쳐지게돼. 모든 권력이 문정왕후 손에 쥐어져 있었거든.

중종이 생존해 있을 때, 세자 호(인종)와 경원대군(명종)을 둘러싼 왕위 쟁탈전이 있었어. 문정왕후의 형제인 윤원형, 윤원로는 조카 경원대군을 세자로 책봉하려고 했지. 그 때문에 인종의 외삼촌인 윤임과 명종의 외삼촌인 윤원형 간에 세력다툼이 벌어지게 된거야.

윤임 일파를 대윤, 윤원형 일파를 소윤이라 하였는데, 사림파는인종을 지지해 대윤에 속하였지. 처음에는 인종이 즉위했기 때문에 당연히 대윤이 득세했어. 그렇지만 인종의 갑작스런 죽음으로 명종이 즉위하니 권력은 자연스럽게 소윤에게 넘어가게 되었지. 그때부터 소윤의 윤원형은 대윤의 윤임을 치기 위해 만반의 준비를 했어. 윤원형의 첩 정난정이 경기도 관찰사인 김명윤에게 윤임을 비난하는 글을 임금에게 올리게 했어.

문정왕후는 나라에 큰 일이 생겼으니 대신들을 모두 입궐하도록 명했지. 명종과 함께 나온 문정왕후는 김명윤의 상소를 듣고 몸을 부르르 떨었어. 하지만 이런 행동은 이미 짜여진 연극이었어. 하지만 윤임이 펄쩍 뛰며 그런 사실이 없노라고 억울함을 호소했어.

하지만 소윤편인 호조판서 임백령, 병조판서 이기, 지중추부사 정순봉 등이 문정왕후 편에 서서 대윤 일파가 역모를 꾸민다고 거들었지. 그래서 기세등등해진 문정왕후는 목소리 높여 말했어.

"우찬성 윤임은 들으시오. 전부터 우리 모자를 죽이려 했다는 것은 내 진작부터 알고 있었지. 하지만 오늘 이 자리에서 분명히 밝혀지게 된 것 아니오. 대신들은 윤임의 죄상을 낱낱이 밝혀 그에 합당한 벌을 주도록 하시오."

소윤들도 미리 짠 각본대로 대윤들의 죄상을 낱낱이 고하기 시작했고, 문정왕후는 대윤은 물론 이를 옹호하는 사람 중에 후일 말썽이 될 만한 사람들을 모두 죽이려 했어. 그래서 계림군 유, 좌의정 유관, 좌찬성 이언적, 병조참의 이임, 이조판서 유인숙을 윤임을 도왔다 하여 극형에 처해. 이렇게 윤임에 관계된 10여 명이 윤임의 조카 봉성군에게 왕위를 잇게 하려고 계략을 꾸몄다는 억울한 누명을 쓰고 죽지. 그리고 윤임의 아들 삼형제 또한 아버지를 따라 사약을 받아 죽었어. 이 사건이 바로 '을사사화' 야. 그러나 사화는 그것으로 끝나지 않았어.

그 이듬해인 병오년에는 광주 양재역에 붙은 벽서가 사관 안명세의 짓이라 하여 그를 죽였고 깨끗한 선비 여럿을 공모자로 몰아 죽였지. 다음 기유년에는 또 이중윤의 모함으로 유생 수백 명이 죽음을 맞이하게 돼. 을사사화로 심각한 타격을 받은 사람은 시골로 낙향하여 서원과 향약을 기반으로 학문 연구와 제자 양성에 전념했어. 훗날 그들이 정계에 다시 등장하게 된 것은 문정왕후가 사망한 이후에야 가능했어.

이렇게 윤원형이 문정왕후의 세력을 등에 업고 권력을 독점하게 되자 윤원형은 그 동안 자신에게 불만을 토로하던 친형 윤원로를 유배시켜 사사시켰어. 그리고 자신의 애첩 정난정과 공모하여 정실부인 김씨를 독살하고 노비 출신인 그녀를 정경부인의 자리에 올려놓았지. 또 정난정은 윤원형의 권세를 배경으로 상권을 완전히 장악하여 전매, 모리 행위로 부를 축적했어. 이 때문에 윤원형의 집에는 뇌물이 폭주하게 됐어. 윤원형은 한성 내에 집이 15채나 됐고 남의 노예와 전장을 빼앗은 것은 이루 헤아릴 수도 없었다고 전해지고 있어. 그래서 당시 권력을 탐했던 조신들은 정난정의 자녀들과 다투어 혼인줄을 놓기 위해 여러 가지 방법을 동원했어. 또한 정난정은 봉은사의 승려 보우를 문정왕후에게 소개시켜 병조판서직에 오르게 하였는데, 이 때문에 일시적으로 불교가 융성하기도 했어.

문정왕후는 권세를 누리기 위해 툭하면 떼를 써서 왕을 괴롭혔다고 해. 문정왕후는 자신이 원하는 일을 종이에 적어 보냈다가 그것이 수용되지 않으면 왕을 불러 면상에다 대고 반말로 욕을 해대는가 하면 심지어는 말을 듣지 않는다고 왕의 종아리를 때리거나 뺨을 때리기도 했어. 이렇듯 문정왕후와 윤원형은 약 20년 동안 왕권을 능가하는 권세를 부리며 온갖 학정을 자행했지. 문정왕후가 행한 8년간의 수렴청정은 선비들의 피를 부른 것뿐만 아니라 국고의 탕진으로 백성들은 굶주리고 거리에 나와 구걸하는 사람들이 많아졌어.

양주의 백정이었던 임꺽정이 의적이라 칭하며 황해도와 경기도 일대에서 활동했던 것도 이때였지. 하지만 권력이 끝이 없을 것 같던 문정왕후도 명종 20년에 숨을 거두고 말아. 그녀의 권세를 등에 업고 행세하던 보우도 유배를 가서 그곳에서 살해당하지. 당대를 풍미하던 여장부 문정왕후 윤비는 자신의 욕심에 치우친 나머지 조선의 정치적 혼란만 불러온 채 지금은 말없이 태릉에 묻혀 있어.

정난정(鄭蘭貞)

본관은 초계이며, 부총관을 지낸 정윤겸이 아버지이고 어머니는 관비 출신이다. 미천한 신분에서 벗어나고자 기생이 되어 중종의 계비인 문정왕후의 동생 윤원형에게 접근하여 첩이 되었다.

1551년(명종 6) 윤원형의 정실 김씨를 몰아내고 적처가 되었으며 이어 김씨를 독살하였다. 윤원형의 권세를 배경으로 상권을 장악하여 전매, 모리 행위로 많은 부를 축적하였으므로, 당시 권력을 탐했던 조신들은 윤원형과 정난정 부부의 자녀들과 다투어 혼인줄을 놓았다고 한다.

문정왕후의 신임을 얻어 궁궐을 마음대로 출입하였으며 정경부인의 작호를 받았다. 승려 보우를 문정왕후에게 소개시켜 선종판사에 오르게 하였는데, 이로 인하여 선·교 양종이 부활되고 도첩제도가 다시 실시되는 등 한때나마 불교가 융성하기도 하였다.

1565년 문정왕후가 죽고 윤원형이 사림의 탄핵을 받아 황해도 강음으로 유배되자 함께 갔으나 김씨 독살사건이 탄로나자 윤원형과 음독자살하였다. 그후 본래 신분으로 환원되었다.

"어쩌면
저럴 수가 있어."

조선사를 TV로 보면서 시청자들이 안타까움과 분노를 금치 못하는 사연들은 너무 많지. 그 중에서도 잘 알려진 비운의 주인공이 있지. 조선 9대 임금인 성종의 아내이자 연산군의 어머니인 폐비 윤씨가 그래. 오죽하면 그녀의 얘기는 TV사극의 단골 메뉴잖아. 폐비 윤씨의 삶은 정말이지 드라마틱해.

성종시대는 조선시대 전체를 통틀어 가장 평화로웠던 시기였다고도 할 수 있어. 그것은 무엇보다도 성종의 정치력에 힘입어 조정이 안정되었기 때문이야. 그런데 그 평화의 이면에는 서서히 퇴폐풍조가 고개를 들고 있었어. 성종은 도학을 숭상하고 스스로 군자임을 자처하는 인물이었지만 또 다른 면이 있었거든. 원래 사람은 누구나가 양면성을 가지고 있지만 성종은 그 정도가 심했지.

성종의 양면성은 그의 가족 관계를 보면 여실히 드러나. 12명의 부인을 거느리고 30명에 가까운 자식들을 얻었으니 말이야. 성종은 궁녀로 들어온 윤기무의 딸을 좋아했어. 그래서 윤씨를 '숙의'로 올려 줬지. 춘추관 기사관 윤기무의 딸로 태어난 숙의 윤씨는 뛰어난 미인이었거든. 윤씨는 아버지가 일찍 세상을 떠났기 때문에 어머니 신씨와 어려운 생활을 하던 중 후궁으로 들어오게 됐지.

그런 그녀가 성종의 눈에 들어 총애를 받게 된 거야. 공혜왕후 한씨가 19세의 나이로 세상을 떠나자 마침내 숙의 윤씨는 왕비가 됐어. 그런데 윤씨는 왕비가 되기 전에 왕자 융을 낳았거든. 그래서 성종은 이 왕자를 강희맹의 집에서 기르도록 했어. 그런데 이 왕자가 뒷날 폭군 연산군이 될 줄은 그때는 아무도 몰랐지. 왕비 윤씨는 왕비로서 양잠도 하며 임금을 잘 보필하려고 애썼어. 그리고 한 나라의 왕비로서 후궁들도 감독했어. 후궁들 중에 정소용, 엄숙의, 권숙의가 있었어. 이들은 성종의 눈에 들기 위해서 갖은 애를 썼는데, 그 중 정소용이 성종의 사랑을 독차지하려는 욕심이 가장 많았어.

성종도 이런 여우 같은 후궁의 유혹에 안 넘어갈리 있겠어. 둘 사이가 매우 가까워졌어. 왕비 윤씨는 성종한테 정소용과 친하게 지낸다고 잔소리를 하곤 했어. 그런데 정소용의 치마폭에 휩싸인 성종이 이런 말이 귀에 들어오기나 하겠어? 성종은 윤씨가 시기와 질투가 많다고 질책하며 윤씨를 은근히 멀리하기 시작했지. 그리고는 정소용, 엄숙의, 권숙의 등을 자주 찾아갔어. 성종의 사랑을 함께 받아오던 이들 후궁들은 왕비 윤씨에 대해 심한 질투를 느꼈지. 왕비 윤씨의 홀어머니인 신씨는 장흥 부인이 되어 영화를 누리게 됐거든.

"흥, 얼마 전까지만 해도 촌티가 질질 흐르던 궁녀가 하루 아침에 숙의가 되더니, 아들 낳아 이젠 왕비가 돼. 이건 말도 안 되지."

"우리 앞에서 고개도 못 들던 것이 이제는 왕비랍시고 명령이야, 웃긴다, 웃겨."

세 후궁들의 왕비 윤씨에 대한 질투심은 하늘을 찔렀어. 이 세 후궁들은 성종의 어머니인 인수대비를 찾아가 윤씨를 헐뜯었어. 인수대비도 차차 그들의 말에 귀가 솔깃해졌지. 후궁들은 마침내 왕비 윤씨를 대궐에서 쫓아내려고 모의를 했는데, 인수대비조차도 보잘것없는 왕비 윤씨를 미워하게 되었어.

어느 해, 왕비에게 정소용과 엄숙의가 자신과 그 아들을 죽이려 한다는 내용의 투서가 들어왔어. 왕비는 위기감을 느꼈지. 그리고는 두 후궁을 죽여야겠다고 결심하게 돼. 그래서 친정 어머니인 신씨에게 부탁하여 독약을 준비하여 감추어 두었던 거야. 그런데 성종이 이 사실을 알게 돼. 성종이 왕비 윤씨의 처소를 찾아갔을 때였어.

"아니, 이거 비상이 아니오?"

성종은 비단 주머니를 열어보고 깜짝 놀랐지. 왕비 윤씨는 울음을 터뜨렸어.

"비상은 왜 가지고 있는 것이오?"

왕비 윤씨는 사실대로 말했어.

"정소용, 엄숙의 등이 왕자와 저를 해치려 한다는 소문이 무성해서 어쩔 수 없었어요."

"두 궁녀를 해치려고 비상을 준비했단 말이군?"

성종은 버럭 화를 내면서 왕비 윤씨의 방에서 나왔어. 성종은 왕비 윤씨의 허물을 덮어두고, 비상을 구해온 몸종 삼월이를 처형했고 왕비 윤씨의 어머니 신씨도 대궐에 드나들지 못하도록 했어. 이 일을 계기로 왕비에게 멀어졌던 성종의 마음은 더욱더 멀어지게 된 거야.

그러던 어느 날, 작은 사건 하나가 발생했어. 성종이 인수대비에게 문안 인사를 드리러 갔을 때였지. 인수대비가 성종을 얼굴을 바라보며 깜짝 놀라 물었어.

"얼굴에 웬 손톱 자국이 나 있소?"

성종도 그제야 손톱 자국이 난 것을 알았어.

"어제 왕비 윤씨의 처소에 들었다가 손 끝에 스친 모양입니다."

성종은 그 전날 오랜만에 왕비 윤씨에게 갔다가 후궁들의 일로 말다툼을 했거든. 인수대비는 그렇지 않아도 왕비 윤씨가 비상을 준비한 일이 있어서 가뜩이나 미워하고 있던 차에, 그런 일이 벌어지자 펄펄 뛰었지. 성종이 돌아가자 인수대비는 곧장 우의정 윤필상을 불렀어.

"무엄하게도 중전이 상감의 용안을 할퀴었소! 그러니 가만 놔두어서는 안 되겠소."

"중신들과 상의해 보겠습니다."

윤필상은 속으로 무척 좋아했어. 왜냐하면 윤필상의 친척 윤호의 딸이 후궁으로 들어와 숙의로 있었거든. 그러니까 잘만 하면 그 아이를 왕비로 들어앉힐 수 있겠다는 계략을 품고 있었던 거지. 성종도 윤씨를 폐해야 한다고 들고 일어서는 3정승인 정창손, 윤필상, 심회와 원로 공신인 한명회, 김국광 등과 의논을 했어. 조정의 대신들은 윤씨를 폐비시켜야 한다는 쪽과 원자가 있어서 폐비는 불가하다는 두 패로 나뉘어졌어.

"왕비 윤씨는 중전으로서 덕이 없소. 비상사건도 그러하거니와 시기와 질투가 심하여 궁중에 둘 수 없으니 폐서인하는 것이 좋겠소."

정창손이 나서서 크게 반대하였지만 윤필상은 성종의 의견에 적극적으로 찬성했던 거야. 성종은 1476년 6월, 마침내 왕비 윤씨를 서인으로 낮추어서 궁궐 밖으로 내쫓았어. 그리고 다음해 11월에 윤호의 딸 숙의 윤씨를 새 왕비로 맞았지.

폐비가 된 윤씨는 어머니 신씨와 함께 죽을 끓여 먹으며 어렵게 3년 동안을 살았어. 그 동안 폐비 윤씨는 자신의 잘못을 깊이 뉘우쳤지. 성종은 아들을 생각해서 윤씨를 폐비시키는 것으로 그치고 조용히 넘어가려고 했어. 세자가 점점 커가니까 성종도 윤씨에 대한 불쌍한 마음이 들었던 모양이야. 그런데 윤씨를 미워하던 후궁들이 가만히 있을 리가 없지. 정소용이 성종에게 속살거렸어.

"폐비 윤씨는 죄인이면서 화려한 옷을 입고 기름진 음식을 먹으며 호화롭게 살고 있다고 합니다."

그래서 성종은 내시를 시켜 윤씨의 동정을 살피고 오게 했지. 그런데 이 사실을 안 정소용이 꾀를 내 내시에게 뇌물을 두둑이 주었던 거야. 성종의 하사품을 가지고 간 내시는 딱하게 지내는 폐비 윤씨를 살펴보고 돌아갔어. 하지만 내시는 궁궐에 들어와 성종에게 거짓으로 보고했어.

"폐비 윤씨는 호화롭게 생활하면서 나라를 원망하고 있었습니다. 그리고 후일 복수를 한다는 말도 하였습니다."

성종은 반성의 빛을 보이지 않는 윤씨를 죽여야겠다고 생각했어. 이튿날, 성종은 신하들이 모인 자리에서 드디어 끔찍한 명령을 내려.

"폐비 윤씨는 3년이 지나도록 자신의 잘못을 뉘우치기는커녕, 세자가 등극하면 앙갚음을 하려고 한다 하오. 폐비 윤씨를 내버려 두었다가는 무슨 일이 일어날지 모르니, 사약을 내리겠소!"

그리고 반대하는 대신들을 향하여 이렇게 못을 박듯이 말했어.

"너희들은 왕자를 위한다고 더 이상 내게 이 일을 말하지 말아라. 그리고 앞으로 1백 년 동안 이 일을 문제삼지 말아야 한다. 이 말을 명심하여라."

어느 누구도 성종의 뜻에 반대하지 못했지. 하지만 우찬성 허종은 대궐로 말을 타고 가다가 일부러 말에서 떨어져. 그리고는 다쳐서 대궐에 들어가지 못한다고 전했지. 이렇게 하여 허종은 사약을 전달하는 일을 피했어. 그런데 허종의 이러한 지혜는 뒷날 갑자사화 때 목숨을 건질 수 있게 돼.

하지만 폐비 윤씨는 이런 상황을 전혀 모르고 상감이 다시 부를 날만 손꼽아 기다리고 있었던 거야. 어머니한테 내시가 우리의 형편을 보고 갔으니까 환궁하는 것은 시간 문제라고 말했지. 그런데 그때 폐비 윤씨의 집에 대궐에서 사람들이 들이닥치지.

"어명이오! 죄인은 사약을 받으시오."

폐비 윤씨와 어머니 신씨는 기절할 듯이 놀랐어. 그렇지만 통곡을 하는 신씨를 뒤로 하고 폐비 윤씨는 체념을 한 채 사약 받을 절차를 행해. 목욕을 깨끗이 하고 옷을 단정히 입었지. 그리고는 약사발을 상에 받아 놓고 임금이 있는 쪽에 네 번 절했어. 사약을 가져 온 이세좌는 독촉을 했고 폐비 윤씨는 사약을 들어 마셨어. 그런 뒤, 소매 끝에 달린 한삼을 뜯어 입에서 흐르는 피를 씻었어. 죽어가는 폐비 윤씨는 그 피묻은 한삼 자락을 신씨에게 전해 주며 이것을 동궁에게 꼭 전하라는 유언을 남겼지.

폐비 윤씨가 사약을 받아 마시고 죽은 뒤에 어머니 신씨는 장흥으로 귀양을 떠나게 돼. 하지만 성종도 사람인데 폐비 윤씨를 죽이고 마음이 편하지 않았어. 그래서 누구든 폐비 윤씨가 사약을 받아 죽은 사실을 세자에게 입 밖에 내는 자는 목숨을 부지하지 못할 거라고 당부했지. 폐비 윤씨의 죽음은 매우 중요한 비밀에 부쳐졌어. 하지만 세상에 비밀이란 없는 거잖아. 폐비 윤씨 사건은 여기서 끝나지 않아. 세자가 왕으로 등극한 뒤 갑자사화의 불씨가 되고 말지.

🌸 소혜왕후(昭惠王后, 인수대비)

조선 세조의 장남인 덕종의 비(妃). 성은 한씨. 본관은 청주. 서원부원군 확(確)의 딸이며, 좌리공신 치인(致仁)의 누이동생이다.

1455(세조1) 세자빈에 간택되어 수빈에 책봉되었으나 세자가 횡사하였다. 1470년(성종1) 소생 혈이 성종에 즉위하여 세자로서 죽은 덕종을 왕으로 추존하자 왕후에 책봉되고, 이어서 인수대비(仁粹大妃)로 책봉되었다.

자녀로는 월산대군과 성종이 있다. 성품이 총명하고 학식이 깊어 정치에 많은 자문을 하였다. 불경에 조예가 깊어 불경을 언해하기도 하였고 부녀자가 지켜야 할 도리인 『여훈(女訓)』을 지어 후세에 귀중한 연구 자료가 되고 있다.

손자되는 연산군이 생모 윤비의 모함에 의하여 폐위, 사사되었다는 사실을 알고 박해를 가하려 하자, 병상에 있던 대비가 이를 꾸짖으니 연산군은 머리로 대비를 받아 얼마 후 절명하였다. 능은 경릉으로 경기도 고양시 서오릉에 덕종과 합장되어 있다.

흐르는 강물은 길이길이 푸르러니

그대의 꽃다운 혼 어이 아니 붉으랴.

아! 강낭콩꽃보다도 더 푸른 그 물결 위에

양귀비꽃보다도 더 붉은 그 마음 흘러라.

변영로의 詩, 『논개』 중에서 이 시는 경남 진주성에 가면 남강을 내려다보며 서 있는 변영로 시비에 새겨져 있는 시야. 1593년 6월 말 경, 진주 남강 촉석루에서 왜장 게다니를 껴안고 남강으로 뛰어든 기녀의 이야기는 너무 유명하지.

임진왜란 때 왜인들이 우리의 강토를 짓밟고 자신의 남편과 많은 사람들을 무참하게 죽인 것에 끓어오르는 분노를 참지 못했던 거야. 그래서 한 여인이 복수의 칼을 품었어. 그래서 논개는 동족을 짓밟는 적장을 진주 남강가로 유인하여 끌어안고 강물에 빠져 순절했어. 참으로 의로웠던 여인 '논개'를 많은 사람들이 추앙하고 있어. 이야기로 전해오던 논개의 순국 사실이 문자화된 것은 1620년 무렵 유몽인이 『어우야담』에 채록하면서부터야. 그녀가 순국한 바위에 '의암(義岩)'이라는 글자를 새겨넣은 것도 이 무렵의 일이야.

장수와 함양사람들이 전하는 이야기에 따르면 논개의 일생은 그리 순탄하지만은 않았어. 논개의 부친은 주달문이고 모친은 밀양 박씨로 학덕이 높은 집안이었으며, 13세 때 부친이 별세하여 편모 슬하에서 자랐어.

하지만 논개가 열네 살 나던 해인 1587년, 천하 건달인 숙부가 토호인 김풍헌에게 논개를 민며느리로 팔고 행방을 감추었어. 이 사실을 안 논개 모녀가 외가인 안의의 봉정마을로 피신하였는데, 김풍헌이 당시 장수현감인 최경회에게 이를 알려 심문을 받게 하였어. 논개 모녀로부터 전말을 들은 최경회는 이들을 무죄로 인정하고, 관아에 머물며 병약한 최씨 부인의 시중을 들게 하였지. 그러던 어느 날 논개의 재주와 아름다운 용모에 감탄한 현감 부인이 최경회에게 논개를 소실로 맞이할 것을 권유하게 돼.

그리고 나서 얼마 지나지 않아 현감 부인은 지병으로 숨을 거두고 말지. 이렇게 해서 논개가 18세 되던 해 1591년 봄, 최경회와 부부의 인연을 맺고 무장현감으로 부임하는 최경회를 따라 장수를 떠났어.

최경회가 1593년 경상우도 병마절도사로 승진하여 진주성싸움에 참가하게 되자 논개도 진주길을 떠났어. 그런데 1593년 진주성이 함락되고 최장군 또한 순국하게 되고 말아. 남편의 죽음을 지켜본 논개는 다음날 촉석루에서 벌어진 왜군 승전연에 기생으로 가장하고 연회에 참석해. 기생으로까지 가장하고 승전연에 참석한 이유가 있었지. 그 때는 10일 간에 걸친 전투 끝에 왜군이 승리하여 촉석루에서 자축연이 베풀어지던 중이었어. 왜장들은 승리감에 도취해 술을 과하게 마셔댔어. 그리고 조선 여성들을 취하려 했지. 이때 논개가 불려 나오게 돼. 하지만 논개는 그 자리에서 치욕보다는 죽음을 택했어.

하루 전에 몸을 던진 김천일 장군, 최경회 장군, 고종후 장군이 눈앞에 선했거든. 논개는 그들의 애통한 죽음에 대한 보상은 왜장을 죽이는 것뿐이라고 믿었어. 그래서 술 냄새를 확확 풍기며 슬그머니 허리에 손을 감아오는 왜장 게다니를 논개는 촉석루 아래 으슥한 바위로 유인했지.

만취한 게다니가 유혹에 넘어오자 논개는 손가락 마디마디에 쌍가락지를 낀 팔로 게다니의 허리를 꽉 부둥켜 안은 채 남강으로 뛰어들고 말아. 그렇게 왜장을 껴안고 남강에 투신 순국한 논개의 나이는 이때 겨우 19세였어. 그 뒤 진주성싸움에서 살아남은 장수와 의병들이 최경회와 논개의 시신을 건져, 고향땅에 장사 지낼 요량으로 운구해 오다 함양군 서상면 방지리 골짜기에 묻었어. 그래서 그 곳은 최근 사적지로 지정되어 묘역이 대대적으로 정화되었지.

구전되어 내려오는 이야기 중에는 논개가 게다니를 껴안고 강으로 뛰어들 때 논개의 열 손가락에 모두 반지가 끼어 있었다고 해. 왜장을 껴안고 투신할 때 깍지를 낀 손가락이 빠지지 않도록 하기 위해서였다는 거지. 이를 진주 사람들은 '논개반지'라고 부르고 있지.

하지만 논개는 나라를 구하려는 충절로 순국했지만 기생으로 잘못 알려지기도 했어. 논개의 충성심은 이미 의심할 바 없었는 데도 일부 보수적인 사대부들은 편견을 내세운 거야. 임진왜란 중의 충신 효자 열녀를 뽑아 편찬한 『동국신속삼강행실도』에 논개를 올리지 않았어. 그러나 진주 사람들은 성이 함락된 날이면 강변에 제단을 차려 그녀의 의혼을 위로하는 한편, 국가적인 추모제전이 거행될 수 있도록 백방으로 노력했지.

논개가 순국한 지 36년 만인 인조 7년(1629)에 정대륭이라는 선비가 의거 현장인 위암의 서쪽면에 전서체로 '의암(義岩)'이라고 새겼어. 그로부터 위암은 의암으로 불리게 되었던 거야. 다시 1백여 년의 세월이 흐른 후 조정에서는 논개에게 '의암부인'이란 칭호를 내렸어.

경종 1년(1721)에 경상우병사 최진한이 논개에 대한 국가의 포상을 비변사에 건의했을 때지. 이후 영조 16년(1740)에 경상우병사 남덕하의 노력으로 논개의 혼을 기리는 의기사가 의암 부근에 처음 세워지고, 매년 논개 추모제가 성대히 치러지게 되었어. 논개의 고향으로 알려진 곳은 덕유산 육십령을 넘기 전, 전북 장수군 계내면 대곡리 주촌마을이야. 이곳에 논개의 생가가 복원돼 있지. 그리고 장수군 두산리에 논개의 수명비가 세워져 있어. 촉석루 앞 남강은 그 상류에 진양호댐이 축조되어 수량이 줄어 들었다고는 하지만 아직도 수심이 깊고 촉석루 앞 절벽에 부딪쳐 강물이 휘감아도는 곳이야. 그 깊은 물 속에 나라를 위해 몸을 바친 아름다운 여인의 혼은 영원히 잊혀지지 않을 거야.

촉석루(矗石樓)

진주 남강 벼랑 위에 세워진 촉석루는 진주의 상징이다. 촉석루가 만들어진 때는 고려 고종 28년(1241년). 진주목사 김지대가 창건하고 충숙왕 9년(1322년) 진주 목사 안진이 중건했다. 또 우왕 5년(1379년)에 왜구의 침략으로 불탄 것을 조선 태종 13년(1413년)에 진주 목사 권충이 다시 세웠다. 또 성종 22년(1491년)에는 진주목사 경임이 중수하고, 이어 선조 16년(1583년)에 목사 신점이 개수했다. 그러나 선조 26년(1593년)에 왜적의 침략으로 진주성이 함락되면서 촉석루가 소실됐다.

이를 광해군 10년(1618년)에 병사 남이흥이 다시 복원했다. 이것을 경종 4년(1724년)에 병사 이태망이 중수했다. 최근에는 6·25 한국전쟁 때 또다시 소실된 것을 1960년 진주고적보존회에서 지금의 모습으로 복원했다. 일명 장원루 또는 남장대라고도 부르던 촉석루는 전쟁시에는 진주성을 지키는 지휘본부였다. 또 전쟁 없는 평화로운 시절에는 향시를 치르는 고시장으로 쓰였다. 논개의 순절 이야기로 더욱 유명해진 이곳은 지금에 와서는 진주 시민은 물론, 타지의 많은 관광객들이 찾는 진주 제일의 관광명소로 자리매김 하고 있다.

예술가인 동시에
높은 덕과 인격을 쌓은
어진 부인이 있었어.

그 부인은 또한 훌륭한 어머니로 우리 나라를 대표하는 여성의 모범상이라 할 수 있지. 이 말만 들어도 사람들은 주저없이 신사임당을 떠올릴 거야. 신사임당은 조선시대의 여류 문인이자 화가였고 율곡 이이의 어머니이도 하지. 사임당은 1504년(연산군 10년) 강릉 북평촌(오죽헌) 외가댁에서, 신명화공의 둘째 딸로 태어나 외조부의 가르침을 받으며 자랐어. 어려서부터 부모에 대한 효성이 지극하고 자수와 바느질 솜씨가 뛰어났어.

또한 사임당은 일찍 학자의 집안에서 자라나 엄격한 교육 밑에서 유학의 경전과 명현들의 문집을 탐독하여 시와 문장에 능했지. 7세 때 화가 안견의 그림을 본떠 그렸을 뿐만 아니라 산수화와 포도·풀·벌레 등을 그리는 데도 뛰어난 재주를 보였어. 신사임당의 이런 예술적 재능을 말해 주는 어린 시절 일화가 있어. 어느 날

사임당이 꽈리나무에 메뚜기 한 마리가 앉아 있는 그림을 그렸어. 그런데 사임당이 잠깐 자리를 비운 사이에 그림 속의 메뚜기를 닭이 와서 쪼아 버렸다는 거야. 사임당의 그림에 대한 예찬은 많은 사람들의 발문에 기록되어 있는 바와 같이 여류의 으뜸이었어.

그림으로 채색화·묵화 등 약 40폭 정도가 전해지고 있는데 아직 세상에 공개되지 않은 그림도 수십 점 있다고 해. 작품으로는 『자리도』, 『산수도』, 『초충도』, 『노안도』, 『연로도』, 『요안조압도』와 6폭 초서병풍 등이 있지. 신사임당은 글이나 그림 어느 쪽에서도 부족함이 없을 정도로 그 실력이 뛰어났지만 자신의 실력을 함부로 뽐내거나 자랑하지 않았어.

그러던 어느 날 잔칫집에 초대받은 신사임당이 여러 부인들과 이야기를 나누고 있었어. 그런데 마침 국을 나르던 하녀가 어느 부인의 치맛자락에 걸려 넘어지는 바람에 그 부인의 치마가 다 젖었어.그런데 그 부인은 매우 가난했기 때문에 잔치에 입고 올 옷이 없어 다른 사람에게 새 옷을 빌려 입고 왔던 거야. 그런데 그런 옷을 버렸으니 걱정이 태산 같았어. 이때 신사임당이 그 부인에게 말했어.

"부인, 저에게 그 치마를 잠시 벗어 주십시오. 제가 수습을 해보죠."

부인은 의아해 했지만 무슨 뾰족한 방법이 없어 신사임당에게 옷을 벗어 주었지. 그러자 신사임당은 붓을 들고 치마에 그림을 그리기 시작했어. 치마에 얼룩져 묻어 있었던 국물 자국이 신사임당의 붓이 지나갈 때마다 탐스러운 포도송이가 되기도 하고 싱싱한 잎사귀가 되기도 했던 거야. 보고 있던 사람들은 모두 놀랐어. 그림이 완성되자 신사임당은 치마를 내놓으며 가난한 부인에게 이렇게 말했어.

"이 치마를 시장에 갖고 나가서 파세요. 그러면 새 치마를 살 돈이 마련될 것입니다."

과연 신사임당의 말대로 시장에 치마를 파니 새 비단 치마를 몇 벌이나 살 수 있는 돈이 마련되었어. 신사임당의 그림은 이미 많은 사람들에게 알려져 있었기 때문에 그림을 사려는 사람이 많았지. 하지만 그림은 마음을 수양하는 예술이라 생각했던 사임당은 그림을 팔아 돈을 만들지는 않겠다는 신념을 가지고 있었어. 하지만 그때는 그 부인의 딱한 사정을 보고 도와주려는 마음에서 그림을 그

려주었던 것이야.

또한 사임당은 아이들의 어머니로서도 손색이 없었어. 네 아들과 세 딸을 진정한 사랑으로 키웠고 어릴 때부터 좋은 습관을 가지도록 엄격한 교육을 했어. 사임당의 자애로운 성품과 행실을 이어받은 7남매는 저마다 훌륭하게 성장하여, 모두들 인격과 학식이 뛰어났어. 사임당이 33세 되던 해, 꿈에 동해에 이르니 선녀가 바닷속으로부터 살결이 백옥 같은 옥동자하나를 안고 나와 부인의 품에 안겨주는 꿈을 꾸었어. 그리고 아기를 잉태하였는데, 다시 그해 12월 새벽에도 꿈을 꾸었는데 검은 용이 바다로부터 날아와 부인의 침실에 이르러 문머리에 서려 있었어. 그런 태몽을 꾸고 난 아이가 바로 셋째 아들 율곡 이이야.

사임당은 항상 몸가짐을 조심하여 자식들을 교육시켜 7남매를 훌륭하게 키웠지. 그리고 남편에게는 항상 올바른 길을 가도록 내조했어. 어느 날, 사임당은 남편인 이공과 10년 동안 서로 헤어져 학업을 닦은 뒤에 다시 만나기로 약속을 하게 돼. 약속대로 이공은 사랑하는 부인을 처가에 남겨 두고 서울을 향해서 길을 떠났어. 하지만 이공은 며칠동안 계속 집으로 되돌아왔던 거야. 사임당은 이래서는 안 되겠다 싶어 바느질 그릇에서 가위를 끄집어내어 이공 앞에 놓고, 심각한 목소리로 말하지.

"나는 세상에 희망이 없는 몸이라 어찌 오래 더 살기를 바라겠습니까? 당신이 약속을 지키지 못한다면 스스로 자결이라도 해서 내

인생을 마치는 편이 더 좋을 것입니다."

이 말 한 마디에 이공은 눈이 번쩍 뜨였어. 그래서 다시 한 번 굳게 결심하고 부인과 작별했지. 그리고 서울로 올라온 이공은 온갖 역경을 극복하고 열심히 공부하여 뜻을 이루었어. 사임당의 남편을 바른 길로 인도하기 위한 굳은 의지를 엿볼 수 있는 일화가 아닐 수 없지. 한편 사임당은 시부모와 친정어머니를 잘 모셔 지극한 효녀로도 알려져 있어. 사임당은 19세 때 이원수공과 혼인한 후에 아버님이 일찍 별세해 홀어머니 이씨를 모시고 친정에 살면서 서울 시댁과 율곡리(현 경기도 파주)를 내왕을 했어. 힘든 가운데도 두 어머니에게 진정한 마음으로 효도를 다했지.

대관령 넘으며 친정을 바라보다
늙으신 어머님을 고향에 두고
외로이 서울 길로 가는 이 마음 돌아 보니
북촌은 아득도 한데
흰 구름만 저문 산을 날아 내리네.

이 시는 사임당이 38세 때 강릉 친정으로 어머님을 찾아뵙고 다시 서울로 돌아가는 도중에 대관령에서 오죽헌 쪽을 바라보면서 홀로 계시는 늙으신 어머님을 그리며 지은 것이야. 이처럼 사임당은 이이와 같은 대정치가이자 대학자를 길러낸 훌륭한 어머니로서, 남편을 잘 보필한 아내로서, 그리고 교양과 학문을 갖추고 천부적 소질을 발휘한 예술가로서 조선시대의 대표적인 여성상으로 평가받고 있어. 그리고 오늘날에도 우리 나라 여성의 모범이 되어 존경을 받고 있지.

🏵 오죽헌 (烏竹軒)

신사임당과 율곡 이이가 태어난 곳이다.

오죽헌이라는 이름은 둘레에 검은 대나무가 자란다 하여 붙여졌다. 오죽헌 안에는 율곡이 태어난 몽룡실, 율곡이 지은 교육 입문서인 격몽요결(보물 제602호), 신사임당 초충도병풍(지방유형문화재 제11호) 등 많은 유물이 전시되어 역사의 깊이를 전해 준다.

강릉을 찾은 사람들이 꼭 찾는 명소로 특히 어린 아들, 딸을 데리고 강릉을 찾는 부모들도 많다. 오죽헌 바로 옆에는 강릉시립박물관이 있어 강릉 지역의 선사시대 유물부터 시대별 각종 사료들이 소장되어 있다.

경회루 전경

경회루는 경복궁 안에 못을 만들고 그 안에 지어진 연회 장소로서 재상 중심의 정치 운영에 알맞게 만들어졌다.

4부

특별한 인연,
그리고 사람들

인연이란

참 묘한 거야.

특히 부부가 되는 인연은 더욱 그런 것 같아. 사람들마다 만나게 된 특별한 사연들이 있으니까. 어떤 사람들은 억지로 사랑을 만들려고 해도 인연이 없으면 결국엔 이루어지지 못하는 경우가 많지. 그런가 하면 서로 열렬하게 사랑을 해 결혼을 하고 싶은 데도 뭔가가 틀어져 이별을 하는 경우도 흔하거든. 그러니 남녀가 만나 결혼까지 한다는 것은 보통 인연이 아니면 힘든 거지.

때는 바야흐로 세조가 왕권을 갖고 있던 시기였어. 이때 참으로 기막힌 인연이 있었던 거야. 충청북도에는 보은군이라는 곳이 있는데 이곳에는 속리산이라는 산이 아주 유명하잖아. 하루는 해가 기울어가는 시간에 속리산 근처를 두 나그네가 걷고 있었어. 젊은 사람은 얼굴이 여자처럼 이쁘장하고 몸매 또한 호리호리했고 또한 사람은 중년으로 몸집이 뚱뚱하고 얼굴이야 그저 그랬지. 등에는 짐 보따리를 하나씩 메고 터벅터벅 걷는 나그네들의 모습은 그야말로 나그네 설움을 보여 주는 것 같았지. 두 사람은 얼마나 먼 길을 걸어왔는지 지쳐 쓰러질 지경이었지. 해는 넘어가고 갈 길은 먼데 그래도 어쩔 수 없어 중년 남자가 말했어.

"잠시 쉬었다 가시지요. 힘이 부치니 어쩔 수가 없습니다."

그러자 젊은이는 "네, 그러시지요." 하며 길가의 큰 나무아래서 등에 진 짐을 내려놓고 앉았어. 그런데 이때 마침 한 젊은 나무꾼이 나무를 지고 오다가 나그네들이 쉬고 있는 옆에 지게를 받치고 쉬게 된 거야. 나무꾼은 근처에 살고 있는 사람이었고 깊은 산속에 혼자 살며 사람 구경을 좀처럼 하지 못하다가 이들을 보게 되니 관심이 가지 않을 수가 없었거든. 그런데 그는 아무리 생각을 해도 젊은 남자가 왠지 모르게 좀 수상쩍었어. 얼굴은 여자 얼굴 같은데 행색은 나그네 차림이니 이상할 수밖에. 그래서 말을 걸었지.

"해가 다 저물었는데 어디를 가시는 길이신지요."

그러자 중년사내가 답했어.

"먼 길을 가는 중인데 너무 지쳐서 쉬고 있습니다."

나무꾼은 은근히 걱정이 되는 거야. 마을이 있는 곳까지 가려면 밤길을 한참 가야 할 텐데 짐을 지고 가는 것이 그리 쉽지 않기에 걱정이 됐지. 그래서 그는 말했지.

"괜찮다면 저희 집에 가서 묵고 가시지요. 밤길을 가려면 힘이 드실 겁니다. 남자 혼자 사는 집이니 누추하지만 어쩌겠습니까. 행여 밤길에 변이라도 당하시는 것보다는……."

두 나그네는 듣던 중 반가운 일이었어. 하지만 조금은 의심이 가는 거야. 첩첩산중 산골에 덩그라니 집 한 채뿐이고 남자 혼자 살고 있다니 혹시 귀신이 아닌가 싶은 거였지. 그러나 어쩔 수 없었어. 나무꾼의 집에 도착하자 집은 그다지 볼품 없는 초가집이었지만 살림살이는 의외로 깨끗했어. 게다가 저녁밥을 지어왔는데 여자가 살림하는 집보다 오히려 깔끔한 데다 나무꾼의 말과 행동이 매우 점잖고 예의바른 거야. 그래서 안심을 하게 됐지. 하룻밤을 묵고 난 뒤 나그네들은 떠날 차비를 했지. 그런데 이게 어찌된 일이야. 중년사내가 짐에서 무언가를 한줌 꺼내 나무꾼에게 주는데 바로 금붙이었어. 하룻밤 신세를 지었으니 그에 대한 보답이라는 거야. 나무꾼은 너무 놀랐지. 보통 사람들은 아닌가 싶다는 생각을 했는데 역시 맞아떨어진 거지. 그가 의심스러운 눈빛으로 보자 중년사내는 이렇게 말했어.

"사실 우리는 궁궐에 있던 사람들인데 급히 피해야 할 사정이 있어서 이렇게 먼 길을 오게 됐습니다. 금붙이는 당분간 팔지 마십시오. 행여 소문이라도 나면 저희들도 위험하니까요."

이쯤 되니 나무꾼의 궁금증은 더해질 수밖에. 나무꾼은 나그네들이 무슨 사정인지 속시원히 털어놓길 원했어. 그래서 그들을 더 붙잡기로 했지. 나그네들도 나무꾼이 여러모로 흠잡을 데 없는 데다 주변에 보는 눈들도 없으니 차라리 며칠 더 쉬었다 가는 것이

나은 것 같아서 함께 있게 됐어, 하루 이틀 지나면서 서로를 믿게 된 이들은 시간 가는 줄 모르고 먹고 자고 함께 생활했어. 누구든 뭔가 감추고 산다는 것은 한계가 있는 법이잖아. 알고 보니 두 사람은 사실 모두 여자였어. 도망치는 몸이라서 어쩔 수 없이 남장을 한 거지.

그러고 보니 처녀 총각이 한방에서 같이 어울려 살게 된 거잖아. 아리따운 처녀와 마음씨 좋은 총각은 서로에게 마음을 빼앗겨 버렸네. 남녀가 서로를 사랑하는 것은 말린다고 해서 말려지는 게 아니거든. 그만큼 사랑의 감정은 참으로 말로 표현할 수 없는 어떤 특별한 힘을 갖고 있거든. 결국 두 사람은 서로의 마음을 확인하고 혼례를 올렸어. 나무꾼은 어여쁜 여인을 아내로 맞아들였으니 그 기쁨이야 어찌 말로 다 할 수 있겠어. 하지만 한 가지 풀리지 않는 궁금증이 있었지. 그래서 아내에게 물었지.

"이제 우리가 부부가 되었으니 꼭 알고 싶은 것이 있소. 당신의 부모님들은 누구시고 어디에 계시는지요. 알려주십시오."

이쯤 되자 아내가 된 젊은 여인도 더 이상은 속일 수가 없는 노릇이었어. 그런데 이게 어찌된 일이야. 나무꾼은 얘기를 듣고 정말 놀라지 않을 수 없었어. 젊은 사람은 세조의 하나밖에 없는 공주였고 나이 든 사람은 공주의 유모였어. 그런데 이들이 왜 남장을 했고 이곳에까지 피신해 와야 했는지 그것이 더 의문이지. 세조가 좀 못된 구석이 많은 임금이었지. 단종까지 죽이고 왕위에 올랐으니까.

왕은 자신의 왕위를 위해 충신들도 여럿 죽였거든. 성삼문 같은 사람들까지 말이야.

그런데 공주는 어려서부터 참으로 영특했거든. 아버지의 포악성을 걱정한 그녀는 결국 부왕에게 말했어. 왜 그렇게 많은 사람들의 생명을 끊어버리냐고. 그리고 훗날 그 죄 값을 어찌 감당하려고 하느냐며. 아무리 귀여운 딸이지만 당시 세조의 귀에 그 같은 말이 통할 리가 없었어. 그 뿐인 줄 알아. 세조는 자신의 뜻에 거역하거나 반대하는 사람은 누구든 살려두지 않겠다는 독한 생각을 갖고 있었으니 딸도 가만히 둘 수 없었던 거야.

왕이 극약을 먹여 딸을 살해하려 하자 왕후 윤씨가 이를 알아차리고 유모를 시켜 먼 곳으로 피신하여 살도록 한 것이지. 그러나 사실 알고 보면 나무꾼은 김종서의 손자였으니 이 무슨 운명의 장난이야. 원수의 자식끼리 부부의 인연을 맺은 거야. 하지만 두 사람은 과거란 이미 흘러간 일이고 선대의 원수를 꼭 자신들까지 이어갈 필요가 없다는 생각을 갖고 자식을 낳으며 살았어.

훗날 이들에게는 더 좋은 일이 생겼어. 세조가 피부병이 생겨 이를 고치러 속리산에 내려왔다가 이

들의 사연을 알게 됐지 뭐야. 그런데 세조가 나이가 들어서인지 오히려 훗날 자신이 딸에게 하려 했던 짓을 후회하고 또 김종서와의 과거도 지난 일로 치부하면서 오히려 이들 가족들을 다시 한양으로 올라오게 하여 잘 살도록 도와주었다고 전해지고 있어.

🌸 성삼문(成三問 1418~1456)

조선 전기의 문신으로 호는 매죽헌(梅竹軒)이었다. 사육신의 한 사람으로 1447년 문과중시에 장원이 되어 집현전 학사·수찬 등을 역임했다. 그 후 왕명으로 신숙주(申叔舟)와 함께 예기대문언두(禮記大文諺讀)를 편찬하는 등 세종의 총애를 받았으며 세종대왕의 한글창제에 지대한 공을 세운 인물이다.

1455년 세조가 단종을 몰아내고 왕위에 오르자 박팽년 등과 함께 단종의 복위를 협의했으나 모의에 가담했던 김질이 성사가 안 될 것을 우려하여 이를 밀고하여 결국 극형에 처해졌다. 동생 셋과 아들 넷도 모두 살해되었다.

인조반정을 전후하여 바다 건너
일본의 왕실에서는 딸 하나를 낳았어.

차차 성장하면서 인물이 매우 아름다워 남들이 부러워 할 정도
였고 슬기가 출중할 뿐 아니라, 무술에도 빼어났지. 나이 열여덟
이 되자, 그 부모가 배필을 구해주고자 두루 혼처를 구했으나, 워
낙 인물이 잘났던 까닭에 짝될 만한 남자를 찾지 못하였어. 하루
는 그 처녀가 부모 앞에 나아가 말하기를, "소녀는 천하의 영웅이
아니면 낭군으로 삼지 않겠습니다. 이 좁은 섬 안에는 그런 남자
가 없으니 바다를 건너 천하를 두루 다니면서 소녀의 배필될 쾌남
을 구하겠습니다."

그리고 부모에게 하직을 고한 다음, 조선국으로 건너와서 머리
를 삭발하고 여승이 되어 팔도를 두루 돌면서 뛰어난 남자를 찾아
다녔어. 그러다가 어느 날, 대궐 문 밖에 다다랐지. 허다한 벼슬아
치들, 재상들이 모두 대궐에 출입을 하였지만, 그 처녀를 알아보지

122

못하고 그저 지나치고 말았어. 그러던 중에 봉림대군이 외출을 하였다가 문득, 그 여인을 발견하게 되지. 봉림대군은 외모가 빼어난 여승을 보자, 약간의 호기심에서 그 여승에게 뒤를 따라오라고 손짓을 하였어.

여승은 봉림대군을 보자 무슨 생각을 하였던지 순순히 그의 손짓에 응하여 뒤를 따랐지. 봉림대군은 이 모양을 보고 하인에게 명령하여 대궐 안의 방 하나를 정하여 거처하도록 하였던 거야. 인물이 절색인데다가 문필이 빼어났을 뿐 아니라, 또 행동까지 단아하여 보는 사람마다 신기하게 생각하여 입에 침이 마르도록 칭찬이 마르지 않았어. 이러는 동안에 세월이 흘러 일 년이 되는 어느 날 새벽의 일이야. 대궐 안마당에 있는 마부가 황급히 뛰어와서 마부가 땅에 엎드리는 거야.

그리고는 말하기를, "대군마마께 아뢰오. 황공하옵게도 대궐의 천리마가 간 곳이 없습니다. 소인의 죄는 죽어 마땅하옵니다."

"무엇이?"

놀란 것은 봉림대군이었지. 천리마를 잃은 경로를 물으려고 할 즈음에 다른 편에서 한 무수리가 편지 한 장을 바치는 것이었어.

"그 여승이 밤새 어디론지 자취를 감추었습니다. 이 봉서를 남기고 갔기에 가지고 왔나이다."

괴이하게 여긴 봉림대군이 급히 편지를 뜯어보았지.

"이 사람은 원래 섬나라인 일본에서 태어나, 천하의 영웅을 찾기

123

위하여 바다를 건너왔던 바, 다행히 왕자를 뵈올 수가 있었습니다. 일반 인사들이 지나쳐 버리는 이 사람을 알아보실 뿐 아니라, 머리까지 기르라 하시오니 그것만으로도 이 사람을 사랑하시고 아끼심인 줄 아옵니다. 그러하오나 일년을 두고 이 사람이 왕자를 살펴건데, 왕자는 작은 나라의 영웅은 되겠으나, 큰 나라의 큰 영웅은 되지 못할 것을 알았습니다. 그래 몸을 허락하올 길이 없어 떠나오니 널리 용서하소서."

글의 내용은 이러하였어. 봉림대군은 괴이하게 여겼지만, 그 여인의 행방을 찾을 길이 없었어. 이러한 일이 있은 지 수년 만에 병자호란이 터졌고 이에 무참한 결과를 당하게 되어, 대군은 형님인 소현세자와 함께 볼모의 신세가 되어 청의 심양에 잡혀가 십 년이라는 오랜 세월을 슬프게 보냈어. 그러던 중 청나라에서는 태종의 뒤를 이어 세조가 제위에 올라 천하를 통일하게 이르렀어. 이에 우리 조정에서는 이를 치하하는 사신을 보냈던 까닭에 이것을 만족히 여긴 세조는 인조 이십 오년에 볼모로 잡아갔던 조선국 사람들을 본국으로 돌려보내기로 정하고 인심을 써서 크게 잔치까지 베풀었어. 호지(오랑캐의 땅)에서 눈물 속에 볼모의 세월을 보내던 봉림대군도 고국에 돌아가게 된 것을 기쁘게 여기며 청의 세조가 베푼 잔치자리에 참석하였는데, 잔치에 나온 음식이 모두 고국에 있을 때에 즐기던 것들 뿐이었어. 봉림대군은 마음속으로 이상하게 여겼어. 봉림대군이 얼른 손을 대지 않는 모양을 본 세조는, "음식을 들지 않으니 의심을 하는 기색이 아닌가? 이제 떠나는 마당에 설마 내가 부정한 음식을 먹이겠는가? 조금도 어려워 말고 오래간만에 그대의 고국에서 맛보던 음식을 즐기라. 그리고 그대가 여기를 떠나기 전에 한번 만나자고 황후가 간청하니 짐과 함께 들어가 뵘이 어떨고?"

세조가 이렇게 말하면서 대군의 손을 이끌었지. 봉림대군은 세조에게 이끌리어 여러 문을 지나서 대궐 안으로 인도되었어. 대궐 깊숙히 들어가니까, 그곳에는 선녀와도 같이 아름답게 꾸민 여인이 황후의 옷을 입고 보좌에 높이 앉아 있는 거야. 그의 좌우에는 비빈 들이 황홀히 몸단장을 하고 늘어 서 있고. 모든 것이 눈이 부실 지경이었어. 대군은 그만 얼떨떨하여 사방을 돌아보고 섰노라니, 그제야 보좌 위에 앉아 있던 황후가 손을 들어 자기를 보라 하면서,

"이 사람을 몰라보시나요?"

뜻밖에도 십 년씩이나 들어 보지 못하던 조선말이 여인의 입에서 나왔어. 대군은 더욱 놀랐지. 어안이 벙벙한 대군에게 그 황후는 이어서 말을 붙였어.

"이 사람은 십여 년 전에 그대의 본국에서 머리를 기르면서 일년 동안이나 묵고 있던 여승이외다."

그리고 이어서 그는 천리 준마를 끌어내어 타고 압록강을 건너서 심양까지 들어왔다는 것이며, 그때에 사냥을 나온 세조의 눈에

띄어 가까이 하게 되었고, 그가 대영웅인 것을 알고 몸을 허락해 태자빈이 되었다가 이어 황후가 되었다는 경로를 밝히지. 그리고는 이어서 말하기를, "이 사람이 봉림대군에게 작은 나라의 영웅밖에 되지 못한다고 한 연유를 여쭈오리까? 그것은 다름이 아니라, 밤에 주무실 때에 방문 고리를 모두 걸고 잤기 때문에 한 말입니다. 천하를 통일할 만한 배포이면 무엇이 두려워서 그처럼 작은 문을 단속하겠어요. 영웅이란 살벌한 전장에서 화살과 철환이 빗발치듯 해도 봄뜰을 거니는 것과 같거늘, 대군은 형적이 나타나지도 않은 것들을 두려워하시는 것이었소.

그러나 이 말은 한 계집의 수다라고 여기시고 마음에 깊이 두지 마시오. 내 십여 년 전에 조선에서 지기를 얻은 은혜를 한 번도 잊은 때가 없었소이다. 그래서 선황제께서 병자년에 동병하셨을 때에 군사로 하여금 무고한 백성을 욕보이지 말도록, 또 왕궁을 노략질하지 않도록 이 사람으로서는 성심껏 간곡한 소청을 해주었소이다. 그 동안 그리워하시던 고국에 돌아가게 되시었으니, 부디 잘 가시기를 비옵니다. 마지막으로 한 가지 부탁을 드릴 일은 청국을 거역 마시라는 것이외다. 아무리 분노로 인하여 거역하시려 하여도 일은 이루어지지 못하고 급기야는 화만 미칠 것이오니 명심하소서."

또 후일에는 조선국의 왕위에 오를 것이 틀림없다고 하는 거야. 생각지 않던 곳에서 뜻하지 않던 인물을 만난, 봉림대군은 크게 놀

126

랐고, 겸하여 이러한 말을 들으니 기분이 어떠했겠어. 봉림대군은 큰 감명을 받고서 고국으로 향하게 되었던 거야. 십 년 동안, 울분 속에서 지내던 청의 심양을 떠나려 하니, 봉림대군의 머리에는 심양으로 들어설 때에 지은 시조가 머리에 떠올랐어.

　청석령 지나거다 초하구 어디메뇨
　호풍도 차도 찰사, 궂은 비는 무삼 일고,
　뉘라서 내 행색 그려다 임계신데 보낼고.

이 노래를 읊은 심정을 생각하니 분한 마음을 금할 길이 없었지. 그래서 심양을 떠나는 이 마당에 다시 한 구를 읊어서 끓는 심사를 토로하였어.

　어찌하면 날랜 군사 십만 명을 얻어서,
　추풍에 구련성을 깨뜨려 부수고,
　크게 부르짖어 오랑캐를 짓밟곤,
　노래하고 춤추며 백오경에 돌아올고.

봉림대군은 심양을 떠나면서 더욱 원한의 결심이 굳어졌어. 이리하여 봉림대군은 고국에 돌아와서 왕위에 올라 효종이 된 다음에 항상 북벌을 꾀하였다는 믿거나 말거나 한 이야기가 나온 거야.

🌸 봉서

　임금이 종친이나 근신에게 내리던 사서이다. 왕비가 친정에 보내는 사서도 봉서라고 한다. 고문서 분류상 국왕이 발급한 국왕문서의 대관부문서에 속한다. 봉서무감이 이를 전하였다. 중요한 봉서는 암행어사에게 내리는 것이었다. 왕의 소환으로 어전에 나온 어사가합인(御史可合人 : 어사 후보자)은 왕으로부터 암행시찰할 군현을 뽑아 추첨으로 결정한 군현 명이 기입된 봉서를 지급받는다. 봉서는 암행어사 임명장이나 다름없는데, 표면에 '도남대문외개탁(到南大門外開坼)' 또는 '도동대문외개탁(到東大門外開坼)'이라고 써 있다. 어사는 지정된 대문 밖에 나가 열어보고 임무를 확인한 뒤 목적지로 직행하였다. 봉서에는 감찰할 지방의 문제점을 제시하고 그 일을 원만히 수행하여 보고할 것과 직무규칙서인 사목 또는 절목, 마패·유척 등의 내용이 적혀 있다.

　마패와 유척은 암행어사의 상징으로 마패는 역마와 역졸을 이용할 수 있는 증명이고 유척은 검시할 때 필요한 놋쇠로 만든 자이다. 봉서에 지시된 특별사항은 암행어사가 소임을 마치고 귀환하면 서계(보고서)에 서한 형식으로 기술하여 보고한다.

남자가 **여자 치마폭**을 너무 좋아하면
큰 일을 못한다는 말은 요즘도 통해.

자신이 사랑하는 한 사람을 열심히 사랑한다면 뭐 좋은 일이지. 하지만 인간의 단점인지 한계인지 모르겠지만 매스컴이 발달한 시대이니 여성편력에 대한 글이나 스캔들이라도 밝혀지면 성공가도에서 떨어져내리는 사람들이 많잖아. 학자, 정치인, 예술인, 스포츠인 그 누구라 꼬집어 말할 수 없을 만큼 성도덕에 대해서만큼은 스스로 지켜나가지 않는 한 언젠가는 화를 입기 마련이야.

이런 연유 때문이었는지 태종 때 송반이라는 사람이 있었는데 이 사람이야말로 여색(女色)을 멀리하기로 소문난 사람이 있었지. 그는 건장한 데다 미남이었어. 그러니 사람들은 그가 굳이 여색을 밝히지 않는다 하더라도 여인네들을 가까이 할 수 있는 기회는 얼마든지 많은 사람인데도 불구하고 여자들을 멀리하는 까닭에 오히려 그의 인품을 높이 샀다지 뭐야. 그런데 충청도 진천 출신으로 영의정을 지낸 바 있는 유정현 대감은 송반을 자식처럼 아끼면서 자신의 집에 기거하도록 했다지 뭐야.

유대감에게는 송반 또래의 아들이 있었는데 장가간 지 얼마되지 않아 요절을 한 거야. 때문에 이제 일곱 살난 둘째 아들이 있었는데 이 아이를 가르칠 사범이 필요했던 거지. 마침 송반에 대한 얘기를 전해들은 유정승은 이를테면 요즘말로는 특별 과외선생격으로 송반을 집으로 끌어들였어.

송반은 정승의 둘째 아들을 친동생처럼 보살펴 주면서 글을 가르쳤고 정승에게도 마치 친부모처럼 섬기며 생활했어. 그러니 누군들 이 송반을 미워하겠어. 유정승이야 더할 나위 없이 그를 아꼈지. 죽었던 큰 아들이 살아온 것 같은 착각을 느낄 때도 있었다고 하니 유정승에게 있어서 송반은 아주 사랑스럽고 소중한 사람이었네.

시간은 흘러 흘러 송반이 대감의 집에 온 지도 일 년이 다 지날 무렵이었어. 때는 꽃피는 춘삼월이니 나무에는 새싹이 돋아나고 한참 온갖 꽃들이 꽃망울을 터뜨리고 있었지. 자연의 변화에 인간의 몸과 마음은 흔들리기 나름이야. 봄이 되면 뭔지 설레고 좋은 일만 있을 것 같고 날이 포근하니 어디론가 바람이라도 쏘이러 나가고 싶고 그런 것 아니겠어. 여색을 멀리하는 선비인 송반도 봄 앞에서는 마음이 심란해졌지.

이건 여색이라기보다는 인간이기 때문에 그의 마음에도 봄 기운

130

이 감도는 거야. 어느 날 이른 저녁 송반은 마음도 달랠 겸 집 뒷산인 낙산에 올라가 십만 인구가 산다는 장안을 둘러 보았지 뭐야. 집집마다 복숭아꽃 살구꽃이 활짝 피어 있으니 보기만 해도 가슴속에 꽃이 피는 것 같았지. 그런데 이 어찌된 일인지 송반이 서 있는 맞은편 멀리 한 여인이 서 있는데 그야말로 꽃인지 사람인지 분간이 안될 만큼 화사한 아름다움이 느껴지는 게 아니겠어. 이상한 일은 그 여인이 몸도 움직이지 않고 곧은 자세로 서서 송반만을 바라보고 있다는 거야. 속으로 이렇게 생각했지.

'감히 어느 집 여인이 무례하게도 낯선 남정네를 눈 한번 피하지 않고 바라보고 있단 말인가. 미인임에는 틀림이 없지만 참으로 황당한 일이로다.'

그런데 자세히 보니 그 여인이 서 있는 곳은 다름 아닌 자신이 기거하고 있는 유정현 대감집인 거야. 여인은 바로 유대감의 며느리였어. 그 여인 팔자도 참 기구하지. 남편의 요절 이후 자식 없이 청상과부로 나날을 보내고 있는 중이었으니 말이야. 비록 한 집에 머물러 있었지만 송반은 그녀를 단 한번도 본 적이 없었어. 마음만 먹으면 밥먹듯이 쉬운 일이지만 엄연히 남녀가 유별하고 상대는 수절을 하고 있는 여인이니 감히 서로 얼굴을 마주 볼 수는 없는 일이었고 가까이에도 접근하지 않았었지. 때문에 송반은 눈길을 재빨리 돌려 버렸어. 그리고는 낙산에서 내려왔어.

그런데 대감집 며느리는 그게 아니었던가 봐. 송반에게 연정을 품고 있었던 거야. 집으로 돌아온 송반은 피곤하기도 해서 일찍 잠자리에 들었어. 얼마나 잤을까. 소리가 나서 눈을 떠보니 글쎄 며느리를 모시는 여종인 옥란이 문을 열고서는 무언가를 내미는 게 아니야. 대체 이 밤중에 무슨 일이냐고 물었겠지. 그러자 여종은 자기 마님이 갖다드리라고 했다면서 똘똘 말은 종이를 주고 가는 거야. 열린 문으로 들어오는 달빛을 등삼아 종이를 풀어 거기에 적힌 글을 읽었어. 글은 7언 절구의 시였는데 참 읽고 나니 가슴이 떨리지 않을 수 없었지. 내용이야 뻔한 거지.

봄바람에 비가 내리니 꽃이 활짝 피어 아름다운 밤인데 어찌 가만히 있을 수 있느냐. 그러니 오늘밤 당신을 맞아드릴 테니 마음 편히 자기를 찾아달라는 거야.

송반은 참으로 좋은 사람이었어. 주인집 과부 며느리의 이 같은 부도덕한 행동을 나무라거나 기꺼이 받아들이기보다는 젊은 여인이 혼자서 살다보니 괴롭고 힘든 것은 당연할 것이고 얼마나 외로웠으면 이렇게까지 시를 적어 보냈겠냐며 마음으로나마 상대를 이해하고 위로해 준 거야. 하지만 결코 여자를 찾아가지는 않았지. 어찌됐든 예기치 않았던 사건으로 인해 불편해진 마음을 억누르며 잠을 청하려고 하는데 옥란이가 또 찾아왔네. 그리고는 또 편지를 가져온 거야.

"여인의 마음을 그리도 헤아리지 못하시는지요. 제 청을 받아들이지 않으신다면 내 오늘밤 자결하리라."

소름끼치는 일이었지. 가만히 있을 수는 없다고 생각했어. 송반은 의복을 갖추고 여인을 찾아갔네. 그리고 말했지. 유정승 즉 그녀의 시아버님이 자신에게 베푼 정과 사랑을 생각하면 절대 그럴 수 없는 일이며 도의에 벗어나는 일은 할 수가 없으니 마음을 진정시키고 노여움을 풀라고 달랜 거지. 그때였어. 밖에서는 새벽잠 없는 노인인 유정승이 마당을 거닐다가 흘러나오는 소리를 듣고 며느리의 방문 앞으로 온 거야.

밖에서 보아 하니 방 안에 두 남녀가 있어. 분명 송반과 며느리가 불륜을 저지르고 있다는 생각이 들어 급히 칼을 가져와 이젠 문을 열고 내리칠 참이었어. 그러나 귀를 기울여 젊은 남자 하는 말을 들어보니 오히려 여인의 마음을 가라 앉히려고 예의를 지켜 말하는 게 아니겠어. 역시 자신이 생각하는 송반은 여자를 함부로 탐하거나 도리에 어긋나는 일은 하지 않는 사람임에 감탄을 했어. 이튿날 대감은 두 사람을 불렀어. 그리고 먼저 송반에게 간곡히 부탁을 했어. 죽은 아들 대신 자신의 아들이 되어 달라고 한 거지.

다시 말해 청상 과부인 자신의 며느리를 아내로 받아들여 함께 살자는 얘기였지. 이렇게 해서 송반과 여인은 부부가 되었어. 생각해보면 이런 시아버지도 없을 거야. 자칫하면 며느리는 당장 쫓겨날 만한 일을 저지른 셈인데 말이야. 송반 역시 여색을 멀리하다 보니 미모의 여인이 저절로 부인이 된 셈이고 권세 있는 집안의 아들로 다시 태어난 거야. 훗날 송반은 대도호부사를 거쳐 병

조 판서에까지 벼슬이 오르는 등 그가 지닌 인품만큼이나 성공을
하게 됐다고 해.

예전에 **한 광고**에
이런 말이 있었어.

'남편은 아내하기 나름이에요' 뭐 이런 비슷한 말 말이야. 부부 사이든 친구 사이든 부모와 자식 사이든 모든 인간관계는 서로가 서로에게 어떻게 하느냐에 달려 있는 게 아니겠어. 말이야 바른 말이지. 한쪽이 게으르고 돈만 쓰며 불성실하면 다른 한쪽이 아무리 열심히 성실하게 일을 한들 무슨 소용이 있겠어. 그야말로 밑 빠진 독에 물 붓기 아니겠냐구.

숙종 때였다고 해. '밀양아리랑'으로 유명한 고장 경상남도 밀양땅에서 머슴살이를 하는 한 젊은이가 있었지. 이 머슴은 이 집 저 집 일을 도와주고 품삯을 받아 혼자서 먹고 사는 사람이었어. 비록 홀홀단신 머슴이지만 그는 양반 자손으로 그의 할아버지는 고경명이었다는 말도 있어. 그러니 이 사람 늘 예의 바르고 열심히 사는 젊은이로 소문이 나 있었던 터라 동네사람들도 그를 무시하거나 업신여기지는 았았던 것 같아.

하루는 머슴이 일을 마치고 집으로 돌아오는 길에 박좌수의 외동딸을 담 너머로 보게 됐어. 본래 소녀를 남모르게 사모하고 있던 터라 발길이 쉽게 떨어지지 않는 거야. 게다가 이제 자신도 장가를 가야 할 나이가 되었으니 그 심정 오죽했겠어. 하지만 머슴에게 누가 딸을 시집보내겠냐구. 더욱이 소녀는 좌수의 딸이니 말이야. 그때 였어. 마침 박좌수가 대문으로 들어가려는 게 아니겠어. 머슴은 공손히 인사를 드렸지.

"안녕하시온지요, 좌수님."

"음. 총각이군. 일을 하고 들어오는 길인가 보군."

"네, 그렇습니다."

"자네는 참으로 성실한 젊은이야. 암, 열심히 성실하게 사는 사람에게는 좋은 일이 있기 마련이니 자네한테도 훗날 좋은 일이 필히 올 걸세."

박좌수의 칭찬에 힘을 얻은 머슴은 때는 이때다 싶었어. 말을 더 이어가고자 박좌수에게 관심을 드러냈지.

"좌수님께서는 평소 장기를 즐겨 두시는 것으로 알고 있습니다. 실은 저도 장기를 좋아하는데 감히 여쭙기 송구스럽지만 기회가 된다면 좌수님과 장기를 한번 두고 싶은 마음이옵니다."

박좌수는 의외로 시원스럽게 답해줬어.

"아, 이 사람아! 그렇다면 언제든지 나는 환영하네."

그런데 머슴이 장기 얘기를 꺼낸 데는 좌수의 딸에 대한 관심 때문이 아니었겠어. 그러니 어떻게 해서라도 그 딸과 연관을 지어야겠다는 생각에 머슴은 머리를 썼어.

"좌수님, 기왕이면 내기 장기를 두는 것이 좋지 않을까 싶습니다. 꼭 재물을 탐내서가 아니라……."

"그렇지. 그냥 두는 것보다는 내기를 하는 것이 더 흥미로운 일이 되겠네. 그렇게 하지. 한데 무슨 내기를 해야겠는가."

머슴은 배운 것은 없지만 지혜가 있는 사람이었어. 그래서 순간적으로 착상해낸 것이 바로 이런 거였어. 박좌수가 이기면 자신이 3년 동안 머슴을 살아주고 자기가 이기면 자신을 사위로 삼아주는 게 어떻겠냐고 말이야. 이 말을 듣자 박좌수 얼굴색이 변했지 뭐야. 하나밖에 없는 외동딸을 머슴에게 준다는 것은 있을 수 없는 일이라는 생각을 하지 않을 수가 없었지.

"예끼 이사람, 농담 말게나. 내 어찌 무남독녀 옥같이 어여쁜 딸을 장기 한판 내기의 대상으로 삼을 수 있단 말인가. 그러기 위해 지금까지 내가 딸을 키웠다는 건가. 그런 소리 하지도 말게나."

박좌수는 화가 났지 뭐야. 머슴도 생각을 해보니 엄청난 말실수를 한 것 같아 고개를 들지 못하고 죄스러운 마음에 급히 집으로 돌아갔지. 한데 사랑의 감정이란 누구도 모르는 일이라고 하지 않았겠어. 화가 난 박좌수가 혀를 차며 딸에게 이 같은 얘기를 전하자 그 딸의 말이 의외였어.

"아버님 그 사람은 건강하고 성실한 사람이 아니던가요. 게다가 본래 양반 자손이라고 들었습니다. 가진 것이 없다고 해서 혼인 상대가 될 수 없다는 것은 그다지 현명하신 생각은 아닌 줄로 알고 있습니다."

말이야 맞는 말이지. 하지만 조금이라도 머슴에게 생각이 없었다면 이렇게까지는 말하지 않았을 거야. 그러나 박좌수는 아니될 일이라고 입을 닫았어. 소문은 참 무서운 거야. 누가 이 사실을 알게 되었는지 온 동네에 소문이 나기 시작했고 마을 사람들은 오히려 박좌수를 설득시키기에 이른 거야. 워낙 머슴이 성실했기 때문이지. 그러자 박좌수도 더 이상은 고집을 피울 수가 없었고 두 사람의 생각을 받아들여 조촐하게나마 식을 올려 함께 살게 되었어. 신랑과 신부는 첫날밤을 맞이하게 됐네. 그런데 현명한 여자는 달라. 신부가 하는 말을 들어보라구.

"서방님, 말씀드리기 어려운 것이지만 글을 아시는지요?"라고 한 거야. 신랑은 "솔직히 말해 글을 배울 기회가 없었소. 부끄러울 따름이오."라고 고백을 했지. 그러자 신부는 아주 냉정하게 말했어.

"서방님, 우리 부부의 인연을 맺은 것은 아주 소중한 일입니다. 하지만 한 가정의 가장이 어찌 글을 몰라서야 되겠습니까. 그러하오니 십 년이 걸리는 한이 있더라도 내일 아침 당장 글을 배우러 떠나십시오. 저는 서방님이 돌아오실 때까지 베를 짜며 기다리겠습니다."

청천벽력 같은 소리지만 신랑이 생각해 보아도 신부의 말은 맞는 말이었어. 평생을 같이 살아야 하는데 신부는 글을 알고 신랑은 까막눈이라면 문제가 되겠지. 이튿날 아침 아내는 베 다섯 필을 신랑에게 싸서 지어주고 먼 길을 떠나게 했지. 베를 준 것은 필요할 때 돈으로 바꿔 쓰라는 뜻이었어. 집을 나선 후 신랑은 경남 합천 땅에 이르러서야 조용한 곳에 있는 서당을 발견했고 그곳에서 글을 배우게 됐어. 농사일에도 성실했던 신랑은 글을 배우는 데도 성실했지. 나이 어린 사람들과 함께 공부한다는 것이 쉽지 않았지만 밤낮으로 노력을 한 덕에 장원급제를 하게 되었네.

그러니 한양에서 머물게 되었는데 워낙 됨됨이도 바른데다 문장력이 뛰어나 궁궐에서도 칭찬이 자자했어. 왕도 이 사실을 알고 그를 불러 대체 누구의 후손이냐고 묻기에 이르렀고 결국 그가 고경명의 손자라는 사실과 10년간 늦깎이 공부를 하게 된 사연도 알게 됐지.

다음날 왕은 그를 밀양부사로 임명했어. 이름이 고유였던 그는 결국 금의환향하게 된 것이야. 하지만 밀양 땅에 와보니 장인과 아내가 살고 있어야 할 집은 폐가가 되어 있으니 이 어찌된 일이야.

마을 사람들에게 물어보니 장인인 박좌수는 3년 전에 노환으로 세상을 떠났고 그 딸은 혼자서 열심히 가산을 일으키어 대궐 같은 새 집을 짓고 아랫동네에서 산다고 하는 거야. 고유는 그 집에 도착해서 지나는 과객인데 한끼 신세를 질 수 없느냐고 했지 뭐야. 사실

자기 집이지만 너무 오랜만의 만남인지라 나름대로 신경을 쓴 거야. 그러자 한 아이가 나오더니 굳이 방으로 안내를 하는 거야. 자기 집은 아무리 천한 과객이라 할지라도 손님 대접을 아무 데서나 할 수 없다는 거였어. 아이는 바로 고유의 아들이었어. 그도 첫눈에 자신의 아들이라는 것을 알았지. 물론 그의 부인도 문틈으로 고유를 지켜보고는 자신의 남편이라는 것을 알았지.

진수성찬을 먹은 고유는 그제서야 숨겨두었던 하인들을 불러들이고서는 자신이 밀양부사가 되어 돌아왔음을 알렸어.

참 즐거운 일이지. 10년이란 세월을 남편과 아내는 생이별을 하면서 온갖 고생을 했지만 결과가 좋으니 더 이상 무엇을 바라겠어. 참 현명한 아내는 남편을 성공시키고 집안을 일으킨다는 얘기가 빈말은 아니지. 이 얘기는 아주 잘 알려진 사실이거든.

🏵️ 고경명(高敬命 : 1533~1592)

조선 중기의 문인이자 의병장으로 호는 제봉(霽峰)이었다. 명종 7년인 1552년 진사가 되었으며, 1558년 식년문과에 장원급제하였다. 호조좌랑으로 기용되었다가 전적·정언을 거쳐 사가독서(賜暇讀書)하였다. 1563년 인순왕후의 외숙 이조판서 이량의 전횡을 논할 때 교리(校理)로서 이에 참여하였다가 그 경위를 이량에게 알려준 사실이 발각되어, 울산군수로 좌천된 뒤 파면되었다.

그 후 영암군수로 다시 기용되고, 이어 종계변무주청사의 서장관으로 명나라에 다녀왔다가 1591년 동래부사로 있다가 서인(西人)이 제거될 때 사직하고 낙향하였다.

정조 때 충청도 홍주땅에는
착하고 사람 좋은 선비가 있었어.

그 사람 이름은 이춘영이라고 하는데 옛날 선비들은 오로지 과거 급제를 위해 몇 년이고 공부만 하는 사람들이었잖아. 이 사람 역시 십여 년을 글 공부만 했어. 그러던 어느 해 과거시험이 있다는 소식을 듣고 시험을 보러 한양에 가기 위해 먼 길을 떠났어. 지금처럼 도로망이 제대로 되어 있던 시절이 아니니 가난한 선비들이 과거시험 한 번 보려면 힘들었지. 낯선 산골길을 걸어야 하고 비나 눈이 내리면 산 속에서 피할 곳도 마땅치 않았으니 말이야. 이춘영이라는 사람도 마찬가지였어.

하루는 해가 어두워져갈 무렵 산 속에서 장대비를 맞게 되었대. 더 이상 걸을 수가 없는데 주변에 보이는 것이라곤 온통 나무들뿐이었어. 옷이 온통 비에 젖어 모양새가 흉하게 됐는데 그때 다행이도 눈 안에 미륵당이 보인 거야. 천만다행이었지. 미륵당에 들어서

겉옷을 벗어 말리려고 하는데 갑자기 또 한 사람이 미륵당으로 들어왔어. 그런데 남자가 아닌 젊은 여인이었으니 누군가 한 사람이 더 있다는 것에 대한 의지감이 생기는 게 아니라 오히려 불편해진 거지. 옛날 사람들이야, 지금처럼 처음 보는 사람에게 말을 걸거나 하지 못했잖아. 두 사람 모두 곁눈질로 얼굴만 훔쳐 보았을 뿐 다정스럽게 대화를 나눌 수도 없었고 편안하게 쉴 수도 없었지. 그런데 날이 저물어도 비는 그치지 않는 거야.

비오는 밤 컴컴한 산길을 혼자 간다는 것은 장정들도 꺼리는 일이니 두 사람 모두 길을 떠난다는 것은 포기하기에 이르렀고 하는 수없이 미륵당에서 밤을 지새워야 했어. 혼자 있어야 어떻게 누워 잠이라도 청해보는 건데 그럴 수도 없는지라 두 남녀는 웅크리고 앉아 밤을 지새우는 거야.

그런데 참 남자와 여자 두 이성은 묘한 관계야. 함께 있으면 서로가 서로에게서 냄새란 것을 느끼게 되거든. 특히 젊은 남녀가 있을 때 남자는 여자에게서 향기 같은 것을 느끼거든. 굳이 화장품 냄새가 아니더라도 그 특별한 이성에 대한 느낌을 말이야. 비가 오니 바람도 불겠지. 그러니 여인의 몸에서 나오는 향기가 이춘영의 코끝을 간지럽히는 거야. 시간이 지나면서 이춘영에게 이상한 감정이 생기기 시작했지만 그는 선비로서 처음 본 여인을 탐내는 일은 아니 될 일이라며 자신과의 싸움을 했지. 그렇게 뜬눈으로 밤을 지새우고 아침이 되자 비는 언제 내렸는가 싶게 하늘은 맑았어. 이제

두 사람은 각자 서로 다른 길을 떠나야 했어. 그런데 여인이 생각을 해보니 선비가 너무 고맙고 좋은 사람이었다는 생각이 드는 거야. 아무도 없는 산중에서 밤을 함께 보냈는데도 손가락 하나 건드리지 않고 오히려 자신을 보살펴 준 셈이니 모르는 남정네지만 사람의 인품이 더욱 커 보이는 거지. 서로가 헤어져야 하는 길에서 여인은 말했지.

"이렇게 밤을 보낸 것도 인연인데 저희 집이 이곳에서 가까우니 잠시 들러 쉬었다 가시지요. 저희 남편도 글을 좋아하는 분이라서 친구가 될 수도 있을 것이옵니다."

여인의 태도가 매우 공손해 이춘영은 뜻을 받아들여 여인집에 잠시 들르게 됐어. 그런데 남편이 출타중이라 집에 없었어. 여인은 자신의 남편을 만나게 되면 곧 친구가 될 터이니 과거를 보고 돌아오는 길에는 꼭 한 번 들르라고 했지. 이때 같이 살고 있던 시누이가 이 광경을 목격하게 됐고 선비가 떠나자 시누이는 오빠에게 이 사실을 말했지. 분명 뭔가 두 사람의 사이가 수상쩍다는 식이었지. 그러니 의심 많은 남편은 한술 더 떠서 사실대로 말하라며 그녀를 다그쳤네. 여인은 모든 사실을 솔직하게 말했어. 그러나 남편은 믿질 않는 거야. 결국 여인은 친정으로 쫓겨나고 말았잖아. 과거를 보러 간 선비는 불행하게도 낙방하고 말았어. 그러나 돌아오는 길에 여인네 집을 지나면서도 모른 척 그냥 지나쳤으니 여인이 친정으로 가게 된 사연을 모른 거야.

사법고시처럼 예전의 과거시험을 보는 사람들은 한두 번 떨어지는 것은 예삿일이었으니 이춘영은 이듬해 과거시험에도 응시했어. 그런데 이때 정조는 이상한 꿈을 꾸었어. 꿈에 하얀 옷을 입은 도사가 나타나더니 유씨 성을 가진 사람과 이씨 성을 가진 사람 두 사람이 이번 과거시험에서 장원을 놓고 경쟁하게 될 것인데 시험을 관리하는 사람들은 유씨 성을 지닌 사람을 택하려 할 진데 이씨 성을 가진 이가 오히려 지조가 높고 덕이 있으니 그를 장원으로 삼아달라고 하는 거야. 참으로 이상한 꿈이었다고 생각한 정조는 이튿날 이춘영을 먼저 불러 그에 대한 이런 저런 얘기를 듣던 중 지난해 한 여인과의 만남에서 깨끗하게 하룻밤을 보낸 사연을 듣게 되고 이춘영의 도덕성을 감지하게 됐지.

왕은 유우춘을 불러 이야기를 나누던 중 바로 유우춘의 부인이 이춘영이 말한 여인이었음을 알게 되어 이춘영과 유우춘의 아내를 의남매 삼게 하고 유우춘의 여동생과 이춘영이 혼인할 수 있는 인연을 맺게 도와주었어. 그리고 두 사람 모두를 장원급제 시켰어.

자칫하면 작은 오해로 인해 원수가 될 법했던 두 사람은 동시에 금의환향하게 되고 서로 깊은 인연을 맺게 되었다는 거야. 그러니 인연이란 얼마나 소중한 건지.

개천에서 용 난다는

말이 있지.

누가 보아도 출세할 수 없는 환경에 있던 사람이 훗날 명예를 얻거나 잘 되면 이런 말을 하곤 하는데 경종 때 정말이지 이 같은 일이 있었어. 황해도 연백군이라는 곳이 있는데 조선시대 이곳은 연안도호부라고도 했지. 당시 연안부사로는 신임이라는 사람이 맡고 있었는데 청렴결백한 인물이었지. 얼마나 청렴한 관리였느냐면 한번은 욕심 많은 후궁이 이 지역의 넓고 큰 호수가 탐이 나서 호수의 절반을 내놓으라 했네. 후궁은 머리를 썼지. 마치 어명인 것처럼. 하지만 신임에게는 통하질 않았어.

"어명이라 해도 들어줄 수가 없다. 많은 백성들의 농사를 위해 없어서는 안 될 몫을 한 사람이 자신의 이익을 위해 차지한다는 것은 안 될 일이다."

뭐 이런 식으로 답했다는 거야. 그야말로 대쪽 같은 성격이었지.

후에는 후궁의 힘만으로 안 되자 진짜 어명을 내렸지만 역시 그의 생각은 마찬가지였어. 임금도 어쩔 수 없이 포기했다는 거야. 신임 이라는 사람은 그럴 만한 힘이 있었던 거야. 그 힘이란 바로 40여 년간 벼슬을 하면서도 욕심 없이 청빈한 생활을 한 것이 세상 모두 가 알 정도였으니까. 신임에게는 또 한 가지 특별한 점이 있었어. 그것은 바로 사람을 제대로 알아보는 한 마디로 사람보는 눈이 뛰 어난 거야. 신임에게는 혼자 된 며느리가 있었지. 이 며느리 팔자 가 센 것인지 남편이 일찍이 세상을 뜨고 외동딸 하나만 키우면서 홀 시아버지를 모시고 산 거야. 그러고 보면 신임도 그다지 행복한 사람만은 아니었지. 며느리는 딸이 나이가 차자 혼인을 시켜야겠 다는 생각에 시아버지인 신임에게 이렇게 말했어.

"아버님, 딸아이가 이젠 혼인할 나이가 되었습니다. 그러니 신랑 감은 아버님이 직접 골라 주셨으면 합니다."

그러자 신임은 며느리에게 어떤 사위감을 원하느냐고 묻지 않았 겠어. 며느리가 하는 말은 참으로 쉽지 않은 말이었어. 물론 혼자 딸을 키우며 청상과부로 살았으니 욕심이 있겠지만 그래도 좀 심 할 정도였지. 며느리는 80살이 넘도록 해로할 수 있을 만큼 건강하 고 재상이 될 만한 능력과 아들을 많이 낳을 수 있는 사람을 찾아달 라는 거야. 이 말을 듣고 신임도 어이가 없었지만 그래도 혼자 몸으 로 딸을 키운 며느리가 안스러워 장담은 할 수 없지만 찾아보겠다 고 했지. 손자 사위감을 찾는 일은 그리 쉬운 일이 아니었어.

그러던 어느 날 신임은 평교자를 타고 한 마을을 지나다가 아이들이 뛰어노는 모습을 보고 잠시 멈추라고 지시했지. 그러고는 한참동안 아이들의 모습을 살폈어. 잠시후 신임은 하인에게 한 아이를 불러오게 했는데 그 아이는 유척기라는 녀석이었지. 사람보는 눈이 뛰어나다는 신임이 부른 아이는 하인들이 보기에는 영 아니었어. 옷 차림새는 남루하기 그지없었고 얼굴은 왜 그렇게 못생겼는지. 눈은 개구리처럼 튀어나왔고 얼굴은 시커먼데다 그야말로 형편없이 보이는 거야. 신임은 아이에게 이름과 집을 물어보았지. 그리고 곧장 아이의 집으로 향했네.

아니나 다를까. 집은 쓰러지기 일보 직전일 정도였지. 흙벽은 건드리기만 해도 허물어질 것만 같은 초가삼간이었어. 그런데도 불구하고 신임은 하인을 시켜 명했어.

"아이의 부모에게 이렇게 말하거라. 부사 신임에게는 혼기가 찬 손녀가 있는데 댁의 아들을 신랑으로 정해 혼인을 시키고자 하니 그렇게 알고 있으라고 여쭤라."

손자 사위감을 정한 신임은 그 길로 곧장 집으로 돌아와 며느리에게 이 사실을 알렸어. 마땅한 상대를 찾았노라고. 그러자 며느리는 그리도 기다리던 사위인데 얼마나 궁금하겠어. 어느 집 누구의 자손인지 사람은 괜찮은지 시아버지께 물었지. 그러나 신임은 말하지 않았어. 이미 결정된 일이니 혼인을 하면 알게 될 터이니 급하게 서두를 것 있느냐는 식이었지. 시아버지가 말하지 않는다고 해서 며느리가 모를 리가 없지. 하인들을 추궁하면 당연히 알 수 있는 일이니까. 며느리는 하인들로부터 유척기에 대해서 이야기를 들었는데 이건 너무도 충격적인 거야. 못사는 데다 얼굴도 못났다고 하니 애지중지 키운 딸을 주고 싶은 생각이 있겠느냐구. 하지만 사람보는 눈이 남다른 데다 늘 바르게 살아온 시아버지가 결정한 일이니 안된다고 나설 수도 없었지. 한마디로 속이 타는 거 아니겠어. 머리를 싸매고 누웠지만 이미 엎질러진 물이야.

드디어 혼인날이 되어 식을 치르는데 초례청에 올라선 신랑을 보니 장모가 된 신임의 며느리는 기절할 지경이지 뭐야. 그래도 한 가닥 희망이 있었어. 하인들의 말이 다는 아닐 거라고 생각했었는데 듣던 그대로였던 거야. 이런 며느리의 입장과는 달리 시아버지 신임은 정반대야. 얼굴에 웃음꽃이 피어 싱글벙글이었지.

혼례를 치르면 신랑은 신부를 자기 집으로 데려가잖아. 유척기도 신부가 된 신임의 손녀딸을 데리고 자기 집으로 갔네. 그런데 어찌된 영문인지 신랑 신부는 단 하룻밤도 자지 않고 다시 신부집으로 돌아왔어.

"대체 어찌된 일이냐. 처가로 다시 돌아오다니."

신임이 묻자 유척기는 말했어.

"너무 가난해서 집에 저녁거리조차 없습니다. 하인들과 말들도 다시 돌아오길 원하니 저로서는 별다른 묘안이 없어 염치불구하고 이렇게 다시 왔습니다."

새신랑이 참으로 뻔뻔한 것 아니야. 이제 든든한 처가가 생겼으니 기대야겠다는 생각인 것 같았어. 장모는 화가 머리 끝까지 났지만 가난한 집에서 고생하느니 차라리 함께 사는 게 좋겠다 싶었고 신임도 아무 말 없이 소녀와 손자사위를 받아들였지. 그 후 유척기는 좀처럼 아내의 방에서만 머물러 있을 뿐인 거야. 예전에는 권세가 있는 집일수록 아내와 남편이 방을 각각 썼잖아. 아무리 신혼이라고는 하지만 신임이 보기에 유척기가 너무 치마폭에만 안주하는 것 같아서 말했지.

"사내 대장부가 늘 안주인과 함께 있는 것은 아니될 일이니 이제 사랑에서 묵도록 하게."

그런데 신임이 워낙 청빈한 생활을 했던 터라 부사임에도 불구하고 남은 방이 없었어. 하는 수없이 자신의 방으로 끌어들였지. 손자 사위와 처할아버지가 한방을 쓰게 된 거야.

방을 함께 쓰기로 했지만 신임은 새로운 골칫거리가 생겼지 뭐야. 다름 아닌 유척기의 잠 버릇이 고약해 자다 보면 유척기의 다리가 그의 배를 짓누르거나 감히 그의 다리 위에 제 다리를 올려 놓는 일이 비일비재한 거야. 처음에는 혼을 냈지.

"감히 어디에 발을 올리고 팔을 올리는 거란 말이냐."

그럴 때마다 유척기는 놀라서 잘못을 빌었어. 그것도 하루 이틀이지 더 이상은 안 되겠다 싶어 다시 안채로 보냈어. 시간이 흐르다 보니 유척기는 장모가 원하는 대로 아들을 낳았지 뭐야. 부부의 금술도 좋아 보이고. 그제서야 장모는 한시름 놓았어. 물론 재상이 될만한 기미가 보이지 않아 속이 상하긴 했지만. 세월이 흘러 신임은 해안 고을의 원님으로 가게 되었는데 유척기도 따라갔어. 그 고을은 먹이 특산물이었는데 유척기가 먹에 관심을 두자 신임은 "먹이 필요하다면 얼마든지 가져다 쓰거라." 하고 배려했네.

이 말이 떨어지기 무섭게 유척기는 먹 500개를 가져다 광에 쌓아두었어. 마침 특산물을 임금에게 진상하려 했는데 너무 많이 가져가 남은 것이 없는 거야. 아랫사람들은 이에 불만이 생겼지만 신임은 손자사위를 믿었지. 그럴 만한 이유가 있을 것이라고. 그리고 다시 먹을 만들게 했지. 그 후 유척기는 그 많은 먹들을 돈이 없어 구하지 못하는 사람들이나 필요로 하는 친구들에게 무작정 나눠주었어.

그러자 고을에서는 그가 후덕한 사람이라고 칭찬이 자자했네. 이 일 외에도 유척기는 민심을 수습하는 데 큰 역할을 했지. 사람들과의 관계를 잘 맺고 어려운 이들을 도와주는 등 좋은 일을 많이 하면서 그에게는 관직이 주어지고 날로 그 명성은 높아져 훗날 재상까지 하게 됐어. 결국 장모가 원했던 사위가 된 것이지. 사람보는 눈이 탁월한 신임이 유척기를 남다르게 본 것이기 때문이야. 물론 유척기도 많은 노력을 했겠지.

신임(1639~1725)

조선 후기의 문신으로 호는 죽리(竹里)였다. 숙종 12년이던 1686년 정시문과에 급제하여 관리가 된 시와 글씨에 뛰어났던 인물. 특히 연안부사(延安府使)로 있을 때 선정을 베풀어 이름을 얻었다. 예조·병조·호조·이조의 참의(參議)를 지냈고 중추부지사를 지내고 기로소(耆老所)에 들어가 참찬·공조판서가 되었다.

경종 2년인 1722년에는 신임사화(辛壬士禍)로 노론의 중진들이 제거되는 것을 항의하다 제주도에 유배되기도 했으나 1724년 영조가 즉위하면서 풀려났다. 하지만 애석하게도 돌아오는 길에 해남(海南)에서 병사했다.

평교자

조선시대 종1품 이상 및 기로소(耆老所)의 당상관(堂上官)이 타던 가마. 포장이나 덮개가 없는 가마로, 앞뒤로 두 사람씩 네 사람이 어깨에 메고 천천히 가도록 되어 있다.

5부

역사 속의
슬픈 주인공

사악을 받은 어린 왕자의 슬픈 사연

세종 23년(1441년),
그렇게 기다렸던 원손 홍위가 태어났어.

세종은 늦게 본 손자라 몹시 기뻐했어. 그런데 현덕 왕후 홍씨가 아들을 낳고 깨어나지 않았고 결국 현덕 왕후는 영영 눈을 감고 말았지. 아름답고 널리 덕을 베풀던 며느리가 먼저 세상을 떠났으니 그 슬픔이 오죽하겠어. 세종과 왕후는 시름에 잠겼어. 그리고 어린 원손을 누구의 손에 맡길 것인가를 놓고 고심하기 시작했지. 그런데 세종의 후궁으로 차분한 성격에 예의가 바른 혜빈 양씨가 있었어.

신하들은 혜빈 양씨라면 세자를 잘 키울 것이라고 칭찬했고 세종도 동의했지. 그래서 홍위는 세종의 후궁이자 자신의 서조모인 혜빈 양씨의 손에서 자라났어. 혜빈 양씨는 후덕한 여자였어.

원손을 친자식 이상으로 정성을 다해 길렀거든. 태어난 지 불과 3일 만에 어머니를 여읜 세손에게 젖을 먹이기 위해 자신의 둘째아

154

들을 품에서 떼어 유모에게 맡기기까지 했어. 이렇게 자라난 홍위는 여덟 살이 되던 1448년(세종 30년)에 세손에 책봉돼. 세종은 원손 홍위를 유난히 귀여워했고 무척 아꼈던 것으로 전해지고 있어. 세종은 간혹 원손을 안고 집현전에 가기도 했는데, 집현전 학자들도 원손을 귀여워했지. 특히 성삼문, 신숙주, 박팽년은 원손을 매우 이뻐했어. 홍위를 세손으로 책봉한 세종은 성삼문, 박팽년, 이개, 하위지, 유성원, 신숙주 등의 집현전 소장 학자들을 은밀히 불러 세손의 앞날을 부탁했다고 해.

"왕세손은 태어나자마자 어미를 잃었다. 경들은 나와 가까이 있었으니 내 마음이 어떠한가를 알 것이다. 부디 내가 죽더라도 왕세손 보기를 나를 보듯 할 것이며 왕세손 대하기를 나를 대하듯 해야할 것이니라. 경들은 나에게 맹세할 수 있겠느냐?"

신하들도 세종의 물음에 눈물로 고개를 끄덕이며 충성을 맹세했어. 세종이 이렇게 홍위를 걱정한 건 다 이유가 있었어. 세종은 자신도 이미 병세가 악화돼 죽음을 얼마 앞두지 않은 처지였고 세자 역시 오래 살지는 못할 것이라고 생각했거든. 또 혈기왕성한 자신의 아들들 탓도 있었지.

특히 둘째아들 수양은 어릴 때부터 야심이 크고 호기가 많은 인물이었거든. 죽음을 앞둔 연로한 왕은 어린 세손이 그들 대군들의 틈바구니에서 살아갈 일이 걱정스러웠던 것인데 결국 사건이 일어나고 말아. 1450년 세종이 죽고 문종이 즉위하자 홍위는 세손에서 세자로 책봉됐어. 그때 홍위의 나이 열 살이었지. 조선 제5대 왕으로 등극한 문종은 세종이 예상한 것처럼 오래 살지 못했어. 문종은 즉위 2년 3개월 만에 어린 세자를 부탁한다는 유언을 남기고 세상을 떠났고 홍위는 12세의 어린 나이로 왕위에 오르게 되는데, 그가 바로 제6대 단종이야.

당시에는 임금의 나이가 어리면 궁중에서 가장 지위가 높은 후비가 수렴청정을 했는데, 당시 궁중의 사정은 그렇지도 못했어. 수렴 청정할 대왕대비도 이미 세상을 떠났으며 대비도 왕비도 없었지. 세종의 후궁 중에 혜빈 양씨가 있기는 했지만 후궁인 탓으로 정치적 발언권은 거의 없었어. 그래서 단종은 수렴청정조차도 받을 수 없는 딱한 처지로 즉위한 것이야. 단종은 조부인 세종의 칭찬이 자자할 정도로 어릴 때부터 명석했어.

세손 시절에는 성삼문, 박팽년 등 집현전 학자들의 지도를 받았고, 왕세자로 책봉된 후에는 이개와 유성원이 그의 교육을 맡기도 했어. 그렇지만 단종은 어린 나이에 즉위하였기 때문에 나랏일을 바로 볼 수가 없었지. 그래서 모든 나랏일을 의정부와 육조가 도맡아 했고 단종은 단지 형식적인 결재를 하는 데만 그치고 말았어. 그 당시 영의정 황보 인, 좌의정 정본, 우의정 김종서 등 삼상이 주가 되어 나랏일을 처리해나갔어. 물론 전에는 6조에서 직접 임금께 아뢰어 사건을 처리해 나갔으나 단종이 즉위한 뒤에는 임금이 처리하지 않게 된 거지. 그 대신 6조의 대신들이 의정부로 사건을 올리면 의정부에서 사건을 처리했어. 인사 문제에서도 대신들은 황표 정사 제도를 썼지. 이는 조정에서 지명된 일부 신하들이 인사 대상 자의 이름에 황색 점을 찍어 올리면 왕은 단지 그 점 위에 낙점을 하는 방식이야. 임금인 단종은 허수아비요, 황보 인, 정본, 김종서 등이 정권을 잡고 나랏일을 마음대로 하게 되었지. 이렇게 왕권이 유명무실해지고 신권이 절대적인 위치에 이르자 세종의 아들들, 즉 왕족의 세력이 팽창되기 시작했어. 수양, 안평, 임영, 금성, 영응 등 대군들이 세력을 넓혀 나갔는데, 그 중 수양대군과 안평대군이 대신들에 대한 불만이 제일 심했고 세력도 강했어.

결국 대신들과 대군들 즉 왕족들이 대립하기 시작한 거지. 수양 대군은 속으로 이름난 학자인 신숙주와 한명회, 권남 같은 사람들 을 서서히 자기편으로 끌어들였고 안평대군 또한 주변에 사람들을 모으기 시작했어. 그리고 황보 인, 김종서 등 대신들은 대군들의 분위기가 심상치 않아 감시의 눈길을 늦추지 않았지. 이런 왕족간 의 세력 다툼은 1453년 10월, 급기야 엄청난 피의 전쟁을 일으키 게 돼. 수양대군은 대신들이 단종을 없애고 안평 대군을 왕위에 앉 히려 했다는 구실로 김종서를 죽이고 황보 인 등을 궁궐로 들게 하 여 죽였어.

궁궐 문 앞에는 수양대군의 오른팔인 한명회가 '살생부(죽이고 살릴 사람의 이름을 적은 책)'를 들고 서 있었다고 해. 한명회는 살생 부에 따라서 많은 신하들을 죽여버렸지. 이 사건이 유명한 '계유정난' 이야. 계유정난으로 대신들이 거의 참살당하자 조정은 수양대군의 수중에 들어가게 됐어. 수양대군은 영의정에 올랐고 또한 왕을 대신해 서무를 관장하는 등 왕권과 신권을 동시에 장악했지. 그리고 난의 장본인인 안평 대군도 강화도로 귀양을 보냈다가 나중에 죽이고 말지.

수양대군은 계유정난 때 공을 세운 사람들에게 높은 벼슬도 주고 점차 지방으로 세력의 손길을 뻗어나갔어. 당시 함경도 절제사 이징옥에게 절제사를 다른 사람으로 임명하였다는 임금의 교서가 내려. 이징옥은 이 소식을 듣고 신임 절제사로 부임하던 박호문을 참살하고 난을 일으켰지만 이것도 무위로 끝났지. 정치적 실권이 완전히 수양대군에 의해 장악된 가운데 1454년 정월에 단종은 송현수의 딸을 왕비로 맞이해. 그러나 이듬해 6월에 수양대군이 왕의 측근과 여러 종친, 궁인 및 신하들을 모두 죄인으로 몰아 유배시켰지. 두려움에 떨던 어린 단종은 울면서 옥새를 수양대군 앞에 내놓고 수강궁으로 옮겨갔어. 그러나 사육신 사건 등 단종을 다시 왕으로 세우려는 움직임이 일어나게 돼.

세조 즉위 4개월 만에 집현전 학사 출신의 대신들과 일부 무인들이 주동이 된 사건이었어. 집현전 학사 출신인 성삼문, 박팽년, 하위지, 이개, 유성원 등의 문관들은 유응부, 성승 등의 무관들과 모의하여 상왕으로 물러앉은 단종을 복위시킬 계획을 세웠던 거야. 이 계획은 책명사인 명나라 사신이 조선에 오겠다는 통보가 와 유응부가 왕을 보호하는 별운검에 임명되면서 구체화되기 시작했어. 당시 세조는 명나라 책명사를 맞이하기 위하여 상왕 단종과 함께 창덕궁으로 가게 되어 있었는데 바로 이 순간에 유응부가 세조를 살해한다는 계획이었지. 하지만 이 계획 또한 무위로 끝나고 말게 돼. 거사에 참여하기로 한 김질이 장인 정창손에게 사실을 알렸기 때문이지. 결국 이 사건으로 집현전 학사 출신인 성삼문, 박팽년 등과 이에 연루된 17인이 투옥됐어. 이들은 모두 옥이 일어난 지 7일 만인 6월 9일 군기감 앞에서 처형되었어. 이후 중종 때 이들 중 박팽년, 성삼문, 이개, 하위지, 유성원, 유응부 등은 사육신으로 기록되었지.

집현전 학사 출신의 단종 복위 계획이 실패로 돌아간 후 단종은 영월로 유배되었어. 그런데 이때 또 한번의 단종 복위 사건이 발생하게 돼. 두 번째 단종 복위 사건은 수양의 친동생이자 세종의 여섯째 아들인 금성대군이 일으킨 것이야. 금성대군은 수양이 단종을 상왕으로 밀어내자 이에 항의하다가 유배당하는 처지에 놓였었어. 그때 부사 이보흠과 모의하여 단종을 복위시킬 계획을 세운 거야. 하지만 거사 직전에 관노의 고발로 실패해 반역죄로 처형을 당해. 단종 복위 움직임은 비단 이들에 의해서만 이루어진 것은 아니었어. 세조 집권 이후 생육신들을 비롯한 유생들이 왕위를 찬탈한 세조에 대해 비판을 가한 것도 이의 연장선상에서 파악될 수 있을 거야. 단종은 노산군으로 강봉되어 영월로 추방되고 비련의 최후를 맞을 때까지 애달픔을 간직한 채, 영영 불귀의 길을 떠나게 되었어. 끝내 세조는 단종에게 사약을 내리게 된 거야. 단종은 한과 원으로 응어리진 채, 천수를 다하지 못하고 17세의 약관으로 왕권을 빼앗긴 지 2년 만에 관풍원에서 생의 막을 내리게 되지.

단종이 관풍헌 인근 자규루에 올라 자신의 외로운 신세를 한 편의 '자규사(子規詞)'로 읊었는데, 전편이 누각에 기록되어 있어.

어린 몸으로 천 리 타관에 귀양을 와서, 다시는 돌아갈 수 없는 한양 땅을 그렸던 어린 왕자의 비애가 절절히 느껴지지.

두견새 슬피 우는 달 밝은 밤에
수심을 안고 누각에 의지하노라
피나게 우는 네 소리, 내 듣기 괴롭구나
네 울음 없으면 내 시름도 없을 것을
이 세상 괴로움 많은 사람들아
춘삼월 자규루엘랑 오르지 마소.

사육신(死六臣)

사육신은 1456년 단종의 복위운동을 주도한 박팽년, 이개, 성삼문, 하위지, 유응부 등을 일컫는다. 박팽년은 집현전 학사로 훈민정음 창제에 관여했다. 고문을 받으면서 세조를 일러 '나으리' 라 하고 "나는 상왕(단종)의 신하이지 나으리의 신하는 아니다" 하며 모의에 가담한 것을 부인하면 살려주겠다는 세조의 제의를 거절했다.

이개는 고려말 유학자인 이색의 증손자로 집현전 출신이다. 문종 때 세자였던 단종을 가르쳤다.

몸이 약했으나 얼굴빛 하나 변하지 않고 고문을 이겨냈다. 성삼문은 집현전 출신으로 훈민정음 창제에 크게 공헌했다. 세조 즉위 후 받은 녹봉을 하나도 쓰지 않고 쌓아 놓아 집의 재산이라고는 이불 몇 채가 전부였다고 한다.

팔을 자르고 다리를 불로 태우는 고문에도 굴하지 않고 세조와 신숙주를 꾸짖었다. 하위지도 집현전 출신으로 세조 즉위 후 내린 녹봉은 쓰지 않고 쌓아 놓았다고 한다.

유성원 또한 집현전 출신으로 성균관에서 단종복위 모의가 발각되었다는 소식을 듣자 바로 자결했다. 유응부는 무관으로 활을 잘 쏘고 용감했다. 벼슬은 높았으나 청렴하여 죽은 뒤에 재산을 몰수하는데 방 안에는 해진 짚자리만 있었다고 한다.

月洗ふ菴の羽蟻や
両人に
車夜如
蕉園

신윤복의 월하정인

뒤주 속에서 죽음을 맞이한

장헌세자 이야기를 하려고 해.

하지만 이 이야기를 하기 전에 한 가지 알아둬야 할 사항이 있어 바로 장헌세자의 아버지 영조의 가족들에 대해 간단하게 알아보고 본격적인 이야기를 할게. 영조는 정성왕후 서씨 및 6명의 부인이 있었지만 2남 7녀의 자녀밖에 두지 못했어.

정성왕후 서씨와 계비 정순왕후 김씨는 둘 다 아이를 갖지 못해 적출(정식 혼인하여 낳은 자녀)이 없었지. 이 점이 항상 영조를 우울하게 만들었지.정순왕후 김씨는 영조의 나이 66세 때 15세의 나이로 왕후가 되었어. 정순왕후 김씨는 자신의 후사가 없자 영빈 이씨가 낳은 사도 세자를 몹시 미워했어. 그녀는 61세의 나이로 세상을 뜨기까지 당파 싸움에 뛰어들어 조정을 뒤흔들다가 생을 마감했어. 후궁 정빈 이씨가 경의군을 낳자 영조는 세자로 봉하여 사랑하고 아꼈어. 그러나 경의군은 불행하게도 10세에 죽고 말았어. 후궁

영빈 이씨는 영조가 40세 되던 해 아들을 낳았어. 영조는 이 아들을 왕세자로 정하기에는 마음이 내키지 않았지만 왕세자로 책봉했어. 자신도 서출인지라 그 어려움을 알고 있었기 때문이야.

혜빈 홍씨는 영의정 홍봉한의 딸로 사도 세자와 혼인을 해서 아들을 낳아. 이 아들이 후에 정조 임금이 된단다. 1762년 사도 세자가 죽은 뒤 혜빈이 되었고 아들 정조가 왕위에 오르자 혜경이 되었어. 사람들은 그녀를 혜경궁 홍씨로 기억하고 있어. 혜빈 홍씨는 남편이 죽어가는 것을 바라볼 수밖에 없었던 불쌍한 여인이야. 혜경궁 홍씨는 그녀의 환갑이 되던 1795년에 그 동안 겪은 한 많은 이야기를 사소설체로 썼어.

이 『한중록』에는 사도 세자의 참변이 자세히 실려 있지. 『한중록』은 『인현왕후전』과 더불어 궁중 문학의 쌍벽을 이루고 있어. 그럼 다시 본격적으로 왜 사도세자는 뒤주 속에서 참혹하게 생을 마감해야 했는지에 대해 알아볼까?

영조의 나이 마흔이 되어서야 아들이 태어났기 때문에 장헌세자는 태어난 지 2개월 만에 왕세자로 봉해졌어. 그리고 10세 때 홍봉한의 딸 혜빈 홍씨를 부인으로 맞이했지. 영조는 성격이 급하고 엄격했어. 그 성격 그대로 장헌세자를 대하니 세자는 영조 앞에만 오면 겁에 질려 말도 제대로 하지 못했지. 그러다가 영조의 눈길이 미치지 않으면 긴장이 일시에 풀어져 방탕하고 겁 없는 짓을 했어. 그러다 보니 엄격한 아버지는 아들이 마음에 들지 않았고, 아들은 아버지가 두려워져만 갔어.

영조 25년 장헌세자가 15세가 되자 영조는 대리 청정을 시켰어. 그리고 자신은 장헌세자의 아들이며 자신의 손자인 세손과 글을 읽으며 한가롭게 지냈어. 이때 조정은 겉으로는 평온하였지만 속으로는 암투가 벌어지고 있었던 거야.

장헌세자를 못마땅하게 여기는 영조 편을 드는 대신들이 있었고 장헌세자의 편을 드는 대신들이 있었어. 특히 영조는 계비 정순왕후 김씨와 영조가 총애하는 숙의 문씨, 그리고 노론들은 장헌세자가 조금이라도 잘못하면 영조에게 고해 바친 거야. 그때마다 장헌세자는 영조 앞에 불려나와 꾸지람을 들었지. 장헌세자의 행동은 약간 이상했어. 학문을 게을리 하고 궁녀나 내시를 함부로 죽이고, 여자 스님들까지 희롱했어.

오죽하면 장헌세자의 장인 홍봉한조차도 장헌세자가 병이 있기는 한데 무슨 병인가 꼭 짚어서 말할 수는 없다고 할 정도였어. 세자의 나이가 많아지자 주위에 아첨하는 무리들이 많아졌고 이들은 장헌세자를 꼬드겨 저 멀리 관서 지방(평안도)까지 유람을 다녀오도록 했지.

그런데 장헌세자가 관서 지방에 가서 놀았던 일을 숙의 문씨가 영조에게 고해 바쳤지. 영조는 크게 노하여 세자를 나무랐어. 세자는 깊이 뉘우치며 다시는 그러지 않겠노라고 맹세했는데 이 맹세는 그리 오래 가지 못한 거야. 얼마 지나지 않아 다시 이상한 행동을 해서 주위 사람을 놀라게 하곤 했지 뭐니.

1762년 하루는 정순왕후의 아버지 김한구가 딸을 찾아왔어. 김한구는 장헌세자를 몹시 미워하고 있었지. 김한구와 정순왕후는 나경언으로 하여금 장헌세자의 비행 열 가지를 적어 영조에게 바치게 했어. 나경언의 상소문을 읽은 영조는 분개해서 장헌세자를 서인으로 강등시키고 스스로 목숨을 끊을 것을 명하고 말았어. 하지만 말을 듣지 않자 영조는 세자를 뒤주 속에 가두었지.

세자의 어머니 영빈 이씨와 세자가 아무리 애원해도 영조는 듣지 않았어. 뒤주 속에 갇힌 세자를 두고 대신들은 두 패로 나뉘어 싸웠어. 세자를 동정하는 사람들은 시파라 했는데 이들은 주로 남인이었지. 세자의 비행을 적어 상소한 사람들은 자신들의 거짓 보고를 감추기 위해 세자를 더욱 공격했어. 이들은 주로 노론이었는데 벽파라고도 해. 장헌세자의 부인 혜빈 홍씨는 남편이 죽어가는 것을 지켜볼 수밖에 없었어. 누구도 그녀의 편을 들어주지 않았거든. 그녀의 아버지 홍봉한 조차도 사위를 싫어했기 때문이야. 뒤주에 갇힌 지 8일, 그 동안 물 한 모금 먹지 못한 세자는 영영 눈을 감고 말지. 이 사건이 바로 '임오사건'이야.

영조는 당파 싸움을 없애기 위해

여러 가지로 노력하였지만 결국 시파와 벽파의 당쟁에 휘말려 아들까지 죽이고 만 거야. 나중에 영조는 자기의 잘못을 깊이 후회하고 아들에게 '사도'라는 시호를 내려. 그래서 우리는 장헌세자를 사도세자라고 부르는 거야.

🌸 뒤주

뒤주란 쌀, 콩, 팥 등 곡식을 담아 두는 세간을 일컫는 말이다. 재료는 회화나무가 가장 좋으며, 두꺼운 통판으로 큼직하게 궤짝처럼 짜고 4기둥에는 짧은 발이 달려 있다. 뚜껑은 위로 제쳐서 열 수 있고 무쇠 장식과 놋 장식 등이 있다.

쌀 뒤주는 보통 쌀 1~2가마들이의 크기이고, 잡곡 뒤주는 3~4말들이로 쌀 뒤주보다 작다. 전라북도 김제시 월촌면(月村面) 장화리(長華里)에 보존되어 있는, 조선 후기에 회화나무로 만든 약 70가마들이 대형 쌀 뒤주는 옛날 한국 부호들의 모습을 알려 주는 유물이다.

예전에 한양 땅에는
치마바위라는 것이 있었지.

정확한 위치는 알려져 있진 않지만 인왕산의 높은 바위 어디쯤을 치마바위라고 불렀어. 궁궐에서 바라다 보이는 곳이니 그리 멀지는 않았을 거야.

그런데 하필이면 이름이 왜 치마바위냐고? 누가 장난삼아 지은 것도 아니고 모양이 치마처럼 생겼기 때문에 지어진 이름은 아니라고 해. 치마바위는 그만한 사연을 갖고 있었거든.

제11대 왕 중종 때였지. '중종반정'으로 인해 연산군이 죽고 그의 이복동생인 낙천이 중종으로 왕위에 즉위했잖아. 이때 참 많은 사람들이 떠났지. 그런데 참 역사란 죄없는 여러 사람들의 목숨을 앗아가는 것도 모자라서 사랑마저도 빼앗아가곤 했어. 당시 중종의 왕비는 신수근의 딸이었어. 좀 복잡한 것 같지만 연산군과 중종은 신수근의 누이와 딸을 각각 아내로 맞아들인 거야. 신수근이 누

169

구냐면 동생 신수겸과 함께 바로 연산군의 처남이었잖아. 그러니 이들 형제는 연산군비(燕山君妃)가 된 누이의 덕에 형 수근과 함께 권력을 장악했었거든. 그러나 반정에 가담하지 않았으니 그때 죽게 됐어. 이로 인해 1506년 중종이 왕위에 오르자 왕비에 대해 이런저런 말들이 나돌기 시작했지. 사실 생각해 보면 얼마든지 있을 수 있는 일이지. 아버지는 죽이고 그 딸은 왕비가 되어 살아 있다면 '중종반정'을 일으킨 사람들 마음이 편하겠냐구.

공신들 대부분이 신수근의 딸인 신씨 단경왕후를 폐비시켜야 한다는 입장이었지. 문제는 중종이 왕비 신씨를 무척이나 사랑했기에 이 같은 사실을 알면서도 그렇게 할 수는 없었어. 하지만 공신들은 화근이 될 수 있는 인물은 사전에 제거해야 한다며 왕에게 간청을 하기에 이르렀지.

당시 중종반정에 힘을 썼던 공신들의 기세는 사실 보통 당당한 게 아니었거든. 안타깝게도 부친 때문에 왕비 신씨는 왕비가 된 지 7일 만에 폐출되어 친정으로 돌아가게 됐어. 왕도 사람인데 사랑했던 왕비를 한순간에 잊을 수 있겠어. 게다가 싫어서 떠나 보낸 것도 아니고 죽은 것도 아니니 이런 생이별에 마음이 편하지 않았겠지. 잠을 자도 꿈속에서 신씨의 모습만 나타나고 어느 한시도 신씨 생각이 머리에서 떠나질 않는 거야. 사랑을 위해서 목숨을 거는 사람들이 있는 것처럼 사랑이란 억지로 잊혀지지도 않는 것이고 생각한대로 이루어지는 것도 아니니 안타까움뿐이었지.

그래서 그나마 왕이 위안을 삼은 것은 높은 누각으로 올라가 신씨의 집을 바라보는 것이었어. 먼 발치에서나마 신씨의 안녕을 빌고 행여 모습이라도 눈에 띄지 않을까 기다린 것이지. 왕이 이 정도면 신씨의 심정은 오죽했겠어. 왕의 이 같은 사연을 전해들은 신씨집에서는 왕을 위해 독특한 묘안을 냈지. 집 뒷동산 높은 곳에 있는 큰 바위에 궁궐에서 신씨가 즐겨입던 분홍치마를 넓게 펼쳐 놓은거야. 몸은 이제 서로에게서 떠났지만 마음이라도 위안을 삼게 해주려고 했던 거지. 이때부터 그 바위 이름이 '치마바위'가 됐다는거야.

물론 왕이 이 '치마바위'를 보려고 누각에 올라가는 일은 더욱더 잦아졌지. 때문에 왕은 좀처럼 신씨를 잊지 않으려고 했어. 새롭게 맞이한 왕비 장경왕후가 이른 나이에 죽게 되자 폐비 신씨를 복위시키려는 노력을 했던 거야. 물론 직접 나서진 못했겠지. 그러나 문제는 공신들이야. 그들은 여전히 신씨에 대한 감정이 좋지 않아 반발을 했고 결국엔 문정왕후가 왕비가 됐지. 예나 지금이나 사랑의 애틋한 사연들은 많기도 하고 부나 명예와는 무관하게 모든 사람들이 저만의 사랑에 대한 슬픈 사연 아름다운 사연을 갖고 있는 것은 변함이 없는 것 같아.

정조의 둘째 아들 공은
죽은 문효 세자의 뒤를 이어 왕세자에 책봉되었어.

정조는 왕세자가 빨리 자신의 뒤를 이어 왕위를 잇기를 원했지
만 벌써 몸에선 종기가 극성을 부리고 있었어. 정조는 혹시 어린 왕
세자를 두고 죽을까 봐 겁이 났지. 정조 23년, 세상이 무척 어지러
웠어. 조정은 심환지와 채제공이 서로 실권을 쥐기 위해 으르렁거
렸어. 정조의 너그러운 처리로 다행히 큰 문제는 일어나지 않았지.
그러다가 남인의 채제공이 죽었어. 남인의 세력이 몰락하는 것이
눈에 보여 정조는 불안했어. 만약 자기가 죽은 뒤 당파 싸움이 일어
나면 어린 세자가 나랏일을 어떻게 이끌어 갈 것인지 걱정이 태산
같았지. 정조는 죽기 전에 세자빈을 간택하고 싶었지만 종기가 더
심하게 퍼지는 바람에 할 수 없었어. 더 이상 살지 못할 것을 안 정
조가 어린 아들을 옆에 불러 무슨 말인가 하려 하였지만 맥박이 뚝
떨어지고 말지. 정조는 11세 된 세자를 두고 세상을 떠나고 만단

다. 정조가 승하하자 순조가 11세의 어린 나이로 왕위에 오르지.

순조의 나이가 어렸으므로 증조모되는 정순왕후 김씨가 수렴청정을 하게 돼. 벽파들은 정순왕후와 함께 반대파를 몰아낼 계획을 세웠어. 우선 정순왕후는 6촌 오빠인 김관주를 이조판서에 임명했어. 이를 신호탄으로 정순왕후는 벽파들을 등용해 세력을 키워갔어. 벽파들은 자기들의 세력을 더 키우기 위해 우선 시파들을 제거하기로 하지. 시파들 중에는 천주교를 믿는 사람들이 많아서 천주교를 박해하는 사건을 터뜨리면 자연히 시파들은 제거되는 셈이지. 신유년이 되자 정순왕후가 다음과 같이 말을 해.

"요즘 서학(西學)을 믿는 사람이 수도 없이 늘어난다고 들었다. 서학은 유교에 반대되는 학문으로서 인륜을 파괴시키는 사교다. 그것도 모르고 순박한 백성들이 빠져들고 있으니 참으로 안타까운 일이다. 서학을 핑계로 선량한 백성들을 현혹시키는 무리들을 엄중히 단속해야 한다. 각 고을의 수령들은 오가작통법을 써서 하나도 남기지 말고 잡아들이도록 하라."

오가작통법이란 다섯 집 중에 어느 한 집이 천주교를 믿는데 고발하지 않으면 나머지 네 집에게 그 책임을 묻겠다는 거야. 그러니 알고도 신고하지 않을 수가 없었겠지. 이승훈, 이가환, 정약용 형제 등 수만 명이 잡혀 죽고 말았어. 그리고 중국인 신부 주문모도 자수해 순교했어. 정순왕후는 이로써 반대파인 시파와 남인들을 조정에서 완전히 몰아낼 수 있었어. 또 그녀가 싫어하는 풍산 홍씨

173

들도 몰아낼 수가 있었지. 이때부터 순조의 파란 많은 생활이 시작되었어. 어린 나이에 당파 싸움에 휘말려 무서운 옥사를 치르게 되었으니 얼마나 가슴이 뛰었겠어.

1802년, 정순왕후는 정조의 승하로 미루어 온 순조의 혼례를 치르기로 해. 정순왕후는 자기들의 세력을 오래 유지하고자 친정인 경주 이씨의 딸 중에서 왕비를 뽑고자 애를 썼어. 그러나 순조의 어머니 수빈 박씨가 영안 부원군 김조순의 딸을 점찍었지. 김조순은 시파이면서도 벽파들 틈바구니 속에서 벼슬을 하고 있는 안동 김씨였어. 그는 사람됨이 뛰어나 정조가 세자의 교육을 맡길 정도였어. 천성이 어질고 지나치게 너그러운 김조순은 그 동안 벽파들에게 미움을 받지 않고 지내왔어. 김관주가 방해했지만 정순왕후도 허락했지. 이로써 순조는 13세에 14세 되는 김조순의 딸과 혼인했어. 김조순의 딸은 순원 왕후로 책봉되었어. 이로써 안동 김씨들의 시대가 시작된 거야. 순조의 나이 15세, 정순왕후가 수렴청정을 거두고 이듬해 세상을 떠났어.

그때부터 안동 김씨들이 서서히 정권을 잡기 시작했지. 김조순을 비롯한 안동 김씨들과 순조의 어머니의 반남 박씨들은 서로 아들과 딸을 혼인시켜 나란히 권력을 쥐고자 노력했단다. 김조순은 우선 반남 박씨이며 임금의 외사촌인 박종경을 선혜청(대동미와 포, 돈의 출납을 맡아보는 기관) 당상관으로 임명하여 실권을 쥐게 하고, 그 동안 실권을 잡고 있던 김관주를 순원 왕후의 책봉을 방해한 죄로 관직을 박탈시키지. 이제 조선은 안동 김씨의 세도 정치에 의해 좌지우지되었어. 이들은 돈을 받고 벼슬을 팔고 샀으며, 재물을 모으기 위해 백성들을 못 살게 굴었어. 한 나라의 정치가 안동 김씨 일가의 부귀 영화에 이용되고 있다고 해도 과언이 아닐 정도였으니까. 또 천주교 박해는 여전히 계속되어 나라가 더욱 어지러워졌고, 이상하게도 순조가 즉위한 뒤로는 계속 흉년과 가뭄이 들었어.

어떤 해에는 경상도에 홍수가 나 2백여 가구가 떠내려 갔고, 그 다음해에는 경상도와 전라도의 홍수로 4천여 호가 넘는 가구가 물에 잠겼지 뭐야. 그 후에도 1년 걸러 홍수가 나니 기가 막힐 지경이었지. 거지들이 서울로 몰려들어 포도청은 골머리를 앓았단다. 그래도 백성들은 나라에 세금을 내야만 했어. 가난한 백성들은 살 수가 없어 이리저리 떠돌아다니는 신세가 되었지.

나라에서 이들을 구제하기 위해 곡식을 풀어 놓았지만 어림도 없었어. 순조 21년에는 평양 주변에서 발생한 괴질이 점차 서울로 전파되더니 죽어가는 사람이 10만 명도 넘었어. 이처럼 나라가 불안해졌어. 그 즈음 순조의 어머니 수빈 박씨가 세상을 떠났어. 궁궐에 어른이 없으니 남은 사람은 순조의 왕비 김씨뿐이었지.

안동 김씨들은 더욱 기세를 부렸어. 영특한 순조였지만 대신들에게 둘러싸여 국사를 돌볼 수가 없는 지경이었단다. 순조는 정치를 그만두고 조용히 쉬고 싶은 생각뿐이었어. 전에는 당파 싸움을 하더라도 서로 견제했기 때문에 나랏일이 그런 대로 이루어졌지만 지금은 한 가문이 나라를 쥐고 흔드니 정치도 문화도 발전이 없는 우물 안 개구리가 되어갔지 뭐야. 순조는 안동 김씨의 세력을 견제하려는 목적으로 풍양 조씨의 딸을 세자빈으로 간택했어.

그런데 이들은 자신들의 가문만 잘되기 위해 권력을 움켜쥘 뿐 나라를 위하는 일에는 관심이 없었지. 순조는 38세 되던 해에 19세 된 효명 세자에게 정치를 대리하게 했어. 그러나 효명 세자는 섭정한 지 4년 만에 죽고 만단다. 순조는 34년 간 왕위에 있는 동안 자랑할 만한 치적이 별로 없어. 그렇지만 학문을 좋아한 임금이라 개인 문집 『순재고』를 비롯해서 『대학유의』, 『동문휘고』 등을 간행했어. 순조는 오랫동안 홍수와 가뭄, 당파 싸움, 도둑의 횡행, 세도 정치의 횡포 등 많은 일을 겪고 45세의 일기로 세상을 떠났단다.

◈ 포도청

　포청이라 약칭되기도 하는 포도청은 조선시대의 경찰관서이다. 성종 때부터 중종에 이르는 동안에 그 제도적 완성을 본 것으로, 좌포도청·우포도청으로 나누어, 좌포도청은 한성부 정선방(貞善坊) 파자교(把子橋) 북동쪽(서울 종로구 단성사 일대)에 두고 한성부의 동부·남부·중부와 경기좌도(京畿左道) 일원을 관할하였고, 우포도청은 서부 서린방(瑞麟坊) 혜정교(惠政橋) 동쪽(서울 동아일보사 일대)에 두고, 한성부의 서부·북부와 경기우도(京畿右道)를 관할하였다.

　포도청은 병조(兵曹)에 딸린 무관직소로, 순조와 고종 때에는 좌·우 포도청에 각각 포도대장(종2품) 1명, 종사관 3명, 군관 70명, 포도부장 4명, 포도군사 64명, 무료부장 27명, 가설부장 6명, 겸록부장 32명, 서원 4명, 사령 3명 등이 있었다. 좌·우 포도청에서는 각기 8패로 나누어서 패장 8명과 군사 64명을 동원해서 담당구역을 순찰하였다. 1894년 포도청을 합하여 경무청으로 개편하였다.

역사 속 인물들과 만나다 보면
억울한 죽음을 당한 경우를 더러 볼 수 있지.

이제부터 소개할 사람도 그 중 한 사람인데, 세조 때 뛰어난 장수였던 남이 장군이야. 남이 장군은 그를 시기했던 사람들이 꾸민 어이없는 사건으로 처참하게 죽음을 당했어. 그래서인지 우리 민족의 민간신앙의 한 형태인 무속에서는 구천을 떠도는 그의 영혼을 불러 신으로 받드는 남이 장군 신이 아직까지도 이어내려 오고 있지.

남이 장군은 태종 이방원의 외손자로 태어나서 1457년 17세의 어린 나이에 무과에 장원급제했어. 그래서 당시 왕이었던, 세조의 총애를 한 몸에 받으면서 여러 무직을 역임했지. 남이는 세조 때의 최대의 국난이라 할 수 있는 '이시애의 난'이 일어나자 대장이 되어 적들을 토벌하게 되었지. 이러한 공으로 남이 장군은 나라에서 최고가는 공신이 되었어. 그 후에도 우리 나라 서북변에 살면서 자주 못된 짓을 하던 여진족을 토벌했어. 그래서 남이 장군의 직책은 날로 높아만 갔지. 이러한 계속되는 승진 결과 1468년 오위도총부 총관(현 참모총장)에 이르고 곧이어 군의 최고 통수권자인 병조판서 (현 국방부장관)에까지 이르게 됐어. 과히 그를 따를 자가 없게 된 거야. 남이 장군의 용맹성을 말해 주는 한 전설이 있어.

남이 장군이 소년 시절에 큰길에 나가 놀고 있었어. 그런데 어떤 작은 하인이 보자기에 무엇을 싸서 지고 가는데 그 보자기 위에 요사한 잡귀가 있는 거야. 남이 장군은 너무 신기해서 슬그머니 그 사람 뒤를 따라갔어. 그리고 그 하인이 재상 권람의 집에 들어 가 길래 기다리고 있었어. 그런데 이게 웬일이야. 조금 있으니까 집안 에서 곡성이 나는 거야. 그래서 남이 장군이 집안사람들에게 어찌 된 일이냐고 물었더니 그 집 대감의 딸이 갑자기 죽었다는 거야. 그러나 남이는 잡귀의 짓이라는 걸 알았지. 그리고 그 집 하인에게 말했어.

"내가 들어가서 그 처녀를 살리겠다."

그 말을 전해들은 재상집에서는 별로 믿으려 하지 않다가 그래 도 행여나 하는 마음에 남이 장군을 들어오도록 허락했지. 남이가 처녀의 방에 들어가 보니 과연 어여쁜 처녀가 숨을 거두고 죽어 있 는데, 가만히 살펴보니 아까 보았던 잡귀가 처녀의 가슴에 눌러 앉 아 있는 거야. 그런데 그 잡귀는 용맹한 어린 남이를 보고 두려움에 떨었어. 그리고는 처녀의 가슴에서 일어나 황급히 달아나 버렸지.

그러자 신기하게도 처녀가 차차 소생하는 거야. 그런데 이 무슨 묘한 일이야. 남이가 나오면 처녀는 또 숨을 거두게 되고 남이만 다시 들어가면 처녀는 다시 소생하곤 하는 거야. 이때 남이가 집안 식구들에게 보자기에 싸온 물건이 무엇인가를 물어보니까 홍시를 가져왔는데, 이것을 먹자마자 기절했다는 거야. 그제서야 남이가 아까보았던 잡귀의 이야기를 권재상에게 하고 적합한 약을 처방하게 했지. 그래서 죽었던 처녀를 살려냈는데, 그 처녀가 바로 권재상의 넷째 딸이었어.

권재상은 자신의 딸을 살려준 데에 남이 장군에게 큰 은혜를 입었다고 생각했지. 그래서 남이를 사위로 삼게 된다는 이야기야. 그런데 병조판서에까지 오른 남이 장군의 권력은 오래가지 못했어. 세조는 용맹하고 강직한 남이를 남달리 총애하였는데 세조가 얼마 지나지 않아 죽음을 맞이했지. 그래서 신숙주, 한명회 등 기존의 권력을 가지고 있던 사람들이 남이 장군을 모함하기 시작했어.

'이시애의 난'을 평정하고 신세력으로 등장한 남이 장군에게 위협을 느꼈던 거지. 그러던 어느 날 지중추부사 자리에 있던 한계희를 통해 당시 왕이었던 예종에게 이렇게 고했어.

"남이는 그 사람됨이 좋지 못하여 우리 군사들을 다스릴 자가 못 되는 줄 압니다. 그래서 병조판서 자리에서 물러나게 하심이 옳을 줄로 아뢰오."

그런데 예종은 다른 사람의 말을 잘 믿고 그에 따라 행동하던 우유부단한 왕이었거든. 그래서 남이 장군을 병조판서에서 물러나게 하고 말지. 그러나 이 사건은 남이에게 있어 불행의 시작일 뿐이야. 1년을 겨우 넘긴 예종의 집권 기간에 최대옥사를 일으키며 신세력을 제거하기 위한 숙정작업이 있게 돼. 이름 하여 '남이의 역모사건' 이라는 기록으로 역사책에 남겨지게 되는 사건이 벌어지게 되지. 어느 날 남이가 궐내에 숙직을 하고 있었어. 그런데 밤하늘에 혜성이 나타난 거야. 그 혜성을 보고 남이는 "혜성은 묵은 것을 없애고 새것을 나타나게 하려는 징조다"라고 혼잣말 했지. 그런데 이걸 어쩌지. 이 말을 유자광이 엿들었어. 그리고는 왕에게 역모를 꾀한다고 모함을 했어. 졸지에 역모자로 전락한 남이는 의금부에서 문초를 받게 되었어. 그런데 그때 증인으로 나온 유자광은 "혜성의 출현은 신왕조가 나타날 징조로서 이때를 이용하여 왕이 창덕궁으로 옮기는 시간을 기다려 거사하겠다."라고 거짓으로 진술하지. 고문을 이기지 못한 남이는 결국 역모사건을 시인하게 돼. 그리고 능지처참이라는 끔찍한 형을 받고 죽임을 당하지.

유자광은 어떤 사람이기에 남이를 그렇게 억울하게 죽게 만들었는지 궁금할 거야. 유자광은 서얼 출신으로 남이와 함께 '이시애의 난' 에서 공을 세워 등용된 인물이야. 그렇지만 유자광은 계략에 뛰어났어. 자신과 함께 공을 세운 남이가 세조의 사랑을 더 많이 받는 것을 시기했거든. 그래서 마침 남이가 병조판서에서 밀려나자 그를 완전히 제거할 계략을 세운 것이지. 유자광은 그렇게 남이가 죽은 후에 익대공신 1등에 봉해지게 돼. 이뿐인 줄 알아.

유자광은 연산군의 폭정을 도와 나라의 정사를 어지럽힌데 앞장섰던 인물로 더 유명한 사람이야. 그러나 남이의 역모사건을 보면 유자광 한 사람에 의한 무고사건이라 하기에는 석연치 않은 점들이 많아. 무예에 뛰어나고 성격이 강직하여 세조의 신뢰를 한 몸에 받고 있던 남이를 시기하고 질투하였던 예종이 훈구대신들의 비판이 있자마자 기다렸다는 듯 해임한 게 아니냐는 의견이 제시되기도 해.

남이의 역모사건은 남이와 함께 '이시애의 난' 을 평정한 공신들을 제거할 절호의 기회로 삼았던 것인지도 몰라. 북한강 자락에 있는 강원도 춘성군에 '남이섬' 이라는 섬이 있어. 예전부터 정확한 사실이 확인된 것도 아닌데 남이 장군이 이 섬에 묻혔다는 전설이 담긴 돌무더기가 전해내려 왔지. 그리고 그 돌을 함부로 가져가면 집안에 우환이 생긴다는 이야기가 인근 주민들 사이에 오르내리고 있어. 그래서 아직도 사람들 사이에는 남이섬에 남이 장군의 무덤이 있는 것으로 많이 알려져 있어.

그런데 남이 장군의 무덤은 화성군 비봉면 남전 2리에 버젓이 자리잡고 있어. 부인과 나란히 묻혀 쌍분을 이루고 있지. 세월이 지나면서 간악한 간신배로 자리매김한 유자광이 비판되면서 남이의 역모사건은 무고에 의한 억울한 죽음으로 사람들은 결론을 내렸지. 그리고 순조18년(1818년)에는 그의 후손인 우의정 남공철의 주청으로 관직과 벼슬을 되찾게 돼. 또 서원이 난립하던 때에는 창녕의 구봉서원과 서울 용산의 용문사 및 서울 성동의 충민사에 배향되어 충무라는 시호도 받지. 하지만 이 모든 게 무슨 소용 있겠어. 자신의 뜻을 제대로 펴보지도 못하고 그 젊은 나이에 억울한 누명을 쓰고 한맺힌 죽임을 당했는데 말이지.

🔹 이시애의 난(李施愛의 亂)

조선 세조 때 함경도의 호족 이시애가 일으킨 반란이다. 세조는 즉위하면서 중앙집권의 강화를 위해 북도 출신 수령의 임명을 제한하고 경관으로 대체하였으며, 수령들에게 지방 유지들의 자치기구인 유향소의 감독을 강화하게 하여 그 지역 출신인 수령들과 유향소와는 사이가 좋지 않았다.

회령부사를 지내다가 상을 당하여 관직을 사퇴한 이시애는 유향소의 불만불평과 백성의 지역감정에 편승해서 아우 시합, 매부 이명효와 반역을 음모하고 1467년(세조 13) 5월 반란을 일으켰다.

그는 '함길도의 절도사가 진장들과 함께 반역을 음모하고 있다'고 선동하여 절도사 강효문, 길주목사 설징신 등을 죽이고 '방금 남도의 군대가 바다와 육지로 쳐올라와서 함길도 군민을 다 죽이려 한다'고 선동하자 흥분한 함길도의 군인과 민간인들이 유향소를 중심으로 일어나 타도 출신 수령들을 살해하는 등 함길도는 대혼란에 휩싸이게 되었다. 또한 그는 중앙에서도 '병마절도사 강효문 등이 서울의 한명회, 신숙주 등과 결탁하여 함길도 군대를 이끌고 서울로 올라가서 모반하려 하여 민심이 흉흉하니 함길도 사람을 고을의 수령으로 삼기 바란다'는 등 모략전술을 폈다.

세조는 이에 속아 신숙주 등을 투옥하였다가 곧 구성군 준을 병마도총사로 삼아 토벌군을 출동시켰다. 이시애는 여진족까지 끌어들여 대항하였으나 허종, 강순, 어유소, 남이 등이 이끄는 3만 군대는 홍원, 북청을 돌파하고 이원의 만령에서 반란군 주력부대를 분쇄하였다.

이시애는 길주를 거쳐 경성(鏡城)으로 퇴각하여 여진으로 도망치려 하였다. 이 당시 사용별좌의 벼슬에 있던 이시애의 처조카 허유례는 자기 부친이 억지로 이시애의 일파에게 끌려갔다는 소식을 듣고 이시애의 부하인 이주, 황생 등을 설득하여 이들과 함께 이시애 형제를 묶어 토벌군에게 인계하였다. 8월 이시애 등이 토벌군의 진지 앞에서 목이 잘림으로써 3개월에 걸쳐 함경도를 휩쓴 이시애의 난은 평정되었다.

이 난으로 길주는 길성현으로 강등되고 함길도는 남북 2도로 분리되었으며, 유향소도 폐지되었다. 구성군 준과 조석문, 어유소, 허종, 허유례 등 41명은 조선의 제6차 공신인 정충적개공신으로 녹훈되었다.

인종은 조선의 역대 왕들 가운데
가장 짧은 운명을 지녔지.

　겨우 8개월 보름 남짓 왕위에 머물러 있다가 원인 모를 병으로
드러누워 시름시름 앓더니 후사도 하나 남겨놓지 않고 훌쩍 세상
을 떠나버렸어. 하지만 당시 사람들은 인종을 성군이라 일컬었어.
지극한 효성과 너그러운 성품, 금욕적인 생활 등이 전형적인 선비
의 모습이었다고 해. 그러고 보면 인종은 짧지만 굵게 산 임금일 거
야. 인종은 생모 장경왕후 윤씨가 그를 낳고 6일 만에 죽었기 때문
에 그는 문정왕후 윤씨의 손에서 자라야 했지.

　그런데 문정왕후 윤씨는 성질이 고약하고 시기심이 많은 여자였
지. 그래서 전실 부인의 아들인 인종을 무척이나 괴롭혔어. 그렇지
만 효성이 지극한 인종은 어릴 때부터 참기 어려운 수모를 참고 견
뎌내며 계모의 뜻 또한 잘 받들었어. 인종이 세자로 책봉되어 금성
부원군 박용의 딸과 혼인한 것은 그의 나이 열 살 때의 일이었지.

그가 아직 빈궁과 함께 동궁에서 거처할 때의 이야기야.

　어느 날 밤, 막 깊이 잠이 들려 할 때, 별안간 동궁에서 불이 일어나더니 삽시간에 동궁이 불바다로 변하였어. 깜짝 놀라 깨어 일어난 세자는 빈궁에게 "내가 전에 죽음을 피하였던 건 혹시나 부모님께 악한 소문이 돌아갈까 두려워했기 때문이야. 하지만 이런 밤중에 잠을 자다가 불에 타 죽었다면, 그럴 염려는 조금도 없겠지. 나는 피하지 않겠소. 어서 빈궁이나 피하시오"라고 이야기했어.

　그러나 빈궁으로서도 사랑하는 남편을 두고 혼자 피해 나갈 수는 없었어. 그래서 꼼짝않고 서 있었지. 이때 뜻밖의 불기운에 놀란 동궁의 시종들이 깨어 나와서 세자 내외에게 속히 피하시라 권하였으나 막무가내였어. 그들은 하는 수 없이 대전으로 뛰어들어가서 중종에게 이러한 사정을 고했어. 중종은 이런 날벼락 같은 시종들의 말에 놀라 급히 동궁으로 달려갔어.

　하지만 동궁은 이미 불도가녔지. 중종은 왕의 위엄이고 무엇이고 돌아볼 겨를 없이 큰 소리로 세자를 부르짖었어. 하지만 방 안에서 조용히 앉아 죽기를 각오한 세자였지만 이 애끓는 부왕의 울부짖음을 듣고는 가만히 있을 수가 있었겠어? 그래서 어쩔 수 없이 빈궁과 함께 불꽃 속을 헤치고 밖으로 나왔고 겨우 타죽기를 면했던 거야.

　그런데 정사에 보면 이 불은 쥐꼬리에 화선을 달아 여러 마리를 동궁으로 들여보내어 지른 불이라 전해지고 있어. 당연히 인종을 미워하고 없애려는 문정왕후가 그들 내외를 타 죽게 하려고 한 짓이었어. 그런데도 중종은 문정왕후의 간사한 거짓말을 믿고 그 원인을 알아보려 하지도 않았어.

하지만 인종은 범인을 뻔히 알면서도 입을 굳게 다물었고, 그래서 시간이 흐름에 따라 이 사건은 없던 일로 묻혀지고 말았어. 인종은 뛰어난 기상과 자질을 지녔을 뿐만 아니라 슬기롭고 인자하기 비길 데 없었어. 그러나 항상 계모 문정왕후의 학대에 부대끼며 가슴 아픈 나날을 보냈어. 중종이 승하한 뒤 그의 나이 30세에 왕위에 올랐어.

그런데 정사에서 인종은 슬하에 한 점 혈육도 없었거든. 이에 대해 인종이 계모를 기쁘게 해드리기 위하여 왕위가 자연 그의 아우요 문정왕후의 소생인 명종에게 전승되도록 하려고 고의로 생산을 피했다는 말이 전해지고 있어. 인종은 계모이긴 하지만 자신을 키

워준 어머니인 문정왕후에게 효도를 다하기 위해 극진한 노력을 아끼지 않았다고 해. 하지만 윤씨는 항상 인종을 원수대하듯 했고, 문안 인사차 들른 인종에게 자신과 아들 경원대군을 언제쯤 죽일 것이냐고 말할 정도로 막말을 해댔지.

그러나 인종은 그녀를 미워하거나 싫어하지 않고 오히려 자신의 효성이 부족함을 개탄하면서 죄책감에 시달리며 지냈어. 그가 등극한 뒤 어느 날 명나라에서 사신이 나왔을 때였어. 인종이 경복궁에 나아가 사신을 맞이하는데 중종이 거처하던 곳에 이르렀지. 그러자 인종은 아버지에 대한 그리움으로 흐느껴 울었던 거야. 명나라 사신이 역관에게 까닭을 물어 그 이유를 알게 됐어. 그리고는 "하늘이 낸 효자로다!" 하며 감탄하기를 마지 않았다고 해.

인종, 그는 효성이 지극하였을 뿐만 아니라, 신하를 아끼고 백성을 사랑할 줄 아는 성군이기도 했어. 그는 올바른 말을 기꺼이 경청하였으며, 백성의 어려움을 자신의 어려움같이 알았기 때문에 연산과 중종 때 빛을 잃은 국정이 다시 서광을 발하게 되지.

인종이 그렇게 빨리 죽은 것은 문정왕후 윤씨의 시기심 때문이라고 전해지고 있어. 정사인 『인종실록』에는 "인종이 부왕의 죽음을 너무 슬퍼한 나머지 병을 얻어 사망했다"고 적혀 있어. 하지만 야사에는 어김없이 문정왕후가 등장하고 그녀가 인종을 독살했다는 이야기가 나오지.

어느 날 인종이 문안 인사차 대비전을 찾아갔는데 그날 따라 문정왕후는 평소와 다르게 입가에 웃음을 흘리며 인종을 반기는 것이었어. 그리고 왕에게 떡을 대접했지. 인종은 난생 처음 계모가 자신을 반기는 것을 보고 기분이 좋았어. 그리고는 아무 의심 없이 그 떡을 받아 먹었던 거야. 그런데 그 이후로 인종은 갑자기 시름시름 앓기 시작하더니 얼마 못가서 숨을 거두고 말았어. 인종의 장례도 이러한 독살설에 설득력을 갖게 해.

인종의 장례는 갈장으로 집행됐어. 갈장은 임시로 빨리 장례를 지내는 것이거든. 문정왕후를 따르던 세력들이 "인종은 1년을 넘기지 못한 임금이니 대왕의 예를 쓰는 것은 옳지 않다"고 주장했기 때문이지.

인종이 정말 문정왕후가 내 놓은 독이 든 떡을 먹고 죽게 된 건지 알 수는 없어. 하지만 이 이야기가 의미하는 건 문정왕후의 인종에 대한 멸시와 시기심이 극에 달했다는 것이겠지.

✿ 중종의 가족들

중종은 원래 신수근의 딸 단경왕후 신씨와 결혼했으나, 반정이 성공하여 등극한 뒤에는 공신들의 반대로 그녀를 폐위시켜야 했다. 그 후 2명의 왕후와 7명의 후궁을 두게 되었는데 그들에게서 총 9남 11녀의 자녀를 얻었다.

✿ 단경왕후 신씨

단경왕후 신씨는 익창 부원군 신수근의 딸이며, 연산군의 비 신씨의 외질녀이다. 그녀는 1487년에 태어나 1499년 12세의 나이로 진성대군과 가례를 올렸다. 1506년 진성대군이 왕으로 추대되자 왕비에 올랐으나, 고모가 연산군의 비이고 아버지가 연산군의 매부라는 이유로 폐위되었다. 그녀는 처음에 하성위 정현조의 집으로 쫓겨났다가 본가로 돌아갔는데 1515년 장경왕후 윤씨가 죽었을 때 한때 그녀를 복위시켜야 한다는 여론이 일기도 했으나 이행, 권민수 등의 반대로 성사되지 못했다. 신씨는 홀로 자식도 없이 외롭게 한 평생을 보내다가 1557년 71세를 일기로 세상을 떴다. 영조때 복위되어 단경왕후라는 시호를 받았다.

✿ 장경왕후 윤씨

　　장경왕후 윤씨는 윤여필의 딸로 1491년 호방현 사제에서 태어나 고모인 월산대군의 부인에 의하여 양육되었다. 1506년 중종의 후궁이 되어 숙의에 봉해지고, 1507년 중종 비 단경왕후 신씨가 폐위되자 왕비에 책봉되었다. 이후 1515년 세자(인종)를 낳았으나 산후병으로 엿새 만에 25세를 일기로 경복궁 별전에서 죽었다.

✿ 문정왕후 윤씨

　　문정왕후 윤씨는 윤지임의 딸로 1501년에 태어났다. 1517년 왕비에 책봉되었으며, 1545년 명종이 12세의 나이로 왕위에 오르자 8년 동안 수렴청정을 하며 막강한 권력을 행사했다.

　　수렴청정에서 손을 뗀 뒤에도 명종의 정사 운영에 지나친 간섭을 해 조정을 뒤흔들어 놓기도 했는데, 심지어는 왕이 자신의 청을 들어주지 않는다고 매질을 하거나 독설을 쏟아 놓기도 했다.

　　그녀의 이런 지나친 집권욕은 결국 명종 대의 혼란을 가중시키는 원인으로 작용하기도 했다. 이렇듯 조선 조정을 패권 다툼의 장으로 몰아갔던 희대의 악후 문정왕후는 1565년 65세를 일기로 세상을 떴다.

행운이 주어져도 싫어하는 사람이 있으니
결국 그에게는 **행운이 불운**인 거야.

　태종의 첫째아들이 그런 경우야. 비 원경왕후 민씨 사이에 4명
의 아들을 두었는데 첫째 아들인 양녕대군은 어려서부터 영리해서
총애를 받았지. 그래서 태종 4년에 11세의 나이로 왕세자로 책봉
됐어. 그런데 이 양녕대군은 왕세자의 예의범절이라든가, 딱딱한
유교적인 교육과 엄격한 궁중생활 등에 잘 적응하지 못했어.

　오히려 그는 몰래 궁중을 빠져나와 사냥을 하고 자유분방한 풍
류생활을 즐겼어. 양녕대군은 태종이 첫 번째 부인인 자신의 어머
니를 소외시키고, 또 자신의 든든한 후원자인 외삼촌 민무구 4형제
를 죽인 것에 대해 정신적 타격을 많이 받은 거야. 그래서 태종에게
반항하는 행동을 끊임없이 한 것인지도 모르겠어. 어릴 때는 총명
하여 글을 잘 읽었으나 양녕은 점차 학문을 멀리하고 노는 것에 몰
두했어. 궁궐을 돌아다니며 참새를 잡고 동궁 후원으로 아이들을

불러들여 매 부르는 소리를 내며 돌아다녔어. 그리고 자신의 글공부를 위해 태종이 지어준 연당 지붕의 기왓장을 깨 버리고 활로 연당 기둥을 맞추는 놀이를 하기도 했지. 또 하루는 태종이 강원도 평강으로 사냥을 나갈 때 왕세자가 복통을 핑계로 따라가지 않더니 그 길로 성 밖에 나가 밤새 놀았어. 게다가 학문을 멀리하고 동궁 안에 기생을 불러 음주가무를 즐기게 되자 태종은 여러 번 주의를 줬어. 하나 그때뿐이었어.

태종은 방탕한 생활을 즐기는 양녕을 두고 결심했지. 그래서 결혼을 시키면 마음을 잡고 공부할 것인가 싶어 양녕의 나이 14세가 되던 해에 김한로의 딸과 결혼시켰네. 그리고 다음해에 명나라에 사신으로 보내기도 했어. 그런데 양녕이 명나라에 가서 배워 온 것이 아무것도 없었어. 조선에 돌아온 양녕은 동궁을 빠져나가 산 속

을 쏘다니며 사냥을 할 뿐이었지. 또 중추부사 곽정의 소실인 어리라는 여자가 빼어난 미인이라 하자 그 길로 어리를 빼내기도 했어.

어리라는 여자는 이후 왕세자의 아이를 임신하게 되어 대궐로 들어오게 됐지만, 왕세자가 어리에게 빠져서 학문을 소홀히 하는 것을 못마땅해 한 태종에게 쫓겨났어. 사랑하는 여인이 쫓겨나자 양녕대군은 어리가 없으면 왕세자도 장래의 왕도 필요없다며 더욱 흥청망청거렸지.

태종은 양녕이 마음을 잡아 빨리 세자 노릇을 하길 바랐으나 뜻대로 되지 않았지. 상황이 이 지경까지 이르자 태종은 몹시 화가 났고 자기 뜻대로 되지 않는 양녕을 세자의 자리에 그대로 둘 것인가, 아니면 폐할 것인가 고민하게 됐어. 그리고 셋째 아들인 충녕대군을 왕세자로 책봉할 생각을 하게 되었지. 이 사건에 얽힌 이야기가 있어.

태종의 둘째 아들인 효령대군은 양녕에 이어 자기가 왕세자가 될 것으로 짐작하고 부지런히 공부에 열중했지. 효령은 세자가 폐위되면 당연히 자신이 다음 세자가 될 것이라고 판단했던 거야. 그래서 행동을 주의하며 글 읽는 일도 게을리하지 않았어. 양녕은 이런 효령을 보고 이야기했어.

"네가 왕세자가 될 준비를 하는가 보구나. 충녕이 됨됨이도 좋고, 공부도 잘 하니 그가 임금감이다. 지금까지 글 읽기보다 노는 일에 시간을 많이 보낸 네가 한 나라를 다스리는 임금이 되겠다고?

제발 정신차리거라!"

양녕에게 실망을 한 태종 또한 효령의 행동을 유심히 살펴보았지. 그렇지만 효령은 마음이 약하고 유순하여 굳센 데가 없다고 생각하며 탄식할 뿐이었어. 태종은 효령 또한 나라를 이끌어가지 못할 것이라는 판단을 내렸지. 그리고 어전 회의를 열어 신하들의 의견을 들었어.

"충녕은 어려서부터 성품이 원만하고 학문을 게을리하지 않으며 부지런하여 왕자로서의 덕을 다 갖추었다고 보는데 경들의 의견은 어떠하오?"

태종이 묻자 모든 신하들이 충녕을 칭찬했지. 이렇게 해서 양녕대군은 1418년에 폐위당하고 태종의 셋째 아들 충녕이 세자가 되었어. 이 소식을 들은 효령은 그 길로 절로 들어가 불교를 연구하였어. 그 결과 효령은 불도에 전념하여 1465년 『반야바라밀다심경』을 번역했고, 세종, 문종, 단종, 세조, 예종, 성종 등 여섯 왕을 거쳐 91세까지 살면서 불교의 발전을 위해 힘썼어.

대궐에서 쫓겨난 양녕은 여전히 여기저기를 다니며 주색을 일삼았어. 한번은 효령이 양녕의 생활을 걱정하며 공양을 드리고자 양녕을 절로 불렀어. 그 날도 양녕은 절 주위에서 고기를 구워 먹는 등 여러 행패를 보였지. 효령이 질책하자 양녕은 "내 처지가 남부러울 것이 없어 기뻐서 그러는 것이다. 살아서는 왕의 형이고, 죽어서는 부처의 형인데 이야말로 더할 것이 없지 않느냐!"며 호탕하게 웃었다고 해.

양녕대군은 동생인 세종이 즉위한 후에도 세종과 극히 우애가 깊었던 것으로 유명하며, 대신들로부터 수십 차례 탄핵을 받았지만 세종의 각별한 배려로 처벌을 받은 적은 없었지. 태종에 대한 원망으로 광기 속에서 살다간 비운의 왕세자 양녕대군. 우리 역사에서 왕세자 자리를 스스로 내던진 사람은 양녕 한 사람뿐일 거야. 양녕은 후에 나이가 들어 종친의 일에 관여하면서 한양 근처 경치가 좋은 곳을 돌아다니다 67세로 일생을 마쳤어.

🌸 민무구 형제의 옥

1407년 7월에 발생한 이 사건은 1406년 8월에 태종이 세자 양녕에게 선위(왕위를 넘겨줌)할 뜻을 표명하면서부터 싹트기 시작했다. 태종은 재위 18년 동안 네 차례의 선위 파동을 일으키는데 제1

차 선위 파동이 민무구 형제의 옥을 일으키는 직접적인 원인이 되었다. 태종이 선위를 표명하자 왕비 민씨의 동생인 민무구, 무질 형제는 어린 세자를 통해 이른 바 협유집권, 즉 어린 세자 틈에 끼어 집권을 획책하려 했다는 혐의를 받게 된다. 그러나 진짜 원인은 태종과 원경왕후 사이의 불화였다.

원경왕후 민씨는 태종 집권 이전에는 남편의 등극에 많은 역할을 했지만 태종이 보위에 오른 후 잉첩들만 가까이 하자 이에 심한 투기심을 드러내 태종과의 불화가 잦았다. 이 때문에 외척 세력으로서 아버지 민제와 왕비인 원경왕후의 권세를 믿고 활개를 치던 민씨 형제들은 불만을 품게 되고, 태종이 선위할 뜻을 비치자 세자인 양녕을 찾아가 그런 불만을 토로한다.

이것이 화근이 되어 옥이 발생하게 된 것이다. 태종은 옥이 일어난 지 2개월 만에 민무구 형제의 죄과를 인정하는 발언을 했지만 정비 민씨와 장인 민제, 장모 송씨의 면목을 생각해 가급적 생명만은 보전시킬 생각이었다.

그러나 민씨 형제는 유배중에도 대간 등의 논핵을 가중시킬 행동을 자주 하다가 결국 1410년 자진하였다. 민무구, 무질 형제가 죽은 후 그의 형제들이 형들의 억울함을 호소하자 태종은 무휼, 무회 형제도 사사(賜死, 죽일 죄인을 예우하여 사약을 내려 자결하게 하는 것) 시켰으며 그들의 처자도 변방으로 내쫓음으로써 민씨 일가의 옥사는 종결되었다.

근정전 지붕

경복궁 근정전 지붕으로 큰 취두와 용두, 잡상 등으로 장식한 팔작
지붕으로 대와(大瓦)를 사용했다. 처마 밑에 씌운 철망은 부시라고
한다.

6부

흔적을 남기고
떠난 사람들

조선에는 **실력 있는 학자**가

많이 있었어.

하지만 그 중에서도 으뜸은 율곡 이이라고 할 수 있어. 이이는 아버지 이원수와 어머니 신사임당의 일곱 남매 중 셋째 아들로 중종 31년(1536년) 외가인 강릉 오죽헌에서 태어났어. 이이는 어린 시절을 외가가 있는 강릉에서 보냈고, 여섯 살 때 아버지가 있는 서울로 올라왔지. 신사임당은 율곡 선생의 태몽으로 용꿈을 꾸었다고 해. 그래서 어렸을 적 이름도 '현룡(見龍)'이라 했고 선생이 태어난 방을 '몽룡실(夢龍室)'이라 불렀어.

이이는 어려서부터 유난히 총명하여 신동으로 소문이 났고 세 살 때 글을 읽었다고 전해지고 있어. 그리고 여덟 살 때 '화석정시'를 지었고, 열 살 땐 '경포대부'를 지어 사람들을 놀라게 했어. 그리고 열세 살의 나이로 진사초시에 합격했지. 그런데 이이는 사랑하는 어머니가 죽자 3년 상을 지내며 세상의 허무함을 느꼈던 거야. 그래서 금강산에 들어가 불교를 연구했어. 그리고 1년 만에 하산해 글공부에 전념했지. 그 후 1564년 7월 생원시에 장원한 후 아홉 번의 과거에 장원급제해 '구도장원공(九度壯元公)'이라 불리게 됐어.

호조좌랑으로 벼슬길에 들어선 이이는 서장관으로 명나라에 다녀왔고 1570년에는 해주 야두촌에 들어가 학문에 전념했어. 하지만 1571년, 다시 조정의 부름을 받게 된 이이는 청부목사가 되었지만 그만두었어. 그 후에도 다시 임금의 부름을 받아 잠시 황해감사를 지냈지만 오래가지 않았어. 왜냐하면 이이는 벼슬에 뜻이 없는 사람이었거든. 이이는 그저 학문에만 뜻을 두고 있었던 거야. 그래서 높은 벼슬을 받고 조정에 나왔다가 다시 고향으로 돌아가 학문을 연구하곤 했어.

이이는 서경덕의 학설을 이어받아 주기설(主氣說)을 발전시켰어. 주기설이란 우주의 만물이 존재하는 근원은 '기(氣)'이며 모은 현상은 기가 움직이는 데 따라 다르게 나타난다는 학설이야. '이(理)'는 기가 작용하는 속에 숨어 있으므로 모든 현상의 변화나 발전은 기의 작용으로 이루어진다는 것이지. 그래서 이이는 아는 것보다 실천을 더 중요시한 학자였어. 후에 이 주기설은 이 황의 이기이원론과 대립하기도 하지.

어느 날 이황을 직접 찾아가 학문을 논하였어. 이이는 이황에게 우주의 본체는 기와 이, 이기이원으로 구성되어 있다는 이황의 학설을 인정한다고 했지. 하지만 이와 기는 공간적으로나 시간적으로 분리되는 것이 아니고 또 먼저와 나중이 없다고 주장하였어. 그러므로 이와 기는 세상이 생기면서부터 동시에 존재하여 영원히 떨어질 수 없다고 퇴계의 사상을 비판했지. 이이의 말은 들은 이황은 반박을 하기보다는 이이의 학문적 깊이에 크게 놀라며 칭찬을 아끼지 않았다고 전해지고 있어.

이이의 학문은 현실적인 문제 해결을 중시하는 실천적 학문으로 퇴계 이황과 쌍벽을 이루며 기호학파의 형성을 주도하여 조선시대 성리학 발전에 지대한 공헌을 했어. 또한 율곡의 이런 학문 경향은 정치, 경제, 교육, 국방 등에 걸쳐 구체적인 개선책을 제시해 큰 업적을 남겼어. 사창(社倉) 설치, 대동법 실시, 십만양병설 주장 등 사회정책에 대한 획기적 선견은 조선 후기 실학자들에게도 큰 영향을 미쳤어. 그 중 이이가 주장한 '십만양병설'은 유명한 일화로 남아 있어.

1582년 겨울, 조선에는 함경도 변방을 지키던 수령으로부터 여진족 오랑캐들이 남쪽으로 내려와 우리 나라를 쳐내려 온다는 소식이 들려왔어. 이런 흉흉한 소문이 무성한 가운데 선조는 조정 내에 의논할 대신이 없어 이이를 병조판서로 명했어. 병조판서에 임명된 이이는 군사들의 실태를 파악하고 장수들을 모으고 의용군들을 모아 여진족을 물리치는데 큰 공을 세우지. 다음 해 이이는 '시무육조'를 지어 선조에게 올렸어. 시무육조에는 조정에 어질고 능력 있는 선비를 등용시키고 변방에 병력을 배치하여 나라의 경계를 더욱 철저히 하며 전쟁에 필요한 군마를 미리 준비해야 한다는 등의 내용이 담겨 있었어. 선조는 이런 이이의 주장에 대해 찬성했어. 하지만 평소 이이를 시기하고 질투했던 대신들은 무조건 그의 주장을 반대했던 거야.

하지만 이이는 "우리 나라는 당파싸움으로 나라의 힘이 너무도 약합니다. 이 상태로 십 년만 더 가면 외적의 침입을 막지 못하고 나라에 어려운 일이 일어날 것이 분명합니다. 십 년 내에 군사 십만 명을 양성하여 한양에 이만 명과 각 도에 일만 명씩을 두고 위급한 사태를 대비해야 합니다."라고 말하며 대신들을 설득했어. 이것이 유명한 이이의 '십만양병설'이야. 그러나 평소에 이이를 시기하던 대신들은 이이의 주장을 받아들이지 않지. 나라의 예산이 없다는 이유로 반기를 들었고 선조도 이이의 주장을 묵살해 버려.

하지만 이이가 십만양병설을 주장한 지 9년이 지난 선조 25년(1592년), 이이의 예상대로 온 나라를 불바다로 만든 임진왜란이 일어나게 되지. 이토록 학문이 깊고 식견이 넓었던 이이는 선조 17년(1584년) 48세의 나이로 별세하여 법원읍 자운산 기슭, 현재의 자운서원에 묻혔어. 저서로는 학교모범, 성학집요, 격몽요결, 소학집주 등과 이를 집대성한 율곡전서가 있어. 인조 2년(1624년) 문성(文成)이란 시호가 내려졌고 숙종 7년(1681년) 문묘에 배향되었지. 율곡 이이와 관련이 깊은 지역이 세 곳 있어. 그 중 첫째가 경기도 파주고, 둘째는 강원도 강릉, 셋째는 황해도 해주의 석담이라는 곳이야. 경기도 파주는 대대로 율곡 선생의 집안이 자리를 잡아 살던 곳으로 현재도 화석정, 자운서원 등 율곡과 관련된 유적이 있어. 그리고 강원도 강릉은 이이의 외가가 있던 곳으로 이곳에서 태어나 6세까지 자란 고향이지. 현재도 오죽헌과 송담서원이 남아 있어. 해주의 석담은 이이의 셋째 부인의 고향이야. 율곡 선생은 아들을 얻지 못해 부인 셋을 두었는데, 셋째 부인이 첫 아들을 낳았고 둘째 부인이 둘째 아들을 낳았지. 첫째 부인인 곡산 노씨는 딸 하나를 낳았지만 일찍 죽고 더는 자식을 낳지 못했어.

율곡 선생은 이중에도 파주와 석담을 좋아했던 것으로 전해지고 있어. 시간이 날 때면 파주와 석담을 들렀고 대부분의 학문 연구도 이곳에서 이루어졌거든. 이이 선생의 호인 율곡과 석담도 각각 이 두 지역의 지명을 그대로 딴 것이지.

퇴계 이황(李滉)

1534년(중종 29) 식년문과에 을과로 급제하고 특정자, 박사, 정언, 교리 등 여러 청의 요직을 거쳐 1542년 충청도 암행어사가 되고 이어 문학, 장령 등을 지낸 뒤 대사성이 되었다. 그 후 사복시정·응교를 거쳐 단양과 풍기의 군수를 지내고 1554년 형조와 병조의 참의에 이어 첨의중추부사를 역임했으며, 그 후 부제학, 공조참판을 지냈다.

1566년(명종 21) 공조판서에 이어 예조판서를 지내고, 1568년(선조2) 우찬성을 거쳐 양관 대제학을 역임한 뒤 고향에 은퇴했다. 주자학을 집대성한 대유학자로서 이이(李珥)와 함께 유학계의 쌍벽을 이루었으며, 도산서당(陶山書堂)을 창설하여 후진 양성과 학문연구에 전심하며 끝까지 학자적 태도에만 철저했다.

시문은 물론 글씨에도 뛰어났다. 겸허한 성격의 학자로서 중종, 명종, 선조의 지극한 존경을 받았다. 영의정에 추증, 문묘 및 선조의 묘정에 배향. 단양의 단암서원, 예안의 도산서원 등 전국 수십개 서원에 제향되었다.

광해군 때 **허준**이 저술한
의학책 『동의보감』이 있지.

이 책은 한국 의학의 우수성과 민족적 재능을 과시할 만한 쾌거라고 할 수 있을 거야. 『동의보감』이 처음에 어떻게 해서 만들어졌느냐 하면 선조 때 왕의 명령에 의해서 시작되었어. 선조는 내의원에 편찬국을 두고 허준, 양예수, 이명원, 정작, 김응탁, 정예남 등이 참여하여 만들게 되었지. 말하자면 한나라 때에 이미 체계화를 이룬 한의학을 중심으로 민족의학을 정립시키는 대역사에 착수한 거야. 정말 어렵고도 뜻깊은 작업이었지.

1592년부터 1595년까지 조선은 임진왜란을 겪으면서 국토는 황폐해지고 백성들은 기아와 질병으로 허덕였어. 그래서 나라에서 많은 약초들이 생산되는데도 사람들이 알지 못하였지. 그렇게 해서 약초를 민간에서 부르는 이름으로 분류하고 한글로 써서 백성들로 하여금 알기 쉽게 하라는 왕의 명령이 있었던 거야. 하지만 당시 조선은 임진왜란중이었고 전쟁이 완전히 끝이 나지 않았기 때문에 이 같은 방대한 분량의 책을 만들어내기란 매우 힘든 작업이었어. 작업에 착수한 1년 후 정유재란이 발발하고 급기야 편찬 작업은 중단될 수밖에 없었지. 정유재란 이후 의서의 편찬은 허준에게 맡겨지게 돼.

1600년 10월 우두머리 의사였던 양예수가 사망함에 따라 허준이 그 자리를 대신하게 되었거든. 허준은 『동의보감』 편찬을 자신의 일생의 사업으로 추진할 것을 결심하고 집념으로 저술에 임했어. 허준은 고전에 대한 해박한 학식을 토대로 풍부한 임상경험을 살려 저술에 전념했지. 그 결과 『동의보감』을 완성시킴으로써 실용적인 의술의 구체화를 이룰 수 있게 됐어. 『동의보감』은 편찬을 시작한지 14년 만인 1610년(광해군 2년)에 마침내 25권이라는 방대한 의서가 완성되었지.

이 책은 내과에 관계되는 내경편 4권, 외과에 관한 외형편 4권, 유행성병·급성병·부인과·소아과 등을 합한 잡병편 11권, 약제학·약물학에 관한 탕액편 3권, 침구편 1권, 목차편 2권까지 총 25권으로 되어 있다. 『동의보감』의 편찬 방법은 각 항목에 증상과 처방의 실질적인 것을 빠짐없이 선택 수록하였을 뿐만 아니라, 그 근거가 되는 책이 밝혀져 있어. 그렇기 때문에 각 증상에 대한 과거 처방기록과 현재의 처방을 일목요연하게 파악할 수 있게 했지. 그밖에도 민간요법을 기재하기도 했어. 『동의보감』을 높이 평가

하는 데는 여러 가지 이유가 있어. 먼저 도교적 철학적 이론과 실용주의적 사상을 적용하여 정확성과 실용성에 중점을 두었어. 그 때까지 번잡하기만 했던 많은 의서의 의술적 장점들만을 모았고 또 그 중 최고의 것만을 골라내어 의학이론과 임상에 완벽한 조화를 이루게 한 거지. 그리고 허준의 의학사상의 중심이 되고 있는 정(精)·기(氣)·신론(神論)에 근본을 두고 우리 몸 속 기관들의 생리적 기능 이상과 그 직접적인 증상을 일괄하여 새롭게 다루었다는 점이야. 이건 지금의 정신 신체의학과 같다고 할 수 있겠지.

다시 말해서 의술의 기본은 정신수양과 건강의 증진에 힘을 쓰는 것이고, 복약과 치료는 2차적 의의로 생각했어. 이것이 『동의보감』 전편의 일관된 중요한 특징이야. 350여 년 전에 현대 의학의 선구적인 학설과 치료법이 이미 강구되었다는 사실은 놀라지 않을 수 없는 일이지. 또 『동의보감』은 중국에서 나는 약재가 아닌 우리나라에서 나는 약재를 권장했고 약재를 학문적인 용어가 아닌 사람들이 일반적으로 부르는 이름을 일일이 한글로 기록해 약초를 캐서 사용하는데 편리하도록 한 점이지.

더 놀라지 않을 수 없는 건 각 처방약의 용량에 대한 관심인데, 옛 중국책의 기록에 표시된 것은 용량이 너무 많아 우리 체질에 적당치 않았어. 그래서 『동의보감』에서 이를 지적하고 오랫동안의 임상경험으로 얻은 지식을 살려 표준용량의 기준을 만들어냈지. 그리고 적당한 양을 처방토록 하고, 그 복용 방법까지 기록했던 거야. 이런 『동의보감』의 우수성은 지금도 널리 인정을 받고 있어. 세계 각국에서 『동의보감』의 학술적인 가치가 높이 평가되어 몇몇 나라에서 번역 출판됨으로써 세계적인 의서로 각광을 받고 있지.

그렇다면 허준은 어떤 사람이길래 이런 세계적인 의서를 저술할 수 있었을까. 허준은 1546년(명종 즉위년) 무인 집안의 아들로 태어났어. 허준의 할아버지는 무과 출신으로 경상도 우수사를 지낸 허곤이고, 아버지는 평안도 용천에서 부사를 지낸 허륜이란 사람이지. 허준은 정실부인에게서 태어난 자식이 아니라 다른 부인에게서 태어난 서자였기 때문에 문과에는 응시할 수 없었지. 그래서 중인신분의 사람들이 응시할 수 있는 의과에 응시하여 의관이 되었고, 주로 궁 안 사람들을 돌보는 내의원에서 일하였어.

그는 선조 8년(1575) 2월 15일 의관 안광익과 함께 선조를 진찰한 뒤 임금을 비롯한 궁중 인사의 병을 치료했어. 그 뒤 허준은 내의원에서 의술을 인정받아 내의와 태의를 거쳐 임금을 전문적으로 돌보는 자리인 어의에까지 오르게 돼. 하지만 허준은 『동의보감』을 편찬하는 과정에서 큰 시련을 겪게 돼. 1608년 집필이 절반도 이루어지기 전에 선조의 죽음을 맞이했지. 그런데 사간원과 사헌부에서 왕의 사인을 허준이 매우 차가운 약을 함부로 사용했기 때문이라고 생각했어. 그래서 광해군에게 큰 벌을 내릴 것을 요구했어. 하지만 광해군이 허준을 처벌하지 않고 가볍게 귀양가는 선에서 일을 마무리지어. 왜냐하면 광해군이 어릴 때 허준이 병을 고쳐주었던 것이 계기가 돼서 허준은 광해군의 총애를 받고 있었기 때문이야.

허준은 짧은 시간 귀양살이를 보내고, 다시 재등용되어 한국 의학의 대표적 의서라 할 수 있는 『동의보감』을 편찬하게 된 거야. 허준은 1615년(광해군 7년) 보국 숭록대부양평군의 직위로 선조의 고향인 양천의 공암 아래에서 70세로 생애를 마치게 돼. 그런데 허준이 숭록대부양평군이 '보국(정1품으로 의정의 반열임)'이라는 최고의 명예를 얻을 수 있었던 이유는 광해군이 이조에 명하여 허준을 보국으로 추증하였기 때문이야.

허준은 뛰어난 실력과 왕의 총애로 인해 동료 내의로부터 시기와 질투를 받아. 사간원과 사헌부로부터 건방지다, 교만하다 등의 평을 받아 탄핵되기도 많이 했지. 하지만 허준은 왕을 모셨던 의사로서 죽을 때까지 왕의 총애를 듬뿍 받을 수 있었던 건 참으로 행복한 일이야.

🌸 양예수(楊禮壽)

의술에 능하고 박학하여 1563년(명종18) 내의로 순회세자의 병을 치료했으나 세자가 죽어 투옥되었다가 곧 석방되어 이듬해 예빈시판관이 되었다. 1565년 어의로서 명종의 신임을 받아 통정대부에 오르고, 명종을 임종까지 간호했다.

왕의 죽음으로 한때 투옥되었다가 곧 의관으로 복직했고, 1586년(선조19) 가의대부, 1595년 중추부동지사가 되었으며, 이듬해 태의로서 『동의보감』의 편집에 참여했다. 선조 초에 박세거, 손사명 등과 『의림촬요』를 저술하였다.

정약용은 영조 38년
진주 목사를 지낸
정재원의 넷째 아들로 태어났어.

아버지에게 글을 배우며 어린 시절을 보냈지. 그 당시 사도세자가 죽어 벽파가 득세를 하고 있던 터라 남인인 정재원은 벼슬을 그만 두고 고향에 내려와 조용히 살고 있었어.

1768년, 아버지가 영천현의 현감으로 있을 때 6살 꼬마였던 정약용은 이런 글을 지어 사람들을 놀라게 했어.

작은 산이 큰산을 가리니 거리가 멀고 가까운 까닭이로다.

1770년 정약용의 나이 9세 때 어머니가 세상을 떠났지. 1776년 정조가 즉위하자 남인들은 다시 등용되었는데 그때 정재원도 호조좌랑에 임명되어 가족들은 아버지를 따라 서울로 올라왔지. 그 해 정약용은 홍화보의 딸과 혼인했어. 서울에 사는 정약용의 외 증조부 윤두수의 집에는 수천 권의 책이 있었는데 정약용은 책 읽기를 좋아해서 윤두수의 집에 자주 갔어. 어떤 때에는 나귀 등에 책을 잔뜩 싣고 집으로 오기도 했지. 이때부터 정약용은 대학자들과 가까이 지내게 되었어. 정약용은 매형 이승훈을 통해 그의 외삼촌인 이가환과 자주 어울렸어. 이가환이 누구냐구?

이가환은 이익의 손자로 이름난 실학자 중 한 명이야. 정약용은 이익이 지은 『성호사설』과 『곽우록』을 읽고 실학을 알게 되어 깊은 감명을 받았대. 1780년 정약용은 과거 시험을 보았는데 실패하고 말았어. 그 다음해에 다시 도전해서 소과(생원과 진사를 뽑는 시험)의 초시(1차 시험)와 본시에 합격해 진사로 벼슬길에 오를 수 있었지. 정약용은 그에 만족하지 않고 꾸준하게 공부했어. 그는 새로운 학문을 접하고 있는 이벽을 찾아가 토론하기를 좋아했지.

이벽은 정약용의 큰형인 정약현의 처남이라 정약용과는 사돈지간이야. 정약용의 명석함과 학문의 열성이 정조의 귀에 들어갔고 정조가 정약용을 불러 이야기를 나눠 보니 과연 출중하다 느꼈음이 당연지사. 그래서 정조는 정약용에게 경연(임금이 학문을 닦기 위하여 학식과 덕망이 높은 사람을 불러 강론을 하게 한 일)을 맡겼어. 정약용의 나이 22세 때 이벽으로부터 서학에 관한 이야기를 듣고 『천주실의』를 읽게 되었어. 이 책을 읽고 나니 세상이 달라 보이게 됐다는 거야. 지금까지 배운 학문은 우리 생활에 아무런 도움이 되지 않는 학문임을 정약용은 깨달은 거지. 그래서 그는 천문,

지리, 건축, 수리, 측량 등 과학 서적을 닥치는 대로 읽고 지식을 쌓아 나갔어. 정약용이 서학을 가까이 한 것은 천주교보다는 서양 과학쪽에 관심을 가졌기 때문이야. 그러다가 이승훈의 권유로 형제들과 같이 영세를 받고 천주교를 믿기 시작했지. 1789년 식년 문과 갑과 시험에 합격하여 '가주서'라는 벼슬을 받은 그는 강에 놓을 다리의 설계도를 작성하여 정조 임금을 깜짝 놀라게도 했다는 거야.

정조의 신임이 두터워지니까 이를 시기하는 공서파들이 정약용이 서학을 믿는다고 상소문을 올렸지 뭐야. 공서파의 공격에 정조도 하는 수 없이 정약용을 충청남도 한 작은 고을인 해미로 귀양을 보내고 말았어.

"그대는 어찌하여 말 많은 서학을 깊이 공부하였는가? 서학만 믿지 않았다면 내가 왜 그대를 귀양보내겠는가?"

정조는 정약용을 귀양보내면서 이렇게 이야기했어. 이것만 보더라도 정조가 정약용을 얼마나 깊이 아꼈는가를 알 수 있지. 정조는 10일 만에 정약용을 풀어 주고 홍문관 수찬의 벼슬을 주어 서울로 불러들였지. 이 벼슬은 궁중의 경서와 역사의 기록, 문서를 관리하고 학문을 연구하여 임금이 묻는 질문에 답하는 직책이란다. 정조는 아버지 사도 세자의 묘를 수원으로 옮기고 수원성을 쌓을 결심을 하고 정약용에게 부탁했어. 정약용은 청나라에서 들어온 성을 쌓는 기술이 적혀 있는 '기기도설'이 담겨 있는 『고금도서집성』이라는 책을 읽으며 연구를 거듭했고, 마침내 그는 서양식으로 쌓는 '수원성제'라는 글을 써서 정조에게 바쳤어. 그리고 성을 쌓는 데 필요한 기구도 연구해서 올렸지. 글을 읽어 본 정조가 기중가설이 무엇이냐고 물었어.

"무거운 물건을 들어 올리는데 쓰이는 신식 기구로, 이름은 거중기입니다."

거중기는 지금의 기중기와 같은 것으로 여러 책을 본 정약용이 연구해 낸 거라는 사실을 꼭 알아둬야 해. 무거운 물건을 사람들이 들어올리는 대신 거중기를 사용하니까 시간은 물론 비용도 훨씬 절약되었어. 수원성은 2년 만에 완성되었는데 그 당시 만들어진 우리 나라 성 중에서 가장 발달된 양식을 가지고 있단다.

정약용의 나이 32세 때, 경기도 관찰사 서용보의 부패가 극에 달해 정조는 정약용을 암행어사로 임명하여 내려보냈어. 소문대로 백성들은 서용보의 등쌀에 죽지 못해 살고 있었지. 정약용은 서용보의 죄상을 낱낱이 적어 임금에게 보고했어. 당장 서용보는 파직되었어. 여기에 앙심을 품은 서용보는 정약용을 죽이기 위해 몇 차례 계략을 꾸몄어.

1795년 청나라 신부 주문모가 몰래 입국하여 전도를 하자 천주교 신자가 급속도로 늘어났어. 이 일이 문제가 돼서 정약용은 충청도 금정의 찰방(각 도의 역마에 관계되는 일을 맡아보는 벼슬)으로 좌천되었어. 한적한 곳에 있게 된 정약용은 이황의 학문 세계에 빠져

『도선사숙록』이라는 책을 펴냈어. 이 책에는 이황이 지은 『퇴계집』을 읽고 가진 의문점이나 느낀 점 등이 세 항목으로 되어 있어. 나중에 정조가 불러 용양위(다섯 군대이니 오위 가운데 하나)에 잠시 있다가 규장각 부사직을 거쳐 1797년 승지에 오르게 돼. 이때 정약용은 정조의 명을 받아 『규장전운』이라는 책을 만들었는데, 이 책은 한자의 음을 표기한 일종의 사전이야. 공서파의 공격은 그치지 않았어. 그래서 정약용은 자신의 입장을 해명하는 자명소를 써 임금에게 올렸어. 정약용은 자명소에서 천주교를 믿게 된 동기는 천주교자체에 관심을 가졌던 것보다는 서양의 학문에 접근하기 위해서였다며 벼슬에서 물러날 뜻을 비추지.

정약용을 아끼는 정조는 그를 공서파의 화살을 피하도록 하기위해 황해도 곡산의 도호부사(종3품의 지방관)로 임명했고 정약용은 자신의 몸을 돌보지 않고 지방을 잘 다스려 나쁜 풍습을 하나하나 고쳐 나갔지. 한 번은 이 지방에 천연두가 유행해서 많은 사람들이 고생을 했는데 의학에 관심이 있었던 정약용은 『마과회통』이라는 의학책을 펴내서 천연두의 예방과 치료에 많은 도움을 주었어. 다시 서울로 올라온 정약용은 여러 벼슬을 두루 거쳐서 형조참의에올랐지.

1800년 6월 정약용을 남달리 총애하던 정조가 세상을 떠나고 정약용은 당파 싸움으로 물든 조정에 더 이상 있고 싶지 않아 낙향하고 말았어. 순조 1년(1801년) 신유사옥이 일어나 천주교가 박해를 당하자 그의 형 정약전은 흑산도로 귀양가고, 셋째 형 정약종은 순교했고, 정약용은 귀양을 갔어. 정약용은 강진에서 저술과 독서로 시간을 보냈는데 그의 아호인 '다산'도 이때 붙여진 거야. 그는 『경세유표』등 많은 책을 펴냈는데 그의 대표작으로는 『목민심서』 48권도 이때 만들어졌어. 그는 『목민심서』를 벼슬아치들의 폐단을 제거하기 위한 목적으로 썼어. 이 책에는 지방관이 수령으로 임명되어 그 고을에 부임해 올 때, 고을을 다스리는 동안, 떠날 때까지 가슴속에 명심해야 할 일들을 모두 12편으로 나누어 자세하게 써 놓은 책이야.

이론보다는 정약용이 목민(백성을 잘 다스리는)관으로 있을 때 경험한 일을 자세히 써 놓았기 때문에 생생하게 읽을 수 있지. 1818년, 정약용은 18년 간 귀양살이를 끝내고 집으로 돌아왔어. 고향에 돌아와서도 『흠흠신서』, 『상서고훈』등 수많은 책을 썼어. 그의 저서는 『여유당집』2백 50권, 『다산총서』2백 46권 등 5백이 넘지만 전해지는 것은 얼마 되질 않아. 정약용은 자신의 저서를 통해서 한 마을을 단위로 해서 토지를 공동 소유해 농사를 지은 뒤 수확량을 노동량에 따라 나누는 공동 농장 제도를 주장했어. 이것을 '여전론'이라고도 해.

또 임금은 백성을 위해 존재한다고 하면서 백성들의 이익과 의사가 적극적으로 반영될 수 있는 정치 제도로 개선해야 된다고 주장했어. 정약용은 그 당시 새로 일어난 신학문을 혼자의 힘으로 총

괄 정리해서 완성한 실학파의 대표라고 말할 수 있어. 그래서 위당 정인보는 정약용을 이렇게 극찬하기도 했단다.

"선생 1인에 대해 깊이 살피어 연구하는 일은 곧 조선의 연구요, 조선 근대 사상의 연구이다!"

🍀 퇴계집 목판본

원집(原集) 49권, 별집(別集) 1권, 외집(外集) 1권, 속집(續集) 8권, 연보(年譜) 3권, 언행록(言行錄) 6권. 1598년(선조 31) 간행. 내용은 시(詩)·교(教)·소(疏)·차(箚) 및 제문(祭文)과 행장(行狀) 등의 27항목으로 나누어져 있다.

이 가운데 '도산십이곡발(陶山十二曲跋)'이라는 간단하게 적은 글이 있는데, 이는 자신이 '도산십이곡'을 짓게 된 연유와 조선의 가요를 평한 글로, 퇴계의 문학관을 살필 수 있는 좋은 자료이다.

연암 박지원은 뛰어난 학자이자
천부적인 문장가야.

그는 일찍이 경서와 역사서를 처음부터 끝까지 내리 읽고 천문지리와 병법, 농업, 경제에 이르기까지 광범위한 공부로 19세 때 벌써 학계에 두각을 나타내기 시작하였지. 그러던 중 박지원의 일생에 일대 전기가 된 것은 사신의 수행원으로 청에 다녀온 후였어. 그의 『열하일기』(정조 4년, 1780년)도 이때 쓴 기행문이야.

박지원의 작품들은 그 표현이 지극히 섬세하고 또 재치와 익살을 교묘하게 구사하였기 때문에, 읽는 이로 하여금 흥미를 폭발시켰지. 그의 한문학은 중국의 전형을 탈피한 이른바 한국적인 한문체를 확립하였다는 점에서 특이할 만해. 박지원의 작품이 단지 새로운 문체로서만 평가되는 것만은 아니야. 『열하일기』에 수록되어 있는 '허생전'을 한 번 보면 더욱 이해가 쉬울 거야.

허생은 묵적골(墨積洞)에 살았다. 곧장 남산(南山) 밑에 닿으면, 우물 위에 오래 된 은행나무가 서 있고, 은행나무를 향하여 사립문이 열렸는데, 두어 칸 초가는 비바람을 막지 못할 정도였다. 그러나 허생은 글 읽기만 좋아하고, 그의 처가 남의 바느질품을 팔아서 입에 풀칠을 했다. 하루는 그 처가 몹시 배가 고파서 울음섞인 소리로 말했다.

"당신은 평생 과거를 보지 않으니, 글을 읽어 무엇합니까?"

허생은 웃으며 대답했다.

"나는 아직 독서를 익숙하게 하지 못하였소."

"그럼 장인바치 일이라도 못하시나요?"

"장인바치 일은 본래 배우지 않았는 걸 어떻게 하겠소?"

"그럼 장사는 못하시나요?"

"장사는 밑천이 없는 걸 어떻게 하겠소?"

그러자 처는 왈칵 성을 내며 소리쳤다.

"밤낮으로 글을 읽더니 기껏 '어떻게 하겠소?' 소리만 배웠단 말씀이오? 장인바치 일도 못한다, 장사도 못한다면, 도둑질이라도 못하시나요?"

허생은 읽던 책을 덮어 놓고 일어나면서, "아깝다. 내가 당초 글 읽기로 십 년을 기약했는데, 이제 칠 년인 걸……." 하고 획 문 밖으로 나가 버렸다. 허생은 거리에 서로 알만한 사람이 없었다. 바로 운종가(雲從街)로 나가서 시중의 사람을 붙들고 물었다.

"누가 서울 성 중에서 제일 부자요?"

변씨(卞氏)를 말해 주는 이가 있어서, 허생이 곧 변씨의 집을 찾아갔다. 허생은 변씨를 대하여 길게 읍(揖)하고 말했다.

"내가 집이 가난해서 무얼 좀 해보려고 하니, 만 냥(兩)을 꾸어 주시기 바랍니다."

변씨는 "그러시오" 하고 당장 만 냥을 내주었다. 허생은 감사하다는 인사도 없이 가버렸다. 변씨 집의 자제와 손들이 허생을 보니 거지였다. 실띠의 술이 빠져 너덜너덜하고, 갖신의 뒷굽이 자빠졌으며, 쭈그러진 갓에 허름한 도포를 걸치고, 코에서 맑은 콧물이 흘렀다. 허생이 나가자, 모두들 어리둥절해서 물었다.

"저 이를 아시나요?"

"모르지."

"아니, 이제 하루 아침에, 평생 누군지도 알지 못하는 사람에게 만 냥을 그냥 내던져 버리고 성명도 묻지 않으시다니, 대체 무슨 영문인가요?"

변씨가 말하는 것이었다.

"이건 너희들이 알 바 아니다. 대체로 남에게 무엇을 빌리러 오는 사람은 으레 자기 뜻을 대단히 선전하고, 신용을 자랑하면서도 비굴한 빛이 얼굴에 나타나고, 말을 중언부언 하게 마련이다. 그런데 저 객은 형색은 허술하지만, 말이 간단하고, 눈을 오만하게 뜨며, 얼굴에 부끄러운 기색이 없는 것으로 보아, 재물이 없어도 스스로 만족할 수 있는 사람이다. 그 사람이 해보겠다는 일이 작은 일이 아닐 것이매, 나 또한 그를 시험해 보려는 것이다. 안 주면 모르되, 이왕 만 냥을 주는 바에 성명은 물어 무엇을 하겠느냐?"

허생은 만 냥을 받고서 다시 자기 집에 들르지도 않고 바로 안성(安城)으로 내려갔다. 안성은 경기도, 충청도 사람들이 마주치는 곳이요, 삼남(三南)의 길목이기 때문이다. 거기서 대추, 밤, 감, 배며 석류, 귤, 유자 등속의 과일을 모조리 두 배의 값으로 사들였다. 허생이 과일을 몽땅 쓸었기 때문에 온 나라가 잔치나 제사를 못 지낼 형편에 이르렀다. 얼마 안 가서, 허생에게 두 배의 값으로 과일을 팔았던 상인들이 도리어 열 배의 값을 주고 사가게 되었다. 허생은 길게 한숨을 내쉬었다.

"만 냥으로 온갖 과일의 값을 좌우했으니, 우리 나라의 형편을 알 만하구나."

그는 다시 칼, 호미, 포목 따위를 가지고 제주도(濟州道)에 건너가서 말총을 죄다 사들이면서 말했다.

"몇 해 지나면 나라 안의 사람들이 머리를 싸매지 못할 것이다."

허생이 이렇게 말하고 얼마 안 가서 과연 망건 값이 열 배로 뛰어올랐다.

– 중략 –

허생은 나라 안을 두루 돌아다니며 가난하고 의지 없는 사람들을 구제했다. 그러고도 은이 십만 냥이 남았다.

"이건 변씨에게 갚을 것이다."

허생이 가서 변씨를 보고 "나를 알아보시겠소?" 하고 묻자, 변씨는 놀라 말했다.

"그대의 안색이 조금도 나아지지 않았으니, 혹시 만 냥을 실패 보지 않았소?"

허생이 웃으며, "재물에 의해서 얼굴에 기름이 도는 것은 당신들 일이오. 만 냥이 어찌 도(道)를 살찌게 하겠소?" 하고, 십만 냥을 변씨에게 내놓았다.

"내가 하루 아침의 주림을 견디지 못하고 글 읽기를 중도에 폐하고 말았으니, 당신에게 만 냥을 빌렸던 것이 부끄럽소."

변씨는 대경해서 일어나 절하여 사양하고, 십분의 일로 이자를 쳐서 받겠노라 했다. 허생이 잔뜩 역정을 내어, "당신은 나를 장사치로 보는가?" 하고는 소매를 뿌리치고 가버렸다. 변씨는 가만히 그의 뒤를 따라갔다. 허생이 남산 밑으로 가서 조그만 초가로 들어가는 것이 멀리서 보였다. 한 늙은 할미가 우물터에서 빨래하는 것을 보고 변씨가 말을 걸었다.

"저 조그만 초가가 누구의 집이오?"

"허생원 댁이지요. 가난한 형편에 글공부만 좋아하더니, 하루 아침에 집을 나가서 5년이 지나도록 돌아오지 않으시고, 시방 부인이 혼자 사는데, 집을 나간 날로 제사를 지냅지요."

변씨는 비로소 그의 성이 허씨라는 것을 알고, 탄식하며 돌아갔다. 이튿날, 변씨는 받은 돈을 모두 가지고 그 집을 찾아가서 돌려주려 했으나, 허생은 받지 않고 거절하였다.

"내가 부자가 되고 싶었다면 백만 냥을 버리고 십만 냥을 받겠소? 이제부터는 당신의 도움으로 살아가겠소. 당신은 가끔 나를 와서 보고 양식이나 떨어지지 않고 옷이나 입도록 하여 주오. 일생을 그러면 족하지요. 왜 재물 때문에 정신을 괴롭힐 것이오?"

변씨가 허생을 여러 가지로 권유하였으나, 끝끝내 어찌할 도리가 없었다. 변씨는 그때부터 허생의 집에 양식이나 옷이 떨어질 때쯤 되면 몸소 찾아가 도와주었다. 허생은 그것을 흔연히 받아들였으나, 혹 많이 가지고 가면 좋지 않은 기색으로, "나에게 재앙을 갖다 맡기면 어찌하오?" 하였고, 혹 술병을 들고 찾아가면 아주 반가워하며 서로 술잔을 기울여 취하도록 마셨다. 이렇게 몇 해를 지나는 동안에 두 사람 사이의 정의가 날로 두터워갔다.

어느 날 변씨가 5년 동안에 어떻게 백만 냥이나 되는 돈을 벌었던가를 조용히 물어보았다. 허생이 대답하였다.

"그야 가장 알기 쉬운 일이지요. 조선이란 나라는 배가 외국에 통하질 않고, 수레가 나라 안에 다니질 못해서, 온갖 물화가 제자리에 나서 제자리에서 사라지지요. 무릇, 천 냥은 적은 돈이라 한 가지 물종(物種)을 독점할 수 없지만, 그것을 열로 쪼개면 백 냥이 열이라, 또한 열 가지 물건을 살 수 있겠지요. 단위가 작으면 굴리기가 쉬운 까닭에, 한 물건에서 실패를 보더라도 다른 아홉 가지의

224

물건에서 재미를 볼 수 있으니, 이것은 보통 이(利)를 취하는 방법으로 조그만 장사치들이 하는 짓 아니오? 대개 만 냥을 가지면 족히 한 가지 물종을 독점할 수 있기 때문에 수레면 수레 전부, 배면 배를 전부, 한 고을이면 한 고을을 전부, 마치 총총한 그물로 훑어 내듯 할 수 있지요. 뭍에서 나는 만 가지 중에 한 가지를 슬그머니 독점하고, 물에서 나는 만 가지 중에 슬그머니 하나를 독점하고, 의원의 만 가지 약재 중에 슬그머니 하나를 독점하며, 한 가지 물종이 한 곳에 묶여 있는 동안 모든 장사치들이 고갈될 것이매, 이는 백성을 해치는 길이 될 것입니다. 후세에 당국자들이 만약 나의 이 방법을 쓴다면 반드시 나라를 병들게 만들 것이오."

– 후략 –

이는 곧 당시 집권층 성리학자들의 정치적 무능을 이야기한 것이며 실학자 박지원이 구상한 부국강병책을 소설로 나타낸 것이야. 박지원은 '허생전'을 통해서 사회 개조를 위한 이상과 실천 가능한 방법을 예시했던 것이지. 양반 계층을 신랄하게 풍자한 '양반전'도 빼놓을 수 없어. 환곡을 1천 석이나 얻어먹고 갚지 못해 투옥될 지경에 몰린 양반이 그 고을 사또의 주선으로 자신의 양반 신분을 팔기로 했어. 한 돈 많은 상놈이 양반 신분을 사서 한 동안 양반으로 행세하였으나 체면을 위해서 굶어도 배부른 척해야 하고, 추워도 화롯불을 가까이하지 않는 그런 양반 노릇은 도저히 할 수가 없었지. 그래서 견디다 못해 '양반'이란 신분 자체를 내던지고 말았다는 내용이야.

'양반전'은 양반층의 무능과 무위도식에 대해 날카로운 비판을 담고 있어. 양반 상놈의 구분에 얽매여 있던 당시로서는 파격적인 이야기였다고 할 수 있는 거지. 이렇듯 박지원의 소설은 형식과 내용의 양면에서 혁신적인 성격을 가지고 있다고 말할 수 있어. 고정 관념을 깨는 새로운 문체, 웃음과 재치, 나아가 사회 개혁의 방향까지 포함하고 있어서 우리 나라 근대정신의 토대가 되고 있는 거야.

✿ 흥부전에 나타난 조선 후기 농민들의 생활

흥부전을 보면 흥부 내외가 온갖 품팔이에 나서 간신히 연명하고 있음을 알 수 있다. '김매기', '밤짐 지기', '담 쌓는 데 자갈 줍기', '오뉴월 밭매기', '구시월 김장하기', '삼 삶기', '채소밭에 오줌 주기', '못자리내 망초 뜯기' 등이 그것이다.

그날그날 품을 팔아 살아가는 농민들의 고달픈 생활이 잘 나타나 있다. 이렇듯 문학 작품은 그 시대의 생활상을 그대로 보여 주기도 하고, 그 시대 사람들의 감정과 풍습, 희망과 소원을 담고 있다. 이렇듯 문학 작품을 통하여 피부로 직접 느낄 때 역사에 대한 이해도 좀더 인간적일 수 있는 것 같다.

조선 후기에 사회, 경제적인 역량이 성장하였어.

그러자 여러 사회 모순에 대한 저항의 분위기가 확산되어 갔어. 교육 기회가 늘어남에 따라 지식인이 양산되고, 경제력을 바탕으로 무사로서 입신하려는 사람들도 많아짐에 따라 정부에서는 문무 과거의 급제자를 크게 늘렸지만, 종래의 관직 체제와 인재 등용 방식으로는 더 이상 그들을 포섭할 수 없어 불만 세력은 점점 늘어만 갔지.

1728년(영조 4)의 이인좌난(李麟佐亂)은 주도층이 비록 과격한 소론 중심의 지배층이었지만 중간층 및 하층민들이 적극 참여함으로써 기층 세력의 저항이 격화되는 양상을 반영했단다. 특히 평안도는 활발한 상업 활동을 바탕으로 빠른 경제 발전과 역동적인 사회상을 보이고 있었지만 정치 권력으로부터 소외되어 지역민들의 불만이 더욱 커져갔어.

특히 용강의 평민 출신으로 유교와 풍수지리 등을 익힌 지식인이자 용력을 갖춘 장사(壯士)인 홍경래는 봉기 10년 전부터 각처를 다니며 사회 실정을 파악하고 동료들을 규합하였어.이들의 신분과 생업은 매우 다양할 뿐아니라 복잡하게 뒤섞여 있었지만, 용력을 갖춘 지식인이 총지휘를 하고 저항적 지식인이 참모를 맡았으며, 부호가 봉기 자금을 대고 뛰어난 장사들이 군사 지휘를 담당하는 형태가 되었지.

그 밑에 평양의 양시위, 영변의 김운룡을 비롯한 장사들이 군사 지도자로 참여했어. 이 장사들은 주로 홍경래의 조직활동에 의해 봉기의 인근 지역뿐 아니라 멀리 평안도 남부 및 황해도로부터 모여든 인물들이었으며, 봉기 당시 30~40명 가량이 적극적으로 항쟁하였단다.

박천의 김혜철, 안주의 나대곤 등 상인들도 아랫사람들을 거느리고 참여했어. 상인들은 특히 봉기 준비 단계에서 자금을 조달하고 군졸을 모으는 데 절대적인 성과를 올렸지. 주도 세력은 또한 철산의 정경행, 선천의 유문제 등 청천강 이북 각처의 권력을 쥐고 있는 명망가들과 행정 실무자들을 포섭하여 내응 세력으로 삼았어. 그들은 봉기군을 맞아들이고 자기 지역의 행정을 담당하였지. 가산의 대정강 인근 다복동에 비밀 군사 기지를 세워 내응 세력을 포섭하고 군사력과 군비를 마련한 주도층은 1811년(순조 11) 12월 18일에 봉기하였단다.

홍경래가 평서 대원수(平西大元帥)로서 본대를 지휘하여 안주 방면으로 진격하고, 김사용은 부원수로서 의주 방면을 공략하고, 김창시와 우군칙이 모사, 이제초는 북진군 선봉장, 홍총각은 남진 군 선봉장, 이희저는 도총을 맡았어. 결약을 맺어 서명한 인원에서 스스로의 의지가 아니었던 자들을 제외하면, 봉기 당시 군사 지휘 자와 주요 내응자는 약 60명이었던 것으로 추정되고 있지.

일반 군졸은 상인들이 운산의 금광에서 일할 광부들을 구한다는 구실로 임금을 주어 끌어들인 인물들로서, 대개 가산, 박천 지역의 땅 없는 농민이나 임금노동자들로 구성되었어. 봉기군 본대는 가산, 박천, 태천을 별다른 저항 없이 즉시 점령하였고, 북진군도 곽산, 정주를 점령한 후 어려움 없이 선천, 철산을 거쳐 이듬해 1월 3일에는 용천을 점령함으로써 의주를 위협했어. 점령한 읍에는 해당 지역의 토호, 관속을 유진장(留陣將)으로 임명해 수령을 대신하게 하였고 기존의 행정 체계와 관속을 이용하여 군졸을 징발하고 군량, 군비를 조달하였지.

봉기군은 청천강 이북의 여러 읍에서 기세를 올렸으나 영변에서 내응 세력이 발각되어 처형되고 경계태세가 정비됨으로써 병영이 있는 안주에 병력을 집중할 수 없는 어려움에 빠지고 시간을 지체하게 되었지 뭐야. 그 사이 전열을 정비한 안주의 관군과 12월 29일 박천 송림에서 격돌하였으나 패하였고 그날 밤 정주성으로 퇴각해 들어가 농성을 시작하게 되었어. 무자비한 관군의 약탈과 살

육이 행해지는 가운데 봉기군 지휘부가 함께 행동하자고 역설하였기 때문에 정주성에는 박천, 가산의 일반 농민들도 매우 많이 들어갔어. 북진군 역시 의주의 김견신, 허항이 이끄는 의주 민병대의 반격을 받은데다 송림전투에서 승리한 기세를 몰아 진격하는 관군에게 곽산 사송평에서 패전함으로써 군사를 해산하고 주요 인물들은 정주성에 들어갔지.

　그 후 정주성의 봉기군은 서울에서 파견한 순무영 군사와 지방에서 동원된 관군의 연합 부대에 맞서 전투를 계속하면서 오랫동안 성을 지켰으나, 땅굴에 들어가 성을 파괴한 관군에 의해 1812년 4월 19일 진압되었단다. 이때 2,983명이 체포되어 여자와 소년을 제외한 1,917명 전원이 일시에 처형되었고, 지도자들은 전사하거나 서울로 압송되어 참수되고 말지.

🏵 김사용(金士用)

조선 후기의 무신이다. 일명 사룡(士龍). 평안북도 태천 출생. 어려서부터 지략이 뛰어나 이목을 끌었다. 북부지방의 인사차별에 불만을 품고 있던 중 홍경래(洪景來)를 만나 반란계획에 찬동하여 음모를 도왔다. 1811년(순조 11) 혹심한 흉년으로 민심이 혼란해지자, 홍경래의 휘하에서 부원수(副元帥)로 북군을 이끌어 곽산을 점령하였다.

홍총각(洪總角)의 남군과 정주에서 합류하고, 전략적 요충인 안주를 공략하기 위해 박천 송림리(松林里)에 집결하였으나, 증강된 관군에게 격파되고 점령하였던 여러 고을도 점차 함락되었다. 이듬해 정주성에 모여 홍경래와 함께 최후의 항전을 지휘하다가, 관군의 유탄에 맞아 죽음을 맞는다.

김정희는 이조판서 김노경의 아들로, 양반집에서 태어났어.

그의 어머니 유씨가 임신한 지 24개월 만에 그를 낳았다는 전설이 있지. 김정희는 아들이 없는 큰아버지의 양자로 들어가 10세 때 고향 예산에서 서울로 올라왔어. 아버지는 시파여서 정순왕후와 그리 사이가 좋지 못했지.

김정희는 그때 규장각 검서관 박제가의 명성을 듣고 있었지만 신분이 낮아 사귈 생각을 하지 못했지. 그러다가 우연히 박제가를 만났는데 그는 청나라에 갔다 온 이야기와 그 나라의 새로운 학문에 대해 자세하게 이야기해 주었어. 김정희는 박제가의 인간성과 그의 학문에 반해 수업을 받게 되었어. 김정희는 박제가의 수업을 받는 동안 청나라에 가고 싶다는 생각이 간절했어. 이때 김정희의 글씨는 벌써 독특했단다.

20세 때, 부사로 가는 아버지를 따라 김정희도 청나라에 갔어.

청나라로 가는 길은 멀고도 힘들었지. 2천 리도 더 되는 길을 말을 타고 한 달이 넘게 갔으니까. 그러나 청년 김정희는 새로운 문물을 보는 재미에 피곤한 줄도 몰랐지. 김정희는 서점에 산같이 쌓여 있는 옛날 책들을 보고 크게 감탄하였어. 그리고 이름난 학자 조강을 만나 많은 이야기를 나누었지. 하루는 김정희가 시를 한 수 지어 글로 써 조강에게 주었단다.

"추사 선생! 글씨체가 퍽 독특하오. 그러나 아직은 부족한 것 같소이다. 내가 좋은 스승을 만나게 해주리다."

조강은 감탄을 하며 명성을 떨치던 옹담계 선생을 소개해 주었어. 78세의 옹담계 선생은 조선에서 온 젊은 학자를 친절히 맞아주었지. 옹담계의 집에서 김정희는 구양순의 글씨체를 처음 보았단다. 지금까지 그가 본 것은 대개 두서너 번 복사한 것이라 실감이 덜했었어. 그러다 진본을 보니 입이 절로 벌어졌지. 김정희는 옹담계의 아들 옹수곤과 같은 나이라 금방 친해질 수 있었어. 옹수곤은 자기가 연구하는 금석문(금석기, 비석 기타 유물 등에 새겨진 이름난 문장을 연구하는 학문)에 대해 자세히 이야기해 주었어. 이때부터 김정희는 금석문에 깊은 관심을 주어 후에 금석학을 연구하게 되지.

김정희는 청나라에서 이름난 학자들과 많은 교분을 가지고 학문을 연구하는 방법을 공부했어. 완원이라는 사람은 자기의 소제필기를 김정희에게 기증까지 해서 감격하게 만들었단다. 김정희는 자기의 글씨체가 우물 안 개구리였다는 것을 느끼고 역대 명필가의 필적을 연구해서 그들의 좋은 점만을 본떠 독특한 필체를 이룩하리라고 다짐했어.

이 결심이 나중에 '추사체' 라는 김정희만의 독특한 필체를 낳게 만들지. 김정희는 청나라의 학자들에게 고증학을 배우면서 조선의 학문이 청나라에 뒤떨어지는 것을 깊이 느끼고 안타까워했어.

"우리 나라는 너무 학문적으로 깊이가 없구나. 영조와 정조 임금께서 학문의 싹을 기르려고 하였으나 일찍 가셔서 그 아쉬움이 가슴을 치는구나. 지금 학자들은 학문 연구는 하지 않고 당파 싸움에 눈이 멀어 있으니 우리 나라의 학문의 길은 멀고도 멀었구나."

김정희는 청나라에서 경학, 금석학, 서화에 많은 영향을 받고 돌아왔지. 돌아와서 그는 고증학을 도입하였어. 청나라 옹수곤이 조선의 금석문을 보내달라는 부탁을 해오자, 김정희는 이를 계기로 조선에 있는 금석문을 조사하러 돌아다니지.

순조 19년, 김정희는 김경언과 함께 북한산 비봉을 찾으러 북한산에 올라갔어. 꼬불꼬불 험한 산길을 올라가니 북한산비가 있었어. 오랜 세월 동안 바람과 비와 눈을 맞아 글씨를 읽기 힘든 북한산비를 보며 김정희는 청나라를 생각했지. 그들이라면 이렇게 중요한 문화재를 내버려두지는 않았을 텐데……. 김정희는 조심조심 이끼를 긁어내며 한 자 한 자 읽어내려 갔어.

"여기에 '진흥태왕급중신등순수(眞興太王及衆臣等巡狩)' 라고

써 있소!"

"뭐라고?"

그들은 서로 바라보며 믿기지 않는다는 표정을 지었어. 이들은 이 비를 고려 때 임금이나 조선 초 무학대사가 세운 것이라고 들었기 때문이야. 그런데 이 비는 신라 때 세워진 비였던 거야.

"이 비는 신라 진흥왕이 이곳까지 와서 국경을 구경하고 그 기념으로 세운 비요. 우리도 옛것을 소홀히 하지 말아야겠다는 생각이 새삼 드는구려."

김정희는 68자를 알아내 일일이 적고 탁본까지 해서 산을 내려왔어. 이렇게 해서 이 비가 진흥왕 순수비라는 것이 세상에 알려지고 김정희의 이름 또한 널리 알려졌지.

1814년 김정희는 문과에 급제해 가문의 명예를 드높였어. 김정희는 규장각 대제로 있으면서 청나라에 몇 번이나 더 다녀오고 그 나라 학자들과 편지를 주고받으며 조선의 금석문을 계속 연구했지.

헌종 6년(1840년) 안동 김씨 김상헌이 대사헌이 되자 10년 전에 일어난 윤상도 사건을 문제삼아 경주 김씨를 몰아내려 했지. 안동 김씨들은 경주 김씨인 김정희의 아버지를 계속 몰아 붙였어. 화가 난 김정희가 아버지의 무죄를 주장하자 조정에서는 그를 제주도로 귀양보내고 말았어.

1848년에 풀려난 김정희는 실학파 학자들과 함께 '실사구시'를 주장했어. 1851년, 헌종의 묘천 문제로 다시 북청으로 귀양을 갔다가 이듬해 풀려났어. 김정희는 이러한 어려움을 겪고 탄식하였어.

"작은 나라에서 싸움만 일삼으니 되는 것이 없구나! 성현의 학문을 닦지 않고 자기의 명예와 재물만 얻으려는 사람들이 들끓는 조정이 이제는 싫다!"

김정희는 그 후 글씨 쓰는 데 몰두하여 추사체를 대성시켰어. 추사체는 구양순의 서체를 기둥으로 하여 저수량, 안진경, 미불, 유석암, 저 멀리 왕희지의 필법까지 고루 섞인데다 어떤 어려운 일이라도 해내겠다는 용기가 겹쳐 있어서 부드러우면서도 강했지. 특히 김정희의 예서(한자 서체의 하나. 진나라 때의 전서의 번잡한 것을 생략하여 만든 것)와 행서(한자 서체의 하나로 해서와 초서의 중간체)는 전무후무한 경지를 차지하고 있단다.

또 '실사구시설'을 책으로 만들어 근거 없는 지식이나 선입견으로 학문을 해서는 안 된다고 주장했지. 그는 종교에도 관심이 많아 청나라에 갔다 올 때 불경 4백여 권과 불상을 가지고 와 마곡사라는 절에 기증하였어. 그는 70세에 세상을 떠났으며 '묵죽도', '묵란도' 등의 작품과 책을 남겼지.

🌸 실사구시

　사실에 입각하여 진리를 탐구하려는 태도. 즉 눈으로 보고 귀로 듣고 손으로 만져보는 것과 같은 실험과 연구를 거쳐 아무도 부정할 수 없는 객관적 사실을 통하여 정확한 판단과 해답을 얻고자 하는 것이 실사구시이다.

　그 대표적 인물로 황종희(黃宗羲), 고염무(顧炎武), 대진(戴震) 등을 들 수 있고 그들의 이와 같은 과학적 학문태도는 우리의 생활과 거리가 먼 공리공론을 떠나 마침내 실학(實學)이라는 학파를 낳게 하였다.

　이 실학사상은 조선 중기, 한국에 들어와 많은 실학자를 배출시켰으며 이들은 당시 지배계급의 형이상학적인 공론을 배격하고 이 땅에 실학 문화를 꽃피우게 하였다. 그러나 실학파의 사회개혁 요구는 탄압을 받고 지배층으로부터 배제되었다.

　이 때문에 경세치용적(經世致用的)인 유파는 거세되고 실사구시의 학문방법론이 추구되었다. 그 대표적인 사람이 김정희(金正喜)이다. 그에 앞서 홍석주(洪奭周)는 성리학과 고증학을 조화시키는 방향에 섰지만, 김정희는 실사구시의 방법론과 실천을 역설하였다. 저서 『해국도지(海國圖志)』는 높이 평가된다.

조선시대에는 **사헌부와**
사간원이라는 곳이 있었어.

　이곳에서 일하는 사람들을 특별히 '언관(言官)'이라고 불렀지. 나라에선 이런 언관들이 열심히 일할 수 있게 지원과 관심을 아끼지 않았지. 사헌부와 사간원은 임금에게 바른 소리를 하는 역할과 관리의 비행을 조사하여 그 책임을 규탄하는 일을 맡은 기관이었어. 물론 요즘처럼 언론기관이 존재하진 않았지만, 국가 체제 유지에 필요한 긴장감이 유지되도록 자체적으로 비판하고 감시하는 기능이 필요했기 때문이야.

　당시 언관들은 왕과 고위 관료들이 유교적 가르침에 충실하도록 감시하고 이끄는 파수꾼이라는 의식을 갖고 있었어. 그리고 양반 계층의 뜻을 대변한다는 사명감 또한 강했지. 이 가운데 조광조는 언관으로서 부여된 소명에 최선을 다한 대표적인 인물이었어. 조광조는 유교 국가임을 내세운 조선왕조가 유교적 가르침대로 실천하기만 하면 모든 어려움을 이겨낼 수 있다고 생각했고, 조광조는 평생 이러한 원칙을 지키려고 무던히도 노력했던 사람이야. 그래서 그의 말에는 힘이 담겨져 있었으며, 중종 왕을 비롯한 당시의 지배자들은 속으로는 그를 싫어했을지 몰라도 그의 올바른 뜻을 따르지 않을 수 없었던 거야.

그는 젊은 나이에 조선 왕조의 도덕적 교사로서 존경을 받았고, 그럴수록 인심이 조광조에게 쏠렸어. 국민들에게 사랑받고 존경받는 정치가였던 거야. 그는 관직에 나아간 지 40개월이 채 안 된 1518년(중종 13년) 11월 언관에서 제일 높은 사헌부의 대사헌의 벼슬을 하게 되었지. 당시는 연산군을 물러나게 하고 중종을 왕위에 앉힌 직후였어. 그러나 조선은 매우 불안했어. 연산군을 물러나게는 했지만, 연산군의 폭정에 대한 책임 논쟁이 아직 가려지지 않았던 거야. 연산군을 몰아낸 그 주역들은 중종을 새 왕으로 앉히고 자신들을 1등 공신을 만들면서 많은 부와 특권을 차지했어.

공포를 자아낼 정도로 전제적 왕권을 휘둘렀던 연산군을 몰아낸 이들은 세상에 두려울 것이 없었지. 그러나 진정한 충신은 '목숨을 빼앗기더라도 왕에게 해서는 안 될 일을 지적하고 언행을 바로 잡도록 말을 하는 것'이라고 할 수 있지. 공신들은 바로 연산군 대에 고위 관직에 있던 사람들이었고, 이들은 그런 간언을 올린 사람들이 아니었어. 당시 양반들은 연산군이 물러난 것에 대해서는 어쩔 수 없는 일로 인정했지만, 연산군 대에 왕을 잘못 섬긴 사람들이 자신들의 왕을 내쫓고 모든 특권을 당연한 듯 누리는 것은 인정할 수 없었어. 조광조는 대사헌이 되면 이러한 그릇된 관료들에 대한 과감한 탄핵 활동에 나서야만 했어.

그러나 그것은 매우 위험한 일이었고 조광조도 그런 책임에서 멀어지고 싶어 거듭 대사헌의 자리를 사양했어. 하지만 그는 자신에게 쏠린 주변의 기대를 저버릴 수 없었던 거야. 그는 대사헌이 되자 먼저 과거제도 개혁을 주장했어. 그는 새로운 정치를 하기 위해서는 새로운 인재가 필요하다는 점을 잘 알고 있었기 때문이지.

그래서 그는 천거제(과거를 통하지 않고 추천을 통해 관리를 뽑는 제도)를 실시하자고 건의했어. 격렬한 반대에도 불구하고 그는 끝까지 주장을 굽히지 않았고, 그가 대사헌이 된 지 약 6개월 후인 1519년 4월 조선왕조에서 첫 천거제가 실시되어 28명의 급제자를 배출하게 되었어. 그가 인재 등용제도 개혁에 앞장 선 것은 정국공신들을 정치 일선에서 물러나게 하려는 의도와 깊은 관계가 있었지.

그는 정국공신들이 이끌어가는 정치 구조로는 새로운 희망을 가질 수가 없다고 믿었어. 천거제 실시는 그 첫 단계였고 그의 적들도 그 점을 알고 있었지. 그래서 정국공신들은 조광조가 천거제로 새로운 인재를 뽑은 다음 정국공신들을 제거하고 정권을 차지하려 한다는 불만을 토로했어. 이 같은 내용의 편지를 화살에 매어 궁궐에 쏘는 일도 공공연히 벌어졌어. 이것은 분명한 위협이었지만 조광조는 물러서지 않았어. 1519년 10월 조광조는 드디어 정국공신들을 정면으로 탄핵하는 상소를 올렸어. 그는 상소문에서 "정국공신 중에는 연산군의 신임을 받았던 사람들이 많은데 연산군이 선정(善政)을 이룰 수 있도록 말을 하지 못했다면 그것만으로 큰 죄를 범한 것"이라고 했어. 당시 연산군의 폭정이 너무 지나쳐서 공신들로서는 물러나게 할 수밖에 없었다면 후에라도 부끄러워하고 물러나야 한다고 생각했던 거야.

그는 섬기던 군주를 죽음으로 내몬 것을 공로라 생각하고, 어떻게 공신의 지위를 유지할 수 있는가 하고 공신들을 공격했어. 이러한 비판은 너무도 정곡을 찌른 것이기에 정국공신들은 조광조를 반박할 논리를 찾을 도리가 없었고 압력을 가한들 물러날 조광조도 아니었던 거야. 그래서 공신들은 중종에게 조광조를 제거하라고 위협을 가했어. 하지만 중종은 결국 정국공신들의 압력에 굴복하고 말아.

이렇게 해서 1519년(중종14년)에 '기묘사화'가 일어나게 됐고 조광조는 사약을 받고 죽음을 맞이하게 돼. 조광조의 죽음으로 그의 소망이 모두 물거품이 된 것 같았지만 결과는 그렇지 않았어. 조광조를 죽음으로 몰고간 사람들 대부분은 10여 년이 지나면서 서로 분열하고 죽이는 분쟁에 휩싸이게 됐던 거야. 그래서 기묘사화 이후 20여 년 이상 왕위에 있었던 중종은 신뢰할 수 있는 단 한 사람의 신하도 곁에 둘 수 없었고 결국 왕으로서 권위도 상실하고 말지.
그렇지만 조광조는 조선왕조의 도덕을 지킨 인물로서 역사에 길이
남는 존재가 된 거야.

🌸 천거제 (薦擧制)

내용적으로는 처음 관리로 선발하기 위한 것과 이미 관리로 선
발된 사람을 특정 직임에 임명하기 위한 것으로 구별되는데, 전자
의 천거제가 주류를 이루고 있다. 천거된 자들은 다시 '현량(賢
良)'이라고 통칭되는 과목을 시험하는 것이 일반적이었으나, 간혹
바로 선발되는 경우도 있었다. 시행 시기는 정기적으로 시행되기
도 하였고, 천재지변이 일어날 때 시행되기도 하였다.

원래 천거제의 의의는 '유일' 즉 한미한 가문 출신의 문사를 선발하여 국왕권의 강화를 의도한 것이었다. 때문에 추천 자격도 재추, 대성 등의 경관뿐만 아니라 지방관에게도 주어졌다. 하지만 고려 중기 이후에는 과거 음서 등을 통해 관리 신분을 획득한 자는 많이 있었으나, 이들이 담당할 관직은 제한되었다.

　　이에 따라 천거제의 관리선발 기능이 약화되어 과거제를 보완하는 기능으로 제한되었고, 이미 관리 신분을 획득한 자에게 관직을 제수할 때 주로 이용되었다. 조선시대에도 이미 관료체제가 정비되고 과거제를 통한 관리 선발이 정착되었기 때문에 천거를 통한 관리선발이 거의 활용되지 못하였다. 대신 관직 수여를 위한 천거제가 고려시대의 문제점을 보완하여 크게 정비되었다.

　　1519년(중종 14) 조광조의 제안으로 실시된 현량과(賢良科)의 시행은 천거제 본래의 의미를 회복하여 당시 훈구파에 의해 장악된 권력 집중을 타개하고 신진 사림의 관계 진출을 용이하게 하기 위한 조치였다. 하지만 이는 훈구파의 반격으로 곧 폐지되었고, 이후 명종 · 선조대에 현량과의 부활 논의가 있었지만, 천거제는 다시 시행되지 않았다.

서울의 중심인 **광화문 큰 길** 중앙에는 커다란 동상 하나가 서 있지.

보기에도 늠름하고 웅장한 장군 동상이 한 손에는 칼을 차고 근엄한 눈빛으로 지나가는 사람들을 바라보고 있어. 마치 우리들에게 무엇인가 말하고 있는 것 같아.

"너희들은 지금 무엇을 하고 있느냐, 내가 목숨을 바쳐 구한 이 나라를 위해 너희들은 무엇을 하고 있느냐."라고 말이야. 그 앞을 지나갈 때면 그 동상의 위용에 눌려서 저절로 우러러 보게 되지. 그리고 그 밑에는 조그맣게 축소되어 있는 거북선 한 척이 있어. 누구나 그것을 보면 동상의 주인공이 누구인지 알 수 있을 거야. 우리 민족의 영웅 충무공 이순신 장군이지.

임진왜란 당시 "내 죽음을 알리지 말라"며 끝까지 우리 나라를 위해 싸우신 그분. 생각만 해도 가슴이 찡해 오지. 이순신 장군은 이정이라는 사람의 네 아들 중 셋째로 태어났어. 이순신 장군의 집안을 살펴보면 고려 때 중랑장이라는 벼슬을 지낸 이돈수로부터 내려오는 문반(학문으로 벼슬을 함) 가문으로 장군은 그의 12대 손이 되지. 그의 할아버지 이백록은 조광조 등의 소장파 사림과 뜻을 같이하다가 기묘사화 때 참화를 당한 인물이었어. 그 후 아버지인 이정은 벼슬에 뜻을 저버리고 학문 연구에만 전념하게 되었고 장군이 태어날 즈음에는 집안 형편이 많이 기울어 가고 있었어.

이런 어려운 가정 형편에서도 이순신 장군은 늘 씩씩하고 당당하게 자랐어. 어린시절에는 늘 골목대장을 하며 친구들과 어울렸는데, 전쟁놀이를 하면서도 지략이 뛰어나 늘 승리를 하였다고 해. 그런 장군을 친구들은 대장이라 부르며 따르곤 했지. 또한 학문에도 게을리하지 않고 열심히 공부를 했어. 왜냐하면 공부를 통해 얻은 지식이 전쟁을 승리로 이끄는 힘이 된다는 것은 장군은 이미 어린 나이부터 알고 있었던 거지. 이순신 장군은 문반 집안임에도 불구하고 28세가 되던 1572년 무인 선발 시험인 훈련원 별과에 응시했어. 그런데 이때 아쉽게도 달리던 말이 거꾸러지는 바람에 말에서 떨어져 다리를 다치게 되었지. 그래서 장군은 다친 다리를 나무 막대로 고정시키고 끝까지 시험에 참여했다고 해. 하지만 결국 시험에 떨어지고 4년 뒤인 1576년 식년무과에 병과로 급제하여 권지 훈련원봉사로 처음 관직에 나가게 되었지. 그 뒤 함경도의 동구비보권관, 이듬해에 발포수군만호, 1583년에 건원보권관, 훈련원참군을 역임하고, 1586년 사복시주부가 되었어. 그 후 조산보 만호가 되었지만 이순신 장군의 앞날은 순탄하지 못했어.

만호로 있던 장군은 중앙에 국방 강화를 위해 군사를 더 보내줄 것을 요청했어. 하지만 조정에서는 들어주지 않았어. 그래서 그는 야인들의 침입을 받았을 때 적은 군사로는 막을 수 없었기 때문에 부득이 피하게 됐지. 하지만 이 일로 이순신 장군은 조정의 문책을 받게 되었고, 급기야 관직을 벗고 백의종군(벼슬 없이 전쟁에 참여함) 하는 지경에 처하고 말았다.

이렇게 이순신 장군은 여러 관직을 거쳐 47세가 되던 1591년에 전라좌도수군절도사가 되었어. 그는 전라좌수사로 부임하자 곧 왜군의 침입에 대비하여 전선을 제조하고 군비를 확충하는 한편, 군량 확보를 위해 해도에 둔전을 설치할 것을 조정에 요청하기도 했어. 그리고 이듬해인 1592년 4월 13일에 임진왜란이 일어나게 된 거지. 전란 소식을 접한 이순신 장군은 일단 임전 태세를 갖춘 뒤 전황을 면밀히 분석했어. 그리고 몇 번에 걸친 작전 회의를 끝낸 다음 5월 4일 새벽, 처음으로 85척의 선단을 이끌고 출전했어.

이때 한산도에서 원균의 선단을 만났는데 그가 이끄는 병력은 전선 3척과 협선 2척뿐이었어. 이순신 장군은 그와 연합 함대를 조성하고 5월 7일 옥포에서 왜군과 맞싸웠지. 이 싸움에서 적함 26척을 격파한 이순신 선단은 다음날 고성의 적진포에서 다시 적선 13척을 궤멸시켰어. 그 후 왜군 주력 함대가 서쪽으로 나아간다는 소식을 접하고 전라우수사 이억기와 연합 함대를 조성하려 했어. 하지만 경상우수사 원균으로부터 왜선 10여 척이 사천에 진출하였다는 통보를 받고 육지에 있는 그들을 바다로 유인했지. 그리고 난 후 거북선을 처음으로 진출시킨 가운데 왜군을 전멸시켰는데 아쉽게도 이순신 장군은 이 사천 싸움에서 왼쪽 어깨에 총상을 입게 되었어. 이후 당포에서 왜선 20여 척, 이억기와 함께 당항포에서 20여 척, 가덕도 부근에서 60여 척을 궤멸시키고 드디어 왜군의 본거지인 부산포를 공략할 계획을 세우게 된 거야.

부산포 해전에서 왜군은 약 100여 척이 불에 타거나 침몰하였고 살아남은 병사들은 육지로 도주했지만 조선의 병력은 약 30여 명이 희생되었지. 왜군의 피해에 비하면 경미한 것이었지만 그 동안 벌어진 전투에 비해서는 제법 큰 피해를 입은 셈이었어.

이렇게 해서 바다에서의 기세를 한층 드높인 이순신 장군은 1593년 삼도수군통제사(지금의 해군참모총장)가 되어 한산도에 본영을 설치하게 된 거야. 1594년부터 약 3년 동안은 명과 일본의 전쟁 종결을 위한 강화 회담이 진행되면서 전쟁이 소강 상태로 접어들었어. 하지만 이순신 장군은 잠시도 쉬지 않고, 이 기간을 이용하여 군사 훈련, 군비 확충, 피난민 생업 보장, 산업장려 등에 주력하며 일본군의 재침에 대비하였지.

1597년 명·일간에 진행되던 강화 회담이 결렬되자 일본군은 다시 재침을 감행했어. 하지만 이때 이순신은 원균의 상소와 서인 세력의 모함으로 감옥에 갇히는 몸이 되고 말아. 유성룡, 이원익

등은 상소를 올려 이순신 장군의 죄를 묻는 신문을 반대했으나 선조는 이를 묵살하고 이순신을 관직에서 물러나게 했어. 결국 이순신 장군은 또다시 백의종군하게 되었어. 이순신 장군이 백의종군하게 되자 삼도수군통제사는 원균이 맡게 됐어. 하지만 전술에 뛰어나지 못했던 원균은 이순신이 애써 키워놓은 수군과 함대를 모두 잃고 자신도 전사하게 되었지. 이에 선조는 어쩔 수 없이 이순신을 다시 통제사로 임명하게 돼. 장군이 통제사로 재임명되었을 때 조선 수군의 병력은 120명에 함대 12척이 고작이었지.

　하지만 뛰어난 전술과 강인한 정신으로 이 빈약한 병력과 함대로 이순신 장군은 명량해협에서 적함 133척을 맞아 싸웠어. 이 싸움에서 적함 31척이 파손되었으나 아군은 병사 몇 명이 부상을 당하는데 그치는 커다란 전공을 세우게 된 거야. 이순신 장군이 병영으로 돌아오자 다시 조선 수군의 주위에는 장병들이 모여들고 난민들도 줄을 이어 돌아오기 시작했어. 삽시간에 군사들의 수와 사기는 한산도 시절의 10배를 능가하게 되었지. 이렇듯 단시일에 바다를 장악하고 수군의 힘을 회복할 수 있었던 것은 이순신 장군의 개인적인 공이 매우 크지. 1598년 11월 퇴로를 찾고 있던 왜군은 드디어 500척의 함대를 이끌고 노량으로 밀려오게 된 거야. 이 해전에서 적은 불과 50여 척만이 겨우 퇴로를 열고 탈출할 정도로 대패하였고, 이순신 장군은 왜군의 유탄에 맞아 위대한 생을 마감하게 돼. 이때 이순신 장군의 나이는 겨우 54세였지. 실로 이 나라의 커다란 별 하나가 떨어지게 된 거야. 이순신 장군은 죽음의 순간에서도 나라를 걱정했고, 군사들을 생각했어. 자신의 죽음이 군사들에게 알려지면 군사들의 사기가 떨어져 전쟁에서 질지도 모르기 때문에 자신의 죽음을 전쟁이 끝날 때까지 알리지 말도록 지시한 거야.

그의 죽음을 불사한 노력 때문에 전쟁에서 크게 승리하였고, 나중에 장군의 죽음을 알게 된 군사들은 슬픔을 감추지 못했어. 전쟁이 끝난 후 왕은 이순신 장군을 1등 공신의 좌의정으로 추대하였고, 몇 년이 지나서는 영의정까지 추대되었으며, 또한 왕이 친히 지은 비문과 충신문(忠臣門)이 건립되었고, 여러 곳에 장군의 영정도 봉안되었어. 이순신 장군은 시문에도 능하여 전쟁중에 쓴 『난중일기』가 당시의 상황을 잘 보여 주는 작품으로 지금까지도 많은 사람들에게 읽혀지고 있지.

🐟 난중일기(亂中日記)

충무공 이순신이 임진왜란 7년 동안의 전쟁 중에 쓴 일기. 7책. 부록 1책. 빠진 부분도 있으나, 임진왜란이 일어나던 해(1592년)로부터 끝나던 해(1598년)까지의 일을 간결, 명료하게 기록하고 있는 대단히 중요한 전적(典籍) 중의 하나이다. 이 책은 일기와 서간첩 및 임진장초와 함께 국보 제76호로 지정되었다. 국난을 극복해낸 수군사령관으로서 충무공의 엄격하고도 지적인 진중생활을 평이한 문장으로 기록하고 있다. 특히 그 내용을 요약해 보면, 유비무환의 진중생활, 인간 이순신의 적나라한 모습과 생각, 부하를 사랑하고 백성을 아끼는 마음, 부하에 대한 사심없는 상벌의 원칙, 국정에 대한 솔직한 간언, 군사행동에 있어서의 비밀 엄수, 전투상황의 정확한 기록, 가족 친지 부하장졸 내외 요인들의 내왕 관계, 정치 군사에 관한 서신 교환 등이 수록되어 있다.

난중일기의 가치는 첫째, 임진왜란 7년 동안의 상황을 가장 구체적으로 알려주는 일기로서, 전란 전반을 살피는 사료로서의 가치와 나라의 위급을 구해낸 영웅의 인간상을 연구할 수 있는 자료라고 할 수 있다. 둘째, 생사를 걸고 싸우던 당시의 진중일기로서그 생생함이 더욱 돋보이며, 단순한 전쟁사 이상의 가치가 있다. 셋째, 그 당시의 정치, 경제, 사회, 군사 등 여러 부문에 걸친 측면사와 특히 수군의 연구에 도움을 준다. 넷째, 충무공의 꾸밈 없는 충(忠) 효(孝) 의(義) 신(信)을 보여 주는 글이라는 점에서 후세인들에게 큰 귀감이 되고 있다. 다섯째, 무인의 글답게 간결하고도진실성이 넘치는 문장과 함께 그 인품을 짐작케 하는 힘있는 필치는 예술품으로서도 뛰어나다.

세조는 어린 조카 **단종을** 왕위에서 몰아내고 대신 왕위를 차지했지.

세조는 세상을 등지고 사는 선비들을 다시 기용하려고 많은 애를 썼으나 한번 마음을 굳게 먹은 선비들은 좀처럼 뜻을 굽히려 들지 않았어. 단종을 추모했던 충신들 중에는 '사육신(死六臣)'이라 불리는 사람들도 있고 '생육신(生六臣)'이라 불리는 사람들도 있어.

사육신이 절개로 생명을 바친 사람들이라면 생육신은 살아 있으면서 귀머거리나 소경인 채, 또는 방성통곡하거나 두문불출하며 단종을 추모했던 충신들이지. 김시습, 원호, 이맹전, 조려, 성담수, 남효온이 바로 그들이야. 이처럼 굳은 절개로 살아온 생육신 중에 조려의 호랑이 이야기는 유명한 일화로 남아 있어. 조려는 수양이 단종의 선위를 받았다는 소식을 듣자 평소 아끼던 서책들을 모두 불살라 버리고 통곡했어. 단종이 노산군으로 강등되어 영월로 쫓

251

겨나자 동문 유생들에게 작별인사를 하고 깊은 산속으로 들어가 두문분출, 사람을 대하지 않았지. 그러던 어느 날 조려는 어떻게 해서든 단종이 있는 곳을 찾아가기로 결심했어. 하지만 영월에 있는 단종의 거처를 가려면 여러 번 나룻배를 타고 강을 건너야 할 만큼 험난했어. 그래도 조려는 단종을 그리워하는 마음에 무슨 방법이 있을 거라는 믿음을 가지고 영월을 향해 떠났던 거야.

조려는 피로도 잊은 채 걸음을 재촉하여 일주일 만에 영월에 닿았고 단종 있는 곳을 향해 사배를 올린 다음 원호를 찾았어. 원호는 단종이 영월로 오자 바로 이곳에 집을 짓고 매일 조석으로 단종이 있는 곳을 향해 절하면서 일편단심을 불태우는 집현전 직제학이지. 원호의 집에서 며칠 있으면서 단종에게 광명의 날이 찾아오기를 기원했어. 그 후 조려는 다시 함안으로 돌아왔으나 상감을 그리는 마음은 그칠 수가 없었어. 그래서 하는 수 없이 다시 영월을 향해 떠났어. 이처럼 조려는 영월과 고향을 몇 번이고 왕래하면서 단종을 그리워했어.

그러던 중 함안에 있을 때 조려는 단종 죽음을 전해 들었어. 조려는 부랴부랴 짐을 싸기 시작했어. 조려의 가족들은 깊은 밤중에 어떻게 가려고 하냐면서 그를 설득했지만 소용이 없었어. 조려는 가족들을 뿌리치고 길을 나섰어. 깊은 밤이라 돌부리에 걸려 넘어지고 숲 속에서 길을 잃어 헤매기도 했지. 그러면서도 조려는 애통한 마음을 가득 안고 걸음을 재촉할 뿐이었어. 온갖 고생고생

끝에 조려는 드디어 영월 땅에 도착하게 되지. 상감의 옥체나마 염습하기 위해 영월로 길을 재촉하여 온 조려는 한밤중에 영월 강 가에 닿았던 거야. 강을 건너려 했으나 배가 보이지 않아 알몸으로라도 강을 건널 작정이었는데 그때 무언가 뒤에서 잡아당기는 감각이 느껴졌지. 뒤를 돌아봤더니 커다란 호랑이가 도사리고 조려의 옷가랑이를 물고 있었던 거야. 조려는 몹시 놀랐고 두려움을 떨칠 수가 없었지만 오직 단종을 생각하며 호랑이에게 용기있게 말을 건넸어.

"나 조려는 천릿길을 달려 여기까지 왔다. 상감 마마의 죽음을 전해 듣고 그 먼 길을 한걸음에 달려 왔단 말이다."

조려의 이런 충성심에 호랑이도 감복한 것인지 호랑이는 사람의 말을 알아듣는 것처럼 조려의 말에 귀를 기울이고 있었지.

"동물의 영장이라고 불리는 호랑이야. 그런데 강물이 앞을 가로막으니 어쩌면 좋단 말인가? 나는 영월 적소에서 한많은 세상을 하직하신 상감을 꼭 뵈어야 하느니라."

조려는 계속해 이야기하며 애통해 했어. 그러자 호랑이가 마치 조려에게 등에 올라타라고 하는 것같이 고개를 숙이며 땅에 납작 엎드렸어.

"지금 나더러 네 등에 올라타라는 말이냐?"

호랑이는 그렇다는 듯 "어흥!" 하고 대답했지. 더 이상 지체할 수가 없었던 조려는 조심스레 호랑이의 등에 올라탔어. 그랬더니 호랑이는 조려를 등에 태우고 기다리고 있었다는 듯 물살을 가르며 헤엄을 쳐 단숨에 강을 건넜던 거야. 조려는 너무 고마워서 호랑이를 꼭 안고 고맙다는 인사말을 했어. 하지만 호랑이는 고개를 끄덕이고는 금새 사라져 버렸어. 조려는 서둘러 단종이 살던 집으로 달려갔어. 하지만 단종의 시신 곁에는 아무도 없었지. 조려는 시체 앞에서 울분을 참지 못하고 한참 통곡을 했어. 그런 후 사배를 올린 다음 너무도 초라한 염습을 정성껏 마쳤으며 명복을 빌었어.

그 후 다시 강가에 와서 강을 건너려 할 때 아까 그 호랑이가 다시 나타나 조려는 다시 호랑이의 등에 업혀 강을 건널 수 있었다고 해. 하지만 다시 함안에 돌아온 조려는 전보다도 더 큰 슬픔에 잠겨 세월을 보냈다고 전해지고 있어.

🌸 김시습(金時習)

조선 생육신의 한 사람으로 3세에 이미 시에 능했고, 5세엔 『중용』, 『대학』에 통하여 신동으로 이름났다. 5세에서 13세까지 김반의 문하에서 『공자』, 『맹자』, 『시경』, 『서경』, 『춘추』를, 윤상에게서 『예서』와 『제자백가』를 배웠다.

세조 1년 삼각산 중흥사에서 공부하다가 수양대군이 왕위에 올랐다는 소식을 듣고 통분하여 책을 태워 버리고 중이 되어 이름을 설잠이라고 하고 방랑의 길을 떠났다.

우리 나라 최초의 한문소설 『금오신화』를 창작하였다. 그는 끝까지 절개를 지켰고, 탁월한 문장으로 일세를 풍미하였다. 저서에 『매월당집』, 『매월당시사유록』, 『십현담요해』 등이 있다.

어머니 뱃속에서 **7개월 만에** 나온
칠삭둥이 한명회는 말이지.

조선이 나라를 세우고 뿌리를 내리려고 했던 때에 명나라에 가서 조선이라는 나라 이름을 확정짓고 돌아온 사람이야. 한명회는 부모님이 일찍 돌아가셔서 어렸을 적에 굉장히 많이 고생을 했어. 요즘 소년 소녀 가장처럼 말이지. 그래서 과거 시험에 여러 번 떨어졌고 38세가 되던 1452년에야 겨우겨우 과거 시험에 합격해서 경덕궁(지금의 경희궁)을 지키고 관리하는 관리가 되었어.

어렸을 적부터 하도 못생기고 머리만 커서 아이들로부터 놀림을 받았지만 머리만은 영리하고 똑똑해서 열 살 때 중추부사라는 벼슬을 하는 민대생의 사위가 될 수 있었지.

그런데 재미있는 사실은 한명회의 부인의 어머니는 한명회가 너무도 못생겨서 자기 딸과 결혼하는 걸 반대했대. 하지만 한명회의 영특함을 알아본 민대생이 자기 딸하고 결혼을 시킨 거야. 그래도 한명회의 딸들은 굉장히 예뻐서 나중에 왕의 부인이 될 수 있었어. 한명회는 자신의 친구였던 권람을 통해 단종의 작은 아버지였던 수양대군을 찾아가 어린 왕이 다스리는 조선이 더 발전할 수 없고 신하들에 의해서 나라가 썩어간다고 얘기했어.

그래서 단종왕을 쫓아내고 수양대군이 왕이 돼야 하는데 그러기 위해선 쿠데타를 해야 한다고 했던 거야. 그래서 일어난 쿠데타가 바로 '계유정난'이야. 그런데 어렸을 때 칠삭둥이라고 놀림을 받던 한명회가 없었다면 계유정난이라는 쿠데타는 성공하지 못했을 정도로 한명회는 영리하고 똑똑했어. 계유정난이 성공하고 나서 수양대군이 세조로 1455년 왕이 되자 한명회는 1등 공신이 되었고 바로 좌부승지라는 벼슬에 오르게 되었어.

좌부승지는 오늘날로 말하면 국무총리 밑에 있는 장관이라고 할 수 있을 정도로 높은 자리지. 1463년에는 좌의정이 되었고 1466년에는 지금의 국무총리인 영의정에 올랐어. 경덕궁을 지키는 하찮은 벼슬에서 13년 만에 52세의 나이로 최고로 높은 벼슬인 영의정까지 오르게 된 거지.

그렇지만 한명회는 여기서 만족하지 않았어. 최고로 높은 벼슬인 영의정이 되고서 자신의 자리와 권력을 지키기 위해서 계유정난에 참여했던 사람들의 자식들과 자신의 자식들을 결혼시켜서 자신의 부와 권력을 더욱더 견고하게 만들었지. 그리고 세조의 둘째 아들(후에 예종이 됨)과 자신의 딸을 결혼시켜서 자신의 딸을 예종비를 만들었어. 하지만 날아가던 새도 떨어뜨린다는 최고의 권력을 가진 한명회에게도 위기와 시련은 있었어. 1466년 이시애라는 사람이 쿠데타를 일으켰는데 그때 이시애의 속임수에 말려서 당시의 권력가 중의 한 사람이고 한명회와 사돈지간인 신숙중와 함께 옥에 갇히게 되었어. 그렇지만 한명회는 하늘도 도왔는지 죄가 없음이 밝혀져서 곧 석방이 되었어.

1468년 세조가 죽고 예종이 왕에 올랐을 때 한명회는 세조의 유언에 따라 신숙주와 함께 국사를 다시 돌보게 됐어. 예종이 왕이 된 지 1년 만인 1469년 예종이 죽고 성종이 왕위에 오르면서 한명회는 영의정과 병조판서를 같이 맡게 됐지. 국무총리하고 국방장관을 같이 하게 된 셈이야. 이 정도면 당시에 한명회가 얼마나 부와 권력을 가지고 있었는지 알 수 있을 거야.

하지만 한명회는 당대의 충신이었던 김종서와 단종의 또 다른 숙부였던 안평대군을 죽이고 수양대군으로 하여금 조카인 단종을 죽이고 왕권을 훔치게 한 사악한 사람이야. 그 후에도 기회마다 4번의 난을 일으켜 당대의 존경을 받던 성삼문, 박팽년, 남이 같은 대학자를 죽이고 일등공신이 되었어. 그렇지만 우리 옛날 속담에도 있듯이 남에게 잘못이나 해를 입히면 자기도 똑같이 남이 해를 입게 되는 거야. 연산군이 왕위에 오르자 갑자사화 때 연산군의 생모인 폐비 윤씨를 죽인 주모자로 한명회를 부관참시의 극형을 내리고 그의 재산까지도 몰수했어. 이 모든 게 다 인과응보라고 할 수 있지. 이런 한명회를 두고 사람들은 당대의 최고 책략가, 정치가라고 말을 하는 사람들도 있고, 수양대군을 부추겨서 어린조카를 죽이고 권력을 독점한 간신이라는 여러 평가가 있어. 하지만 가장 중요한 것은 무슨 일을 하더라도 방법이 올바르지 않으면 안 된다는 것을 한명회의 일생을 통해서 배울 수 있을 거야.

계유정난(癸酉靖難)

세종의 뒤를 이은 병약한 문종은 자신의 단명을 예견하고 영의정 황보인, 좌의정 남지, 우의정 김종서 등에게 자기가 죽은 뒤 어린 왕세자가 등극하였을 때, 그를 잘 보필할 것을 부탁하였다. 세 사람 중 남지는 병으로 좌의정을 사직하였으므로 그의 후임인 정분이 대신 당부를 받았다.

그러나 수양대군은 1453년 문종의 유탁을 받은 삼공 중 지용을 겸비한 김종서의 집을 불시에 습격하여 그와 그의 아들을 죽였다. 이 사변 직후에 수양대군은 '김종서가 모반하였으므로 주륙하였는데, 사변이 창졸간에 일어나 상계할 틈이 없었다'고 사후에 상주하였으며, 곧이어 단종의 명이라고 속여 중신을 소집한 뒤, 사전에 준비한 살생계획에 따라 황보 인, 이조판서 조극관, 찬성 이양 등을 궐문에서 죽였으며, 좌의정 정분과 조극관의 동생인 조수량 등을 귀양보냈다가 죽였고, 수양대군의 친동생인 안평대군이 '황보 인, 김종서 등과 한 패가 되어 왕위를 빼앗으려 하였다'고 거짓 상주하여 강화도로 귀양보냈다가 후에 사사하였다.

수양대군은 10월 10일의 정변으로 반대파를 숙청한 후 정권을 장악하였는데, 그는 의정부 영사와 이조·병조판서, 내외병마도통사 등을 겸직하였고, 정인지를 좌의정, 한확을 우의정으로 삼았으며, 집현전으로 하여금 수양대군을 찬양하는 교서를 짓게 하는 등 그의 집권 태세를 굳혀갔다.

이 정변이 계유년에 일어났으므로 이를 계유정난이라 하는데, 이 사건에 공이 있다 하여 정인지, 한확, 이사철, 박종우, 이계전, 박중손, 김효성, 권람, 홍달손, 최항, 한명회 등 37명은 정난공신이 되었다.

『홍길동전』의 지은이는
허균(1569~1618)이야.

이 책은 우리 나라 최초의 한글 소설로서, 문학사적 의의가 크며 지은이의 사상이 잘 나타나 있지. 이 책의 주인공 홍길동은 허균과 많이 닮았단다. 홍길동을 이해하기 위해서는 허균을 먼저 알아두는 게 좋을 거야. 허균은 서경덕 문하에서 공부한 문장가이며 학자인 허엽의 셋째 아들로 태어났지.

그의 어머니는 예조판서를 지낸 김광철의 딸로서 허엽의 둘째 부인이었어. 허균은 서자는 아니었지만 첫째 부인이 낳은 형들과 같이 자라면서 서자의 비애를 맛보았어. 문장가의 아들답게 허균은 5세 때 글을 읽기 시작해서 9세가 되었을 때 시를 지을 수 있었단다. 1594년에 문과에 급제해서 형조 판서, 의정부 참찬 등을 지냈어. 성품이 호탕하고 감성이 예민한 허균은 서울의 기생을 황해도에 데려와 가깝게 지냈다는 이유로 조정 대신들의 빈축을 사 파직을 당하고 말아. 허균은 서자 출신인 이달에게서 시를 배웠지. 그런 탓에 그 자신도 스스로 서자라 부르며 서민의 생활을 하였어.

1604년에는 종사관이 되어 명나라의 사신을 영접하는 일을 맡아보게 되었어. 사신으로 온 명나라의 문장가 주지번은 허균의 문장을 높이 평가했지. 허균은 주지번에게 그의 누이 허난설헌의 작품을 보여 주었단다. 허난설헌은 8세 때 '광한전 백옥루 상량문'이라는 시를 지어 여자 신동이라는 평을 들은 시인이란다. 주지번은 시를 보고 감탄해서 중국에서 출판해 주겠다고 약속을 하지.

후에 삼척 부사가 된 허균은 불교를 믿는다는 이유로 또 파직을 당해. 공주 목사로 있을 때 허균은 네 번째 파직을 당하게 되는데 이번에는 서자들과 가깝게 지낸다는 이유였어.

1610년 허균은 사신을 따라 중국에 갔다가 천주교를 알게 되지. 그 뒤 그는 중국 소설을 탐독하면서 문학가로서의 자질을 닦아. 허균은 소설, 참기 등을 지으며 이름을 날리다가 1613년 계축옥사가 일어나 평소 가깝게 지내던 서자들이 사형을 당하자 신분에 위험을 느껴 세력을 잡고 있는 대북파에 가담해. 그는 형조판서, 의정부 참찬을 거치며 인목 대비의 폐비론 등을 주장하면서 광해군의 총애를 받았지만 마음속에는 이상향이 싹트고 있었어. 일찍이 서자의 비애를 맛본 그는 신분 차별이 없는 사회, 당파 싸움이 없는 사회를 항상 꿈꾸었지. 그는 혁명을 통해 그런 나라를 만들려고 비밀리에 동지들을 모았어. 그렇지만 그의 계획은 1617년 부하 기준

격의 고발로 동지인 하인준이 체포되면서 알려져 1618년 참형을 당하고 말지.

허균의 생애는 『홍길동전』과 유사한 점이 참 많아. 홍길동은 세종 시대의 서자 출신으로 등장해. 영리하면서 무술이 뛰어났고 신분이 낮아 온갖 설움을 당한 그는 한을 품고 집을 떠나 도적의 우두머리가 되어 활빈당을 조직, 탐관 오리들을 혼내 주며 의적으로서 이름을 떨치지. 전국 방방곡곡에 홍길동이 나타나 조정에서는 골머리를 앓지만 신출귀몰한 홍길동을 잡을 수가 없어서 결국 임금은 홍길동의 아버지 홍 판서를 시켜 잡아들이게 돼.

홍길동은 아버지의 간곡한 말을 듣고 병조판서가 돼서 조정에 나가지. 그러던 중 남경으로 가는 길에 산수가 아름다운 섬을 발견, 그 곳에 들어가 괴물들을 없애버린 뒤 율도국을 건설하여 왕이 된단다. 이 소설은 다분히 사회소설의 성격을 띠고 있어. 신분차별을 당하는 홍길동에서 허균의 모습을 보는 듯하고 도적의 우두머리가 되는 것을 보면 선조 때 이몽학 등 서자들이 일으킨 난이 연상되지.

또 의적이 된 홍길동은 명종 시대의 임꺽정을 떠올리게 해. 그리고 '율도국' 은 허균이 꿈꾸고 있는 신분 차별과 당파 싸움이 없는 이상향을 의미하지. 그 당시 의식 있는 선비들이 꿈꾸고 있는 사회, 그것이 바로 '율도국' 이라 해도 지나친 말이 아닐 거야. 아무튼 허균은 그 당시 사회가 안고 있는 모순을 홍길동을 통해 나타냈어.

여기에 중국의 이름난 소설인 『수호전』, 『서유기』, 『삼국지연의』 등에 나오는 내용을 인용한 듯한 느낌을 주지. 사람이 날아다니고, 먼 길을 단숨에 가며, 한 사람이 여러 곳에 동시에 나타나는 분신법 등이 재미를 더해주고 있단다.

🌸 서유기

대당 황제의 칙명으로 불전을 구하러 인도에 가는 현장 삼장의 종자(從者) 손오공이 주인공이다. 원숭이 손오공은 돌에서 태어났으며, 도술을 써서 천제의 궁전이 발칵 뒤집히는 소동을 벌인 죄로 500년 동안 오행산에 갇혀 있었는데, 삼장법사가 지나가는 길에 구출해 주었다.

그 밖에 돼지의 괴물이며 머리가 단순한 낙천가 저팔계, 하천의 괴물이며 충직한 비관주의자 사오정 등을 포함한 일행은 요괴의 방해를 비롯한 기상천외의 고난을 수없이 당하지만 하늘을 날고 물 속에 잠기는 갖가지 비술로 이를 극복하여 마침내 목적지에 도달하고 그 공적으로 부처가 된다는 내용이다.

이 이야기는 7세기에 당나라의 현장법사가 타클라마칸 사막을 지나 북인도에서 대승불전을 구하고 돌아온 고난의 사실에 입각한다. 이미 당나라 말에 이를 전설화한 설화가 발생하였으나, 송나라 때에 허구를 가하고 신괴의 요소를 넣는 동시에 상당한 로멘티시즘과 환상적 분위기를 담고, 문무 양도에 신통력을 가진 백의의 수재 후행자, 즉 삼장법사의 종자로 둔 『대당삼장법사취경기』라고도 하는 『대당삼장취경시화(大唐三藏取經詩話)』(3권, 전17장, 현재는 제1장이 없음)가 나왔으며, 이것이 현존하는 가장 오래 된 책이다.

원나라 때에는 이 작품에서 취재하여 극화한 레퍼터리가 있는데, 이 무렵에 이미 『서유기』(서유기 平話)라는 것이 완성된 것 같으며, 그 단편이 명나라 때의 『영락대전(永樂大典)』과 『박통사언해(朴通事諺解)』에 실려 있다.

예전에는

흉년도 참 많았어.

요즘이야 수해가 크게 났다고 해서 나라 자체가 흔들리는 것은 아니지만 예전에는 흉년이 들면 좀 심각했지. 명종 12년부터 황해도 지방엔 도둑들이 들끓기 시작했어. 그 이유가 해마다 흉년이 거듭되고 고을 수령들은 재물을 긁어모으는 데에만 정신이 팔려 있었거든. 백성들은 입에 풀칠하기도 어려운 시절이었어.

그때 튀는 한 남자가 있었으니 이름이 임꺽정이야. 그는 사회가 혼탁하고 민심이 흉흉하여 도적이 들끓던 명종 시대의 대표적인 도적 두목으로 백성들 사이에서 의적으로 통하던 인물이야. 양주 출신인 임꺽정은 원래 백정 출신이었지. 그런데 기운이 황소보다도 세다고 소문이 자자했고 또 머리가 영리하고 불의를 보면 참지 못하는 성격이었어. 임꺽정은 을묘왜변이 일어났을 때 전쟁에 나가 큰 공을 세웠어. 그런데 그가 백정이라는 이유만으로 조정에서는 아무런 상도 주지 않았지. 임꺽정은 늘 자신의 신세를 한탄했어. 그러던 중 그의 부모가 세금을 적게 내 관가에 붙잡혀 가 심하게 매질을 당하기까지 한 거야.

임꺽정은 평소에 자신을 따라다니던 무리들을 모으기 시작했어. 그리고 임꺽정은 몇 명과 함께 민가를 돌아다니며 도둑질을 일삼았어. 그러다가 세력이 커지자 황해도로 진출하여 구월산 등에 본거지를 두고 주변 고을을 노략질하기 시작했지. 그러다가 도둑이었던 임꺽정은 경기도와 황해도 일대의 관아를 습격하여 창고를 털어 백성에게 나눠주는 의적으로 둔갑하지.

"불쌍한 백성들은 우리들의 적이 아니다. 우리의 적은 단 하나, 백성들의 피를 빨아먹고 사는 탐관오리들이다! 모두 나를 따르라!"

관군들은 사기 높은 임꺽정의 무리들을 당하지 못하고 떨기만 했어. 양반이나 수령들은 임꺽정이라는 말만 들어도 자다가 자리에서 일어나 벌벌 떨었다고 해. 이러한 의적 행각은 백성과 아전들의 호응을 얻어, 백성들이 관아를 기피하고 오히려 임꺽정 무리와 결탁하는 양상이 벌어진 거야. 이 때문에 관아에서 그를 잡으려고 병력을 동원하면 백성들은 그들을 숨겨주거나 달아나도록 도와주었지. 일이 여기에 이르자 조정에서 선전관을 보내어 그들을 정탐하게 했는데, 되레 선전관이 그들에게 잡혀 죽는 사건이 발생했어.

조정에서는 임꺽정을 잡으려고 각 고을의 수령을 무관으로 임명하고, 관찰사를 바꾸고, 따로 관직이 높은 무관을 계속 파견했어.

임꺽정을 잡는 사람에게는 많은 상금을 내리고, 역을 면해 주고, 천인은 평민으로 올려 준다는 파격적인 조건도 내걸었지. 하지만, 별다른 소용이 없었어. 임꺽정은 용기 못지 않게 지략도 대단했거든. 한 번은 관군이 쫓아오는데 임꺽정 무리들이 신발을 거꾸로 신고 도망가 관군들을 골탕먹이기도 했다고 전해지고 있어. 또 어떤 때에는 장사꾼으로 꾸며 훔친 물건을 개성 한복판에서 파는가 하면, 관리를 사칭하고 관청을 출입하여 수령 대접을 받기까지 했어.

심지어 왕명을 받은 의금부 도사처럼 꾸미고는 역마를 타고 봉산 관아에 들이닥칠 정도였지. 문정왕후는 명종에게 임꺽정 하나도 못 잡는 무능한 임금이라 몰아붙였어. 이에 자존심이 상한 명종은 용맹한 장수 이억근을 포도관으로 임명하고 잘 훈련된 군사 3백 명을 주며 임꺽정을 잡아 오라고 명령했어. 이억근은 자신만만한 태도로 개성으로 출발했지. 하지만 뛰는 놈 위에 나는 놈 있다고 임꺽정은 이 소식을 벌써 듣고 있었어. 임꺽정을 따르는 백성들이나 부하들이 이억근이 움직일 때마다 정보를 전해 줬거든. 그래서 임꺽정은 미리 작전을 세울 수 있었던 거야.

그래서 관군들은 싸워보지도 못하고 항상 임꺽정의 지략에 당하고 임꺽정을 따르는 무리들의 사기는 하늘을 찌를 듯했어. 상황이 이렇게 되자 전 병력이 임꺽정 무리를 잡기 위해 나섰지. 임금이 직접 황해도, 경기도, 평안도, 강원도, 함경도 등 각 도에 대장 한 명씩을 정해 책임지고 도둑을 잡으라는 엄명을 내렸어. 이 무렵 서흥

부사 신상보가 도둑 무리의 처자 몇 명을 잡아 서홍 감옥에 가두었는데, 한낮에 도둑떼가 들이닥쳐 옥사를 깨고 그들의 처자를 구출해간 사건이 발생했어. 그러자 관군은 본격적으로 도적 소탕 작전에 돌입하여 그 해 12월에 황해도 순경사 이사증이 임꺽정을 잡았다는 보고를 했지. 하지만 그가 잡은 사람은 임꺽정이 아니었던 거야. 그의 형인 가도치였지.

그래서 이사증은 이 허위 보고에 책임을 지고 파직당해 옥에 갇히기까지 했어. 이렇듯 5도의 군졸들이 모두 임꺽정을 잡기 위해 나섰지만 번번이 실패했어. 1561년 9월 평안도 관찰사 이량은 의주 목사 이수철이 임꺽정을 잡았다고 보고했지만 그들은 임꺽정을 가장한 가짜였어. 이 때문에 이수철은 허위 보고로 파직당했지. 그 해 10월에 임꺽정 무리에 의해 해주의 민가 30호가 불타는 화재 사건이 발생했어. 이때부터 관군들은 서림을 앞세워 임꺽정을 체포하기 위해 나섰어. 그래서 조금이라도 수상해 보이면 무조건 체포하여 옥에 가두고 구타했어. 그래서 서울은 온종일 호곡소리가 그치지 않았어.

모든 관청은 일을 중단하고 임꺽정을 색출하는 작업에 투입되었고 5도의 전 시장들을 휴업하게 했어. 또 황해도에서는 양민들이 도둑에 가담하는 일이 없도록 하기 위해 전세를 전부 탕감시켜 주기까지 한 거야. 이렇게 소란이 심화되자 군민은 피로에 지치고 두려움에 떨어야 했어. 그래서 조정에서는 토벌 대장인 토포사를 다

269

시 서울로 올라오게 하고 임꺽정 무리를 잡는 일은 평안도, 황해도의 병사와 감사가 맡게 할 수밖에 없었어. 그 후 1562년 정월, 군관 곽순수와 홍언성이 임꺽정을 체포했다는 보고가 올라왔다. 이번에는 진짜 임꺽정이었어. 임꺽정이 잡힐 당시의 이야기가 전해내려오고 있지. 임꺽정이 어떤 노파의 집에 숨어들었어. 관군들이 들이닥치자 임꺽정이 노파를 위협하며 이렇게 말했어.

"어서 '도둑이야'라고 소리치시오."

노파는 임꺽정이 시키는 대로 했고 그러자 관군들은 노파가 가리키는 곳으로 달려갔어. 그러다가 관군들의 무리에 섞였지. 임꺽정은 도적을 쫓아가는 체하다가 "아이구 배야!" 하고 소리를 질렀어. 그래서 관군들이 그 쪽으로 몰려가면 다시 도망을 쳤어. 그러나 혼자서 수많은 관군들을 따돌리기는 힘든 일이었어. 임꺽정이 급히 도망을 가는데 서림이 소리를 질렀지.

"저기! 저 놈이 임꺽정이다!"

임꺽정이 놀라 고개를 돌리는 순간 관군들이 화살을 쏘아 대기 시작했어. 임꺽정은 온몸에 고슴도치처럼 활을 맞고 쓰러졌어. 이때가 명종 17년이었어. 임꺽정은 조정에서 체포령을 내린 지 3년 만에 붙잡혔고, 체포된 지 15일 만에 처형당하게 돼. 이로써 세상을 깜짝 놀라게 하였던 도적 활동은 막을 내리게 된 거야.

1571년에 쓴 『명종실록』을 보면 임꺽정에 대한 이야기가 다음과 같이 좋게 묘사되어 있어.

"도적이 성행하는 것은 수령의 가렴주구 탓이며 수령의 가렴주구는 재상이 청렴하지 못한 탓이다. 지금 재상들의 탐오가 풍습을 이루어 끝이 없기 때문에 수령은 백성의 피와 땀을 짜내어 권세가를 섬기고 돼지와 닭을 마구 잡는 등 못하는 짓이 없다. 그런데도 곤궁한 백성들은 하소연할 곳이 없으니 도적이 되지 않으면 살아갈 길이 없는 형편이다. 그러므로 너도나도 스스로 죽음의 구덩이에 몸을 던져 요행과 겁탈을 일삼으니, 이 어찌 백성의 본성이겠는가? 진실로 조정이 청명하여 재물만을 좋아하지 않고 어진 사람을 가려서 수령으로 임명한다면, 칼을 잡은 도적이 송아지를 사서 농촌으로 돌아갈 것이니 어찌 이토록 거리낌없이 사람을 죽이겠는가? 그렇게 하지 않고 군사를 거느리고 도적을 뒤쫓아 잡기만 한다면, 아마 잡는 대로 또 일어나 장차 다 잡지 못할 지경에 이르게 될 것이다."

하지만 이익의 『성호사설』에서는 임꺽정을 "임꺽정은 단순히 도적의 우두머리일 뿐이다. 그는 홍길동, 장길산과 더불어 조선의 3대 도둑이다"라고 묘사해 다르게 보고 있다. 임꺽정을 당시 사회의 잣대로 보면 임꺽정은 반역자였고 도둑일 수도 있어. 하지만 민중들은 임꺽정을 단순한 도적의 괴수로 생각하지 않고 민심을 대변하는 의로운 사람으로 여겼다는 거지. 그래서 임꺽정을 의적으로 추앙하고 오늘날까지 무수한 소설과 드라마로 그의 행적을 그리고 있는 게 아닐까.

장길산(張吉山)

본래 광대 출신이나 도당을 모아 1687년(숙종 13)경부터 여러 도에서 세력을 늘리며 활동하였다. 1692년 관군의 토벌로 양덕 일대로 이동하였고, 뒤에는 함경도 서수라 등지에서 활동하며 마상을 가탁한 군대 5,000과 보병 1,000여 명을 거느린 큰 세력으로 성장하였다.

함경도뿐만 아니라 평안 강원도에서도 활동하였던 그의 부대는 한때 서울의 서얼 출신 이영창, 금강산의 승려 운부와 손을 잡고 승려 세력과 함께 봉기, 서울로 쳐들어갈 계획이었다고 한다.

운부가 북쪽에서 인삼을 가져다가 군자금으로 사용한 점 등 상업 활동을 벌인 점이 특징적이다. 조정에서는 그를 잡으려고 여러 차례 노력했지만 그는 끝내 잡히지 않았다. 장길산 사건은 17세기 이후 어려워진 사회조건 속에서 기층민인 서얼, 승려, 농민 등이 결합하여 새로운 왕조를 창립하려고 한 모반 사건의 하나였다.

조선 후기의 대표적인 **풍속 화가** 하면
아마 두 사람의 이름이 떠오를 거야.

바로 단원 김홍도와 혜원 신윤복이지. 이 둘은 모두 도화서의 화원이었어. 하지만 김홍도는 정조의 초상을 그릴 정도로 총애를 받은 반면 신윤복은 속화를 즐겨 그려 도화서에서 쫓겨난 것으로 전해지고 있어. 이렇게 다른 삶을 살아서인지 이들은 같은 풍속화를 그렸지만 많은 차이를 보이지.

김홍도는 18세기 중반에서 19세기 초까지 활동했고 신윤복은 그보다 조금 늦은 18세기 후반부터 활동을 했어. 따라서 신윤복은 여러 가지 면에서 김홍도의 영향을 받았는데 특히 산수화에서 두드러져. 그렇지만 신윤복은 김홍도에게서 받은 영향을 창조적으로 재해석하고 새롭게 변화시켜서 자기만의 독창적인 화풍을 창안했지. 그래서 신윤복은 김홍도와 함께 쌍벽을 이루는 풍속화의 대가가 되었어. 그 후 당시의 서민 사회의 풍속을 매우 세밀하게 잘 그

273

려 김홍도와 함께 조선의 대표적인 화가로 손꼽히고 있어.

김홍도는 당대의 평론가이자 문인 화가인 호조참판 강세황의 추천으로 도화서 화원이 됐어. 29세인 1773년에는 영조와 왕세자의 초상을 그렸고, 그로 인하여 벼슬길에 올라 여러 관직을 거쳐 충청도 연풍 현감까지 지냈어. 김홍도는 외모가 수려하고 풍채가 좋았으며 또한 도량이 넓고 성격이 활달해서 마치 신선과 같았다고 전해지고 있지. 서민을 주인공으로 하여 풍속화를 잘 그렸던 김홍도는 밭갈이, 추수, 집짓기, 대장간, 서당 풍경 등 주로 농촌과 서민의 생활상을 그리면서 땀 흘려 일하는 사람들의 일상생활을 소탈하고 익살스럽게 묘사했어. 그리고 남종화, 평생도, 신선도, 도석인물화, 진경산수, 초상화 등에도 탁월한 기량을 보였어. 그 중에서도 산수화는 그의 예술세계에서 가장 빛나는 부분이지.

한편 신윤복은 산수, 인물, 동물 등 여러 분야에 두루 능한 직업화가로 시문에도 조예가 있어 서예에도 뛰어났어. 그리고 풍속화들은 배경을 통해서 당시의 살림과 복식 등을 사실적으로 보여 주는 등 조선후기의 생활상과 멋을 생생하게 전해주고 있지.

하지만 그의 대부분의 작품들에는 언제 그려진 것인지를 밝히고 있지 않아서 화풍의 변천 과정을 파악하기 어렵지. 또한 신윤복은 시정의 풍속을 소재로 한 작품이 많고 색정적 장면이 많은데, 이것은 유교가 지배하는 사회에 대한 예술적 저항이라고 할 수 있을 거야. 그리고 인간주의적인 사실 묘사에 치중하려는 의도가 숨어 있다고도 할 수 있지. 김홍도와 신윤복의 그림은 소재의 선정이나 포착, 화면 구성, 인물 묘사, 색채 등에서 두 사람은 저마다 독특한 개성을 가지고 있었어. 우선 김홍도는 서민들의 노동이나 놀이 등의 일상생활을 해학적으로 그렸다면 신윤복은 한량이나 기녀 등 남녀 간의 풍속을 감칠 맛나게 표현했어.

그리고 김홍도의 풍속화는 배경이 생략되는 대신 전체적인 화면 구도가 탁월한 반면 신윤복의 그림에서는 전체 구도보다는 배경의 세심한 묘사가 두드러지지. 또한 김홍도는 먹선의 굵은 필치와 은은하고 투명하게 느껴지는 농담 기법으로 질박하고 강한 생명력을 표현한 반면 신윤복은 가늘고 섬세한 필치와 화려한 색채의 효과를 최대한 살리고 있어.

이처럼 단원 김홍도와 혜원 신윤복과 같은 풍속화의 거장을 배출했던 조선 후기의 풍속화는 한국화의 새로운 경지를 개척한 빛나는 업적으로 평가되고 있지. 특히 이 시기의 풍속화는 일반 서민들의 생활상을 소재로 한 작품이 많은 것은 당시 시대 상황과 밀접한 연관이 있어. 조선 후기에 일어난 사회 전반적인 변화, 즉 시민 의식이 성장하고 실학사상이 생겨난 것과 무관하지 않은 거야.

김홍도의 성하부전도 (城下負錢圖)

실학(實學)

　조선 후기 사회체제의 모순을 극복하고 새로운 사회를 이루고자 했던 유학의 한 학풍. 중국에서는 명(明)나라 말 청(淸)나라 초부터 약 3세기 동안 성행하였으며, 한국의 경우 임진왜란 이후 싹이 트고 18세기를 전 후하여 재야의 진보적 지식인들에 의해 연구됨으로써, 영·정조 때 전성기를 이루었다.

　중국의 실학은 송명이학의 말폐인 공리성을 극복하려는 목적에서 발생하였는데, 사실 송대의 성리학이나 명대의 양명학이 비록 현실적인 바탕 위에서 생겨났고, 또 일정한 시대적 의의를 지닌다고 할지라도 그 학설이 이지적이며 철학적인 특성을 지니고 있었기 때문에, 공소한 이론에 치우치기 쉬운 경향이 있었다.

　특히 명나라가 멸망한 후 명의 유로들이 망국의 원인을 진단하고 반성한 결과, 송명이학이 공론으로 흘러 현실 사회 및 국가발전에 도움을 주지 못했다는 결론에 도달하였다.

　이러한 내적 반성과 함께 서구의 과학문명 및 가톨릭 사상의 영향 등 외적 요인에 의해 실증(實證)과 실용(實用)을 중시하는 고증학 및 경세치용의 학풍이 일어났다.

　그러므로 청대 학술 사상의 주류를 이루었던 실학사상은 공허한 논리를 배격하고, 실사구시(實事求是)의 정신으로 유학의 본지를 찾고 이를 현실에 적용시키려는 의지가 컸다. 한국의 실학 역시 그 발생과 발전의 측면에서 중국의 실학과 비슷하다. 한국의 실학은 조선 후기의 사회 경제적 변동에 따른 여러가지 사회적 모순에 직면하여 그 해결책을 구상하는 과정에서 등장한 사회개혁 사상으로써, 그들의 사상이나 개혁의 논리는 종래의 성리학 일변도의 학풍에서 벗어나 유학의 본령을 되살리기 위한 사상체계, 즉 선진유학에 바탕을 두고 있었다.

연구 분야도 매우 광범위하여 현실개혁을 위한 사회 경제적인 문제, 천문학, 수학, 의학 등 자연과학, 역사, 지리, 언어, 문학, 풍습 등 인문과학, 그리고 새로운 철학체계 등 다양하였으며, 전반적으로 백과사전적 박학의 경향을 지니고 있었다. 또한 민족주의적 성격과 근대 지향적 성격을 지녔다는 점에서 역사적 의의가 있다.

우암 **송시열**은
주자학의 대표적인 학자야.

그런데 주자학이 뭐냐구?

그럼 먼저 주자학에 대해 간단하게 알아보자고. 주자학이란 송나라시대에 주돈이와 정호, 정이 형제 등이 나타나서 유교 경전에 새로운 주석을 가하게 되는데 이것을 집대성한 것이 바로 주자학이이야.

그래서 주자학의 경전 주석을 한당학(漢唐學)의 '고주'에 대해서 '신주'라 말하고 있어. 우리 나라에 있어서는 1392년에 고려왕조가 멸망하고 조선왕조가 성립되자 태조는 주자학을 정통사상으로 정립하고 이 왕조는 그 후 5백년을 일관해서 유교를 경국 이념으로 삼아왔어.

태조가 주자학을 경국 이념으로 삼은 이유는 이 학문의 목적이 '경세제민'에 있을 뿐만 아니라 우주의 본원이나 인간론을 전개하는데 있어서 지극히 이론적이었기 때문이지. 그 후 조선의 주자학은 이퇴계와 이율곡 등에 의해서 대성되었으며 이들은 각기 영남학파와 기호학파를 이끌어 주자학을 더욱 발전시켰어.

주자학이 일본으로 건너간 것은 16세기초 일본에서는 '무로마치 시대'(1392~1573)의 후반부터라고 말할 수 있지. 물론 일본에서 그 시대 이전부터 주자학이 없었던 것은 아니야. 중국의 영향을 완전히 벗어나지 못하고 있었을 뿐이지. 그런데 불교 및 신도사상이 민중 속에 뿌리를 깊게 박고 있어서 주자학은 조정의 독점물이 되고 말아. 다시 말해서 주자학은 조정의 권위를 유지하기 위한 수단이었으며 따라서 현실적으로 일본정치의 원리와 민중교화를 위한 가르침이 될 수 없었던 거야.

따라서 주자학은 여러 고비를 겪게 된 후에야 현실적인 '경세제민'의 학문으로 서서히 뿌리를 내리기 시작한단다. 이 정도면 어느 정도 주자학에 대한 감이 올 거라 믿고 다시 송시열 이야기로 넘어가 볼까?

김장생에게서 학문을 배운 송시열은 1633년 사마시에 일등으로 합격해서 벼슬길에 나섰지. 학문이 깊어 봉림대군(후에 효종)의 스승이 되니 왕실과의 인연은 이때부터였어. 그는 병자호란 때 선조를 따라 남한산성에 들어갔다가 삼전도의 치욕을 잊지 못해 고향에 들어가서 학문에만 전념해. 인조가 죽고 효종이 왕위에 올랐어. 효종은 송시열에게 벼슬을 내려 가까이 불렀어. 송시열은 자신을 신임하는 효종을 정성껏 섬기다가 어머니의 죽음을 계기로 다시 고향으로 돌아가게 됐어. 효종의 간곡한 부름을 받고 그가 다시 조정에 들어왔을 때 김자점 등이 청나라에 효종을 비난하는 글을 보낸 거야. 김자점은 효종이 새 사람을 등용하고 청나라를 치려 한다는 거짓 밀고를 했어. 청나라가 군대를 국경 지대에 배치하자 송시열은 자기 때문에 효종이 곤욕을 당한다 해서 다시 고향으로 내려가게 됐지 뭐야.

1658년 효종이 다시 송시열을 불렀어. 얼마 후 그는 이조판서의 자리까지 오르게 돼. 효종은 북벌 계획을 다른 사람에게는 말하지 않았어도 송시열에게만은 털어놓고 말할 정도로 굳게 믿었어. 1659년 효종은 임종을 앞두고 영의정 정태화와 송시열을 불러 자기 계획을 말해 주려고 했는데 이 두 사람이 오기 전에 눈을 감고만 거야. 효종의 장례 때 대왕 대비의 복상을 1년이 옳다느니 3년이 옳다느니 하고 팽팽한 대립을 보이다가 결국 송시열의 주장대로 1년으로 결정되었어.

그런데 이 문제가 훗날 많은 파란을 불러일으킬 줄이야……. 효종의 뒤를 이어 임금이 된 현종도 송시열을 신임해 높은 벼슬을 내렸어. 효종의 장례를 에워싸고 또 당파 싸움이 일어나니 그는 고향으로 내려갔지. 나중에 우의정에 올라 조정에 돌아왔으나 남인 허적과 마음이 맞지 않아 고생이 말이 아니었어. 현종이 죽고 숙종이 즉위하자 또 복상 문제로 말썽이 일어났어. 이때 숙종은 남인의 주장을 받아들여 송시열은 귀양을 가게 됐지 뭐야. 그는 덕원, 웅천, 장기, 거제, 청풍 등 여러 곳에서 귀양살이를 하다가 풀려 나왔어. 귀양살이를 하면서도 학문에 열중, 제자들을 기르며 많은 책을 썼지. 숙종은 그의 재능이 아까워 벼슬을 내렸는데 송시열은 사표를 낸 후 금강산을 돌아다니며 벼슬에 오르지 않았어. 1689년 희빈 장씨가 아들을 낳고 숙종은 세자 책봉을 서둘렀어. 이때 송시열은 세자 책봉 문제로 임금에게 상소문을 올렸지.

"예전에 송나라 신종이 28세에 철종을 낳았는데 그 어머니는 후궁인 주씨였습니다. 신종은 철종이 10세가 된 뒤에야 태자로 봉하였습니다. 이것은 임금이 큰일을 할 때에는 서둘지 말고 천천히 하라는 뜻입니다. 시일이 좀 지난 뒤에 원자 균을 세자로 임명하여도 늦지 않습니다. 인현왕후께옵서 아들을 낳으실 경우를⋯⋯."

송시열의 상소문을 읽은 숙종은 크게 노하여 그에게 사약을 내렸어. 그는 그렇게 생을 마감했지. 그의 저서로는 『송자대전』을 비롯하여 여러 권이 있으며 '노량대첩비', '이순신 충렬묘비' 등의 작품이 있어.

🦋 송시열의 대표 작품

『송자대전』책명을 '송자대전'이라 한 것은 송시열을 공자 · 주자에 버금가는 성인으로 존칭하여 송자라 한 데서 비롯한 것이며, 서명을 '문집'아닌 '대전'이라 한 것도 이례적인 것으로, 당시 송시열의 문인들이 주축이 된 노론이 정계 · 학계의 주도적 위치에 있으면서 송시열을 상징적인 존재로 부각시켰기 때문이었다.

1717년(숙종 43) 왕명으로 운각활자본(芸閣活字本)으로 간행된 『우암집(尤庵集)』과 『경례문답(經禮問答)』, 부록, 연보 등을 합하여 1787년에 간행하였다.

평안감사 이명식(李命植)의 주선으로 총 236권, 102책에 달하는 방대한 분량으로 간행되었는데, 평안감영에서 간행되어 '기영본(箕營本)'이라고도 한다. 체재는 '주자대전'의 편찬 방식에 따라 엮었으며, 권두에 편찬 원칙을 밝힌 18칙의 범례(凡例)가 있다.

그리고 어제(御製) 묘비명과 제문, 어필(御筆)의 발문이 있어 저자의 정치적 입지를 짐작하게 한다. 이 책은 주로 소(疏), 차(箚), 서(書), 명(銘), 축문, 제문, 신도비명(神道碑銘), 묘갈명(墓碣銘) 등으로 구성되었는데, 이들 자료에는 북벌(北伐)과 '대명의리론(對明義理論)'을 주장한 저자의 정치적, 사상적 위치가 잘 나타나 있다.

권5에 수록된 '기축봉사(己丑封事)'는 1649년 효종이 즉위하자

올린 것으로 내수외양(內修外攘)을 강조하고 있다. 서찰은 102권에 걸쳐 수천 통이 수록되어 있는데, 김집(金集), 이유태(李惟泰), 민정중(閔鼎重), 김수항(金壽恒), 남구만(南九萬), 박세채(朴世采), 윤증(尹拯) 등 당대의 정치가 · 학자들을 망라하고 있다.

서찰에는 노론 · 소론의 대립 과정을 밝혀주는 자료들이 다수 있어서 정치사 연구에도 도움이 된다. 잡저에는 예학과 성리철학에 대한 견해가 수록되어 있는데, 이이(李珥)에서 김장생(金長生)으로 이어지는 학통을 계승한 저자의 학문관이 나타나 있다.

이외에 이 책에는 국가가 정책적으로 출간한 서적에 대한 서문이 다수 있으며, 당대의 명망가들의 행장과 묘갈명 · 시장(諡狀) 등이 망라되어 있어서, 저자의 정치적, 학문적 비중을 잘 드러내 주고 있다.

'삼학사전', '임경업장군전' 등 이 책의 전반에 나타나 있는 의리명분론은 당시 집권층을 형성하고 있던 문인들에게 영향을 주면서 조선 사회내의 학문 역량을 심화시키고 위정척사 사상과 한말의 의병운동의 사상적 연원이 된 긍정적인 측면이 있는 반면에, 18세기 이후 조선 사회를 보수적인 방향으로 흐르게 한 주요한 축이 되었음도 부인할 수 없다.

1977년 사문학회에서 『송자대전』 7책과 『송자서』 1책을 영인, 간행하였으며, 1985년 보경 문화사에서 기영본을 토대로 영인본을 간행하였다. 민족 문화 추진회에서는 국역본을 간행하였다.

활쏘기

김홍도의 풍속화첩 중에 있는 작품이다. 인물들의 표정과 행동 등이 매우 사실적이고 익살스럽다.

7부

그 시대 이런 일 저런 일

조선 선조 때 **일본**의 도요토미 히데요시가 무력적으로 쳐들어오는 일이 발생했지.

이유는 자신의 혼란스런 나라를 평정하고 국민들을 단합시키고자 했기 때문이고, 이것이 '임진왜란' 이라는 조선 최대의 전쟁이지. 당시에 우리 나라 군대는 군사적인 대비를 전혀 하지 않았기 때문에 일본의 기습적인 침략에 속수무책으로 당할 수밖에 없었어.

그래서 전쟁이 발발한 지 며칠이 지나지 않아 수도인 한양까지 빼앗겼고 몇 달이 지나지 않아 거의 전국토가 일본군의 발아래 놓이게 되었어. 하지만 이러한 어려운 상황에서도 우리 민족의 강인함은 결코 흔들리지 않았어. 그래서 이곳저곳에서 농민과 승려, 부녀자들 모두가 모인 의병이 일어나게 되었어.

아주 나이 어린 소년소녀부터 할아버지 할머니까지 나라를 구하고자 하는 일념으로 뭉쳐서 싸우기를 결의했고, 우리 나라 방방곡곡에서 일본군들과 싸우게 되었지. 행주치마로 돌을 날라 일본군과 싸웠다는 행주대첩이 바로 그 대표적인 예라고 할 수 있을 거야.

권율이 군사를 이끌고 도착한 행주산성은 벌판에 우뚝 솟아 있는 산으로 지형은 험하지 않았지만 오랫동안 손을 대지 않았기 때문에 허물어진 곳이 많았어. 권율이 행주산성에 도착하여 왜군과 싸울 준비를 한다는 소식이 백성들에게 전해지자 사방에서 응원군이 나타났어. 그 중에는 저녁밥을 짓다가 달려온 부녀자들도 있었지. 권율은 울타리를 다시 튼튼하게 쌓아서 적군이 함부로 들어오지 못하도록 했고 돌멩이와 양식을 충분히 준비했어.

"왜놈들, 어디 이곳까지 들어오기만 해봐라. 우리 군사들의 강인함을 똑똑히 보여 주겠노라"고 다짐했지. 권율은 군사들의 사기를 올려 줬어. 하지만 왜군들은 권율의 군사들을 얕보고 행주산성까지 쳐들어 왔어. 산을 기어오르고 비탈길을 따라 공격해 들어오고 있었지. 그때 "몸은 움직이지 말고 총 공격하라"라는 권율의 한마디에 여기저기에서 화살이 비오듯 쏟아지고 돌멩이들이 떨어졌어. 이게 어찌된 일이냐면 행주산성 안에는 우리 군사들을 돕기 위하여 부녀자들이 치마폭에다 돌을 가득히 담아 나르고 있었거든.

군사들은 부녀자들이 날라다 주는 돌멩이로 성벽을 기어오르는 왜놈들을 공격했지. 그때에 아낙네들이 치마를 잘라 짧게 덧치마를 만들어 입은 것을 일컬어 '행주치마' 라는 말이 생겨났지. 행주대첩에서 우리 군사들이 왜놈들이 완전히 후퇴하여 물러간 뒤에 그들의 시체를 모으니 무려 이만 사천여 명이나 되었다고 해. 이 행주대첩은 강감찬의 귀주대첩, 을지문덕의 살수대첩, 이순신의 한산도 대첩과 함께 우리 나라 역사상 4대 대첩의 하나고, 임진왜란의 3대 대첩의 하나이기도 하지.

한편 바다에서는 이순신 장군이 거북선이라는 세계 최초의 철갑선을 만들어 뛰어난 지략으로 일본에서 오는 수송물자를 차단시키지. 이로 인해 우리 땅에서 싸우고 있는 일본군들에게 군수품(전쟁을 하기 위한 물품)이 더 이상 전해지지 못하게 된 거야.

그래서 결국 10여 년의 전쟁은 일본군이 물러감으로써 끝이 나게 돼. 전쟁을 하는 동안 일본군들이 우리에게 저지른 행각은 정말 끔찍한 짓들이 많았어. 얼마나 끔찍하고 무서웠는지 지금도 우리

언어생활 속에도 그 증거가 남아 있어.

바로 "에비이~"라는 말 "눈감으면 코베 간다"라는 말이야. 이것은 일본군의 잔인한 행동에 대한 두려움을 담고 있는 말들이야. 왜 아이들이 더러운 것을 집어 먹거나 위험 행동을 하면 "에비이~"라는 말을 하잖아. 이 말은 임진왜란 때부터 내려오던 말이라고 해. "에비이~"는 "이비왔다, 도망가라"에서 나온 말이야. 옛날 임진왜란 때 일본군들은 자신들의 용맹함과 전쟁에서의 성과를 보여 주기 위해 조선 사람들을 만나면 무조건 아이건 노인이건 가리지 않고 죽여서 코와 귀를 베어갔다고 해.

어느 날 한 작은 마을에 막 아이를 낳은 여인과 그 어린 자식이 방에서 쉬고 있는데 지나가던 일본군이 인기척을 느끼고 방으로 들어왔어. 그리고는 갓 태어난 아기와 어미의 코와 귀를 베어들고 있는데, 그때 마침 큰 아이가 밖에 나갔다 돌아와 집으로 들어오려고 했지. 그래서 그 여인은 자식을 살리려고 "이비왔다. 얼른 도망가라"라고 했다고 해. '이비(耳鼻)'란 코와 귀를 의미하고, 그 당시에 코와 귀를 베어가는 사람들이 있으니 도망가란 뜻을 담고 있는 거야. 그래서 그 큰 아이는 도망을 가 간신히 목숨을 구할 수가 있었다고 전해내려 오고 있어.

그리고 우리 속담에 "눈 감으면 코 베간다"라는 말이 있잖아. 그 말 역시 일본군이 잠을 잘 때건, 밥을 먹을 때건 잠시라도 방심하고 있으면 어디선가 나타나 코와 귀를 베어 갔기 때문에 생겨난 말이라고 해.

일본군들은 이렇게 조선 사람들의 코와 귀를 베어 자신의 본국으로 가져갔어. 그래서 지금도 일본의 한 절에 가면 '이총'과 '비총'이라는 묘지가 있는데, 일본의 한 스님이 일본군들이 베어간 귀와 코를 잘 모아 제사를 지내고 묻어 주었다는 거야. 일본의 문헌기록에 보면 당시에 일본군들이 가지고 온 귀와 코의 수가 삼십만 개나 된다고 전해지고 있어.

살수대첩 (薩水大捷)

고구려 영양왕 23년 때 수양제가 고구려 정벌의 조서를 내리고, 좌익위 대장군 우문술은 부여도로, 우익위 대장군 우중문은 낙랑도로 쳐들어와 9군과 함께 압록수에 이르렀다.

이때 을지문덕은 왕명을 받고 적 진영에 들어가서 거짓으로 항복하는 척하면서, 실은 적의 허실을 엿보고자 하였다. 을지문덕은 수의 대군이 굶주린 기색을 보고 이를 더욱 피로하게 하려고 매번 싸우다가 문득 패하고 하니, 우문술은 하루에 일곱 번씩 싸워 모두 승리를 하였다.

여기에 도취된 적장들은 또 진격할 것을 의논하고는 드디어 살수를 건너 평양성의 30리 밖에 이르러 병영을 쳤다. 이때 을지문덕은 우중문에게 시를 지어 보내기를 "신묘한 계책은 천문을 꿰뚫어 볼 만 하고, 오묘한 전술은 땅의 이치를 모조리 알도다. 전쟁에 이겨서 공이 이미 높아졌으니, 만족을 알거든 그만 돌아가시구려"라고 하였다.

이에 우중문이 답서를 보내니, 을지문덕은 또다시 사자를 파견하여 거짓으로 항복하면서, 회군하면 우리 왕이 양제를 찾아뵙겠다고 하였다. 우문술은 전세가 불리해졌고 고구려군이 거짓 항복했다는 것을 깨닫고 돌아가기 시작하였다.

이를 본 을지문덕은 적의 군사를 4면으로 맹공하여 그들이 살수를 반쯤 건넜을 때 적군의 후미를 습격하였다. 이에 적장 신세웅을 잡아 죽이고 많은 적군을 격파하니 적군은 거의 궤멸되었다. 수군이 요동을 떠날 때는 30만 5천 명이었으나, 패배하여 요동으로 돌아간 자는 2700여 명에 불과하였다.

조선은 **'임진왜란'**이라는 커다란 전쟁 이후에 많은 변화가 찾아왔어.

특히 먹을거리에서 두드러진 변화가 있었지. 요즈음 우리 식탁에 자주 올라오는 고추, 호박, 토마토, 고구마, 감자 등과 많은 사람들이 즐겨 피우는 담배가 그 대표적인 예라고 할 수 있어. 또 임진왜란을 전후하여 외국과 농업기술의 교류가 많아져 크게 발달했어.

찹쌀, 차조, 보리, 밀, 메밀, 귀리, 수수, 옥수수, 콩, 팥, 녹두, 완두, 검정깨 등 많은 곡식들이 임진왜란을 즈음하여 우리 나라에 들어오게 된 거야. 우리가 자주 먹는 곡식과 야채들이 어디서 왔으며 어떻게 들어왔는지 알아보는 것도 매우 의미있는 일일 거야. 먼저 호박 경우를 살펴보면 호박은 임진왜란 중 광해군 때 일본에서 건너온 작물이야. 처음 호박이 들어 왔을 때 그 달콤한 특유의 맛으로 우리 나라 사람들을 사로잡았어. 그리고 오래지 않아 전국적으로 퍼져나갔지. 하지만 호박이 이토록 빠른 시간에 널리 확산된 것은

294

당시 우리 나라의 식량 사정이 좋지 않았거든. 그래서 밥 대용으로 먹는 구황식품으로 널리 각광을 받았기 때문이었어.

그리고 고추 역시 일본에서 들어온 것이야. 처음에는 일본에서 왔다하여 '번초', '남번초'라 했어. 사람들은 그 독특한 매운맛과 고운 붉은빛에 미각을 매혹당했어. 그래서 고추는 반찬과 김치에 새로운 맛을 가미하게 되는 중요한 식품이 되었지. 다시 말해 우리가 요즘 먹고 있는 빨간 고추가 들어간 김치는 이 당시부터 만들어진 거야. 그 전에는 배추를 소금에만 절여서 먹는 백김치를 즐겨 먹었거든. 야채의 일종인 토마토 역시 일본을 경유하여 우리 나라에 들어왔어. 그래서 남만시라 하였고 감과 비슷하다 하여 일년감이라는 별칭도 붙여졌지. 그러나 우리 나라 사람의 입맛에 맞지 않았던지 당시엔 널리 보급되지 않았어.

또한 고구마는 영조 때에 이광여라는 사람에 의해서 전래됐다고 할 수 있어. 어느 날 이광여는 명의 서광계가 지은 유명한 농업기술서인 『농정전서』 50권을 읽다가 감저(고구마의 또다른 이름)의 유용함을 깨닫게 됐어. 그래서 그것을 중국에서 얻으려고 했는데, 뜻대로 되지 않았어. 결국은 통신사로 일본에 가게 된 조엄에게 부탁해서 그 종자를 얻어오게 했어. 조엄은 대마도에서 '효행우'라고 말하는 감저의 종자를 얻어서 동래(지금의 부산)로 보냈어. 이광여의 문인이던 강계현은 이듬해 그 종자를 서울에 심어 열매가 열리게 했고, 동래부사 강필리가 또 이것을 동래와 제주도에 심어 열매를 열리게 했어. 동래부사 강필리의 고구마에 대한 노력은 여기서 그치지 않았어.

강필리는 『감저보』를 지어 널리 보급시켰어. 또한 김장순이란 사람은 9년 동안 그 재배법을 시험하여 『감저신보』를 지어내 그 재배법을 널리 알렸던 거야. 그래서 많은 사람들이 고구마의 중요성을 인식하게 됐어. 그리고 고구마는 얼마 지나지 않아 전국적으로 퍼져나갔어.

어느 해인가 호남지방에서 극심한 흉년이 들게 됐는데, 정조 18년(1794) 12월 25일에 호남위유사 서영식은 "굶주림을 덜게 하기 위하여 감저의 재배를 장려할 것을 상언하여 임금의 허락을 얻은 일이 있었다."라는 문헌 기록도 남아 있어. 고구마는 차차 우리 농민들 사이에 인기 있는 농작물이 되었어.

그리고 고구마를 많이 심어 굶주림을 덜게 하는 일에 큰 보탬이 됐어. 감저를 우리 나라에서 '고구마'라고 부르게 된 것은 이유가 있어. 일본 대마도에서 감저를 심음으로써 굶주린 부모를 살리게 하였다는 뜻으로 부르게 된 '고고이모'라는 말에서 유래한 것이라고 해. 다시 말하면 '고고이모'라는 말이 바뀌어 '고구마'로 되었다는 것이지. 그럼 고구마와 비슷한 감자는 우리 나라에 언제 들어오게 됐을까. 감자는 남아메리카 대륙의 고지대인 칠레 페루지방의 원산물이지. 그래서 열대 저지를 제외한 온습대의 어느 곳에서도 쉽게 재배할 수 있고 '여러해살이' 식물이야.

감자는 16세기에 북아메리카 대륙으로부터 유럽대륙의 여러 나라를 거쳐 중국에도 퍼지게 됐어. 그리고 일본에는 남쪽의 자바와 북쪽의 러시아로부터 전래되게 되었지. 그런데 감자가 우리 나라에 들어오게 된 것은 고구마보다 60여 년이나 늦은 순조 25년 (1825)경에 이르러서야. 감자는 두만강을 건너 함경도 지방에 제일 먼저 들어왔어. 그리고 이 사실은 함경도 지방의 수령을 지냈던 사람들이 서울에 올라와 이야기를 해주어 알려지게 됐어.

그 후 차차 감자도 전국으로 퍼져 백성들의 굶주림을 덜게 하는 일에 큰 보탬이 됐어. 감자는 그 줄기의 열매가 말방울 모양과 같이 주렁주렁 달리기 때문에 한자로는 '마령서'라고도 부르고 있지. 그렇지만 우리 나라에선 감자가 북쪽으로부터 전래되었기 때문에 고구마인 감저와 구별하기 위하여 이것을 '북감저'라고도 부르지. 또 '토감저'는 하지 때 열매가 맺히기 때문에 '하지감저'라고도 부르고 평안도 지방에서는 '호감자', '왜감자'라고도 부르지.

그럼 담배는 우리 나라에 어떻게 전래되었을까. 담배는 포르투갈 상인들이 동양에 진출해 16세기 말엽에 명과 일본에도 전래되게 되었어. 담배가 전래되자 명과 일본에서는 곧 이것을 재배했고 담배를 피우는 사람이 많아지게 됐지. 그래서 임진왜란을 겪는 사이에 왜군으로 말미암아 담배가 우리 나라에 처음 들어오게 됐어. 광해군 때 들어선 담배가 제법 널리 피워지게 됐지. 몇몇 선비들이 담배를 즐겨 피웠는데, 광해군은 신하들이 입에서 담배 냄새를 풍기는 것을 무척 싫어했다고 해. 그래서 광해군 앞에서는 절대 담배를 피우지 못했다는 이야기도 전해오고 있지.

💠 감저신보(甘藷新譜)

조선 후기의 농학자이며 독농가인 김장순이, 1764년(영조 40) 통신사 조엄이 쓰시마섬에서 가져온 고구마를 9년 동안 연구한 끝에 재배에 성공하여, 구황작물로서 재배를 장려하고자, 자기가 실제로 재배한 경험을 토대로 이 책을 저술하였다.

강필리의 『감저보(甘藷譜)』와 함께 고구마 재배를 연구하는 데 좋은 참고가 된다. 감저신보범례, 감저신보문답, 감저신보종시법 등을 비롯하여 장종, 상지택지, 경전, 동경, 분전, 이종, 전경, 복엽이종, 이종전절, 전유등, 수란경상, 과정 등 14조를 저술하였고, 감저신보 식품법으로서 미성, 엽성, 식품, 조분, 조주, 조장의 6조를 기록하였다. 책머리에 저자의 자서가 있다.

사람들 중에는 **남 얘기 하길**
좋아하는 사람들이 있지.

남의 단점을 자신의 출세나 성공에 이용하려는 것은 그다지 좋지 않은 일이지. 특히 자신이 누군가와 경쟁관계에 있을 경우에는 능력으로서 정정당당하게 승부를 겨루는 것이 좋은 것 아니겠어.

한번은 이런 일이 있었대. 아마 그때가 성종이 임금이었을 때인데 당시 결혼하지 않은 인재들 중 어사 정도의 자격을 갖춘 사람들은 궁궐내에서 생활을 했었나 봐. 하루는 성종이 궁궐을 돌다가 특별한 광경을 목격하게 돼. 모두가 잠든 깊은 밤이었는데 왕은 나라의 인재인 조위의 방 앞을 지나가다 발길을 멈추었어. 예전엔 문이 창호지로 만들어져서 방 안에 불이 켜 있으면 그 내부를 어렴풋하게나마 밖에서 훔쳐볼 수 있었거든. 그런데 조위는 깊은 밤중인데도 불구하고 열심히 책을 읽고 있는 거야. 왕은 너무 대견스러워 방문을 열고 들어가 칭찬의 말이라도 하려고 하는데 그 순간이었어.

갑자기 뒷문이 열리더니 여자가 방 안으로 들어간 거야. 한밤중에 남정네 공부하는 방에 여자가 갑자기 나타나니 왕으로서도 참으로 괴상한 일이라는 생각이 들었지. 그래서 가만히 지켜보았는데 여자는 조위의 책상머리에 다소곳이 앉더니 그대로 있는 거야. 글 읽는데 빠져 있던 조위는 여인이 들어온 것을 몰랐는지 아니면 아예 관심을 두지 않기로 한 것인지 계속 책만 읽고 있는 거야. 한참이 지나서야 조위는 책장을 덮더니 점잖게 여인에게 물었어.

"대체 당신은 누구길래 깊은 밤 남자 혼자 있는 방에 맘대로 들어온 것이오."

그제서야 여자는 입을 열었어.

"저는 궁녀이옵니다. 감히 이런 말씀을 드리기 죄스럽지만 사실 저는 대궐에 큰 일이 있을 때마다 선비님의 모습을 훔쳐 보았습니다."

여자는 잠시 머뭇거리더니 계속 말했어. 그 말인즉 선비를 흠모하고 있었다는 거야. 그런데 그 사랑하는 마음이 한계에 달해 더 이상은 참을 수 없어 고백을 하게 됐다는 거지. 그러고는 그 여자 독하게도 갑자기 은장도를 꺼내 들더니 자기가 상사병으로 죽느니 차라리 조위 앞에서 은장도로 자살을 하겠다는 거지. 얼마나 충격적인 일이야. 그러니 왕도 순간 놀랄 정도였어. 이미 그 여자는 칼을 가슴으로 가져갔거든. 그러자 조위는 재빠르게 여인의 손목을 잡아 칼을 빼앗았어. 그리고 여인에게 따뜻하게 말했지. 그렇게 자신을 사모하는 줄을 몰랐으나 그렇다고 자살을 선택하는 일은 바보같은 일이라면서 여인을 자신의 품에 안았어. 그 자리에서 여인이 죽었어 봐. 일이 어떻게 되겠어. 좋아서 한 선택은 아니었지. 일단 여인을 안정시켜야 했기에 그럴 수밖에 없었던 거야. 잠시 후 방 안에 불이 꺼졌어. 이를 지켜본 왕은 한숨을 놓았어.

조위는 참으로 아름다운 마음을 가진 사람이라고 생각한 거지. 그래서 내시를 시켜 자신이 덮는 비단 이불을 몰래 조위에게 덮어 주게끔 했지 뭐야. 이튿날 아침 잠에서 깨어난 조위는 깜짝 놀랄 수밖에 없었어. 밤에 일어난 일들을 왕이 알고 있다는 것이 단적으로 증명됐잖아. 결국 조위는 왕을 찾아가 머리를 조아리며 자신이 죄를 지었노라고 고했지만 왕은 오히려 자살하려 했던 여인의 목숨을 건져준 조위의 행동을 높이 평가하고 그 일을 없던 일로 하기로 했네.

하지만 '낮 말은 새가 듣고 밤 말은 쥐가 듣는다' 더니 이 같은 사실들을 왕과 그리고 동행했던 내시만 알고 있는 것이 아니라 또 다른 한 사람이 알고 있었으니 그 사람이 바로 학문이나 외모에 있어 조위와 라이벌 입장이었던 신종호라는 사람이었어. 치사하게도 이 사람이 간밤에 조위에게 있었던 일을 어떻게 알았는지 그 사실을 왕에게 전하면서 벌을 내려야 한다고 말하는 거야. 남의 약점을 이런 식으로 고자질하는 것은 그다지 좋은 일이 아닐진데 말이야. 성종은 참 황당했지. 어쩔 수가 없어 우선 신종호에게는 훗날 중형을 내릴 터이니 그렇게 알고만 있으라고 했지. 그리고는 왕이 기막히게 머리를 썼어.

며칠 후 왕은 신종호를 불러 평안도에 어사로 내려가 각 고을을 돌아보고 오라는 지시를 내린 거야. 그러면서 당부를 했지. 평안도 지역은 미모의 여인들이 많다고 들었는데 설마 자네만큼은 여인들에게 빠지지 않을 것으로 믿는다며 미리 쐐기를 박았어. 그리고 왕은 비밀리에 평안감사에게 전하기를 이번에 내려가는 어사에게 기생 한 명을 수청들게 하도록 했지.

무슨 마음으로 이렇게 하는지 알 수 없었지만 어명이니 평안감사는 심혈을 기울일 수밖에 없는 일이었어. 하지만 평안감사는 고민이었지. 워낙 여자를 가까이 하지 않는 어사 신종호에게 어떻게 기생이 접근할 수 있도록 만드는가가 심각한 문제거리였지.

그때 성천 고을에 사는 옥매향이라는 기생이 이 사실을 알고 자신이 일을 성사시키겠노라고 하며 나선 거야. 어사 신종호는 드디어 평안도에 도착해서 고을을 돌며 백성들의 살아가는 모습도 보고 무엇이 잘못되어 있는지 이것 저것 살펴보게 되었네. 어사는 옥매향이 있는 성천에도 들르게 됐어. 그곳에서 첫 날밤을 보내려 하는데 참으로 이상한 일이 벌어지지 않겠어. 어디선가 여인의 울음소리가 깊은 밤 어사의 가슴을 마치 도려내기라도 하듯 구슬프게 들리는 거야. 어사 신종호도 사람인데 어쩌겠어. 여인의 우는 사연이 궁금하기도 하고 밤새 울어 목숨을 잃게 되면 어쩌나 하고 걱정을 했어.

그런데 어찌된 일인지 이 여인은 이튿날 밤까지 그렇게 울어대는 거야. 신종호는 가만히 내버려두어서는 안될 일이다 싶어 사람을 보냈어. 그 여인을 데려오라고 말이야. 그런데 심부름를 간 사람은 혼자서 돌아왔지 뭐야. 이유를 물으니 그 여인은 지조가 높은 수절과부여서 외간 남자의 부름에는 절대로 응하지 않는다는 거야. 어쩔 수 없이 신종호는 그 여인의 집을 찾아갔어. 그리고 물었지. 대체 무슨 사연이길래 밤낮으로 울기만 하는 것이냐고. 여인이 말했어.

"일찍이 남편을 여의고 혼자서 살아왔는데 여자 혼자 사는 게 고달프고 혼자 살다보면 행여 욕을 당할 수도 있는 일이라서, 지아비의 뒤를 쫓아 죽으려 해도 목숨이 허락하지 않아, 이렇게 울어서라도 남편 뒤를 따르려고 합니다."

여자는 얼굴이 그야말로 미인이었어. 그 아리따운 여인이 눈물로 이렇게 말하니 신종호의 마음이 움직이기 시작했어. 물론 여색 때문만은 아니지만 죽어가는 사람을 살리는 일이 중요하다고 생각했지. 때문에 신종호는 여인에게 말했어. 자신이 나쁜 소인배는 아니니 울어 죽는 것보다는 자신의 뒤를 따르는 게 어떻겠냐고 말이야. 그리고는 며칠 후 여인을 데리러 오겠다고 말했지. 그런데 이 여인은 갑자기 차가운 표정으로 말하는 거야.

"이 미천한 계집을 받아주신다니 황공하기 그지 없으나 며칠 후

데리러 온다는 말씀은 마치 저를 놀리는 게 아니신지요. 비록 혼자 사는 몸이지만 노리개 취급 당할 만큼 막 살아온 사람은 아니옵니다. 거두어 주시려면 날을 뒤로 미룰 것이 아니라 오늘부터라도……."

신종호 자신도 듣고 보니 자칫하면 여인의 마음만 들썩이게 하는 거짓말로 오해받을 소지가 있는 것 같았어. 그래서 결국 신종호는 그날 밤 여인과 함께 보낼 수밖에 없었지. 옥매향의 연기에 넘어간 신종호는 아무 일도 없었다는 듯 일을 끝내고 훗날 궁으로 들어갔지만 웬걸 이 이야기는 벌써 임금이 알고 있었지 뭐야. 조위를 비난했던 신종호 역시 여색 앞에서는 별 수 없다는 것을 알았지. 그리하여 임금은 조위와 신종호를 불러 놓고는 궁녀와 옥매향을 그들 앞에 세웠지. 그리고 이렇게 말했지.

"두 사람은 자신들의 여인을 찾아가시오. 그리고 화목하게 살아보도록 하시오. 내 평생 처음 중매를 하는 자리요."

신종호는 엄청나게 놀랐지. 그러나 일이 이렇게 됐으니 옥매향을 모르는 여인이라고 말할 수는 없겠지. 왕은 나무라기보다는 오히려 즐겁게 웃었어. 그리고 각각 밤을 지샌 여인들과 평생 부부 인연을 맺게 해주었지. 이런 걸 보면 성종도 참 재미있는 임금님이지 뭐야. 신하들 중매까지 섰으니. 어찌 됐든 남 얘기는 할 것이 못된다니까. 사람 일이란 것이 언제 어떻게 될지 모르니까.

조선시대에는 문사들이 궁궐에도 많았어.

문사는 문학에 뛰어나고 시문을 잘 짓는 사람으로 문필 활동을 전문적으로 하는 사람이지. 성종 때의 한 문사의 일화를 이야기할게. 당시 문사 중에는 유호인이라는 경상도 밀양사람이 있었는데 그는 글을 잘 짓고 글씨 또한 명필로 소문이 자자한 사람이었어. 때문에 성종으로부터 특별한 사랑을 받은 사람이야.

왕들도 어떤 왕은 무예가 뛰어나 글보다는 싸움에 능한 사람이 있었겠지만 성종은 문필에 뛰어난 왕 중 한 사람이었지. 그러니 왕에게는 유호인 같은 문사가 특별한 대접을 받았었어.

예를 들면 언젠가 왕이 유호인의 찢어진 이불을 보고는 자신이 덮는 이불을 내줄 정도였다니까. 왕은 경회루 연못가를 산책할 때도 유호인을 동행시켰고 심지어는 유호인이 머무는 곳으로 직접 행차하여 그와 함께 밤늦도록 글에 대해 대화를 나누는 일도 많았다는 거야. 이쯤되면 유호인의 소원이라면 어떤 것이든 왕이 못들어 주었겠어. 한번은 유호인이 왕에게 이렇게 말한 거야.

"전하, 소인이 어머니를 찾아뵌 지 오래되었습니다. 고향에 다녀올 수 있도록 허락해 주십시오."

왕은 허락을 했어. 하지만 유호인이 고향에 내려가 정말로 무엇을 하는지 의심이 들어 사람을 시켜 그의 뒤를 밟게 했지 뭐야. 그런데 역시 문사는 문사였어. 고향에 내려가서도 영남루에 올라 글을 지어 읊는 거야. 그것도 임금의 심정을 헤아리면서 한편으로는 모친에 대한 효심이 담긴 글을 말이야. 왕은 이 사실을 듣고 그가 효심이 지극한 사람이라는 것을 알았고 더욱더 그를 잘 보살펴주려고 했어. 그러자 유호인은 자신의 고향 수령 자리를 준다면 노모를 모실 수 있다며 여러 차례 간청을 했어. 성종은 그의 효심을 높이 평가하여 고향과 가까운 의성 현령의 자리를 주었지.

사실 큰 일을 할 만한 인물이 아니라는 것을 알지만 그의 문장력을 높이 사다 보니 엄청난 배려를 한 셈이야. 게다가 왕은 유호인이 현령으로서의 능력이 부족하다는 것을 잘 아는지라 미리 경상감사에게 부탁을 했지. 부족한 점이 있다 하더라도 너무 나무라지 말고 도와주라고.

유호인의 현령 활동은 예상했던 대로였지. 백성들을 다스리는 일보다는 허구한 날 시만 지어 읊는 게 일이었어. 그러니 처리해야 할 일들이 쌓이기만 하고 무엇 하나 제대로 해결해 나가는 것이 없는 거야. 사실 그렇잖아. 사람은 누구나 다 자기가 가장 잘하는 일을 해야 그만한 성과가 있는 법인데. 글을 쓰는 사람은 글을 써서 책을 만들고 행정가는 고을의 행정을 맡아 처리하고 무사는 전쟁터에 나가고 그렇게 살아야 하는데 유호인은 자기 능력이나 관심과는 맞지 않는 책임을 맡았으니 오죽했겠어. 그러자 경상감사는 왕의 부탁을 무시하고 솔직하게 보고평을 올렸어. 한마디로 현령으로서 불성실하며 자격이 없다는 쪽이었지.

이에 왕은 경상감사에게 화를 내기도 했어. 비밀리에 부탁까지 했는데도 불구하고 어떻게 사실 그대로 보낼 수가 있느냐고 말이야. 하지만 경상감사는 대단히 강직한 관리였어. 그의 대답은 이랬어.

"백성을 보살피고 이끌기 위해 수령이 존재하는 일일진데 여기에는 관심이 없고 시만 읊는 것은 분명 잘못된 일입니다. 저는 저의 직책에 충실했을 뿐이오니 진정으로 제가 잘못한 일이라면 저에게 벌을 내려주십시오."

사실 맞는 말이지. 성종도 자기 한 사람의 입장이나 생각보다는 많은 백성을 생각하는 임금이었는지라 결국에는 감사의 입장을 헤아렸어. 자신의 욕심 때문에 충성스런 신하의 뜻을 무시한다는 것은 결국 왕도 별 수 없는 사람이 되는 셈이잖아. 왕은 다시 유호인을 내직으로 불러들였지. 그리고 예전처럼 문사로서 일하게 하면서 시에 대해서 글에 대해서 자신과 함께 토론하고 생각을 하는 친구처럼 삼았다고 해. 이에 유호인을 아는 많은 사람들이 이렇게 말했다지 뭐야.

"역시 호인은 내직에 앉아 왕과 시문이나 주고 받는 것이 천직이야."

선조의 정비 의인 **왕후 박씨**는
몸이 약해 자식을 낳지 못했어.

그러나 후궁들은 아들을 많이 낳아 14명이나 되었지. 선조는 후궁에게서 난 아들들에게 왕위를 물려주고 싶지 않아 의인 왕후가 아들을 낳기만을 기다렸지만 좀처럼 태기가 없었어.

선조는 14명의 아들 중 인빈 김씨가 낳은 둘째 아들 신성군을 특별히 귀여워했지만 신성군에게 왕위를 물려주어야겠다는 생각은 조금도 하지 않았어.

선조의 나이 40살이 넘자 조정의 대신들까지 초조해지기 시작했어. 자꾸 왕세자 책봉을 미루다가 혹시 임금이 승하라도 하게 되면 혼란이 오기 때문이지. 1591년, 서로 눈치만 보다가 좌의정 자리에 있는 송강 정철이 먼저 이 문제를 거론했어. 정철은 우의정, 유성룡, 영의정 이산해 등 중신들이 모두 모인 자리에서 세자 문제를 의논했어. 왕세자가 될 첫 번째 후보는 당연 공빈 김씨의 임해군이라고 입을 모았지만 그렇게 말하면서도 대신들은 임해군에 대해 여러 가지로 의견을 나눌 수밖에…….

"임해군은 성품이 너무 사납습니다. 자고로 임금은 백성들에게 덕을 베풀어야 하는데 임해군은 난폭해서……."

대신들의 의견은 거의 비슷했어. 두 번째 후보는 둘째 아들 광해군이었어. 정철은 빠른 시일 내에 대신들의 의견을 임금에게 전하겠다고 말했지. 동인인 이산해가 집에 와서 생각하니 광해군이 왕위에 오르면 정철이 권세를 누릴 것 같은 생각이 드는 거야. 그래서 이산해는 이 기회에 정철의 콧대를 꺾어 놓을 기회를 잡으려고 생각했지.

이산해는 아들 경전을 시켜 인빈 김씨의 오빠인 김공량에게 정철이 광해군을 세자로 책봉하자고 선동하였다고 전하게 되고, 경전은 김공량을 찾아가 이야기를 모두 전한 다음 아래와 같은 말을 덧붙이기에 이르러.

"정철은 광해군을 세자로 옹립하고 난 다음 인빈과 그의 소생 신성군을 죽이려고 모의하고 있습니다."

김공량은 이 이야기를 즉시 인빈 김씨에게 전했어. 인빈 김씨는 발끈해서 선조에게 곧바로 달려가 울면서 김공량이 한 말을 그대로 전했고, 평상시 인빈 김씨를 총애했던 선조는 기회가 오면 정철을 혼내주어야겠다고 마음먹지. 아무것도 모르는 정철은 아침 경연에서 대신들과 의논할 일을 선조에게 말했어. 선조는 정철의 말을 듣고 크게 화를 내며 아직 세자 문제를 논의하는 것은 빠르다고 이야기했어. 그래도 정철이 자기의 의견을 꺾지 않자, 보다 못해서 서인인 이해수, 이성중 등이 정철의 말에 동의를 하고 나섰지. 이에 선조는 "그대는 대신이면서 매일 주색에 빠져 있다고 들었소. 그런 그대가 어찌 나랏일을 제대로 하겠소?"라고 큰 소리로 꾸짖었어.

이 일로 정철은 파직당하고 귀양을 갔고 그의 말에 동조한 사람들 역시 귀양길에 오르게 됐지 뭐야. 그런데 세자 책봉 문제가 해결되기 전에 임진왜란이 일어나 버렸어.

그래서 세자 책봉 문제는 더욱 시급해진 거야. 이 같은 비상 사태가 발생했을 때에는 조정을 임시로 둘로 나누는 것이 기본이야. 그래야 무슨 일이 일어나더라도 선조 대신 세자가 나랏일을 볼 수 있었기 때문이지.

선조는 포악한 성격의 임해군은 세자 자격이 없다고 생각했고, 또 그때 선조가 사랑했던 신성군은 죽고 없었어. 그래서 하는 수 없이 광해군을 세자로 책봉했지. 선조는 평양성에 피난 가 있을 때 광해군을 세자로 임명했어. 그리고 윤근수를 명나라에 사신으로 보내 광해군을 조선의 세자로 인정해 달라고 했어.

그 당시 조선은 명나라의 찬성을 얻은 뒤에 세자로 책봉하는 것이 관례였기 때문이야. 그런데 명나라에서는 임해군이 있기 때문에 광해군은 세자로 인정할 수 없다고 했어. 광해군은 전쟁 중에 전국을 돌며 군사와 군량미를 모으는 등 세자로서의 임무를 충실히 해서 선조나 여러 대신들로 하여금 나라를 잘 이끌어갈 것으로 믿게 했지. 그런데 조선에서는 광해군을 세자로 인정하고 있어도 명나라에서는 계속해서 인정해 주지 않는 것이야. 광해군은 이 일이 아무래도 마음에 걸렸어.

임진왜란이 끝난 1600년 의인 왕후가 죽자 연흥부원군 김제남의 딸인 김씨가 19세의 나이로 왕후에 오르게 돼. 이 왕후가 인목 왕후야. 1606년 인목 왕후가 드디어 선조의 아들인 영창대군 의를 낳는 경사스러운 일이 생기지. 선조는 후궁의 몸이 아닌 왕비의 몸에서 영창 대군이 태어나자 서자인 광해군보다 왕후가 낳은 영창 대군에게 왕위를 물려주고 싶어졌지 뭐야.

눈치 빠른 유영경이 선조의 마음을 헤아리고 영창 대군을 세자로 옹립하자고 떠들었어. 그 당시 신하들은 동인, 북인, 남인으로 갈라져 당파 싸움에 빠져 있었는데 북인 세력이 우세했지.

세자에 관한 문제로 북인은 다시 대북파와 소북파로 나뉘어 서로가 서로를 헐뜯기에 여념이 없었어. 그러던 중 선조가 병이 들어 자리에 누웠어. 선조는 다시 일어날 수 없다고 판단되자 유영경 등 대신들을 불러 영창 대군을 부탁한다는 말을 남겼어. 이 말은 영창 대군으로 하여금 왕위를 계승하게 하라는 뜻이 담겨 있기도 하지.

힘이 우세했던 소북파는 영창 대군을 지지하며 광해군은 명나라의 허락도 얻지 못했다고 대북파를 밀어 붙였지만 그러나 때는 이

312

미 늦은 거야. 1608년 더 이상 어쩔 수 없다고 판단한 선조는 광해군에게 왕위를 이어받게 하라는 교서를 유영경에게 내렸어. 그러나 유영경은 영창 대군을 지지하는 터라 선조의 교서를 발표하지 않은 거야. 이 일이 알려지자 대북파인 정인홍, 이이첨 등이 선조에게 달려가 따졌지만 선조는 그만 눈을 감고 말았지.

왕실의 어른이 된 인목 대비는 여러 가지 생각을 하게 돼. 영창 대군이 왕위에 오르기에는 너무 어렸고 자신을 지지해 줄 대신들도 믿을 수가 없었지. 사랑하는 아들이 왕위에 올라 당파 싸움의 희생물이 되기보다는 차라리 광해군을 임금으로 즉위시키는 것이 낫다는 결론을 내린 인목 대비는 광해군을 즉위시키라는 명을 내려.

이렇게 어렵고 험한 일을 겪고 광해군이 왕위에 오르게 되는 거야. 힘겹게 즉위한 광해군은 나라를 잘 다스려야겠다고 마음 속으로 굳게 다짐하지. 이때 광해군에게 함흥판관 이귀의 상소가 날아들어.

"궁궐의 질서를 엄하게 하고 뇌물을 바치는 것을 뿌리뽑고 간신을 숙청하며, 언로를 열어 바른 말에 귀를 기울이셔야 합니다."

광해군은 상소문을 읽고 고개를 끄덕이지. 그런데 광해군은 즉위하자마 당파 싸움의 소용돌이 속에 휘말려 버리고 만 거야. 광해군을 지원했던 정인홍, 이이첨 등의 대북파들이 득세하여 광해군을 반대했던 소북파들을 몰아세우기 시작한 거야. 당파 싸움은 나날이 더욱 치열해졌지. 광해군은 임금이 되었지만 여전히 명나라의 고명을 얻지 못한 상태였어. 광해군은 자기를 인정해 주지 않는 명나라를 섬기고 싶지 않았어. 또 왕위에 오르는 것을 반대한 유영경 등의 소북파가 미웠어. 대북파가 세도를 잡기 위해 광해군에게 말했지.

"전하, 일찍이 소북파들은 영창 대군을 옹립하려고 갖은 수단을 다 썼습니다. 저들을 조정에 놓아두면 언제 무슨 일을 저지를지 알 수 없습니다."

광해군도 이 말에 동의했어. 강력한 왕권을 가지려면 무엇보다 반대 세력을 몰아내야 했지. 광해군은 자신의 왕위계승을 반대한 소북파들을 몰아내기 시작했어. 광해군이 즉위하고 나라 안도 문제였지만 나라 밖도 여러 문제가 발생하고 말았어.

1618년 만주 대륙에서 일어난 누르하치가 나라를 세우고 후금이라 칭한 뒤 세력을 크게 넓히려고 침략을 일삼는 거야. 광해군은 임진왜란을 겪어 보았기 때문에 전쟁의 피해를 누구보다도 잘 알았지. 그러므로 한창 일어나는 누르하치와 충돌을 피하기 위해 많은 노고를 기울였지만 피해는 속출했지.

이처럼 광해군이 어렵게 즉위됨이 그 이유일까? 그만큼 광해군은 여러 어려움을 겪은 왕 중 한 명이야.

🌸 계축화옥

1608년 선조가 죽고 광해군이 즉위하자, 정인홍, 이이첨 등 대북파는 선조의 적자이며 광해군의 이복동생인 영창대군을 왕으로 옹립하고 반역을 도모하였다는 구실로 소북파의 우두머리이며 당시의 영의정인 유영경을 사사하는 등 소북파를 모조리 몰아내었다.

대북파에서는 계속하여 선조의 계비이며 영창대군의 생모인 인목대비와 그의 친정아버지 김제남을 몰아낼 궁리를 하고 있었는데, 때마침 조령에서 은상인을 죽이고 은 수백 냥을 약탈한 이른바 박응서의 옥사가 일어났다.

박응서, 서양갑, 심우영 등은 모두 조정 고관의 서얼들로서 출세의 길이 막힌 데 불만을 품고 온갖 악행을 자행하다가 은상인 습격, 살해 사건을 일으킨 것이다. 대북파는 이들을 문초할 때 김제남과 반역을 도모하였다고 허위자백케 하여 김제남을 죽였고 영창대군을 서인(庶人)으로 만들어 강화도에 유배하였는데, 후에 강화부사(江華府使) 정항(鄭沆)으로 하여금 그를 소사하게 하였다. 이 사건이 계축년에 일어났으므로 계축화옥이라고 한다.

임진왜란과 **정유재란**을 통틀어

임진왜란이라고 하지.

그렇듯 인조 때 일어난 정묘호란과 병자호란을 통틀어 병자호란이라고 해. 누르하치가 죽고 아들 홍타이시 누르하치가 즉위하면서 후금의 세력은 점점 강해졌어. 홍타이시 누르하치는 자기들의 남하 정책에 조선은 도움이 되지 않기 때문에 조선과의 화의를 반대하는 입장이었지.

후금은 명나라를 치는 것이 소원이었어. 그런데 명나라 장수 모문룡이 만주로 들어가는 길목에 버티고 있고 그 뒤에는 조선이 있기 때문에 소원을 이룰 수가 없었지. 누르하치는 우선 조선을 치면 모문룡이 고립될 것이라는 판단 아래 은밀히 군사를 일으킬 준비를 하고 있었어. 이때 조선에서는 이괄의 난이 실패하면서 그의 부하였던 한명련의 아들 한윤이 후금으로 도망가는 사건이 일어나. 한윤은 조선의 내부 사정을 샅샅이 알려 준 다음 조선을 치라고 부추겼어.

"인조는 명나라만 섬기고 후금은 오랑캐 나라라고 업신여기고 있소."

그리고 강홍립에게 그의 가족들이 서인들에게 박해를 받고 있다고 거짓말을 하자 강홍립이 발끈할 수밖에. 후금은 명나라와 전쟁 중이라 물자가 많이 부족했지. 그래서 조선을 치면 물자를 얻을 수 있으리라 생각하고 1627년 1월 13일, 3만의 군사를 거느리고 압록강을 넘어 쳐들어 온 거야. 잘 훈련된 후금의 군사들은 모문룡의 군대를 쉽게 소탕하고 의주를 습격하여 이순신 장군의 조카 이완을 죽이고 물밀 듯이 서울을 향해 내려왔어. 그 당시 조선의 군사력은 형편없었어. 평안 병사였던 남이흥이 끝까지 항전하다가 불에 타 죽으며 다음과 같은 유언을 남겼어.

"임진왜란 같은 큰 국난을 치르고도 아직까지 한 사람의 군사조차 제대로 훈련시키지 못했다니 한심하기 이를 데 없구나. 오랑캐가 쳐들어와도 대항하는 사람이 없다. 이래서야 어찌 나라가 망하지 않고 온전하기를 바라는가?"

의주에 이어 안주가 함락되었어. 이 소식을 들은 평안 감사가 도망을 가고 황해 병사도 싸워 볼 생각도 하지 않고 몸을 피했지. 회의를 거듭한 끝에 왕실과 조정 대신들은 두 패로 나뉘어 피난을 가기로 했어. 도체찰사 이원익과 좌의정 신흠은 세자와 함께 전주로, 인조와 영의정 윤방, 우의정 오윤겸은 강화도로 피난했어. 후금 군대는 평산(平山)까지 내려오더니 더 이상의 침략을 멈추고 2월 9일, 강홍립 등을 강화도에 보내 화의를 청하며 다음과 같은 요구 조건을 내걸게 되지.

1. 후금은 형이요, 조선은 아우라는 형제의 의를 맺자.
2. 후금이 철군함과 동시에 두 나라는 서로 압록강 경계선을 넘지 말자.
3. 중강 개시라 하여 용암포 일대를 시장으로 개방할 것을 희망한다.

조정은 이 요구 조건을 놓고 화의를 주장하는 주화파와 전쟁을 하자는 주전파로 나뉘어 한참 동안 실랑이를 벌였어. 결국 전쟁보다는 화의가 낫다는 판단을 내려 화의를 하기로 결정하고, 3월 3일 두 나라는 형제의 나라임을 체결하기에 이르러.

이 난이 정묘년에 일어났기 때문에 정묘호란이라고 불리우지. 형제의 의를 맺은 후금은 조선에 조공을 요구해 왔어. 그런데 조정 대신들 중에는 후금에 대해 강경한 입장을 취하는 사람들이 많았어. 이들은 "후금은 오랑캐들이 세운 나라다. 오랑캐에게 조공을 바치는 일은 수치다."라고 하며 형제의 의를 끊을 것을 주장했어.

1636년 병자년에 왕후 한씨가 죽었는데, 국호를 후금에서 청나라로 고친 누르하치는 왕후를 조문할 사신을 보내며 다음과 같이 요구해 왔어.

"청나라는 이제 황제지국이 되었다. 그러므로 조선은 신하의 나라가 되어 청나라를 황제처럼 받들어야 한다. 그러려면 조공도 크게 올려야 한다."

이건 완전히 조선을 깔보는 내용이잖아. 그래서 청나라를 배척하는 척화파들은 당장 사신을 죽이고 청나라와 싸우자고 주장하였어. 그러나 사실 청나라와 맞서 싸울 힘은 없었지. 한씨를 조상하러 온 사신들은 조정의 분위기가 심상치 않음을 느꼈어. 인조는 청나라 사신들의 인사도 받지 않았고, 무사들이 칼을 들고 조상하는 사신들 주위에 섰는가 하며, 말투 또한 거친 거야. 사신들은 겁을 먹고 청나라로 도망치듯 돌아갔어. 백성들이 도망치는 사신들에게 돌을 던지며 야유를 보냈는데 이 소식을 전해들은 누르하치는 이를 갈 수밖에…….

조정에서는 최명길 같은 주화론자들의 말보다 청나라를 배척해야 한다는 주장이 우세했어. 비변사에서는 다같이 일어나 청나라를 무찌르자는 통문을 전국에 보냈고, 주화론자인 최명길이 인조에게 말했지.

"물론 청나라를 쳐야겠다는 생각이 옳습니다. 그러나 지금은 때가 아닙니다. 청과 화친을 하면서 군사력을 길러야 합니다. 힘이 생긴 다음에 쳐도 늦지 않사옵니다."

그러나 그 누구도 최명길의 말을 듣지 않았어. 청 태종은 조선의 도전적 행동을 보고 만주, 몽골, 한인으로 조직된 군사 10만 명을 이끌고 12월 2일 심양을 출발했어. 적군은 파죽지세로 밀고 내려왔지. 의주 부윤 임경업이 백마산성을 굳게 지키고 있었지만 적군은 다른 길을 택해 서울로 진격하였지. 적이 심양을 출발한 지 10여 일만에 서울 근교에 도착했다는 통보를 받은 조정은 발칵 뒤집혔어. 그 동안 목소리를 높였던 척화론자들과 지방의 수령들은 이미 도망가고 없었거든. 철산 부사 지여해가 인조에게 매달리며 "군사 500명만 주십시오. 무악재 고개에서 적과 맞서 싸우겠습니다."

그러나 인조는 대답하지 못했지. 지여해에게 줄 군사는 50명도 채 되지 않았기 때문이지. 군사들이 뿔뿔이 흩어지고 말았어. 최명길이 앞으로 나서 자신은 적진으로 들어가 시간을 벌 테니 피난 갈 준비를 하라고 아뢰었어.

최명길이 적장을 만나 이야기를 나누는 사이에 봉림대군과 인평대군, 그리고 비빈 종실과 남녀 귀족들은 우선 강화도로 떠나고, 인조는 세자와 대신들을 데리고 나중에 강화도로 가기로 했지. 그런데 강화도로 가는 길이 적에게 차단당해 인조는 소현 세자와 대신들을 데리고 남한산성으로 피난할 수밖에 없는 상황에 다다른 거야. 18일, 청나라 군대가 남한산성을 포위했어.

그 당시 남한산성 안에는 군사 1만 5천 명과 관원 3백 명이 있었어. 식량은 50일쯤 버틸 쌀과 콩 등이 있었지. 조금 있으면 추위가 몰아칠 것을 생각하니 얼마나 앞이 캄캄해지겠어. 그런데 황당한 것은 이런 악한 상황에서도 조정 대신들은 여전히 주전파와 주화파로 나뉘어져 입씨름을 그치지 않았다는 거야.

김상헌과 삼학사(홍익한, 윤집, 오달제)는 한치의 양보도 하지 않고 청나라와 싸울 것을 주장했고, 최명길은 화의를 하자고 설득했지. 1월 23일 강화도가 함락되었다는 소식이 날아들어 왔어. 봉림, 인평 두 왕자와 세자빈을 비롯한 2백여 명이 포로가 되었다는 거야. 남한산성에 동요가 일어난 거지. 아무리 보아도 더 갈 곳이 없자 하는 수 없이 최명길이 화의를 주선했어.

청나라는 화의 조건으로 인조가 직접 성문 밖으로 나와 항복하고 척화파 대신 2~3명을 인질로 달라는 조건을 내세웠어. 한 나라의 임금이 적군에게 직접 항복을 하다니……. 인조는 굴욕감을 느꼈지만 막다른 골목에 다다랐음을 느끼고 1월 27일 항복하겠다는 글을 청군에게 전했어. 1월 30일 인조는 시종 50명을 거느리고 삼전도에 설치된 수항단으로 향했지. 남한산성을 내려오니 추위 속에서도 백성들은 땅을 치며 통곡했어.

인조는 홍색 곤룡포를 입으려고 하였으나 청군은 남색 군복을 입으라 강요했지. 인조는 아들 소현 세자와 함께 청 태종 홍타이시 누르하치 앞으로 걸어갔어. 그리고 거만한 자세로 의자에 앉아 있는 청태종에게 항복했어. 2월 2일 청 태종은 소현 세자와 봉림대군, 그리고 척화파의 김상헌과 삼학사를 데리고 기세 등등하게 청나라로 돌아갔고 후에 삼학사는 심양에서 피살됐지.

지금까지 우리는 병자호란에 대해 알아봤어. 병자호란은 임진왜란 다음으로 큰 전쟁이라 할 수 있어. 인적, 물적 피해도 컸지만 아까 언급했듯이 임금이 직접 적군에게 항복한 것은 우리 민족 최대의 수치라고도 할 수 있어.

임진왜란 7년의 전쟁을 치르고도 당파 싸움만 일삼은 조정의 군신들. 그들은 굶주림에 허덕이는 백성들은 생각지도 않고 오로지 자신의 부귀 영화만을 위해 당파 싸움을 일삼다가 나중에는 외세의 발아래 나라를 짓밟히게 되는 암울함을 맛보게 된 사건이지.

🌸 누르하치

성 아이신줴뤄[愛新覺羅]. 시호는 처음에는 무황제(武皇帝), 나중에는 고황제(高皇帝)로 불렸다. 묘호 태조(太祖). 만주의 푸순 동쪽 훈허강, 싱징 분지의 한 곳에 위치한 건주여진(建州女眞)의 한 추장에 지나지 않았지만, 1583년 처음으로 독립을 위한 군사를 일으켜 수년 사이에 건주, 여진을 통일하고, 1587년 쑤쯔허 상류에 최초의 성인 싱징라오청[興京老城]을 구축하였다.

명에 대해서는 공손한 태도를 취하여 1589년 명으로부터 도독첨사(都督僉事)로 임명되었으며, 1595년 용호장군(龍虎將軍)의 칭호가 수여되었다.

1599년에 해서여진(海西女眞)의 하다(哈達)를 멸망시키고, 이어 1607년에는 후이파[輝發], 1613년에는 우라[烏拉] 등을 병합하여 여진의 대부분을 통일하였고, 1616년 한(汗)의 지위에 올라 국호를 후금(後金), 연호를 천명(天命)이라 하였다. 그 동안 여진문자를 발명하고 팔기제도(八旗制度)를 제정하였으며, 도성을 혁도아랍(赫圖阿拉)으로 옮겼다.

후금의 성립은 명에 커다란 위협이 되어 마침내 명과 충돌하게 되었는데, 1618년에 명의 푸순[撫順]을 급습하여 취하고, 이어 칭허[淸河]를 공략하여 빼앗았다. 1619년에는 명과 일대 결전을 각오하여 진격, 푸순 관외의 사르프전투에서 명군 10만 명을 격멸하여 대승하였고, 1621년에는 랴오둥[遼東]을 공략하여 랴오허강[遼河]의 동쪽 지역을 지배하였으며, 랴오양[遼陽]에 천도하였다가, 1625년에 다시 선양[瀋陽]으로 도읍을 옮겼다.

1626년에 명의 영원성(寧遠城)을 공격하였으나 명장 원숭환(袁崇煥)의 고수로 실패, 부상만 입고 후퇴하였다. 이것이 원인이 되어 그 해 4월 몽고의 파림[巴林]부를 직접 공략하다가, 도중 9월에 병사하였다. 그가 확립한 청조(淸朝)의 기초 위에 그의 아들들이 그 대업을 완수하였다.

오랜 세월동안 사람들은
농사를 지어먹고 살았음은
모두가 아는 사실이잖아.

　멀리는 선사시대부터 가까이는 조선시대까지 농사는 생계 유지의 수단이자 주된 경제활동이었어. 농사를 짓기 위해서는 당연히 땅이 필요하잖아. 하지만 인구는 늘어나도 땅은 한정되어 있잖니. 따라서 농사를 짓는 사람들은 제한된 땅에서 보다 많은 수확을 얻기 위해 노력을 기울여 왔어.

　조선시대에도 그러한 노력은 계속되었지. 하지만 조선시대 농업 기술은 이전과는 비교할 수 없을 만큼 크게 발전했어. 이앙법과 견종법이라는 새로운 농사법이 보급되었기 때문이야. 이앙법이란 벼 농사에서 이룩된 새로운 기술이지. 이앙법 이전에는 직파법이 행해졌는데 직파법이 논에 직접 종자를 뿌리고 가을에 추수하는 방법이라면, 이앙법은 모판에 심어 모를 자라게 한 후 5, 6월쯤에 제 논에 옮겨 심는 방법이야. 옮겨 심는 과정을 우리말로 '모내기' 라

하기 때문에 이앙법을 모내기법이라고 부른다.

　이앙법과 직파법의 차이점에 대해 좀더 구체적으로 알아볼까? 이앙법은 모판에서 미리 좋지 않은 모를 솎아낼 수가 있어. 또한 옮겨심기 때문에 모가 두 땅의 양분을 충분히 섭취할 수가 있지. 무엇보다 이앙법의 최대 장점은 김매기(제초작업)의 노력을 더는 데 있어. 한 여름 내내 농부가 하는 일이 무엇인지 아니? 다름 아닌 잡초를 제거하는 일이야. 이앙법은 모내기할 때 줄을 맞추어 심기 때문에 직파법과 같이 잡초를 눈으로 일일이 확인하여 솎아내지 않아도 돼. 단지 모가 서 있는 줄 사이에 난 것들을 주욱 뽑아나가면 되기 때문이야. 또한 튼튼한 벼를 골라 심을 수 있고 또 그 벼가 충분한 양분을 공급받아 잘 자라게 되므로 수확량이 크게 늘어나고, 김매기가 편리해졌으므로 노동력이 크게 절약되기도 해.

　"이앙법에 비하면 직파법은 열 배의 힘을 쓰고서 십 분의 일의 곡식을 얻는 데 불과하다"는 당시의 기록은 이앙법의 효과가 얼마나 컸던가를 잘 보여 주는 단서가 되지. 이앙법의 효과는 여기에 그치지 않는단다. 이앙법을 쓰면 가을에 벼를 수확한 그 땅 위에 보리를 심을 수 있어서 말 그대로 이모작을 할 수 있어. 그러면 직파법은 왜 이모작이 안 되냐고? 가을에 심은 보리가 이듬해 5, 6월까지 자라기 때문이지. 따라서 거기에 다시 벼를 심을 수 없게 되는 거야. 그러나 이앙법은 봄에 일단 모판에 심었다가 5, 6월에 보리를 수확하고 난 후 바로 모를 옮겨 심으면 되기 때문에 이모작이 가능해. 이앙법은 일년에 두 번까지 수확할 수 있기 때문에 지력의 급격한 감퇴를 가져와. 따라서 이앙법의 발전은 시비법의 발전을 불러왔지.

시비법은 작물을 심기 전에 밑거름을 충분히 깔아주고 작물이 자라는 중간 중간에 덧거름을 주어 지력을 인위적으로 보충해주는 방법을 이용하고 있어. 이앙법은 모내기철에 물이 충분치 않으면 농사를 크게 망치게 된단다. 따라서 조선 정부는 한때 이앙법을 법으로 금지한 적도 있었지. 그러나 농민들은 수리시설을 확충해 가면서 이앙법을 발전시켜 조선 후기에는 전국에서 행해지게 돼. 그럼 우리 밭농사에 도입된 견종법에 대해서 알아볼까?

견종법이란 밭농사에서 이룩된 새로운 기술이야. 견종법 이전에는 농종법이 행해졌지. 농종법은 밭두둑에 작물을 심는 방법이고 견종법은 농종법과는 반대로 밭고랑에 심는 방법이야. 새로 작물을 심기 위하여 밭을 갈았을 때 땅 위로 두툼하게 올라온 부분을 밭두둑, 파인 부분을 밭고랑이라 불리는 건 알지? 그러면 왜 밭고랑에 심는 방법이 더 좋은가에 대해 알아볼까?

씨앗이 겨울바람을 덜 타 추위에 잘 견디게 해. 작물이 수분을 쉽게 확보하여 가뭄에 잘 견딜 수 있을 뿐아니라 유기질의 침전물을 손쉽게 거름으로 흡수할 수 있다. 또 이앙법과 마찬가지로 김매기가 편리하여 노동력이 절약된단다. 당시 기록에 따르면 "농종하는 것이 견종하는 것에 비하여 노력은 배가 들고 수익은 반밖에 안

된다"고 하니 견종법의 효과가 어느 정도인지 알 수 있지 않니?

농업기술의 발전은 사회구조에도 커다란 변화를 가져왔어. 이앙법과 견종법으로 노동력이 절약되면서 한 사람이 농사지을 수 있는 면적이 크게 확대되었지. 조선 후기 대부분의 농민들은 남의 땅을 빌어 농사를 짓는 소작농이었어.

이 시기 전라도의 경우를 보면 소작농가가 전체 농가의 70%를 차지했지. 그런데 이앙법과 견종법의 보급으로 한 사람이 보다 넓은 땅을 경작할 수 있게 되자 소작할 땅을 얻는 데 있어 치열한 경쟁이 벌어졌지 뭐야. 그럴수록 지주는 소작료를 올린다던가, 전세와 종자대를 소작인에게 부담지우는 일이 많아져 소작 조건이 나빠져 갔어.

치열한 경쟁 속에서 많은 소작지를 확보한 일부 농민들은 부유한 농민으로 성장하여 갔지만, 대부분의 농민들은 소작지조차 얻지 못하게 되었어. 소작지조차 얻지 못하는 농민들은 농촌을 떠나지 않을 수 없었어. 이들은 도시나 광산으로 가서 자신의 품을 팔아 생활하거나, 일자리를 찾아 헤매는 신세가 되고 심지어는 도적 떼가 되기도 하였단다.

한편 농업 인구가 크게 감소하고 도시로 유입된 이들이 상공업에 종사함으로써 궁극적으로는 생산의 분업화, 전문화가 이루어지는 동시에 상공업에 바탕을 둔 근대 자본주의 사회가 열리는 계기가 마련되었어. 이렇듯 농업기술의 발전은 생산을 향상시키려는 노력의 결과이기도 했지만 궁극에는 농민층을 분해시키고 평온했던 농촌사회를 흔드는 결과가 되기도 했지.

따라서 조선후기 농업기술의 발전이 단순한 기술의 발전에 그치는 것은 아니야. 농업기술의 발전이 사회구조에 커다란 변화를 일으키고 아울러 새로운 사회로의 변화를 일으키는 계기가 되었음을 알아야 하지.

🔷 농민층 분화의 사례

18세기 초 충청도 회인현 양안에는, 전체 농가 가운데 6.5%인 24호(戶)가 각기 1결 이상의 토지를 소유하여 전 농지의 33.6%를 차지한 것에 반하여, 전체 농가의 68%인 251호가 각기 1~24속(束)의 아주 적은 토지를 소유하여 전 농지의 22%를 차지하고 있었다. 또한 19세기 말 경기도 광주, 수원 등지의 양안에서 대체적으로 전체 농가의 75%가 소작에 관련된 것으로 나타나 있다. 이러한 통계는 농민의 계층 분화가 극심하게 이루어졌음을 보여 주고 있다.

조선 후기 **농업 기술**의 발전에 따른
농업 생산력의 발전이 이루어졌어.

그것은 봉건적 조선 사회의 농촌 내부에 새로운 변화를 일으켰지. 나아가 자급 자족적인 경제 관계를 바탕으로 하고 있던 당시 사회에 상업과 수공업, 광업의 발전을 촉진시켰어. 이에 따라 상품 화폐 경제가 널리 성장하게 되었단다. 농업 생산이 전반적으로 증대함에 따라 수공업 생산도 급격히 증대되었어.

고대 사회로부터 무기를 비롯하여 관청에서 사용하던 물건이나 지배층의 생활용품을 만드는 수공업은 관청에서 직접 운영하는 관영 수공업의 형태를 띠고 있었지. 특히 조선 전기에는 수공업 기술자인 장인들은 관청에 등록되어 관청에서 마련한 수공업 장에서 일정 기간 생산 활동에 종사하였거든.

하지만 양란 이후 조선 왕조의 지배 체제가 약해지고 재정 악화로 관영수공업의 유지가 어려워질 수밖에. 게다가 상품 화폐 경제

329

가 성장함에 따라 장인들은 관청에 등록하는 것을 기피하게 되었어. 스스로 생산하여 판매하는 것이 훨씬 큰 이익을 남길 수 있게 되었기 때문이지. 그리하여 장인들의 등록제가 폐지되면서 장인들은 일부 관영 수공업장에 고용되어 임금을 받고 일을 하는 임노동 기술자로 변모하거나, 또는 개인 수공업장에서 자유롭게 판매를 위한 생산 활동에 종사하게 되었어. 이에 따라 개인이 운영하는 민영 수공업이 발달하게 된단다.

특히 조선 후기 농민층 분화에 따른 도시 인구의 증가, 상업의 발달, 대동법 실시로 인한 관청 물건의 시장 구입 등이 원인이 되어 민영 수공업은 더욱 발전하게 돼. 이 시기 농촌 지역에서는 수공업품에 대한 수요가 늘어가면서 농민 가운데 수공업으로 옮겨가는 사람들이 많아졌고, 전문적으로 수공업에 종사하는 마을까지 생겨날 정도였어. 놋그릇을 만드는 유기점 마을, 옹기그릇을 만드는 옹점 마을, 가마솥, 농기구 등을 만드는 수철점 마을 등이 대표적인 마을이라 할 수 있어. 이러한 수공업 지역은 점촌이라고 불렸어.

이 중 놋그릇이나 철기의 제조 과정은 분화되어 있었는데 점주 또는 물주로 불린 경영주가 유기장, 야장 등의 장인을 고용하여 공장제 수공업의 형태로 운영되었지.

한편 농촌에서 부업으로 이루어진 수공업은 주로 면포, 비단, 모시 등 옷감류를 중심으로 점차 상품 생산 단계로 발전하였어.

정약용이 "한 사람의 베짜는 여인이 농부 세 사람의 수입보다 낫다"고 말한 것처럼 수입이 좋아서인지 전업적으로 베짜기를 하는 농가가 늘어갔지. 그런데 이러한 직물업은 가내 수공업의 단계를 벗어나 공장제 수공업으로 발전하지는 못했어.

수공업이 발달해 가자 그 원료를 생산하는 광업도 함께 발달했어. 조선 전기의 광업은 농민을 부역으로 동원하여 운영했지만 조선 후기에는 수공업의 발달, 동전의 유통, 대외 무역의 발전 등으로 금, 은, 구리, 등의 수요가 늘어나면서 이전과 같은 관영 광업으로는 더 이상 유지하기 어렵게 되었지 뭐야. 농민들은 부역을 기피하고 정부는 재정 부족으로 광산 경영 경비의 마련이 어려웠기 때문이지. 결국 민간 경영에 의한 민영 광업이 발달할 수밖에.

돈 있는 상인과 양반들은 물주가 되어 정부의 허가를 받아 광업에 투자했어. 광주(광업권을 가진 사람) 밑에서 전문적으로 경영을 맡은 덕대라는 계층이 등장하였고, 덕대는 농촌을 떠나 각지에서 모여든 사람들을 고용하여 광업 활동을 했어. 이에 따라 자본가, 경영자, 임노동자의 관계로 이루어지는 자본주의적 관계가 발생하게 되었지.

이 시기 광산촌은 광업에 종사하는 일꾼들과 횡재를 바라는 사람들이 각지에서 몰려들 정도로 성황을 이뤘어. 조선 후기에 들어서면 상업적 농업의 발달 및 수공업의 발달과 함께 상업에 있어서도 새로운 변화가 나타나기 시작했어. 물론 농업, 수공업, 상업은 상호 작용을 하면서 각각의 분야에서 발달이 촉진되었고, 상업이 발달하게 된 결정적 계기가 되는 것은 대동법 실시로 인한 공인의 등장, 대외 무역의 증가, 도시 상업 인구의 증가에 따라 사상 또는 난전이라고 불린 자유상인의 등장에 따른 것이었어. 난전 즉 자유상인이 증가해 가자 시전 상인들은 난전을 단속할 수 있는 권한인 금난전권을 정부로부터 받게 되었지. 그런데 난전의 증가는 더 이상 관청이나 시전상인의 힘으로는 어찌할 수 없었으며 결국은 금난전권을 폐지하기에 이르렀지 뭐야.

18세기 말 금난전권이 폐지되자 상업 활동은 자유 경쟁 체제에 들어서고 자유상인의 활동은 더욱 확대되어 상품 화폐 경제가 뿌리내리게 되지. 이에 따라 자유상인의 상업 활동의 규모는 능력에 따라 더욱 증대되고, 그래서 상업 자본이라 할 만한 대상인이 등장하게 돼. 이 시기에 등장한 대상인으로는 송상, 만상, 유상, 내상 등이 대표적인데, 이들 중 개성상인의 활약이 가장 두드러졌어. 개성상인은 말야 인삼을 직접 재배하고 또 홍삼으로 가공하여 판매하였어. 또 각 지방에 오늘날의 대기업 지점과 같은 송방을 설치하여 전국의 상권을 장악하였고, 외국 무역에도 관여했지. 이들은 송도사개부기라고 하는 복식 부기법을 사용하였는데, 이는 서양보다 훨씬 앞서서 고안된 상거래 장부 기입 방식이었데. 한편 지방에서는 장시가 증가하였어.

15세기에 시작된 장시는 양난 이후 5일장 체제가 전국적으로 수립되었어. 5일장은 보통 각 군, 현마다 보통 3~5개소에서 서로 다른 날짜에 번갈아 열렸으며, 18세기말에는 전국적으로 1000여 개에 이르렀지. 이들 장시를 하나의 유통망으로 연계시켜 활약한 상인은 보부상이었어.

봇짐장수, 등짐장수를 합쳐 부르는 이들은 장시를 돌아다니며 상업 활동을 한 행상을 일컫는 말이야. 상업이 발달해 감에 따라 종래 쌀이나 옷감으로 대신하던 교환 수단에도 큰 변화가 생기게 되었어. 즉 금속 화폐인 '상평통보'가 이제는 전국적인 범위로 사용되게 된 것이야. 물론 고려 시기부터 금속화폐는 만들어졌지만 자급 자족적인 경제 구조 아래 널리 사용되지 못했거든.

그러나 조선 후기에 이르면 상업 경제가 발달하고 전국적으로 장시가 확대되어 상품 유통이 늘어감에 따라 동전의 유통이 급격히 확대되었어. '상평통보'는 17세기말부터 19세기말까지 200여 년 동안이나 사용되었어. 한편 대규모 거래가 확대되면서 신용화폐라고 할 수 있는 어음도 큰상인들 사이에 널리 쓰이게 되었지.

어음은 돈의 지불을 약속하는 증서로서, 동전인 '상평통보'를 사용하기 어려운 큰 거래에 사용되었는데 이와 같은 화폐의 전국적인 유통은 역으로 상품 생산과 상품 유통을 촉진시키는 계기가 되었어. 상품 화폐 경제의 발전은 봉건적 사회 체제를 해체시키고 자본주의적 관계를 발전시키는 결정적 요인이 되었다고 말할 수 있어. 즉 조선 후기에 들어서면서 자급 자족적 자연경제를 기반으로 하는 봉건적 사회의 경제 질서가 서서히 붕괴되고, 그 내부로부터 자본주의적 근대사회를 지향하는 싹이 돋아나고 있었던 거야.

또 봉건적 질서를 유지해 온 신분제 및 사상과 문화 등 다양한 분야에서도 새로운 변화들이 일어나고 있었지. 상품 화폐 경제의 발전에 따라 돈이 없는 사람은 그가 아무리 신분이 높다 하더라도 잘 살 수 없게 되었고, 사회적 지위도 보장할 수 없게 되었어.

그래서 이제는 신분에 의해서가 아니라 돈에 의해 사람이 평가되는 사회가 온 거야. 신분에 대한 전통적인 관념은 해소되기 시작했고, 사회적 관계는 상품 화폐 관계로 전화되어 갔어. 즉 상품 화폐 경제의 발전은 봉건적 신분제도의 해체 과정을 촉진했던 거지. 상품 화폐 경제의 발전은 또한 사회 사상과 문화 분야에서도 새로운 움직임을 촉발시켰어. 결국 상품 화폐 경제의 발전에 따라 봉건적 여러 관계의 분해 과정이 촉진되고 새로운 자본주의적 관계가 싹터 점차 발전의 길에 들어서게 된 것은 우리 나라 역사 발전의 새로운 단계가 다가오고 있음을 보여 주는 것이라고 할 수 있단다.

🏵 등짐장수, 봇짐장수

조선 시대 장시를 돌아다니면서 행상을 하던 이들을 보부상이라고 한다. 이들은 장시를 돌아다닌다고 하여 속칭 '장돌뱅이'라고도 불리워졌다. 보부상이란 보상(褓商)과 부상(負商)을 총칭하는 명칭이다. 부상은 나무그릇·토기 등과 같은 비교적 조잡한 일용품을 상품으로 하여 지게에 지고 다니면서 판매하였으므로 '등짐장수'라고 한다. 이에 비해 보상은 비교적 값비싼 필묵, 금·은·동 제품 등과 같은 정밀한 세공품을 보자기에 싸서 들고 다니거나 질빵에 걸머지고 다니며 판매하였으므로 봇짐장수라고 한다.

보부상은 그들의 단결과 이익을 위하여 보부상단이라는 일종의 조합 조직을 가지고 있었다. 보부상은 국가의 일정한 보호를 받는 대신 국가의 유사시에 동원되어 정치적 활동을 수행하기도 하였다.

임진왜란과 병자호란 때에는 식량과 무기를 운반, 보급하고 전투에도 가담하였다. 1866년(고종 3년) 병인양요 때에는 전국의 보부상이 동원되어 프랑스군과 싸웠다. 한편 1894년 동학농민운동에서는 관군에 소속되어 동학군과 격전하였다. 대한제국시대에는 황국협회·공진회 등으로 이속되어 통솔되었다. 1910년 일제가 조선을 강제로 식민지화한 뒤 민족 상업을 탄압하게 되면서 완강한 전국적 조직력을 가진 보부상도 탄압을 받아 거의 소멸되고, 현재는 충남의 일부 지방에서 보부상단의 존재를 발견할 정도이다.

서학은 **서양의 학문**이라는 뜻으로

천주교를 이르는 말이야.

남인인 이승훈이 동지사 겸 사은정사 황인점의 서장관으로 북경에 가는 아버지를 따라 북경에 가기로 하자 이벽이 찾아왔어. 그는 북경에 있는 서양 신부에게 영세를 받고 천주교 교리의 뜻과 실천 방법을 알아오라고 일렀어. 그리고 천주교에 관한 서적도 구해 오라는 말을 덧붙였지. 그때 벌써 조선에는 천주교 신자들이 있었는데 이벽, 이가환, 정약용, 정약종, 황사영 등이 있었거든.

이승훈은 북경의 그라몽 신부에게서 영세를 받고 천주상, 십자가상, 한문으로 된 천주교 서적, 그리고 천주교 교리를 적은 원본을 가지고 돌아왔어. 이가환, 황사영, 이벽, 권일신 등이 모여 손을 굳게 잡고 천주교 교리대로 서로 사랑하고 봉사하며 나라를 위해 임할 것을 다짐했어. 이승훈은 1785년 명례동 김범우의 집에 천주교회를 세웠고 이벽, 이가환, 정약용, 정약전, 정약종 3형제와 미사를 드리며 설교를 하고 천주 교리를 언문으로 번역하여 상류 계급은 물론 중인 계급, 불평 불만이 많은 하류 계급에까지 고루 천주교를 알렸지.

당파 싸움으로 벼슬길에 나가지 못해 울분을 느끼고 있던 남인들과 주자학에 싫증을 느낀 젊은 학자들이 천주교 교리를 듣고 믿게 되었어. 천주교의 교리는 천당과 지옥이 있어서 착한 일을 한 사람은 천당에 가고 그렇지 못한 일을 하면 지옥에 간다는 거야. 이것은 불교의 극락, 지옥과 같다고 볼 수 있지. 그리고 사람들은 누구나 평등하여 높고 낮음이 없다는 교리를 듣고 천주교가 불교의 한 파가 아닌가 하는 사람들도 있었어.

그런데 나라에서는 우리 나라의 풍속에 맞지 않는다는 이유로 서학을 반대했어. 하지만 천주교는 빠른 속도로 퍼져나갔지. 인간을 차별하지 않고 죽어서 천당에 간다는 말 때문에 많은 사람들이 모여들었는데 특히 남인들과 풍산 홍씨 집안 사람들이 많았다고 해. 정조 10년, 천주교가 점점 퍼져나가자 대사헌 김이소가 북경에서 들어온 이상한 책이 백성들을 홀리고 있다는 상소문을 올렸어. 정조는 곧 북경에 가는 사람들은 경서 이외의 책은 가져오지 말라는 명을 내리지. 그런데 천주교인들이 비밀리에 가지고 와서 각 지방으로 전파되었는데 특히 관동 지방하고 해서 지방에 신자들이 많았어. 이때까지만 해도 아무런 문제가 일어나지 않았어.

정조 15년, 전라도 진산군에 사는 양반 윤지충의 어머니가 돌아가셨어. 천주교 신자인 윤지충은 처음에는 유교식으로 장례치를 준비를 해. 마루에 상청(죽은 사람의 혼령을 위해 차려 놓은 자리)을 차리고, 상복을 입고, 아침 저녁으로 "아이고 아이고" 구슬픈 목소리로 곡을 했어. 그리고 밖에 나갈 때에는 '상립'이라는 대로 만든 큰 삿갓을 머리에 썼지. 그런데 윤지충은 천주를 믿는 사람으로서 교리를 따르지 않는 것에 죄책감을 느낀 거야.

며칠을 고민한 그는 천주교 식으로 장례를 치를 것을 결심하지. 그래서 상청을 치우고 신주(죽은 사람의 유패)를 불태우고 곡소리도 내지 않아. 그저 마음 속으로 죽은 어머니의 명복을 빌고 천당에 가기를 기원했단다.

얼마 후 윤지충의 친척 권상연도 상을 당하였는데 곡도 하지 않고 죽은 시체를 산에 묻은 후 기도만 정성껏 드리고 내려왔어. 사람들이 깜짝 놀랐지.

"양반들이 미쳤나? 예의 범절도 모르는 것을 보니……."

"천주학쟁이라서 그렇다네."

"천주학쟁이들은 부모도 모르나? 하긴 아버지가 하늘에 있다고 그러데."

"사실 우리들이 하는 장례식은 너무 번거로워. 진정으로 슬퍼하고 정성껏 장사지내는 것도 보기 좋네."

소문이 꼬리를 물고 퍼져나가 조정에까지 전해졌어. 조정 대신들은 기가 막혀 입을 다물지 못했어.

"양반으로서 어떻게 그럴 수가 있소? 서양에서 들어온 천주학은 아무리 보아도 이치에 어긋나는 학문이오. 백성들을 현혹시켜 부모조차 몰라보게 하는 패륜적인 학문이오. 엄히 다스리지 않으면 큰일나겠소이다."

"맞는 말이오. 잘못하다가 서학파가 생길지도 모르는 일이오."

대신들은 엄하게 다스리자는 말로 결론을 맺었어. 그러나 정조는 대신들처럼 심각하게 받아들이지는 않았지. 서학도 학문이라고 생각하고 있었고 임금 자신도 『천주실의』를 읽었기 때문이야. 대신들이 벌집같이 일어나자 정조는 진산 군수에게 윤지충과 권상연을 잡아 문초하라 명했지. 잡혀 온 두 사람은 잘못을 뉘우치지 않고 떳떳하게 말했어. 진산 군수는 이들이 사회 도덕을 문란하게 하고, 사람들은 모두 천주의 백성이지 임금의 백성이 아니라는 말에 임금을 욕했다는 죄명으로 사형에 처하게 돼.

조선에서 천주교의 우두머리였던 권일신은 반성의 글을 적어 정조께 보내. 정조는 이를 가상히 여겨 권일신은 사형에 처하지 않고 호서 지방인 덕산에 안치시키지. 덕산에 간 권일신은 천주교를 그 지방 사람들에게 선교했어. 남인을 반대하는 대신들은 정조에게 천주교도들을 모두 잡아 벌주어야 한다고 입을 모아 말했지만 정조는 천주교를 빌미로 당파 싸움을 한다고 판단했고 더 이상 확대하지 않았지. 이 신해사옥으로 조정 대신들은 또 패가 나뉘게 돼. 천주교를 믿는 것을 묵인해 주는 채제공 등을 중심으로 한 신서파와 천주교를 공격하는 홍의호, 홍낙안 등 공서파가 서로 대립하게 되었어. 이때부터 '신유사옥'이 일어나는 10년 간 암투를 벌이게 된단다. 그럼 이제 '신유사옥'에 대해 알아볼까?

이 사건은 1791년 순조 시대에 일어난 사건으로 '신해사옥'의 연장이라고 볼 수 있어. '신해사옥'으로 많은 신자들이 죽자 이승훈이 청나라에 가는 동지사 편에 조선에 새로 교회를 세우고 신자를 모으려 하니 신부 한 명을 보내 줄 것을 요청했어.

청나라 북경에 있는 천주교회에서 주문모 신부를 보내주었고 주문모 신부가 조선에 와서 선교를 시작했지. 정조가 죽고 나이 어린 순조가 즉위하자 왕대비인 정순왕후가 수렴 청정을 하게 돼. 정순왕후는 시파와 남인들을 제거하고자 계략을 짜던 중 이들이 천주교를 믿고 있다는 사실을 알았어. 그래서 천주교를 이용해 이들을 제거하기로 했지.

1801년 1월 10일 정순왕후는 오가작통법을 엄격히 실시해 서학을 믿는 자들을 색출하라는 엄명을 내렸어. 벽파의 심환지와 공서파들이 눈에 불을 켜고 시파와 남인들 중 천주교를 믿는 사람들을 잡아내기 시작했지. 2월 이가환, 권철신이 심한 고문을 받고 옥사했어. 이어 이승훈, 정약종, 최필공 등 천주교의 간부들이 잡혀 들어가 무자비하게 죽음을 맞이했지. 천주교인들은 무참히 죽어가면서도 비굴한 행동을 하지 않았어. 오히려 고문을 가하는 관원들을 향해 지지 않고 대구했지.

"천주교는 나쁜 종교가 아니오. 천주교는 사람을 차별하지 않고 착한 일을 하며 남을 속이지 않고 서로 사랑하라 가르치는 종교요. 나를 빨리 죽여주시오. 빨리 하느님 나라에 가고 싶소."

4월 천주교도들이 죽어나가는 처참한 모습을 본 주문모 신부가 자수를 하여 참형을 당했어. 주문모 신부와 많은 사람들이 죽어나가자 신자인 황사영이 자취를 감췄어. 황사영은 남인의 거목인 정약종의 질서이자 정약전의 사위로, 일찍이 천주교를 알아 이승훈과 함께 영세를 받은 독실한 신자였어.

황사영은 천주교 신자 몇 명과 제천에 있는 깊은 산으로 들어가 몸을 숨겼고, 이들은 주문모 신부와 많은 신자들이 죽은 것을 청나라에 알려 도움을 청하기로 했지. 그러나 감시가 철저했기 때문에 낮모르는 사람이 편지를 가지고 가기로 했어.

황사영은 손톱에 봉숭아물을 들일 때 사용하는 백반을 물에 풀어 흰 명주에 편지를 썼지. 글씨를 쓴 명주를 햇빛에 말리니 글씨는 온데 간데 없어지고 흰 무명만 남았어. 김한빈이라는 사람은 무명 편지를 가지고 서울로 나왔어. 김한빈은 흰 무명을 목에 두르고 청나라로 갈 역졸을 매수하려다가 관군에게 붙잡히고 말아. 그는 고문에 못이겨 모든 사실을 털어놓지. 이 사건이 '황사영 백서 사건'이야.

황사영 백서 사건으로 조정 대신들은 놀라움을 금치 못했지. 이사건은 천주교를 탄압하는 데 좋은 구실이 되었어. 이 사건에 관련된 사람들이 잡혀 들어가 서소문 밖에서 기의 매일 참형을 당했어. 정순왕후를 더욱 놀라게 한 것은 왕실 사람들 중에도 천주교 신자가 있다는 사실이야.

　주문모에게 세례를 받은 은언군의 부인 송씨, 그리고 그의 며느리 신씨는 정순왕후의 삼촌댁과 사촌댁이었어. 정순왕후는 이들까지도 죽여 버리고 말아. 신유사옥으로 1년 동안에 죽은 신자 수는 3백 명도 넘는단다.

권일신(權日身)

조선 후기의 학자이자 천주교인. 본관 안동. 세례명 프란시스코 자비에르. 남인(南人)에 속한 학자로 양명학(陽明學)을 연구하다가 1782년(정조 6) 이벽(李檗)의 권유로 천주교에 입교(入敎)하였다. 청(淸)나라에서 영세(領洗)를 받고 온 이승훈(李承薰)에게 최초로 영세를 받았다.

1785년 서울의 역관(譯官) 김범우(金範禹)의 집에서 수차 집회를 가진 얼마 후, 이 집회가 발각되어 김범우는 처형되고 그 외는 양반 출신이라 하여 용서를 받았다.

1787년 한국인 교인들끼리 모여 가성직제(假聖職制)를 결정할 때 신부가 되고 1789년 교인 우모(禹某)를 베이징에 보내어 신부의 파견을 요청함과 동시에 성사(聖事)의 집행 및 재래의 제사(祭祀)의 가부를 문의한 결과, 교황이 임명하지 않은 주교는 성사를 집행할 수 없으며, 제사는 폐지해야 된다는 회답을 받았으나 계속 전도에 힘썼다.

1791년(정조 15) 전라북도 진산(珍山 : 錦山)의 윤지충(尹持忠), 권상연(權尙然) 등이 제사를 폐한 일로 참형된 신해박해(辛亥迫害) 때 이승훈과 함께 제주도로 귀양갔으나, 1780세의 노모를 생각한 나머지 배교(背敎)하였다. 유배지가 바뀌어 예산(禮山)으로 유배를 가다가 심한 장독(杖毒)으로 죽었다.

안동 김씨의 **세도 정치**가 계속되자
나라의 법이 필요없어졌어.

임금도 허수아비가 된 지 오래고……. 김문근은 철종이 정치를 모른다는 점을 이용해 자기 딸을 왕비로 만들고 나랏일을 마음대로 했어. 안동 김씨가 하고자 하는 일은 무엇이나 다 이루어졌거든.

사람들은 어려운 일을 당하면 뇌물을 싸 들고 실력 있는 안동 김씨를 찾아갔어. 벼슬도 돈으로 살 수 있었고, 활을 쏠 줄 몰라도 돈만 주면 무사의 벼슬을 얻을 수 있었지. 돈을 주고 벼슬을 얻은 사람들은 벼슬자리에 앉자마자 자기들이 벼슬을 사기 위해 갖다 바친 돈을 뽑으려고 애를 썼단다. 여기서 '삼정의 문란'이라는 말이 나온 거야.

삼정이란 군정, 전정, 환곡 세 가지를 가리키지. 그 중 군정이란 군대에 관한 행정을 말해. 그 당시 16세 이상~60세 이하의 남자들은 나라에 군포(군대에 가는 대신 명주나 삼베로 세금을 냄)를 내야 했어. 지방의 수령들은 이 법을 다음같이 여러 방법으로 악용하였지.

황구첨정 : 어린이를 어른과 같이 취급하여 세금을 거두어들
이는 일.

백골징포 : 죽은 사람에게 세금을 부과하는 일.

족　　징 : 살림이 어려워 세금을 내지 못하면 그 친척이 대신
세금을 내도록 하는 일.

인　　징 : 동네 사람들이 대신 세금을 물어 주는 일.

전정이란 토지에 부과하는 세금을 말해. 이때 나라에서는 토지
한 결에 얼마씩의 세금을 내기로 되어 있었어. 그런데 관리들은 이
것을 무시하고 '은결'이라는 법에도 없는 제도를 만들어 무거운 세
금을 받았어. 농민들이 내는 은결은 농사를 지은 곡식의 3분의 1
정도나 되었으니, 백성들의 살림살이는 말이 아니었지.

환곡은 봄에 농민들의 곡식이 다 떨어졌을 때 나라에서 빌려주
었다가 가을 추수 후에 받아들이는 제도야. 농민들은 빌린 곡식을
갚을 때 이자도 내야 했는데 법으로 정해진 이자는 1년에 1할이었
어. 이 환곡에서 제일 많은 부정이 이루어졌지. 흉년이 들면 지방
의 수령들은 빌려 준 곡식을 받지 못한다 하여 나라에 탕감(세금, 빚
등을 모두 받지 않음) 요청을 하게 되어 있었어. 그러면 나라에서는
그 요청을 받아들여 탕감해 주었단다. 그런데 지방의 수령들은 나

라에 탕감 요청을 해놓고서 농민들에게는 그대로 받아들였지. 문제가 되는 환곡을 빌려 먹지 않으면 될 것이 아니냐 하는 사람도 있겠지만 그것은 불가능한 일이었어.

지방 관리들은 강제로 농민들에게 곡식을 빌려주기 때문에 가난하고 힘없는 농민들은 울며 겨자 먹기로 환곡을 먹을 수밖에 없었지. 그러니 농민들은 어렵게 농사를 지어 먹지도 못하고 세금으로 모두 내야만 했어. 이런 폐단들이 삼정을 문란하게 만들었단다.

가혹한 세금으로 허덕이던 백성들은 하나, 둘 민란을 일으키기 시작했지. 민란은 말 그대로 백성들이 일으킨 난이야. 안동 김씨의 세도 정치에 대한 반발은 진주에서부터 비롯되었지. 조선의 재정을 충당하는 것은 농업이었지. 즉 농민들이 내는 세금으로 나라 살림을 한다는 뜻이야. 따라서 나라의 사람이 늘어나면 그만큼 농민의 부담이 늘어나는 거야. 이런 형편에 세도 정치로 삼정이 문란해지니 고생하는 것은 농민뿐이었지.

특히 세금을 거두는 아전(조선 시대의 서리의 다른 이름)들의 행패는 이루 말할 수가 없었어. 아전들이 가장 좋아하는 세금은 환곡이었어. 아전들은 흉년이 들면 환곡을 탕감해 주었다고 거짓 문서를 만들어 나라에 보고한 뒤 농민들로부터는 환곡을 받아 가로챘어. 다음 해 봄, 농민들에게 곡식을 빌려 줄 때 곡식 속에 못 먹는 왕겨를 섞어 양을 늘린 뒤 태연하게 말하지.

"작년에 흉년이 들어 벼가 나쁘니 군말하지 말고 먹도록 하여라!"

세금이 엄청나게 늘어나 농민들의 불평이 심해지자 조정에서 이 일을 논의했어. 철종 12년, 철종은 지방 관리들의 횡포를 엄중히 단속하라 명을 내렸지만 영의정 정원용의 반대로 실현되지 못했지. 경상도 병마절도사 백낙신은 어떤 이유를 붙여서라도 세금을 많이 받았어. 특히 그는 환곡을 받을 때 곡식으로 받지 않고 돈으로 받았지. 돈으로 곡식 값을 계산하면 더 받을 수 있기 때문이야. 그는 또 불법으로 세금을 받았고, 백호백징(가구별로 강제로 세금을 징수하는 것)을 하여 백성들의 원성을 샀어. 교리를 지낸 이명윤이 보다 못해 사람들을 모아 놓고 백낙신의 행패를 그냥 보고 있을 수 없다고 흥분해서 말했어. 유계춘이 시장으로 가서 상인들을 모아 놓고 선동했지.

"우리 모두 나서서 우리들의 피를 빨아먹는 백낙신을 쫓아내자!"

장꾼들이 찬성을 했어. 유계춘은 다음과 같은 언문 노래를 지어 퍼뜨렸단다. 병사란 자가 나랏일은 보지 않고 기생들과 놀며, 백성을 긁어먹고 산다. 들이치자 병영을, 아전 놈들을 모조리 무찌르자. 노래는 사람들의 입에서 입으로 전해졌어.

이명윤, 유계춘은 사람들을 끌어모았어. 지식인, 나무꾼, 목동 등 계층을 가리지 않고 사람들은 몰려들었지. 1862년 2월 19일 마침 장날이라 사람들이 많았어. 장꾼들은 머리에 흰 수건을 쓰고 언문 노래를 부르며 병영으로 몰려간 거야. 민란군은 배신을 하거나 중간에서 그만두는 자가 없도록 하기 위해 강력한 법을 만들어 지키도록 했어. 진주 감영은 불길에 휩싸였고 아전들은 죽음을 당하였지. 며칠 후, 진주에서 올라온 장계가 임금의 손에 들어갔어. 박규수를 안핵사로 명하여 내려보내 원인을 알아보았더니 모두 백낙신에게 잘못이 있었던 거야.

농민의 봉기는 진주에서 시작되어 삼남 지방에 널리 퍼졌어. 3월에는 전라도 익산, 4월에는 경상도 개령, 전라도 함평, 5월에는 충청도 회덕, 공주, 은진, 연산, 청주, 전라도 여산, 부안, 금구, 장흥, 순천, 경상도 단성, 함양, 성주, 선산, 상주, 거창, 울산, 군위 등 각지에서 계속적으로 민란이 일어났어. 조정에서는 박규수를 위시해 안핵사, 선무사, 암행어사 등을 각지에 파견해 민란을 수습하도록 하는 한편 민란을 일으킨 주동자는 극형에 처하고 탐관 오리들에게도 벌을 주었지.

박규수는 삼정의 폐단을 일일이 밝히며 그 원인은 나라의 과소비와 백성들의 궁핍에 있다고 했지. 그리고 이것을 시정하기 위해 환곡을 폐지해야 한다고 주장했어.

철종이 대신들과 의논해서 세금을 깎아 주는 등 응급 처치를 내놓자 민심이 조금 안정되었어. 그런데 여름, 한발과 수해가 겹쳐 생활이 어렵게 되자 민란이 다시 일어나기 시작했지.

9월에는 제주도에 사는 수만 명의 농민이 민란을 일으키고, 10월에는 함경도 함흥, 11월에는 경기도 광주, 경상도 창원, 전라도 남해, 황해도 황주에서 민란이 일어나 온 나라가 벌집을 쑤신 듯 소란스러웠어. 1863년에는 서울 한복판에 있는 금위영에 근무하는 군졸까지 떠들썩하게 들고 일어나, 좀처럼 진정될 기미가 보이지 않았지. 후에 철종이 죽고, 안동 김씨들의 세력이 몰락하자 민란은 가라앉게 된단다.

🍂 금위영

　오군영 중의 하나로, 인조(仁祖) 때 병조판서 이시백(李時白)에게 명하여 기병 중에서 정병을 선발, 정초군(精抄軍)으로 훈련시켰던 것을 1682년(숙종 8)에 훈국중부별대(訓局中部別隊)와 통합하여 설치하였다. 인원은 도제조(都提調)·제조(提調)·대장(大將)·중군(中軍)·별기위별장(別騎衛別將) 각 1명, 천총(千摠) 4명, 파총(把摠) 5명, 낭청(郎廳) 2명, 초관(哨官) 41명 등이며, 병력은 별무사(別武士) 30명, 기사(騎士) 150명, 별기위(別騎衛) 32명, 표하군(標下軍) 1,177명, 별파진(別破陣) 160명, 보군(步軍) 등이 있었다. 1895년(고종 32)에 혁파(革罷)되었다.

1880년대 **세계 정세**는
바르게 변화되고 있었어.

그래서 조선도 세계 전세에 대처하기 위해 개화 정책을 추진하지 않을 수 없었지. 1881년 조정은 박정양, 조준영, 어윤중, 홍영식 등으로 구성된 신사유람단을 편성해서 일본에 파견했어. 신사유람단은 약 4개월 간 일본에 머물면서 그 나라의 문교, 내무, 외무, 군부의 시설과 제사, 양잠업을 비롯한 여러 시설을 견학하였지.

또 김윤식을 비롯한 60여 명의 유학생으로 구성된 영선사를 만들어 청나라에 파견하였고, 이 유학생들은 청나라에서 신식 무기의 제조법과 사용법을 배워왔어. 개화가 빠른 속도로 진행되었지. 조정은 일본의 근대적 군대를 보고 자극을 받아 군제도 개편했어. 1881년 4월 일본의 후원으로 신식 군대인 별기군이 창설되었어. 별기군에 대한 대우가 좋자 구식 군인들의 불만은 커져만 갔지. 그 당시 나라 살림이 좋지 못하여 구식 군대에게 봉급으로 매달 지급하는 쌀(봉급미)이 13개월이나 밀려 있었어.

고종 19년 6월, 마침 호남 지방에서 세금으로 거둔 쌀이 도착하자 구식 군인들도 13개월이나 밀렸던 봉급을 타게 되었지. 그런데 선혜청 직원들은 자기들이 쌀을 가져가기 위해 쌀 속에 모래와 겨를 섞고 쌀의 양까지 줄여 주었어. 그렇지 않아도 별기군과 차별 대우를 받던 구식 군인들은 화가 머리 끝까지 올라 봉급미를 지급하던 담당자를 두들겨 팼지 뭐야. 이 소식을 들은 선혜청 당상 민겸호는 당장 주동자를 체포하라 일렀고 체포된 주동자가 사형을 당할 것이라는 소문이 자자했어.

구식 군인들은 무위대장 이경하의 집에 몰려가 민겸호가 저지른 불법을 폭로하고 난동을 일으킨 주동자를 용서해 줄 것을 호소했단다. 이경하도 민겸호에게 잘 부탁한다는 편지를 보냈지만 민겸호는 끄덕도 하지 않았지.

"민겸호에게 직접 찾아가서 용서를 빌자."

구식 군인들이 민겸호의 집에 몰려갔어. 그때 마침 모래와 겨가 섞인 쌀을 나누어 주던 관리가 민겸호의 집에서 나오고 있었어. 민겸호와 선혜청 관리가 짜고 모래와 겨가 섞인 쌀을 지급한 것을 안 구식 군인들은 약속이나 한 듯이 민겸호의 집으로 달려가 집을 불지르고 물건을 파괴했어. 구식 군인들은 그 길로 대원군을 찾아가 자신들의 입장을 밝혔지. 대원군은 겉으로는 이들을 달래는 척하면서 뒤로는 이들을 은근히 부추겼어. 이때 대원군은 명성황후에게 밀려 정치에서 손을 떼고 있었거든. 봉급미 때문에 일어난 사건이 이제는 명성황후와 일본 세력을 배척하는 운동으로 바뀌었지.

구식 군인들이 무기고를 습격해 무기를 빼앗아 가진 후 포도청과 의금부를 습격해서 죄수들을 풀어 주었어. 이제 구식 군인들만 난을 일으키는 것이 아니었어. 죄수들, 길가는 백성들, 일본을 미워하는 사람들까지 합쳐져 난군들의 수는 점점 불어만 갔단다. 이들은 민태호와 임금과 특히 가까운 신하들의 집을 습격하고 별기군의 병영에 쳐들어가 일본 교관 호리모토를 죽였어. 그리고 일본 공사관을 습격해서 일본 공사를 죽이려고 하였지.

이에 놀란 일본 공사는 급히 도망을 쳤어. 일이 커지자 고종은 뒤에서 조종하고 있는 대원군을 불러 수습하려고 했지만 벌써 난군들은 궁궐까지 몰려와 민겸호와 김보현이 학살되고 말지. 명성황후도 일이 급하게 되자 옷을 갈아입고 충주 목사 민응식의 집으로 몸을 피했어. 대원군이 정권을 다시 잡았고, 대원군은 양영과 별기군을 없애고 옛날처럼 5영을 다시 두고, 통리기무아문을 폐하여 다시 3군을 두고, 병사들의 봉급 문제도 해결한다는 약속을 하였지.

대원군은 그의 맏아들 이재면에게 호조판서, 훈련대장, 선혜청 당상을 겸하도록 해서 병권을 손에 쥐었어. 명성황후 일파는 이 사실을 청나라에 알리고 원병을 요청했지. 그렇지 않아도 조선에서의 지위를 일본에게 빼앗겨 분해하고 있던 청나라는 오장경과 군

352

사들을 보냈어. 한편 일본도 군함 4척과 군사를 파견했지.

청나라 오장경과 일본 하나부사는 서로 조선에서의 세력을 더 많이 잡으려고 충돌을 일으켰고 오장경은 난을 일으킨 주동자를 잡아 처형했어. 또 대원군을 도와준 신하들도 귀양을 가게 되지. 이렇게 해서 충주에서 돌아온 명성황후가 다시 정권을 잡았어. 일본은 이 난의 책임을 물어 조선과 '제물포조약'을 맺었어.

제물포조약은 난을 일으킨 주동자를 문책하고, 일본 피해자들에게 보상금을 줄 것이며, 일본 정부에 손해 배상금 50만 원을 줄 것과 일본 공사의 안전을 위해 일본 경비병을 둔다는 내용이었어. 이 사건이 '임오군란'이야. 임오군란으로 보수파와 개화파가 밖으로 드러나 싸우게 되었고, 한국, 청나라, 일본이 복잡하고 이상한 관계가 되고 말지.

별기군

1881년(고종 18) 5월 오군영(五軍營)으로부터 신체가 건강한 80명의 지원자를 특선하여 이들을 무위영에 소속케 하고, 그 이름을 별기군이라 하였는데, 이것이 중앙에 최초로 창설된 신식군대였다.

교관으로는 서울주재 일본 공사관 소속 공병소위 호리모토 레이조를 초빙하였고, 다케다(武田勘太郞)를 통역관으로 하여 가르쳤다.

당시 교련소에는 민영익(閔泳翊)을, 정령관(正領官)에 한성근(韓聖根), 좌부령관(左副領官)에 윤웅렬(尹雄烈), 우부령관(右副領官)에 김노완(金魯莞), 참령관(參領官)에 우범선(禹範善)을 각각 임명하였다.

훈련은 그 해 5월 9일부터 서대문 밖 모화관을 가교장으로 했다가 뒤에 현재 서울 사대부고 자리인 하도감으로 옮겨 훈련하였다.

이들 별기군은 급료나 피복 지급 등 모든 대우가 구식군대보다 월등하였으므로 당시 사람들은 이들을 왜별기(조선 후기에 '별기군'을 속되게 부르는 말)라고 꼬집었으며, 이러한 차별 대우는 1882년에 일어난 임오군란의 유발 요인의 하나가 되었다.

동학 농민 운동은

말이야.

1894년 동학교도와 농민들이 합세하여 일으킨 대규모 농민 운동을 일컫는 말이야. 이 해가 갑오년(甲午年)이라 갑오농민운동 혹은 갑오농민전쟁이라고도 하지. 이 당시 조선은 대외적으로나 대내적으로 붕괴되어 가고 있었어. 동아시아의 국제적 질서를 떠받쳐 주는 것으로 알았던 청나라도 아편전쟁과 난징조약, 베이징조약 등 일련의 사태를 거치며 열강의 힘 앞에 무너져 갔고 일본 역시 1854년에 미·일 화친 조약을 체결한 뒤로는 구체제를 유지하지 못하고 곧 제국주의의 길로 들어서고 만단다.

이러한 외세의 강압은 조선의 주변에 더욱 거세게 밀어닥쳐 왔고, 내부적으로도 각종 민란이 발생하여 조선 중앙정부는 무척이나 힘들어하고 있었지. 이러한 상황에서 동학농민운동은 국가의 보위와 농민구제의 성격을 지니면서 폭넓게 전개되었는데, 애초에

355

는 동학 교조 최제우의 신원운동을 통해 정치 운동화하였다가, 점차 사회적 분위기를 타고 민란과 결합하게 되었던 거야.

그럼 동학농민운동에 대해 좀더 자세하게 알아볼까? 동학교도들은 신원운동의 실패에 불만을 품고 1892년 4월 26일 전국의 교도를 충청도 보은에 소집하여 '척왜양창의(斥倭洋倡義)'의 5자를 새긴 깃발을 앞세우고 2만여 명의 군중이 기세를 올렸어.

그러나 어윤중의 설득으로 사태는 수습된 듯하였으나 오히려 정부의 무능을 드러내는 결과를 가져와 본격적인 봉기로 확대될 소지가 있었던 거야. 그러다가 고부군수 조병갑의 학정에 반발하여 1894년 2월 15일 1천여 명의 농민들은 전봉준을 지도자로 삼아 관아를 습격, 쌀을 민간에게 나눠 주고 만석보의 저수지를 파괴했어.

안핵사 이용태가 이때 봉기한 농민들을 동학도로 취급하여 탄압하자 다시 분격한 농민들은 4월 하순 '보국민안(輔國民安)'을 부르짖으며 백산에 진격, 인근의 농민 수천 명을 합세시켰지. 이에 전봉준을 총대장, 김개남, 손화중을 장령으로 삼고 농민군의 규율과 체제를 엄격히 하는 동시에 '불살생(不殺生)', '충효충전(忠孝叢全)', '제세안민(濟世安民)', '축멸양왜(逐滅洋倭)', '징청성도(澄淸聖道)', '구병입경(驅兵入京)', '멸진권탐(滅盡權貪)'의 4대 강령을 발표하지.

이때의 봉기는 동학과 직접적인 관계를 갖고 있지는 않았지만 농민의 조직은 동학의 조직을 이용하였고, 그 지도층에는 동학의 교도가 많았어. 농민군은 5월 11일 전주에서 온 1천여 명의 관군과 보부상군을 황토현에서 격파하고 무장, 영광으로 진격하여 군기를 빼앗고 죄인을 석방하는 한편 탐관오리를 추방하였다. 앞서 동학농민군의 봉기를 접한 정부는 5월 6일 홍계훈을 양호초토사에 임명하여 장위영병 약 800명을 해로와 육로를 통해 투입하였지. 그러나 도망자가 늘어나 병력이 줄어들자 정부에 증원군의 파견했어.

고종은 5월 23일 직접 전라도민에게 임금의 말을 내려보내 불법 지방관의 징계를 약속하고 실제로 민간에 끼치는 폐해가 되는 것은 여론에 따라 시정할 것을 선포하였지만, 동학농민군은 5월 28일 장성을 떠나 올라와 31일 전주성을 함락시켰단다. 이런 상황 아래 6월 8일 청의 원군이 아산만에 도착하였고, 뒤이어 일본정부도 톈진조약에 의한 거류민 보호를 구실로 내세워 군사를 싸움터로 내보내기로 결정했어. 한편 6월 4일과 6일의 2차례에 걸친 관군과의 전투에서 크게 패한 농민군은 정부측과 강화를 맺고서 자진 해산하였는데, 강화 내용은 다음과 같지.

첫째. 동학교도와 정부는 서정(庶政)에 협력할 것
둘째. 탐관오리의 숙청
셋째. 횡포한 부호의 처벌
넷째. 불량한 유림(儒林)과 양반의 처벌

다섯째. 노비문서 소각

여섯째. 천인(賤人)에 대한 대우개선

일곱째. 과부 재가 허락

여덟째. 무명잡세(無名雜稅) 폐지

아홉째. 인재등용과 문벌타파

6월 11일 전주화약이 성립되고, 동학농민군은 해산하여 각자 고향으로 돌아갔어. 그리고 전라도 53군에는 집강소를 설치하였는데, 이는 일종의 민정기관이었으며, 동학교도가 각 읍의 집강이 되어 지방의 치안과 행정을 담당하였고, 폐정개혁도 추진하였지.

그런데 7월 26일 청·일전쟁이 일어나면서 험악한 정세가 조성되었고, 급기야 일본군이 경복궁을 점령하고 대원군이 신 정권을 세웠다는 소식이 전해졌어. 이에 전봉준은 전주, 손화중은 광주에서 봉기함으로써 각처에서 동학농민군이 또 다시 일어난단다.

10월 말을 전후해 전라도 삼례역에 모인 동학농민군의 수는 11만에 가까웠지만, 정작 공주로까지 진격한 수는 얼마 되지 않았어. 이 동학농민군이 일본군과 관군의 공격을 받아 처음으로 싸움을 벌이게 된 것은 11월 27일 목천 세성산의 전투였는데, 여기서 일본군의 기습을 받아 사상자 수백 명을 내고 패배했지 뭐야. 일본군과 관군은 공주로 가서 우금치와 이인, 효포에 진을 쳤어.

전봉준은 공주성 공격을 실행하기 위하여 전주지방에 머물고 있던 김개남과 광주지방의 손화중에게 통지문을 보냈어. 관군은 공주의 공주본영과 계룡산 뒤편인 판치와 이천역 등으로 병력을 3진으로 나누어 배치하고 있었는데, 우선 동학농민군이 판치 방면을 공격하자 관군은 우금치에 있는 일본군 진영으로 도망갔지.

동학농민군이 다시 우금치로 육박하자 이곳을 둘러싸고 치열한 공방전이 벌어지게 되었어. 우금치의 공방전은 동학농민군으로서는 운명을 건 싸움이었지만, 6~7일에 걸친 40~50회의 격전 끝에 동학농민군은 일본군에 패하여 논산, 금구, 태인 등지로 물러났지.

그 후 순창에서 다시 힘을 정비하던 전봉준은 94년 12월 30일 관군에게 체포되어, 95년 3월 서울에서 처형됨으로써 1년 여에 걸친 동학농민운동은 30~40만 이상의 희생자를 내고 끝맺음을 한단다.

동 학

동학은 서학에 대응할 만한 동토(東土) 한국의 종교라는 뜻으로, 그 사상의 기본은 종래의 풍수사상과 유, 불, 선의 교리를 토대로 하여, '인내천(人乃天) 천심즉인심(天心卽人心)'의 사상에 두고 있다.

'인내천'의 사상은 인간의 주체성을 강조하는 지상천국의 이념과 만민평등의 이상을 나타내는 것으로, 여기에는 종래의 유교적 윤리와 퇴폐한 양반사회의 질서를 부정하는 반봉건적이며 혁명적인 성격이 내포되어 있었다.

대원군은 **경복궁**이 있던 자리를
바라볼 때마다 슬픔을 느꼈어.

경복궁은 왕실을 상징하는 큰 궁궐이었는데 그 큰 궁궐이 임진
왜란 때 타버린 지 2백 년이 넘도록 그대로 있었거든. 대원군은 경
복궁을 지날 때마다 조상들 보기가 부끄러웠지. 그런데 그 당시 나
라 살림이 어려워 궁궐을 새로 짓는다는 것은 무리였어. 말하나마
나 여기저기서 반대 의견이 일어날 게 뻔하니까.

그렇다고 물러날 대원군이 아니지. 한번 하고자 마음먹은 일은
꼭 하고야 마는 대원군이었거든. 그는 대왕대비를 설득해 놓고 음
모를 꾸미기 시작했지. 대원군은 글씨를 쓴 종이 네 장을 청지기에
게 주며 말했어.

"조정에 완고한 무리들이 많아 일을 할 수가 없구나. 이 종이를
아무도 모르게 의정부 청사를 수리할 때 넣어라."

청지기들이 대원군이 시키는 대로 했고 얼마 후 의정부를 수리

하던 인부들이 종이를 발견해 가지고 왔어.

"계해년 끝 갑자년에 새 임금이 등극하였지만 자손이 또 없다. 두렵지 않느냐? 경복궁을 다시 지어 보좌를 옮겨야 자손이 생겨나 왕위를 대대손손 이어나가며 나라가 부강해진다."

이 글은 사람들의 입을 통해 온 나라 안에 퍼졌어. 대신들이나 백성들은 경복궁 재건을 당연하게 받아들이게 된단다. 대원군은 영건도감이라는 기구를 설치해서 경복궁 짓는 일을 맡아보도록 하였어. 그 다음은 돈이 문제였지. 돈은 원납금제를 쓰기로 했지. 원납금제란 스스로 돈을 내는 것을 뜻해. 먼저 대왕대비가 돈을 하사하자 부자들이 돈을 내기 시작해서 많은 돈을 모으게 돼. 곧 공사가 시작되고 백성들은 자진해서 일을 하러 나왔어. 사람들은 경복궁 타령을 부르며 열심히 일을 했지.

대원군은 이들의 사기를 높여 주기 위해 술과 음식을 내오고 농악까지 동원해 흥을 북돋워 주었고, 일은 빨리 진행돼서 경복궁의 4문, 즉 신무문, 건춘문, 영추문, 광화문 등이 차례차례 완성되어 갔단다. 그런데 공사를 시작한 지 3년이 지난 어느 날 새벽, 공사장에 불이 일어나 수북하게 세워 놓았던 건축 재료가 모두 타버린 거야. 집을 지을 나무와 돌이 부족해서 전국 각지에서 나무를 베어들였어. 그래도 부족하자 대원군은 양반들의 묘소에 서 있는 나무까지 베어 오라 명령했고 그래도 모자라자 서낭당의 나무와 돌까지도 가져오게 하지. 여러 노고 끝에 근정전이 완성됐어. 이제 남은 것은 경회루였지. 경회루를 중심으로 네 방면에 연못을 파고 산을 만들며 수십 개의 돌기둥을 세우고 그 위에 아름드리 나무 기둥을 세웠어. 그런데 공사를 진행하는 도중에 돈이 모자라서 대원군은 백성들에게도 원납금을 받았어.

"벼슬을 하고 싶은 사람은 돈을 가지고 오너라!"

벼슬까지 팔아도 돈이 모자라자 서울의 성문을 드나드는 사람들에게 '당백전' 을 징수했단다. 건물을 다 짓고 보니 육조의 건물이 필요한 거야. 대원군은 경복궁 앞에 육조의 건물을 다시 짓고 도성의 큰문도 다시 고치고, 남대문을 새롭게 다시 늘려 보충해 고치고, 지대가 낮은 동대문의 땅을 돋우어 그 위에 동대문을 웅장하게 다시 세웠어. 그리고 종로 4거리를 비롯한 서울의 큰길을 반듯하게 정리했어. 서울의 모습이 일시에 바뀌어진 거야.

경복궁은 오늘날까지 그 모습의 대부분은 사라지지 않고 조선 말기의 건축, 공에, 미술을 자랑하고 있어. 그렇지만 자랑스런 경복궁 뒷그림자에는 5년 간이나 걸린 큰 공사로 양반들과 백성들의 원성이 높아져 대원군의 자리가 위태롭게 됐다고 해.

✿ 영건도감

궁궐 · 묘사(廟社) · 성곽 · 창고 등의 건축 공사가 있을 때마다 이를 관장하기 위해 도감을 설치하였는데, 공사의 내용에 따라 영건 · 중건(重建) · 증수(增修) · 성역(城役) · 조성(造成) 등의 이름 이 덧붙여졌다. 관원으로는 최고 책임자로 도제조(都提調)를 두었고, 그 밑에는 제조 · 낭청(郎廳) · 감조관(監造官) · 별간역(別看役) · 도패장(都牌將) 등을 두었는데, 도제조 제조는 당상관(堂上官), 낭청 이하는 당하관(堂下官)을 임명하였다.

을사보호조약을 한마디로 표현하면
일본과 조선이 하나로 합쳐짐을 약속한 조약이야.

청일전쟁에서 승리한 일본은 다시 1904년 2월 러일전쟁을 일으
키지. 러시아 함대가 일본군에 의해 전멸하게 되자 미국의 루즈벨
트 대통령이 조정 역할을 자처해. 그런데 그들은 벌써 비밀리에 만
나 미국이 필리핀을 지배하고 일본은 한국을 지배한다는 '가쓰
라·태프트 협정'을 맺어 놓은 상태였지. 9월 5일, 포츠머스에서
회담이 열렸어.

미국, 일본, 러시아 대표들은 이 회담에서 '한국에 있어서 일본
의 우월권을 승인한다'는 협약을 체결했지. 다시 말하면 일본이 한
국을 마음대로 해도 된다는 내용이야. 미국은 이미 비밀리에 독일
과도 만나 약속을 얻어 놓았고 일본은 영국과 이 문제를 미리 의논
했기 때문에 힘 있는 몇몇의 나라가 우리 나라를 마음대로 한 것이
나 다름없는 것이지. 일본의 이토오는 거만하게 서울에 와서 고종

을 만나 일본 천황의 편지를 내놓았지.

이 편지에는 일본이 우리 나라를 보호한다는 이름 아래 우리의 외교권을 박탈한다는 내용이 들어 있었어. 이것은 대단히 중요한 내용이어서 대신들의 반대가 심했어. 이토오는 자기가 머물고 있는 손탁 호텔로 정부 대신들을 불러 위협을 하는가 하면 세 번이나 고종을 찾아가서 조약을 체결하도록 강요했어. 그런데 고종과 대신들은 쉽게 승인하지 않았지. 이토오는 즉시 조선에 머물고 있는 일본 군대를 서울로 모여들게 해서 황제가 있는 덕수궁을 에워싸고 출입을 단속하였어.

11월 17일 이토오의 강요로 어전회의가 열렸어. 대신들이 앉아 이 문제를 의논했지만 다섯 시간이 지나도록 결정이 나지 않았지. 그때 밖에 있던 이토오와 일본 공사가 일본 헌병에 둘러싸여 어전 회의장으로 들어왔어. 기나긴 겨울밤을 새워가며 대신들은 이토오에게 시달림을 당했단다. 이토오가 연필을 들고 협박하는 목소리로 따져 물었어. 먼저 한규설에게 물었지.

"당신은 찬성이오 반대요?"

한규설이 힘있게 대답했어.

"반대요!"

탁지부대신 민영기, 법부대신 이하영도 반대를 외쳤지. 그런데 학부대신 이완용, 군부대신 이근택, 내부대신 이지용, 외부대신 박제순, 농상공부대신 권중현 등이 찬성을 하고 말았어. 이 5명을 우리는 나라를 팔아먹었다고 해서 '을사5적신'이라 하지.

"8명의 대신 중 5명이 찬성했으니 이 안건은 통과된 것이요!"

이토오는 의기양양하게 선언하였어. 이에 격분한 한규설이 고종에게 이 조약을 거부하라고 말하기 위해 달려가다가 중간에 쓰러지고 말지 뭐야. 이 조약의 내용을 보면 '한국의 외교 업무를 일본의 외무성이 지배하고 감독하며(제1조, 제2조), 한국에 통감부를 설치해 일본의 통감이 서울에 머물면서 한국 정부를 지휘 감독한다(제3조)'라고 되어 있지. 이 조약이 발표되자 일본 헌병들은 서울 시내를 돌아다니며 공포 분위기를 만들었어. 기가 막힌 서울 시민들은 가게문을 닫았고, 학교도 문을 닫았어. 국민들은 일할 생각을 하지 않고 울기만 했지. 분노한 국민들에 의해 을사보호조약에 승인한 이완용의 집이 불타고, 이근택의 뒤에는 자객이 따라다녔지. 또 조약을 거부하고 취소하라는 유림들의 상소문이 줄을 이었으며 거리는 통곡의 물결로 출렁였어. 민영환이 유서를 남기고 자살하고 조병세도 여러 나라 공사에게 항의의 유서를 보내고 스스로 목숨을 끊고 말지.

이외에도 의병들이 들고 일어나 일본군과 싸움을 벌이다 죽는단다. 그럼에도 불구하고 1906년 2월, 초대 통감 이토오가 취임해 통감정치가 시작되지. 강제로 일본에 빼앗긴 국권을 되찾고자 줄기찬 항쟁이 계속되었지만 소용이 없었어.

1907년 6월, 네덜란드의 수도 헤이그에서 26개국의 대표가 모여 만국평화회의를 연다는 소식이 들려왔어. 고종은 이 회의에 밀사를 파견해서 한국의 억울한 사정을 세계에 알리기로 결심하고 이상설, 이준을 불러 고종의 친필 편지를 주었어. 이들은 러시아의 블라디보스토크와 시베리아를 거쳐 러시아 수도 레닌그라드에 도착했지. 여기서 프랑스어를 잘하는 이위종을 만나 함께 헤이그로 출발하였어. 이들 세 명은 회의의 의장인 넬리도프를 만나 회의에 참석해서 을사조약은 일본의 강요에 의해 체결된 것이므로 마땅히 무효가 되어야 한다는 발언을 할 수 있도록 해달라는 부탁을 했지.

그런데 일본 대표가 이 사실을 알고 갖은 수단과 방법을 다 썼어. 넬리도프는 을사조약은 이미 국제적으로 승인되었고, 한국 대표는 회의에 참석할 수 없다고 거절한 거야. 이상설, 이준, 이위종은 영국, 미국, 프랑스 대표들을 개별로 찾아가 을사조약의 부당함을 말하였고, 각국 신문에도 이 사실을 폭로했지. 이위종은 각국 대표들의 비공식 모임에 참석해서 열변을 토하였단다. 각국 대표들은 한국의 입장을 동정했지만 큰 성과는 얻지 못했어. 그 당시 강대국이 한국을 너무나 냉정하게 대했기 때문에 격분한 이준은 온몸에 기름을 바른 다음 불을 질러 타 죽고 만단다. 통감 이토오는 이 사건을 트집 잡아 고종에게 거칠게 항의해.

"헤이그 밀사 사건은 한일 협약을 무시한 것이다. 그리고 국제 사회에서 일본의 위신을 크게 떨어뜨린 것이니 이 책임을 져야 한다."

이토오의 말에 이완용, 송병준이 찬성을 하고 나서며, 고종이 왕위에서 물러나야 한다고 주장해. 고종은 완강히 거부하였고 그러다가 일본의 끈질긴 협박에 못이겨 1907년 7월 19일 황태자의 섭정을 발표하지. 일본은 섭정을 양위한다고 조작해 고종을 강제로 황제의 자리에서 끌어낸단다.

🏛 황성신문

남궁 억(南宮檍), 나수연(羅壽淵), 장지연(張志淵), 박은식(朴殷植), 유근(柳瑾) 등이 주 2회간이던 '대한황성신문'의 판권을 인수하여 '황성신문'으로 개제하고 일간신문으로 창간한 것이다. 국·한문 혼용의 이 신문은 그 애국적 논필로써 풍운의 한말 정국을 매섭게 비판하다가 1905년(광무 9) 을사조약을 맞아 사장 장지연의 유명한 '시일야방성대곡(是日也放聲大哭)'으로 장지연이 구금되고, 신문도 정간당하였다가 수개월 만에 복간되었다. 이 신문은 고종황제로부터 음으로 재정적 지원을 받기도 하였으며, 독자도 중류층 이상에 두었는데, 일본의 국권 침탈로 1910년 8월 30일 '한성신문'으로 개제하여 발행하다가 동년 9월 14일 제3470호로 폐간되었다.

서원이

무엇인지 말해 주지.

조선 중기 이후 연구와 선현제향을 위하여 사림에 의해 설립된 사설교육 기관이었고 동시에 향촌 자치 운영 기구이기도 했지. 서원의 기원은 중국 당나라 말기부터 찾을 수 있지만 정제된 것은 송나라에 들어와서이며, 특히 주자가 백록동 서원을 열고 도학 연마의 도장으로써 이를 보급한 이래 남송, 송, 원, 명을 거치면서 성행했어. 우리 나라에서는 중종 38(1543년) 풍기군수 주세붕이 고려말 학자 안향을 배향하고 유생을 가르치기 위하여 경상도 순흥에 백운동서원을 창건한 것이 효시야.

사림은 15세기의 집권세력이던 훈구세력과 더불어서 고려시대 후기의 새로운 세력이었던 사대부의 한 분파였지. 조선왕조는 사대부들이 주축이 되어 건국되었기 때문에 이성계를 추대한 사대부 출신의 개국공신이 정치의 실권을 쥐고 있었겠지. 그러나 같은 사대부라 하더라도 조선왕조의 새로운 건국을 둘러싸고 성리학에 충실한 일부 사대부들은 왕조교체가 성리학적 도덕에 맞지 않는다고 하여 역성혁명에 참가하기를 거부했어.

그리고는 시골로 내려가 교육과 지방도시의 자치공동체 건설에 주력했어. 그래서 지방에 한가롭게 자연을 벗삼아 지내는 이러한 선비들의 후예를 사림 또는 사림파라고 하게 된 거야. 사림이 중앙정계에 진출하기 시작한 것은 성종 때부터인데 훈구세력의 팽창을 막기 위해 성종의 발탁으로 김종직이 중앙정계에 진출하고 이어서 그의 제자들이 다수 관직에 등용되었지.

따라서 이전까지 국가의 권력을 독점하고 있던 훈구세력들은 강력한 경쟁상대를 갖게 된 것이지. 훈구파와 사림파의 갈등과 대립은 오래도록 지속되었는데 연산군 4년(1498)에서 명종 즉위년(1545)에 이르는 47년간 4차례에 걸쳐 일어난 사화로 그들의 대립은 폭발하게 돼. 사화로 인해서 중앙정계로의 진출이 어렵게 된 사림세력들은 새로운 거점을 찾을 수밖에 없었겠지. 그래서 선택한 것이 지방으로 들어가 자신들의 제자들을 키우고 또한 그들이 공부할 수 있는 터전을 만드는 것이었어. 그리고 그들에 힘이 되어줄 백성들을 조화롭게 잘 살 수 있도록 정신적인 구심을 만들고자 했지. 그리고 조선초기에는 강력한 중앙집권적 체제의 운영을 시행하려는 의도가 있긴 했지만 지방의 백성들을 다독거리고 품어줄 필요가 있었어. 그래서 지방의 문화를 중앙의 성격과 어느 정도 일치시키기 위해서는 공통된 바탕을 갖춘 교육기관이 필요하게 되었어. 이러한 역할을 담당한 것이 지방에 설치된 관학인 향교였어. 그런데 이러한 단순하고 일방적인 정치 속에서 지방문화가 고루 발전을 이룰 수 없었고 비효율적인 운영으로 관학은 점점 쇠퇴하게 되었지.

이러한 사회적인 분위기 속에서 새로운 교육을 갈망하던 사람들과 사림세력들 간에 공감대가 형성이 되고 자연스럽게 서원이 만들어지게 된 거야. 서원의 성립은 조선왕조가 건국하고 사림세력이 발전시켜 온 향사례, 향음유례, 향약 등 향촌질서의 확립과정과 흐름을 같이하고 있어. 여기에 중종 초기에 조광조라는 걸죽한 신진사림세력이 등장하면서 그 흐름이 바뀌지.

바로 문묘종사운동(文廟從祀運動)을 전개, 이것이 서원이 발생할 수 있는 직접적인 토대가 되었어. 조광조는 주자학, 즉 성리학을 주장하며 주자학 연구의 학풍을 일으켜 이언적, 이황, 기대승, 이이와 같은 큰 주자학자가 많이 나타나게 됐어.

이는 문묘종사의 추진이 사림계의 학문적 우위성과 정치적 입장 강화, 그리고 향촌인에 대한 교화라는 명분을 동시에 지니는 것이었기 때문이었어. 이러한 서원이 독자성을 가지고 정착, 보급된 것은 이황에 의해서였어. 이황은 교화의 대상과 주체를 일반백성과 사림으로 나누고, 교화의 실효를 거두기 위해서는 무엇보다도 이를 담당할 주체인 사림을 바로잡았어. 그리고 학문의 방향을 올바르게 정하는 작업이 선행되어야 한다고 주장했어. 그래서 이황은 우선 서원을 공인화하고 나라 안에서 그 존재를 널리 알리기 위하여 백운동서원에 대한 사액과 국가의 지원을 요구했지.

그 뒤 고향인 예안에서 역동서원 설립을 주도하는가 하면, 10여 곳의 서원에 대해서는 건립에 참여하거나 서원기를 지어 보내는 등 그 보급에 주력했어. 한편 서원의 건립은 본래 향촌유림들에 의하여 사적으로 이루어지는 것이므로 국가가 관여할 필요가 없었어. 그렇지만 서원이 지닌 교육 및 향사적 기능이 국가의 인재양성과 교화정책에 깊이 연관되어, 조정에서 특별히 서원의 명칭을 부여한 현판과 그에 따른 서적 노비 등을 내린 경우가 있었어. 이러한 특전을 부여 받은 국가공인 서원을 사액서원이라 불러.

1550년 풍기군수 이황의 요청으로 명종 5년(1550) 백운동서원에 대하여 소수서원이라는 어필 현판과 서적을 하사하고 노비를 부여함으로써 사액서원의 효시가 되었어. 이로써 사액서원은 국가의 공인 아래 전국으로 발전하게 되었는데, 그 뒤 도처에 서원이 세워지면서 사액을 요구하여 숙종 때에는 무려 131개소의 사액서원이 생겨나기도 했지.

서원을 구성하고 있는 건축물은 크게 선현의 제사를 지내는 사당과 선현의 뜻을 받들어 교육을 실시하는 강당과 원생, 진사 등이 숙식하는 동재와 서재의 세 가지로 이루어져. 이외에 문집이나 서적을 펴내는 장판고, 책을 보관하는 서고, 제사에 필요한 제기고,

서원의 관리와 식사 준비 등을 담당하는 고사, 시문을 짓고 대담을 하는 누각 등이 있지. 이러한 서원건축은 고려 때부터 성행한 음양오행과 풍수도참사상에 따라 수세, 산세, 야세를 보아 합당한 위치를 택해 지었어.

건물의 배치방법은 문묘나 향교와 유사하게 남북의 축을 따라서 동서에 대칭으로 건물을 배치하고 있고, 남쪽에서부터 정문과 강당, 사당 등을 이 축선에 한하였어. 이 부근에 제사를 위한 제기고가 놓이고, 강당의 앞쪽 좌우에 서재를 두었으며 강당 근처에는 서고와 장판각 등을 배치하였지. 고사는 강학 구역 밖에 한 옆으로 배치한 것이 일반적이었다고 해.

❖ 백운동서원(白雲洞書院)

경북 영주시 순흥면 내죽리에 있는 한국 최초의 서원. 사적 제55호. 1542년(중종 37) 풍기군수 주세붕이 고려의 유현 안향의 사묘를 세우고 다음해에 학사를 이건하여 백운동서원을 설립한 것이 이 서원의 시초이다. 그 후 44년 여기에 안축과 안보를, 1633년(인조 11)에는 주세붕을 추배하였다. 1550년(명종 5) 이황이 풍기군수로 부임해 와서 조정에 상주하여 '소수서원'이라는 사액과 '사서오경', '성리대전' 등의 내사를 받게 되어 최초의 사액서원이자 공인된 사학이 되었다. 1871년(고종 8) 대원군의 서원철폐 때에도 철폐를 면한 47서원 중의 하나로 지금도 옛모습을 그대로 간직하고 있다. 서원의 건물로는 명종의 친필로 된 '소수서원'이란 편액이 걸린 강당, 그 뒤에는 직방재와 일신재, 동북쪽에는 학구재, 동쪽에는 지락재가 있다. 또한 서쪽에는 서고와 고려 말에 그려진 안향의 영정(국보 111)과 선현십이전좌도(보물 485)가 안치된 문성공묘가 있다.

남자는 귀하고 여자는 비천하다

조선왕조는 유교 이데올로기를 기초로 하는
가부장적 질서가 강요되는 사회였어.

　　그래서 아마도 조선시대는 여성들에겐 가장 불행했던 시기일 거
야. 신라시대에는 여성이 왕위에 오른 적도 있었고 또 고려시대에
는 왕실에서조차 재혼이 가능할 정도로 남녀간의 사랑이 자유로웠
지. 하지만 조선시대는 달랐어. 여성에 대해서는 남성 중심 사회를
유지하기 위한 보조적 역할 담당자로 인식했을 뿐이지.

　　이렇게 여성의 지위가 하락하기 시작한 것은 고려 말 성리학이
들어오면서 부터야. 성리학은 철저한 남성 중심의 사상체계였고
이것은 곧 여성에 대한 억압으로 나타나게 된 거야. 남자는 귀하고
여자는 비천하다는 '남존여비' 나 어렸을 때는 아비를 따르고 출가
해서는 남편을 따르고 늙어서는 아들을 따른다는 의미의 '삼종의
도' 는 다 이때 생긴 사상이야. 또한 여자의 제일의 덕목은 유순함
이었어. 여자에게는 '유순' 과 '공경' 만이 으뜸의 덕이었고 이는 곧

남편의 말을 하늘같이 받들고 거역해서는 안 된다는 가르침으로 나타났지. 그래서 조선시대는 아들로 태어나는 것과 딸로 태어나는 것은 하늘과 땅 차이였어.

'아들을 낳으면 상 위에 누이고 구슬을 준다. 그러나 딸을 낳으면 상 아래 누이고 실패를 준다' 는 말처럼 태어날 때부터 아들과 딸은 서로 다르게 길들여졌어. 출생부터 귀천이 갈라지고 차별 대우가 시작되는 거야. 하지만 여자로 태어난 고통은 출가한 다음부터 더욱 심해지게 돼. 이른 바 '여필종부' 라 해서 여자는 항상 말없이 남편을 따르도록 되어 있었어. 남편을 손님처럼 받들고 남편의 말에는 무조건 복종해야 했어.

그리고 여성을 출산, 양육, 가사노동에 전념시키기 위해 법적으로 사상적으로 여러 가지 제한을 두어서 재혼 금지, 남녀의 내외법, 칠거지악과 같은 부녀의 도리라는 것을 만들었어. 남자들은 수탉같이 여러 명의 첩을 거느리면서 여성들에게는 목숨보다 정절을 중히 여길 것을 제도화시켜 놓은 거지. 당시 결혼의 목적은 조상의 제사를 받들고 시부모를 섬기고 아들을 낳아 대를 잇게 하는데 있었어. 그래서 부부 금실이 아무리 좋아도 부모가 마땅치 않아 하면 아내를 버려야 되는 것이 효자의 도리였어.

부부생활 또한 자유롭지 않았어. 특히 법도 있는 집안에서는 의례 남자는 사랑방에, 여자는 안방에 거처하며 젊은 부부는 시어머니의 허락이 나지 않는 한 같은 방을 쓸 수가 없었어. 조선시대의

'시집살이'는 아주 특수한 신분을 빼고는 큰 시련과 고통이 따랐어. 시집살이는 '귀머거리 3년, 벙어리 3년, 장님 3년으로 세월을 보내야 한다'는 말이 지금까지도 전해지고 있잖아. 시집살이를 했던 조선 여성들은 '소를 잃으면 며느리를 얻으라'는 말처럼 며느리는 소 한 마리 몫의 일을 해내야만 했고, 몸과 마음이 고달픈데다가 경제적인 고통까지 가중되어 행주치마 자락이 마를 날 없이 눈물지었지.

이렇듯 조선시대의 결혼의 의미는 임신, 출산, 양육, 가사노동 등을 의미할 뿐이었어. 따라서 결혼에 따른 시댁에 대한 여러 가지의 의무사항은 여성으로 하여금 더 이상 사회활동에 관심을 두지 못하게 했어. 조선조에 들어오면서 여성은 점차 권력에서 배제되었어. 남자만이 학문을 하게 되어 관직에 나갈 수 있는 과거를 볼 수 없어 관직에 진출할 길은 전혀 없었어. 물론 관직에도 내명부라 하여 남편의 지위에 따라 그 부인도 관품이 주어지긴 했지만 그것은 여성들의 불만을 입막음하려는 형식에 불과한 거였지.

이런 사회제도 하에서 똑똑한 여자는 그 제도의 파괴자로 배척당할 뿐이었어. 그래서 여자의 무식함은 오히려 덕이 되었던 거지. 여자는 글을 알아도 함부로 쓰지 아니함을 미덕으로 여겼고, 아들에게는 글을 가르치되 딸에게는 되도록 가르치지 않았어. 가르친다 해도 기초적인 교양 정도였고 여자의 글은 문밖에 내어가지 않고 모두 불태워 버렸어.

허균의 누이이자 여류시인이었던 허난설헌도 죽기 전 방 안에 가득했던 자신의 작품들을 모두 소각시켰다고 전해지고 있어. 오늘날 전해지는 허난설헌의 작품은 그녀가 죽고 난 후 허균에 의해서 세상에 알려지게 된 거야. 어느 날 허균이 누이의 유작을 중국 사신에게 자랑삼아 보였고, 그것을 가져간 중국 사신의 손에 의하여 출판되어 우리 나라로 들어오게 된 거지. 이러한 사회적 제약이 성립된 후의 조선시대 여성은 일반적으로 방갓을 쓰거나 장옷을 입고 얼굴만 조금 내민 소극적이고 폐쇄적인 모습으로 남아 있어.

하지만 조선시대 전체에 걸쳐 여성이 부당한 대우를 받았던 건 아니야. 조선전기에는 유교적 가치관의 남녀관이 잘 정립되지 않았기 때문에 여성의 사회, 경제적 지위가 남성과 큰 차이가 나지 않았어.

재산의 상속도 남녀의 차별 없이 균등하게 이루어졌고 조상에 대한 제사도 형제간에 돌아가면서 지내는 것이 보편적이었지. 또한 아들이 없어도 딸이나 사위, 외손이 제사를 지낼 수 있어서 대를 잇기 위해 양자를 들일 필요가 없었어. 특히 남녀간을 맺어 주는 결혼은 여성의 입장이 더 유리했어. 결혼식은 신부집에서 치러졌으며 자식을 낳아 한 가정을 이룰 때까지 친정살이를 하는 경우도 있었다고 해.

🌸 허난설헌 (許蘭雪軒)

　난설헌은 호, 자는 경번이다. 신동이라는 말을 들을 정도로 글재주가 뛰어났으며 아름다운 용모와 천품이 뛰어나 여덟 살 때에 '광한전백옥루상량문'을 지었다. 당대 석학인 아버지 허엽과 오라버니, 동생의 틈바구니에서 어깨너머로 글을 익혔으며 손곡 이달에게 시를 배웠다.

　1577년(선조 10) 김성립과 결혼했으나 원만하지 못했다고 한다. 불행한 자신의 처지를 시작으로 달래어 섬세한 필치와 여인의 독특한 감상을 노래했으며, 애상적 시풍의 특유한 시 세계를 이룩하였다.

　작품 일부를 동생 균이 명나라 시인 주지번에게 주어 중국에서 시집 『난설헌집』이 간행되어 격찬을 받았고, 1711년 분다이야 지로에 의해 일본에서도 간행, 애송되어 당대의 세계적인 여류 시인으로서 명성을 떨치게 되었다. 작품으로는 시에 '유선시', '빈녀음', '곡자', '망선요', '동선요', '견흥' 등 총 142수가 있고, 가사에 '원부사', '봉선화가' 등이 있다.

조선은 **청나라**에 사신을
자주 파견하였어.

　사신으로 청나라에 들어갔던 사람들은 조선으로 돌아와서 그곳
에서 보고 들은 새로운 소식을 임금께 이야기했지. 1893년 서장관
으로 청나라에 갔다 온 이정이가 임금에게 상소를 올렸어.

　"청나라 연안 여기저기에 서양에서 온 배(이양선)들이 신기한 물
건을 싣고 들어와 청나라 사람들에게 팔고 있습니다. 청나라 사람
들은 처음 보는 물건이라 호기심이 생겨 돈 아까운 줄 모르고 사고
있다고 합니다. 그래서 청나라에서 외국으로 나가는 돈이 매우 많
다고 합니다. 또 서양 선교사들이 들어와 청나라에 천주교를 널리
퍼뜨려 그 신자가 헤아릴 수 없이 많습니다. 청나라 황제께서 크게
노하여 성당을 헐어 버리고 천주교 신자들을 잡아 가두므로 청나
라에서는 천주교가 발을 붙이지 못할 것 같습니다."

　상소를 받아 본 임금이나 대신들이 서양 사람들을 좋게 볼 리가

없었지. 또 그 당시 아편전쟁이 막 시작될 무렵이라 조선에서는 서양인들이라면 고개를 돌려 버릴 정도로 싫어했어. 그럴 즈음 우리나라에도 서양에서 온 배들이 나타나기 시작했지. 제주도 모슬포 근처에 영국 배 두 척이 나타나 물건을 빼앗아가고 소까지 약탈해 가자 관군이 서양인 3명을 죽이는 일이 일어났지 뭐야.

1845년 5월, 영국 배 사마랑 호가 제주도 정의현 우도에 내려 그 근처를 측량했는데 이들은 현감에게 외국과 통상하려면 연안을 측량해서 배가 드나들기 쉽게 해야 한다고 말했어. 현감은 자기로서는 결정하지 못하는 어려운 일이라며 즉시 돌려보냈어. 이양선이 자꾸 나타나자 조정은 천주교 박해 때 3명의 서양 신부를 죽인 데 대해 보복을 당할까 봐 잔뜩 긴장했지.

아나나 다를까. 1846년 6월 이양선 3척이 충청도 홍주목 외연도에 나타났어. 이양선을 타고 온 프랑스 사람들이 한 통의 긴 편지를 주며 해답은 내년에 받으러 온다는 말을 남기고 돌아갔지. 충청 수사와 홍주 목사는 이 편지를 받고 싶지 않았지만 그들의 위세에 눌려 억지로 받았어. 그리고 곧 임금에게 보고하였어. 헌종이 편지를 뜯어보니 기해사옥 때 앙베르, 샤스탕, 모방 신부를 죽인 데 대한 강력한 항의문이었단다. 조선을 깔보는 듯한 편지 내용에 화가 난 헌종은 서양 사람들의 편지를 받은 충청 수사와 홍주 목사의 벼슬을 빼앗아 버리지.

1874년 프랑스 군함이 다도해로 들어오다가 암초에 부딪쳐 파손되고 말아. 프랑스 선원들은 다도해 근처의 작은 섬에 갇히게 돼. 많은 사람들이 작은 섬에 갇혀 있으니 먹을 음식과 식수가 부족하게 된 거야. 이들은 작년 편지에 대한 해답과 양식과 물을 보내달라는 편지를 정중하게 써서 조정으로 보냈지. 조정에서는 즉시 양식과 먹을 물을 충분히 보냈어. 그리고 승문원에게 작년에 받은 편지에 대한 답장을 쓰라는 어명을 내려 헌종은 청나라에 프랑스 배가 좌초했다는 사실을 알리고 그들을 구해 줄 것을 요청한단다.

한 달 후, 답장을 전해 주기 위해 다도해 근처에 가니 이양선은 벌써 떠나고 없었어. 헌종은 할 수 없이 청나라를 통해 프랑스 함장에게 답장을 전해 주었어. 그 후로는 프랑스 배들은 우리 나라 연안에 나타나지 않았지.

🎐 천주교박해

1791년 정조 때부터 수십년간 서양에서 들어온 신흥 종교인 천주교에 대해 사교로 규정, 외국인 선교사와 국내 신자들을 박해한 일이다. 광해군 2년에 허균이 사신의 일행으로 북경에 갔다가 천주교 12단을 가지고 온 것이 천주교 서적 전래의 시초로 볼 수가 있다. 또한 이수광은 광해군 6년(1614년)에 펴낸 『지봉유설』에 중국에서 포교 활동을 한 서양 신부 마테오 리치와 그의 저서인 『천주실의』가 소개됐다.

초기의 천주교 활동은 서울, 내포, 전주를 중심으로 시작됐고 그 교세는 차차 농촌과 서민층에 퍼졌다. 정조 때 나라에서는 천주교 금지령을 내렸다. 천주교를 사교로 규정했으며 무엇보다도 천주교의 교리는 유교 사상과 풍속을 부정하여 박해를 받는 주요 원인이 됐다. 1791년 정조 때 윤지충 등은 어머니의 상을 당하고도 신주를 불태웠다가 순교당했다.

이때, 천주교인들은 화를 당했는데 이것을 '신해박해'라고 한다. 그 뒤에도 천주교 박해는 계속됐다. 신유박해, 기해박해, 병인박해를 천주교 3대 박해라고 한다.

신유박해는 1801년 순조 때 일어났다. 이때, 중국인 신부 주문모와 우리 나라 최초의 세례 교인 이승훈 등 3백여 명이 순교하거나 귀양을 갔다. 이 박해는 노론파가 남인을 없애려는 정치적인 음모도 들어 있었다. 1839년의 기해박해 때는 프랑스 신부 등 80여 명이 처형당했다. 1866년 병인박해 때는 8천여 명이나 순교했다.

우리 나라 최초의 신부인 김대건은 프랑스 신부들과 함께 조선에 들어와 활약하다가 헌종 12년인 1846년에 순교했다.

국채 보상 운동이
무엇이냐면 말이지.

일본에 진 빚을 국민의 힘으로 갚아 경제적으로 독립하자는 운
동을 일컫는 말이야. 1907년에 서상돈, 김광제 등이 대구에서 금주
와 금연으로 나라의 빚을 갚자는 국채 보상회를 조직함으로써 비
롯되었지. '대한매일신보' '황성신문' 등 언론 기관의 협조로 일반
민중의 호응을 얻어 전국적으로 퍼져나갔지만 일진회의 방해와 일
본의 탄압으로 실패하고 말았어.

이는 우리 민족의 강렬하고 자발적인 애국 정신을 발휘한 구국
운동이었다고 정의내릴 수 있단다. '국채보상운동'은 1904년 러시
아에 전쟁을 일으킨 일제는 대한제국의 국권을 침탈하는 한편, 경
제 구조의 재편에 착수하면서 침략을 위한 발판을 다졌어.

먼저 '농업 개발'을 구실로 토지를 약탈하고 일본의 가난한 농민
들을 이주시키는 작업을 추진했고, 재정 고문으로 메카타란 인물

을 보내 재정, 금융, 화폐 제도를 다시 편성하고 한국에 일본 화폐의 유통을 강요하여 일본 자본과 상품의 유통을 촉진시켰지. 이에 따라 한국인은 막대한 타격을 입었지만, 그 틈에 일본인은 한국에 침투할 수 있는 발판을 손쉽게 마련할 수 있었던 거야.

나아가 일제는 주요 지역에 금융 조합을 세우고 자금 융통을 제한하여 고리대에 의한 수탈을 부채질했으며, '조세징수규정'을 만들어 세금 징수, 세출입, 금전 출납 등을 담당하는 재정 기구를 장악해 나갔지. 일제는 수탈 체제를 마련하는 비용을 충당하기 위해 대한제국에 관세를 담보로 1천만 원의 자금을 빌려 쓰라고 강요했어. 일제의 강요에 따라 국채와 차입금 등 각종 명목으로 도입된 차관액은 1907년 1,300만 원, 1910년 4,500만 원으로 엄청난 액수에 달했지 뭐야.

1905년 6월 200만 원은 화폐정리자금으로, 200만 원은 회계 부족금 등으로, 또 그해 11월 150만 원은 민간 금융 자금으로, 1906년 3월 1천만 원은 시설자금으로, 도합 1,650만 원 중 대부분은 일본인 거류지 시설과 통감부의 자의적 사용으로 소비했지. 또 차입금 중 일부는 이전 채무를 상환하는 명목으로 한 것이라 바꿔치기에 불과한 것도 있었어. 이렇게 해서 1906년 말경 대한제국이 일본으로부터 얻어온 국채라고 일반에 알려진 액수는 1,300만 원으로 계산됐어. 당시 한국 정부의 예산은 세입액이 세출액에 비교해서 77만 원이나 부족한 적자로 이루어져 있었기 때문에 거액의 국채를 갚는다는 것은 불가능했지.

일제의 강요로 도입된 차관이 심각한 문제를 일으키는 한편으로, 일제가 한국에 차관을 강요한 목적이 한국의 재정과 금융을 완전히 장악하여 일본에 예속시켜 식민지 지배를 위한 기초 작업을 추진하려는 데 있다는 인식이 깊어지는 것은 당연한 것이지. 이에 따라 한국인들은 위기 상황을 뛰어넘기 위한 노력을 활발하게 전개했지. 그 대표적인 움직임이 김광제, 서상돈 등이 앞장서고 '대한매일신보'가 중심이 되어 일으킨 '국채보상운동'이야.

이는 1907년 2월부터 대구 광문사의 명칭을 대동광문사로 고치는 특별회에서 서상돈이 국채를 보상하는 운동을 일으키자고 제의하고, 참석자 모두가 찬성하여 국채보상취지서를 작성해 발표하면서부터 시작되었어. 이 운동은 '대한매일신보', '황성신문', '제국신문' 등 민간 신문사의 적극 지원과 민중의 광범한 호응으로 순식간에 전국으로 확대되었단다.

각지의 민중들은 운동에 호응하여 남자는 담배를 끊어 저축한 돈을, 부녀자는 비녀나 가락지 등을 팔아 모은 돈을 모금하였고, 고종 황제도 담배를 끊을 뜻을 밝혔어. 이 운동에 적극 참가한 것은 일제의 상업 침탈과 일본 상인의 침투로 위기에 몰리게 된 한국인 자본가들과 지식인층이었고, 아울러 국외에서도 이 운동에 적극 찬동하는 움직임이 컸지. '국채보상운동'의 목적은 무엇보다 일본에 진 국채를 갚아 독립을 이룩하자는 것이었고, 모금의 형태는 자발적 성금을 통해 의연금을 모집하는 형태를 취했다는 것을 알아 두어야 해. 이 운동이 가장 활발히 전개된 것은 1907년 4월부터 12월까지였으며, 특히 6~8월 사이에는 가장 많은 의연금이 모집되었지. 그런데 활발하게 전개되던 국채보상운동은 일제의 조직적 탄압과 운동 주도측의 소극적 대처로 1908년 이후 점차 쇠퇴하기 시작했어.

이 운동이 국권 회복을 목표로 하고 있었기 때문에 일제는 온갖 방법으로 방해하고 탄압하려 했어. 우선 '대한매일신보' 사주였던 베델을 국외로 추방하기 위한 공작을 끈질기게 폈으며, 사장이던 양기탁에게 횡령 혐의를 씌워 구속하고 말아. 결국 운동 주도층은 분열되었고 운동은 성과를 달성하지 못한 채 중지된단다.

국채 보상 국민 대회의 취지문

　지금은 우리들이 정신을 새로이 하고 충의를 떨칠 때이니, 국채 1300만 원은 바로 우리 한(韓) 제국의 존망에 직결된 것이라. 이것을 갚으면 나라가 존재하고, 갚지 못하면 나라가 망할 것은 필연적인 사실이나, 지금 국고는 도저히 상환할 능력이 없으며, 만일 나라에서 갚는다면 그때는 이미 3000리 당토는 내 나라, 내 민족의 소유가 못될 것이다.

　일반 국민들은 의무라는 점에서 보더라도 이 국채를 모르겠다고는 할 수 없는 것이다. 그러므로 이 국채를 갚는 방법으로 2000만 인민들이 3개월 동안 흡연을 금하고, 그 대금으로 한 사람이 매달 20전씩 거둔다면 1300만 원을 모을 수 있으며, 만일 그 액수가 미달 할 때에는 1환, 10환, 100환의 특별 모금을 해도 될 것이다.

(대한 매일 신보, 1907년 2월 21자.)

1897년 고종은 내외의 여론에 힘입어 러시아 공사관에서 경운궁으로 돌아왔어.

국호를 대한제국, 연호를 광무라 고친 다음, 왕을 '황제'라 칭하여 자주 국가임을 내외에 선포하였어. 대한제국은 안으로는 외세의 간섭을 막고, 자주 독립의 근대 국가를 세우려는 국민적인 자각과 밖으로는 조선에서 러시아 독점 세력을 견제하려는 국제적인 여론의 뒷받침을 받아 성립된 것이지. 대한제국의 집권층은 갑오, 을미개혁의 급진성을 비판하고, 점진적인 개혁을 추구하였어. 대한제국의 복고적 정책은 정치면에서 전제 황권의 강화로 나타났어.

따라서 대한제국은 입헌군주제와 의회 설립을 주장하는 독립협회의 정치개혁 운동을 탄압하였고, 대한제국이 1899년에 일종의 헌법으로 제정한 대한제국 국제(헌법)는, 대한제국이 전제 정치 국가이며, 황제권이 무한함을 강조하고, 통수권, 입법권, 행정권, 사법권, 외교권 등을 모두 황제의 대권으로 규정하였지 뭐야.

한편, 대한제국은 경제면에서 양전 사업과 상공업 진흥책을 실시하였어. 양전 사업은 과거의 누적된 폐단의 하나인 전정을 개혁하여 민생을 안정시키고, 국가 재정을 확보하기 위한 것이었어. 이 양전 사업으로, 근대적 토지 소유권 제도라 할 수 있는 문서가 발급되었지. 정부의 상공업 진흥책이 실시되어, 섬유, 철도, 운수, 광업, 금융 분야에서 근대적인 공장과 회사들이 설립되었어.

또, 상공업 진흥책에 따라 실업 교육이 강조되었고, 근대 산업 기술을 습득하기 위해 외국에 유학생이 파견되었으며, 각도의 실업 학교와 기술 교육 기관도 설립되었지. 그리고 교통, 통신, 전기, 의료 등 각 분야에 걸친 근대적 시설이 확충되어 갔어.

이와같이 대한제국은 경제, 교육, 시설 면에서 국력 증강을 위한 근대화 시책을 추진해 나갔으나, 진보적 정치 개혁 운동을 막아 국민적 단합을 이루지 못하였고, 열강의 간섭을 배제하지도 못하였단다.

❖ 대한 제국

◎ **요약**

제1조 대한국은 세계 만국이 공인한 자주 독립 제국이다.

제2조 대한국의 정치는 만세 불변의 전제 정치이다.

제3조 대한국 대황제는 무한한 군권을 누린다.

제5조 대한국 대황제는 육·해군을 통솔한다.

제7조 대한국 대황제는 행정 각부의 관제를 정하고,
　　　행정상 필요한 칙령을 발한다.

제9조 대한국 대황제는 각 조약체결 국가에 사신을 파견하고,
　　　선전, 강화 및 제반 조약을 체결한다.

내외 정세가
복잡하였을 때였어.

　민비(명성황후)와 그의 일파 수구당의 정객들은 욕심과 영구집권
에만 눈이 어두웠지. 그리하여 몇몇 애국 인사와 신사조(新思潮)에
눈뜬 선각자들의 피나는 노력이 있기는 하였지만, 간신들이 가득
찬 조정의 정사는 바로잡히지 않았고, 나라의 운은 시시각각으로
기울어지기만 하였어. 이 무렵, 민비의 애호를 받은 전국의 무당
판수들은 떼를 지어 궐내에 드나들었고, 집권파의 궁중 상하는 백
성들을 수탈하기에 여념이 없었어.

　무능한 임금 고종은 덮어놓고 민중전의 사주에 전념해, 궁중에
드나드는 무당들에게 상급으로 감역도사란 벼슬을 팔아 돈벌이하
는 종이를 무수히 주었지. 그러면 무당 판수들은 좋아라고 그 첩지
를 팔아서 돈을 물쓰듯하였어. 진령군(眞靈君)이라는 칭호까지 받
은 여자는 요술을 잘하는 덕분에 고종과 민중전의 이쁨을 받아, 망

건에 금관자를 붙이고 정청에 드나들었고, 당시의 많은 수재들이 모두 그의 손에 놀아날 정도였어. 더욱이 민중전은 그의 말이라면 콩이 팥이라 하여도 옳다고 하여, 그는 왕족 아닌 일개 무당이면서도 진령군이란 칭호를 받고, 부귀를 누렸던 거야.

이러한 판국에 조선 팔도에서는 굶주리다 못한 백성들이 작당하여 화적, 초적이 되었고, 전라도에서 일어난 동학혁명이 삽시간에 호남 일대를 휩쓸었지. 그러나 조정에서는 무능도 무능이려니와 관군만 보내어도 될 것을 청병을 동원하여 동학혁명을 진압시키다가, 일본의 감정을 사 마침내 '청일전쟁'을 유발시키게 되지. 그래서 하루 아침에 팔도가 싸움터로 변하였고, 전쟁이 끝나자 승리한 나라는 일본이었고, 비참해진 나라는 조선이었어.

그러나 일본에게는 뜻밖에도 새로운 또 하나의 강적인 러시아가 나타나서, 그들이 청일전쟁을 통하여 피로써 확보한 여러 가지 이권을 러시아가 가로채게 된단다. 이때 정상형의 후임으로 온 일본 공사 삼포는 무인 기질이 농후한 자로서 사태의 불리한 역전에 크게 분개하여 친러파인 민씨 일파를 타도하고자 해.

그는 반민파인 개혁당을 충동해서 공덕리에 퇴거하고 있는 대원군을 추대케 하고, 고종 32년 을미 8월 12일 깊은 밤중에 대궐로 쳐들어갔어. 이것이 이른 바 '을미사변'이야. 이때 민비는 왜놈의 칼에 찔려 무참히 최후를 맞이하지. '을미사변'과 함께 정권은 개화당의 손으로 넘어갔어. 김홍집을 수반으로 하는 중심 기관은 세계 흐름에 발맞추어 착착 새 개혁을 단행하였어.

그러나 이 나라의 백성들은 너무도 어리석었지. 맹렬한 반대 운동과 또다시 이 신개혁 운동을 뒤엎어 버렸던 거야. 그러자 또 오랫동안 다투어 오던 러시아와 일본의 두 나라가 전쟁을 일으켰어. 일본은 작은 섬나라이면서도 잘 싸워서 예상을 깨뜨리고 러시아로 하여금 손을 들게 하였지. 러일전쟁에서 승리를 거둔 일본은 더욱 거센 침략의 손길을 이 땅에 내뻗어 통째로 집어삼키게 된 거야. 을사보호조약과 통감부 설치, 그리고 헤이그 밀사사건 등을 핑계로 그들은 고종을 강제로 퇴위시켰어.

광무 11년에는 소위 정미 7조약이란 것으로 우리 나라의 군대도 해산시켜 버리지. 각처에서 의병들이 일어나고 수많은 애국지사들

이 피를 흘리며 일본 제국주의와 싸웠으나, 이미 기울기 시작한 국운을 바로잡을 도리는 없었어.

이렇게 해서 융희 4년 8월 29일에는 일본의 육군대신 사내의 강박 아래, 어전회의가 열리고 드디어 한일합병서에 이완용 등 매국 칠대신들이 서명함으로써, 역년 27대 519년으로 조선왕조의 등불은 꺼져 버렸던 거야.

👀 관 군

고려시대와 조선시대 각 지방의 대로(大路)에 30리마다 1원사(院舍)를 두고, 50리에 1관사를 두어 공무로 출장하는 관원의 숙박소로 하였는데, 이에 소속되어 신역을 부담한 군졸을 말한다.

철종조의 안동김씨

세도정치 아래서는 말이야.

    특히 왕족인 젊은 남자일수록 맥을 못쓰고 꽁무니를 사리는 세상이었어. 그 중에서도 좀 똘똘하고 영악해 보이는 남자라면 더욱 그러하였지.

  홍선군 이하응은 영조의 고손이었지만, 그도 왕족 출신이었기 때문에, 세도가인 안동 김씨들의 온갖 멸시와 학대와, 인간 이하의 말할 수 없는 수모를 감수하며 살아야만 했어. 그는 본래 가난한 집안에서 태어난데다 그를 주시하는 당시의 살얼음판 같은 세상을 교묘히 살아가기 위해, 본의 아니게 주색과 방탕으로 소일하지 않을 수 없었지. 그러므로 가뜩이나 구차한 그의 살림은 더욱 기울어져서, 남루한 의관에다 하루 세 때의 끼니조차 이을 수 없는 형편에 다다랐어. 그러나 그의 술타령과 오입질은 끊이지 않았어. 아니, 날이 갈수록 더욱 늘어가기만 하였지. 그것은 어쩔 수 없는 그의 호신책인 동시에 생활태도가 되어 버렸던 거야. 흥선군은 "술이나 실컷 마셔보자꾸나. 내일 어찌 될지 모레 뉘 손에 죽게 될지 모르는 판이 아니냐?"면서 처자도 살림도 아랑곳 없다는 듯, 그는 매일같이 부랑배들과 어울려서 술타령과 오입질만 하고 돌아다녔어. 작달막한 키에 쾡한 눈동자만이 유난히 빛나는, 초라한 의표의 술주정뱅이인 그를, 사람들은 허울좋은 왕족일 뿐, 좋게 생각하지 않았지.

"아이쿠 저런 작자가 무슨 왕족이람!"

"흥, 왕족이면 뭐해? 잘난 체하다간 김가들의 밥이나 될라구……."

술에 만취되어 갈지자 걸음으로 길바닥을 쓸다시피하며 횡설수설하는 흥선군을 바라보는 사람들은 흔히 이런 말로 그를 모멸하곤 하였어. 그러나 기발한 책략과 웅지가 그의 가슴 속에 숨어 있으리라고는 아무도 몰랐던 거지. 그는 남들의 업신여김 속에서 밖으로는 술집과 기생방이나 출입하고 투전이나 할 줄 아는 타락한 인물로 밖에 보이지 않았지만, 실상 남 모르게 조대비와 손을 잡으면서 장차 세도파 김씨들을 타도하는 웅대한 계략의 기틀과 발판을 만들기에 여념이 없었던 거야.

그러기에 그는 오늘의 불우를 통탄하고 비관하고만 있지 않았어. 내일을 위하여, 반드시 도래하게 될 광명의 새 날을 위하여 모든 수모와 분노를 참고 견디자, 그리고 외허내실로 꿋꿋하게 살아

나가자 다짐하며 스스로를 격려하고 위로하였던 것이야. 사실 그에게 앞날에의 희망이 없었던들 그는 벌써 자살이라도 하여 그 말 못할 울분과 기구한 운명에 항거하였을런지도 몰라. 그만큼 그는 남들에게, 특히 안동 김씨들에게 뼈에 사무치는 모멸을 받아왔고 또 그것을 인내해 왔던 거야.

어느 해 봄의 일이었어. 철종의 왕비인 철인왕후의 친정 아버지인 영은부원군 김문근의 생일 잔치가 성대히 벌어졌지. 그야말로 부원군 집 생일 잔치라더니, 갖가지 진수성찬이 상다리가 휘도록 차려져 있었고, 안팎으로 흥청거리는 손님들은 온종일 넓으디 넓은 집안에 꽉 들어 차 있었어. 세도가인 안동 김씨 일족은 물론이거니와, 은관자 금관자를 붙인 타성 벼슬아치들도 이 날만은 거의 빠짐없이 찾아와 헌수하고 즐기는 양이 미상불 제왕의 세력만큼이나 성대하였어.

이때 장안의 부랑배들과 거지떼들은 앞을 다투어 그 소문난 생일 잔치를 얻어먹으려고 부원군 집으로 모여들었어. 이렇게 흥청거리는 만좌의 내객 가운데 왕족의 한 사람인 흥선군도 건달패들과 어울려 있었지. 원래가 술 잘먹고 놀기 좋아하는 그였기 때문에, 소문난 잔치라면 물론 초청을 받지 않은 경우에도 거의 빠짐없이 찾아다니며 폭음하고, 술 주정이 잦아 지탄을 받는 일이 허다 하였어. 오늘도 그는 불청객의 한 사람으로서, 부원군의 생일 잔치에 참석하였고, 안동 김씨들과 벼슬아치들의 눈총을 받으면서도 권하는 대로 아무 사양 없이 먹고 마시는데, 이미 도를 넘고 있었지. 이 윽고 주기가 돌기 시작하자, 그는 예의 주정을 부리기 시작하였어.

이것은 물론 신명 좋은 그의 흥취 때문이기도 하려니와, 그 보다 는 가슴 속에 사무친 울분과 원한을 토로하는 가장 좋은 방법인 동시에, 일부러 상대방에게 미친 듯 보여서 세속을 기만하려는 한 가지 호신책이기도 했지. 아무튼 그는 술자리에서 초라한 자신의 행색에도 불구하고 아무도 의식치 않고 신나게 놀았어.

부원군 김문근도 세도 재상들도 안중에 없다는 듯, 그는 젓가락으로 상을 두들기면서, 혹은 노랫가락 난봉가를 부르기도 하고, 혹은 횡설수설을 늘어놓았지. 이 광경을 바라보던 좌중의 점잖은 손님들은 급기야 눈살을 찌푸리며 자리를 피하는가 하면, 김병기, 김병필 같은 안동 김씨의 젊은 축들은 빈번히 말했어.

"아니 저이가 또……."

"저런 망나니가 어디 있담……."

그러나 그에 대한 수모는 그것으로 그치지 않았어. 김병기는 하인을 부르더니, "이 손님을 딴 방으로 모셔라!" 하고 호령을 하였어. 이때 두서너 명의 하인배들이 달려들어 나가지 않으려는 홍선군을 완력으로 끌어내리고 실랑이를 하는 판에, 홍선군은 그만 먹은 것을 그 자리에 와르르 토해내었어. 보기에도 구역질이 나는 토사물과 악취가 그만 좌석을 더렵혔지. 이 광경을 바라보던 김병기는 주먹을 불끈 쥐며 하인배들을 휘몰아 세우는 것이었다.

"무엇들을 하는 거냐! 냉큼 들어내지 못하고."

그러고는 다시, "저래도 사람 구실을 하는가? 왕손 망신을 시켜도 분수가 있지. 에잇, 쯧쯧……." 하며 침이라도 뱉을 듯이 말을 했어. 그러나 홍선군은 취중인 체하면서, "흥, 내가 망나니인 줄 이제 알았더냐? 먹고 새길 것이 못되니 토하기도 예사지……." 하고서는, "이놈들아, 나는 그만 두고 이 더러운 걸 냉큼 치우기나 하려무나." 하며 도리어 하인배를 호령했어.

좌중에서는 외면을 하고 쯧쯧 혀를 차는 자도 있었지만 오직 한 사람 김병학이 자리에서 뛰어 내려오더니, "여보시오, 나으리. 오늘은 많이 취하셨군요. 어서 일어나십시오." 하고, 엎어지려는 홍선군을 붙들어 일으켰지. 홍선군은 취기가 몽롱한 눈을 들어 김병학을 쳐다보았어. 순간 그의 눈에는 원한의 빛이 번쩍이며, 그의 일그러진 입은 분노로 떨리고 있었어. 한참 이러한 홍선군의 표정을 굽어보고 있던 김병학은 이윽고 하인배를 명하여 자리를 치우게 하고, 물을 떠오게 하여, 손수 홍선군의 더럽혀진 옷을 말끔히 씻어 주기까지 했단다. 그리고는 홍선군을 부축하여 교자까지 태워서 그의 집으로 배송하게 하였지.

원래 병학은 그의 부친 김수근의 말을 듣고 홍선군이 비범한 인물임을 예측하였어. 그래서 그는 다른 사람과는 달리 항상 홍선군에게 은근한 호의를 보여 주었어. 이 날도 병학은 홍선군의 가슴 속을 꿰뚫어보고, 장차 일어날지도 모를 크나큰 환난을 미연에 방지하려 했던 거야. 병학의 홍선군에 대한 호의는 그것으로 그치지 않았어. 그 해 섣달 그믐날 끼니조차 잇지 못하고 있는 홍선군의 궁저에 쌀과 피륙과 고기를 남몰래 선사하였어.

그것은 그의 부친 김수근의 뜻이기도 했지만, 병학 또한 홍선군의 환심을 사기에 게으르지 않았던 거야. 이러한 병학 부자의 호의는 급기야 대원군 집정시에 거의 재앙을 당할 뻔했던 안동 김씨 일족을 아무런 피해 없이 구출할 수 있게 하였던 거지. 그 뒤 대원군이 국태공으로서 정권을 잡은 지 얼마 안 되어서의 일이야.

하루는 당시 좌찬성으로 있는 김병기의 생일이라고 하여 초청을 받았어. 주인공 김병기라 하면 지난날 대원군이 불우했을 때 누구보다 더욱 그를 멸시하고 천대하던 바로 그 사람이지. 그런데 오늘에 와서는 처지가 역전되어서 그 기세가 하늘을 찌를 듯한 대원군의 세력 앞에 몰락하는 세도가의 한 사람인 김병기 따위는 대수로울 것이 없었어.

게다가 지난 날 영은부원군 김문근의 생일 잔치에서 특히 김병기에게 더욱 수모를 당하였던 기억이 새로운지라, 대원군은 사무치는 느낌이 무량할 뿐 아니라, 그렇지 않아도 그들 일당을 몰아낼 궁리를 하던 터였으므로 기회는 왔다 하고 김병기의 생일잔치에 참석하였어.

이제는 어엿한 귀빈이라 주인 김병기는 대원군을 주빈으로 좌상에 앉히고, 음식상을 들여오게 하여 정성껏 그를 환대하였어. 이때 대원군은 음식을 두어 술 떠먹다가 별안간 상을 찡그리며 먹은 것을 도로 토해내었어. 그러고는 병기를 향하여 큰 소리로 꾸짖었지.

"네 이놈! 음식 속에다 독을 넣어 누구를 죽이려는 거냐?" 하고, 즉시 자리를 차고 일어났어. 금시 무슨 불호령을 내릴 것만 같은 등등한 기세로 말이야. 그러나 병기는 조금도 당황하지 않고 대원군의 옷소매를 꽉 잡아 붙들어 앉히었지.

"대감께서 이제 보시면 아시오리다." 하고, 그는 넙죽 엎드려서 대원군이 토해 놓은 음식을 모조리 핥아먹었어. 이 광경을 바라보고 있던 대원군의 가슴속은 실로 통쾌하리만큼 후련하였어. 지난달 김문근의 생일 잔치 때, 자기가 토해 놓은 음식물을 보고서 갖은 모욕을 주던 그 병기가 이제 눈앞에서 자기가 토해 놓은 것을 핥아먹다니…….

그는 새삼스레 권세의 위엄과 세태의 무상함을 느끼면서 흐뭇한 기분으로 흥겨운 노래를 부르며 돌아왔다. 그 뒤 대원군은 어느 자리에선가 이런 말을 하였어.

"과연 김병기가 큰놈은 큰놈이던데!"

해는 바뀌어 철종 14년 봄이 되었어. 온 누리는 봄빛을 받아 소생의 기쁨이 한참일 때 퇴락한 홍선군의 궁전에도 봄빛은 찾아들어, 홍선군의 두 아들은 오늘도 양지 바른 언덕 위에서 연날리기에 열중하였지.

"야 잘 난다. 저것 봐. 내 것이 더 높이 떴지."

이제 열두 살 난 홍선군의 둘째 아들이 환성을 올렸어. 그는 빛나는 두 눈을 번쩍이며 열심히 연 줄을 잡아당기고 있었지. 이때 난데없는 소리와 함께 옥련을 탄 행차가 수백 명을 배종시키고 운현궁으로 들이닥쳤어.

오늘 조대비의 명을 받아 대통을 잇게 할 홍선군의 둘째 아들(후일의 고종)을 모시러 온 것이었어. 수일 전 철종의 병이 깊어져, 갑자기 특별한 이야기 없이 승하하자, 대궐에서는 연일 대통을 이을 후사 문제로 논의를 거듭하다가, 마침내 안동 김씨 일파의 맹렬한 반대를 물리치고 익종비 조대비가, "홍선의 둘째 아들을 영접케 하라."는 선포를 내렸던 거야.

이때까지 김씨들은 자고로 생존한 대원군이 없었는데, 이제 만약 홍선군의 아들을 맞아들이면, 홍선군이 국태공으로 권력을 장악하게 될 것이라고 맹렬히 반대하였지만, 조대비의 뜻 또한 강했으므로, 김씨들은 다만 신왕을 철종비 아래 두기로 하여 반대론을 거두지 않을 수 없었어. 지금까지 자기가 왕위에 오르게 되리라고는 생각지도 못하고 오직 연날리기에만 열중하던 어린 왕은, 비로소 옥교에서 내린 영상 정원용의 전지를 받고 놀랄 수밖에…….

어린 왕의 가슴속에는 알 수 없는 무량한 감정이 소용돌이치는 거야. 이리하여 조금 전까지 연을 날리던 소년이 일약 국왕이 되어 대궐로 가는 신분이 되었고 어제까지 장안의 상건달 홍선군은 대원군의 지위에 오르게 되었으니, 이야말로 홍선군의 원대한 책략과 굳센 인내의 결과라고 볼 수 있지. 대궐로 향하는 새로운 왕의 행차를 구경하려고 이때 연도 백성들이 구름같이 모여들어 행차가 방해되었어. 그러자 호위하는 군졸들이, "당장에 물러서라, 물러서지 못할까 하고, 호령을 하며 채찍을 휘두르는 바람에 여러 남녀 노소들이 엎어지고 자빠지고 야단법석이었어. 그걸 보고 있던 어린 왕은 조용히 옆에 앉은 정원용을 보고 물었지.

"노재상께서 이제 나를 데려가심은 무슨 뜻에서입니까."

"그야 물론 인군으로 모시려 함이지요."

정원용이 대답하자, 신왕은 낯빛을 바로 하며 말하였어.

"그렇다면 백성을 사랑하고 보호할 자리에 앉을 나를 보려고 모여든 저들을 어찌하여 저렇듯 매질하는 것인가요? 어서 저들로 하여금 안심하고 나를 보도록 하게 하시오."

이 말을 전해 들은 백성들은 일제히 만세를 부르며 환호하였다고 해.

김문근(金汶根)

  철종의 장인. 1841년(헌종 7) 음보로 가감역이 된 뒤 현감을 지냈다. 1851년(철종 2) 딸이 왕비로 책봉되자, 영은부원군이 되었다. 금위대장, 총융사, 훈련대장 등의 요직을 맡아 제2차 안동김씨 세도의 중심인물이 되었고, 돈령부영사에 이르렀다. 영의정에 추증되었다. 몸이 비대하여 포물부원군(包物府院君)이라는 별명이 있었다.

조선의 제1대 왕인 태조 이성계를
모르는 사람은 없을 거야.

어쨌든 그는 역사를 새롭게 만든 인물로 남았으니까. 옛말에 가지 많은 나무에 바람 잘 날이 없다는 말이 있어. 이성계(1335~1408)는 아들이 많았어. 게다가 서로 다른 부인들이 왕자를 낳았으니 서로 시기하고 싸우는 일이 좀 많았겠냐구. 이 때문에 조선을 건국한 왕이긴 하지만 자식들 때문에 겪는 괴로움은 말이 아니었지.

이성계는 고려말 공양왕 4년 1392년 정몽주를 제거하고 그 해 7월 공양왕을 양위시키고 스스로 새 왕조의 태조가 되었거든. 이듬해에는 아예 국호를 조선(朝鮮)이라 정하고 1394년에는 도읍지를 지금의 서울인 한양(漢陽)으로 옮겼어. 그러나 그의 입장에서는 참으로 불행한 일인 왕자의 난이 일어났잖아. 바로 조선 3대왕이 된 태종 이방원이 그 주인공이야.

아버지가 이복형제인 방석(芳碩)을 세자로 책봉하자 이에 불만

407

을 품고 1398년 당시 중신이었던 정도전과 남은을 살해하고 이복 형제들인 방석과 방번을 죽이는 엄청난 일을 벌이지. 하지만 거기 엔 그만한 이유가 있었던 것 같아. 방원은 아버지 이성계 밑에서 신진 정객들을 포섭하여 구세력을 제거하는데 큰 역할을 했거든. 그런데 이복동생인 방석이 세자로 책봉되었으니 그냥 볼 수만은 없었던 거야.

이 일로 인해 방원이 세자로 추대되지만 자기 형인 방과(芳果)에 게 사양했어. 그런데 왕자의 난은 여기서 끝나지 않았어. 형제들이 많다 보니 나머지 형제들이 보고만 있지는 않았겠지.

1400년에 넷째 형인 방간(芳幹)이 방원 일당을 제거하려는 일이 생기지. 하지만 방원은 즉시 평정해 버렸어. 이쯤 되자 친형인 정종은 방원을 세자로 책봉하고 왕위를 물려주게 되었잖아. 이렇게 해서 다섯째 아들인 방원(芳遠)이 왕에 즉위하게 되고, 정종은 상왕, 이성계는 태상왕이 되었지.

그러나 생각을 해보라구. 아버지 입장에서는 아들들이 서로 미워하고 싸움을 벌이니 사실 백성들 보기도 창피한 노릇이지. 이 때문이었는지 대단히 화가 난 태상왕은 옛 궁궐인 함흥의 궁으로 가서 방원의 얼굴을 보지 않겠다는 생각으로 그곳에만 머물러 있었어. 상황이 이렇게 되고 보니 방원도 자식인데 마음이 편하겠냐구. 왕이 되었다한들 부모도 편하게 못 모시는 자신의 입장이 좋을 리는 없잖아. 어떻게라도 아버지의 마음을 돌려보려고 신하들을 보냈어. 그런데 어찌된 영문인지 숱하게 보낸 신하들이 다시 돌아오지도 않고 태상왕 측으로부터도 아무런 기별이 없는 거야. 이복형제들에게는 피도 눈물도 없었던 방원이지만 하루하루를 근심과 걱정으로 보낼 수밖에 없었지. 아버지 앞에서는 어쩔 수 없는 한 사람의 자식일 뿐인 거야. 사실 그게 인간의 도리 아니겠어.

문제는 여기서 끝나지 않았어. 떠났던 사신들이 하나같이 돌아오지 않고 무소식이니 이제는 신하들 중 어느 누구도 태상왕에게 가겠다는 사람이 없는 거야. 이래서 생긴 말이 '함흥차사'이지. 어쩔 수 없었던 방원은 이성계와 유년기 친구 사이로 친분이 두텁던 박순이라는 이를 불러 부탁을 했어. 그러자 박순은 새끼 말이 딸린 어미 말을 몰고 혼자서 먼 길을 떠났지. 박순이 어떤 누구도 동행을 하지 않고 어미 말과 새끼 말만을 데리고 간 데는 그만한 이유가 있었지. 나름대로 태상왕의 마음을 돌려볼 만한 지혜를 떠올린 거야.

함흥에 도착하자 대궐이 바라보이는 지점의 나무에 새끼 말을 붙들어 매어두고 그는 어미 말만 타고 태상왕을 찾아갔네. 이때 대궐밖에 매어둔 새끼 말의 울음소리가 들려오는 거야. 어미를 찾는 울음소리이니 얼마나 처량했겠어. 태상왕은 대체 무슨 소리냐고 물었고 박순은 말했지. 새끼 말을 대궐 안으로 데리고 들어오면 방해가 될 것 같아서 밖에 매어두었다고. 태상왕이 눈치가 빨랐다면 박순의 깊은 뜻을 알았어야 했는데 이 일은 그대로 넘어갔어. 박순을 보자 태상왕은 또 아들 방원이 자신을 설득시켜 모셔오라는 명령을 받고 찾아왔다는 것을 눈치채고 괘씸하다는 생각이 들었지만 그래도 어릴적 친구이니 다른 신하들처럼 함부로 할 수는 없는 일이었어.

태상왕은 박순과 며칠을 옛 이야기를 나누면서 그를 한양으로 돌려보내지 않았어. 그러던 어느 날이었지. 두 사람이 장기를 두고 있는데 묘한 일이 벌어졌어. 큰 쥐가 새끼 쥐를 안고 대들보를 지나가다가 그만 미끄러져서 사람들이 있는 곳에 떨어진 거야. 그러나 도망은 가야 하겠는데 당황스러운 나머지 새끼 쥐와 어미 쥐는 서로를 끌어안고 어찌할 바를 모르는 거야. 이때 박순은 입을 열었어.

"전하, 저 쥐들을 보시옵소서. 하찮은 미물인 쥐들도 죽음 앞에서 부모와 자식간의 정이 저리 깊지 않습니까. 이제라도 노여움을 푸시고 서울로 가시는 게 좋을 것 같습니다."

말이야 맞는 말이지. 어디 자식 이기는 부모 있고 부모를 원수로 생각하는 자식 있냐구? 그제서야 태상왕도 생각이 바뀌었는지 서울로 돌아가겠다고 했지. 그리고는 박순에게 먼저 서울로 가면 뒤따라 가겠다고 한 거야.

박순은 처음으로 태상왕을 만나 목적을 달성하고 살아서 서울로 돌아가는 신하가 된 거야. 하지만 태상왕 아래 있던 못된 신하들은 박순마저도 용서하지 않았어. 서울로 돌아가겠다는 태상왕의 결정에 적잖게 반발하면서 아무리 박순이 친구라 할지라도 가만히 두어서는 안 된다고 한 거야. 물론 태상왕은 박순을 살리려고 나름대로 묘책을 생각해 신하들이 그를 죽이지 못하도록 손을 썼지만 운이 없는 사람인지 결국에는 박순도 죽고 말았고 태상왕은 여전히 함흥에 머물게 됐어.

박순이 돌아오지 않자 태종은 이번에는 무학대사를 태상왕에게 보냈네. 무학대사는 스님이니 태상왕도 무학대사만큼은 아들 방원의 명을 받고 자신을 데리러 왔을 거라는 생각을 못하리라는 판단에서였지. 평소 불교에 남다른 애정을 지닌 태상왕은 무학대사를 반가이 맞이했지. 무학대사는 불가에 몸담고 있는 사람으로서 마음의 거짓이 있어서는 안 된다고 생각했지만 태상왕 문제만큼은 어쩔 수 없다는 결론을 내린 거야.

그리고 어느날 태상왕을 설득시킨 거야. 태종이 저지른 행동이 밉지만 그렇다고 고생하여 대업을 이루었는데 다른 남에게 왕위를 물려주는 것보다는 그래도 자식에게 물려주는 것이 옳지 않겠냐고 한 것이지. 이에 마음을 바꾼 태상왕은 서울로 돌아왔어.

그러나 아직도 마음속에 자리한 태종에 대한 미움은 그대로 남아 있었지. 서울의 궁에서는 태상왕이 돌아오자 모두가 기뻐하고 태종도 즐거움을 감출 수 없어 대대적인 환영식을 치르게 됐어. 신하들이 정렬을 하고 있는 가운데 태상왕이 흰 말을 타고 궁으로 들어와 행사장 자리에 앉았어. 그러자 태종이 아버지에게 나아가 엎드려 절을 하게 됐지. 몇 년 만에 돌아온 아버지 상왕에게 절을 올리는 것은 당연한 도리이니까. 그런데 이게 무슨 일이야. 태상왕은 갑자기 옷 속에 감춰두었던 활을 꺼내 아들을 향해 화살을 쏜 거야. 하지만 방원이 재빠르게 행사장의 기둥으로 세운 나무 뒤에 숨어 화를 피했어. 그러자 태상왕은 "천명(天命)이로구나" 하며 활을 집 어던졌어.

하지만 태상왕의 방원에 대한 노여움은 여기서 끝나지 않았어. 방원이 안심하고 술을 따르면 그때 또 한번 일을 만들려고 했는데 신하 하륜은 방원에게 직접 술을 따르지 말라고 한 거야. 겉으로는 노여움이 풀린 것 같지만 아직은 안심할 수 없다는 거였지. 물론 행 사장 굵은 나무로 기둥을 만든 것도 하륜의 머리에서 나온 대비책 의 하나였지. 역시 예상대로였어. 아들이 술을 따르면 이번에는 쇠 방망이로 치려고 했었던 거야. 그러나 술을 다른 신하가 따르니 그 제서야 왕은 "역시 천명(天命)이로구나" 하고는 옥새를 꺼내 태종 에게 주었어.

그제서야 왕이 노여움을 풀고 방원을 왕으로 인정한 셈이지. 여하튼 태상왕도 그렇지 어떻게 자식을 직접 죽일 생각까지 했는지. 게다가 그 아들 방원은 이복형제들을 둘이나 죽였으니 그 또한 엄청나게 무서운 사람이야. 어찌됐든 부자간의 이렇듯 깊은 갈등은 형식적으로나마 결국 풀린 것이고 조선의 역사는 다시 이어진 거야.

그런데 태종인 방원은 태상왕이 죽은 후 억불숭유(抑佛崇儒) 정책을 강화하여 전국의 많은 사찰을 폐쇄했고 사찰에 소속되었던 토지와 노비 등을 몰수했어.

그런가 하면 호패법(號牌法)을 실시하여 양반·관리에서 농민에 이르기까지 국민 모두가 이를 소지하게 함으로써 인구를 파악했다잖아. 물론 그의 업적 중에는 좋은 일도 있어. 문화정책으로서 주자소를 세워 1403년에는 동활자인 계미자를 만들었으며, 『동국사략(東國史略)』, 『고려사(高麗史)』 등도 편찬하게 하게 했거든. 경제정책으로는 호포(戶布)를 폐지하여 백성의 부담을 덜어 주었고, 저화(楮貨)를 발행하여 경제유통에 힘썼지. 백성들의 억울한 사정을 풀어주기 위하여 신문고(申聞鼓)를 설치한 것도 태종의 업적이야.

🌸 무학대사(無學大師)

고려 말·조선 전기(1327~1405)의 승려로 성은 박(朴)씨였고 이름은 자초(自超), 호는 무학(無學)이었다. 18세에 소지선사(小止禪師)의 제자로 승려가 되어 구족계를 받고, 혜명국사에게서 불법을 배웠으며 진주 길상사와 묘향산 금강굴 등에서 수도하다가 공민왕 2년에 원(元)나라 연경으로 유학을 갔다가 1356년 귀국했다.

1392년 조선 개국 후 왕사가 되었으며 태조를 따라 계룡산과 한양(漢陽)을 오가며 도읍을 한양으로 옮기는 데 중요한 역할을 했다. 경기도 양주군 회천읍 회암리에 묘비가 있다.

🌸 함흥차사(咸興差使)

심부름을 간 사람이 소식이 아주 없거나 또는 회답이 좀처럼 오지 않음을 비유하는 말. 조선 태조 이성계가 두 차례에 걸친 왕자의 난에 울분하여 왕위를 정종에게 물려주고 함흥으로 가버린 뒤, 태종이 그 아버지의 노여움을 풀고자 함흥으로 여러 번 사신을 보냈으나 이성계는 그 사신들을 죽이거나 잡아 가두고 보내지 않았으므로, 한번 가면 깜깜 무소식이라는 고사에서 비롯되었다고 한다.